中坚代
ZHONG JIAN DAI

仰天堂

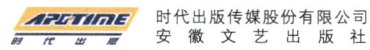

时代出版传媒股份有限公司
安徽文艺出版社

余同友 ◎ 著

余同友，男，祖籍潜山，二十世纪七十年代初出生于皖南石台县，现供职于安徽省作协，任安徽省网络作协主席，一级作家。有诗歌、中短篇小说等在《诗刊》《十月》《人民文学》《长江文艺》等刊发，多部小说被《小说选刊》《小说月报》《中篇小说选刊》等选刊及年度选本选载，曾获澎湃新闻首届非虚构写作大赛特等奖、曹雪芹华语文学奖中篇小说奖、安徽省社科奖文学类政府奖、安徽省五个一工程奖、飞天十年文学奖小说奖等奖项，出版有中短篇小说集《站在稻田里的旗》《去往古代的父亲》《斗猫记》等。

中坚代
ZHONG JIAN DAI

仰天堂

YANG TIANTANG

余同友◎著

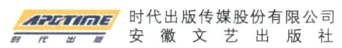

时代出版传媒股份有限公司
安徽文艺出版社

图书在版编目（CIP）数据

仰天堂 / 余同友著. -- 合肥 : 安徽文艺出版社, 2025. 5. -- （中坚代书系）. -- ISBN 978-7-5396-8194-8

Ⅰ. I247.5

中国国家版本馆CIP数据核字第2024878RB4号

出 版 人：姚 巍　　　　　丛书策划：朱寒冬
责任编辑：张妍妍　宋晓津　　装帧设计：张诚鑫　许含章

出版发行：安徽文艺出版社　　www.awpub.com
地　　址：合肥市翡翠路1118号　邮政编码：230071
营 销 部：(0551)63533889
印　　制：安徽新华印刷股份有限公司　(0551)65859551

开本：880×1230　1/32　印张：12.5　字数：270千字
版次：2025年5月第1版
印次：2025年5月第1次印刷
定价：50.00元(精装)

(如发现印装质量问题，影响阅读，请与出版社联系调换)
版权所有，侵权必究

目　录

和白云无关 / 001

本报通讯员吴爱国 / 062

纸上的父亲 / 113

金光大道 / 169

仰天堂 / 230

明月照人来 / 287

心喜欢生 / 340

和白云无关

1

小付开着车子走后,吕兰兰不给吕德本老两口任何机会,她打着呵欠说,爸,妈,我好累,我先去睡一会儿。不待他们说话,她就一头往妹妹吕荣荣房间走去,脱下外套往床上一躺。王淑贞努着嘴示意吕荣荣进到房间里去侦察侦察。

吕荣荣一走进房间,关上了房门,吕兰兰就说,哎呀,我知道你想问什么,这么急,等我睡好了,我原原本本地向你们说清楚。

吕荣荣说,你不说,只怕老爸老妈一中午都睡不着。

吕兰兰翻身朝向床里,说,只怕我说了,他们几天都睡不着哩。

怎么了?

人家是有妇之夫。

吕德本没有想到,女儿吕兰兰一年多没回家,这次回了家,带给他们老两口的竟然是这样一件"见面大礼"。

自从三年前退了休,吕德本就和老伴过起了非常有规律的生活,作为两位曾经的人民教师,他们很讲究作息时间,两人花了一上午时间专门列了一张作息时间表,很醒目地贴在客厅墙上,早晨六点起床,后面打一个括号,标注:冬季六点半,然后是几点洗漱,几点去公园锻炼,几点吕德本去老刘小刀面吃早点,王淑贞去买菜,等等,一直排到晚上几点看完电视上床睡觉,一天的时间被安排得精确到分钟。

退休后,吕德本有一个习惯,就是每天早上喝一餐早酒,他很享受早晨的这一餐酒,他酒量不大,一两小酒下去,脸也红了,身子也暖和了,胃里也熨帖了,更重要的是,脑子里也不用操心事了,微醺中,走在车流人流中,当过语文老师的他会想起古人写饮酒的那些诗来,"结庐在人境,而无车马喧……此中有真意,欲辨已忘言"。有时,他忍不住会念出来,而且声音越来越大,像在课堂上带着学生朗诵一般,惹得王淑贞不断拉扯他衣袖,说,你莫献丑了,大街上的,低调点好不好?吕德本就装着无奈的样子说,唉,跟你这个教数学的没法沟通,诗言志,你懂不懂?

所以,吕德本老两口的退休生活虽然刻板了一些,但也还算比较幸福,唯一让他们不开心的事就是两个女儿的婚姻生活。小女儿吕荣荣女承父业,也在本城一所小学里当教师,也到了谈婚论嫁的年龄,却始终不见动静。而更让他们操心的,是大女儿吕兰兰。

算起来,吕兰兰已经有一年多没有回家了,这也是每天早上吕德本喝完一杯酒后总想着再添小半杯的原因,他和王淑贞一共有两个孩子,都是女孩,但是两个女儿之间年龄相差大,姐姐吕兰兰今年30岁,而妹妹吕荣荣才22岁,整整隔了8年,所以小时候,吕兰兰也是被当作独生女儿养的,父母的疼爱仿佛也是一种惯性,小时越疼爱,大了就抑制不住,要一直疼爱下去,况且吕兰兰又长得非常漂亮,又伶俐,自然成了吕德本两口子的心头肉,恨不得整天含在舌尖上,谁能想到,后来,吕兰兰会在婚姻上摔一个跟头,接着又摔一个跟头呢?吕德本一想起这事,头就大了,大到好像没有了脑壳,但又不能对王淑贞说,因为一对她说,她就会哭个没完,吕德本只有不时地偷偷地突破老伴给他定的规矩,在喝完一杯酒之后,再喝小半杯白酒,让自己更醺醺然一些,省得去想那烦心事。

吕德本今天早晨照例喝了个半醺,拎着菜和老伴王淑贞开门上楼进了房间,发现吕兰兰迎上前来,叫道,爸,妈,你们怎么出门手机也不带?害我等了半天了。吕德本第一个反应是,自己是不是喝多了,出现了幻觉?他既而确定自己只喝了定量的一杯,这才缓缓地抬起头,眨眨眼睛细细地看看眼前一年多没露面的女儿,不错,这是真的,女儿回来了。

吕德本眼睛一酸,眼泪差点流出来了,为了掩饰,他连连咳了几声,说,怪不得今天早上在公园里听到喜鹊叫呢,原来,是宝贝女儿回来了。

王淑贞已经眼圈红了,她抹抹眼睛说,兰兰啊,怎么不早点打电话？我也好买点好菜啊，这个时候正好是南山板栗熟了，板栗烧仔鸡，你最喜欢吃的，妈等会就去买。

吕兰兰说，妈，别忙了，今天你们俩都歇歇，我请你们吃饭，我们到秀江南去，把荣荣也喊上。

吕德本两口子一听这话不由得对望了一眼，到秀江南，那可是本城最高档的饭店，吕德本还是三年前，一个当了县长的学生来城里，顺便约了几个同学，才请他去吃了一顿。他印象最深的是饭后每人上了一个牛肉包子，他觉得好吃，县长秘书在一旁拍马屁说，老师您真会品，这可是这里的名点，一个包子卖30元哪。30元，我们老两口子两天的菜钱啊。吕德本回来后，对这个包子进行了多个层次的分析、批判：一是饭店暴利，不就是牛肉加面粉吗？又不包了金包了银。二是这么贵，说到底还是当官的公款吃喝。想到那晚上自己吃得那么坦然，他就愤愤不已，顺带骂了那个县长学生，浪费啊，尔俸尔禄民脂民膏啊。他这样分析与批判，惹恼了王淑贞，王淑贞说，吃掉了又不能吐出来，你整天骂个什么呢？再说，你平时天天骂学生没一个念到你，好不容易学生请你吃个大餐，你又偏要骂人家不好，你这个老头子真是怪老头。吕德本梗着脖子说，那是他请我？那是用公款请我，用的是纳税人的钱，你懂不？什么是纳税人？我们就是纳税人，说到底还是我们自己请自己。

再以后，经过那座秀江南酒店，吕德本就会想起那个牛肉包子，对出入那座门的吃客一律抱有敌意，妈妈的，腐败啊，有那么多人进进出出。可这回女儿竟然要请他们去这个地方吃饭,他再仔细打量了一眼她。

这一看,吕德本有了发现,女儿好像变得有钱了。自从出了那件事后,吕兰兰丢了这边的工作,去了江城,连过年都没回来,他和王淑贞猜想,心高气傲的女儿除了不想面对以前的环境,怕他们两口子担心,更重要的是,一定是过得不好,觉得无脸再见到他们。王淑贞几次打电话给她,想和吕德本一起去看看她,但都被她拒绝了,王淑贞先后给她卡上打去了几千元钱,她口头上说不要,但到底还是默默接受了,电话里难得和她说几句话,说不了两句就病恹恹地说,我有事了,挂了。可见她在江城过得并不如意。这一回,兰兰像换了一个人,从头到脚的衣服光鲜亮丽,脖子上还挂了一个闪亮的首饰,特别是整个人的精神状态不一样,说话的语调都变了,她扯过沙发上的一个大大的购物袋,拉着王淑贞的手说,妈,我给你们俩买了衣服,你们试试看。

吕兰兰变魔术一样,从购物袋里拿出了一件件衣服,一会儿往吕德本身上一挂,一会儿朝王淑贞身上一比,随后又掏出了奶粉、茶叶、糕点,每一样都包装华丽,吕德本头都晕了,但看着女儿高兴,他也就配合着,试衣服大小,看礼品上的说明,同时也配合着老伴王淑贞埋怨女儿,买这么多东西做什么,我们俩吃的穿的都够了,这多浪费钱哪。吕兰兰口气大着,我知道你们有吃有穿的,可你们俩辛苦一辈子,该吃点好的穿点好的了。

等吕兰兰把几大包东西展示完了,吕德本和王淑贞有些累,一屁股坐在沙发上,女儿吕兰兰站在客厅中间,空着的两手一时好像没地方放了,突然没了话,出现了短暂的沉默,一家人显得尴尬起来。好在这时吕兰兰的手机响了起来,她看了看号码,清清嗓子,立时声音软和了许多,她说,你把包厢都订好了吗?5个人的位置啊,我妹妹也参加哦,银河厅,好的,你就不要开车过来了,先点菜,记着一定要点特色牛肉包哦,我们一会儿打车过去。

王淑贞说,还真去秀江南啊?

吕德本问,还有人?

吕兰兰的脸色有点变化,似乎是先前脸上贴了一层膜,现在揭掉了一层,但很快又贴上了,她点点头说,嗯,是还有一个人。

女儿这一说,吕德本老两口就明白了,原来,女儿是带了个男人回来了。王淑贞忍不住,啊了一声,还有一个人?她刚要再接着说什么,吕德本一个眼神把她的话给堵了回去。急什么急?一会儿是骡子是马不就要见到了吗?

吕德本镇静了一下,他说,哦,哦,这样啊,那好,那好。他边说边起身示意王淑贞也镇静下来,王淑贞这时就像一个第一次见公婆的小媳妇,又喜又怕,坐在沙发上不知道怎么办才好。吕德本说,你打电话给荣荣啊,你快打啊。

王淑贞终于放松了一点,忙掏出手机打给吕荣荣,电话通了,她想想,就借故跑到卫生间里小声对吕荣荣说了一通,等她出来时,吕兰兰已经挽着吕德本的手在门口等着她了,妈,你倒是快一点呀。

2

吕德本能理解老伴王淑贞的心情,其实,他心里何尝不也是又喜又怕?喜的是女儿终于又找了一个男人,怕的是女儿这回找的一个别又不靠谱,女儿前面的婚恋把老两口搞怕了。吕德本到现在也想不通,自己一辈子和老伴恋爱、结婚、生孩子、过日子到退休,虽然吵架是少不了的,两口子各有心思的时候也是有的,但从没有哪个想到过让另一方下岗再就业,为什么到了自己女儿吕兰兰这里就会弄出那么多事来?

吕兰兰是三年前离婚的。

吕兰兰职高毕业后在一家大型超市做文员,后来升到了超市办公室中层岗位,她长得漂亮,人又能干,身后追求者自然不少,但也许是从小看多了琼瑶、张爱玲、席慕荣等人的小说,吕兰兰特别相信世界上真有"爱情"这种物质,这种物质能让她燃烧,让她飞翔,所以,许多小伙子在她面前云一样飘来飘去,就是没让她燃烧起来。没感觉。每次,王淑贞问起她的情况,她总是这样说,没感觉。照王淑贞看来,那些对吕兰兰有意思的小伙子当中,有的长相英俊,有的前途远大,20多岁就是副科级干部,不到30岁就有望成为正科级局长,怎么就没感觉呢?感觉是个什么东西?能解几何、做代数的她一直搞不明白。她这样分析给吕兰兰听的时候,总被女儿冲得远远的,英俊?英俊有什么用?要看内心!干部?我又不是要和那个官位过一辈子,妈,好好的事情,怎么被你分析成买卖一样?你非得把你女儿按斤按两地等价卖出去呀?噎得王淑贞半天说不出话来。

终于有一天,吕兰兰找到了"感觉"。"感觉"留着一头长长的头发,往艺术家的路子上塑造自己,而在吕兰兰眼里,他就是个艺术家。艺术家暂且屈尊在吕兰兰上班的超市里画广告墙面,有时扛着几个塑料模特布置橱窗,他的长头发,满身的油画颜料的衣服,深凹下去直勾勾看着她的眼神,一下子就让吕兰兰感觉自己身体里涨满了氢气,托举着她,让她飞了起来。一听说吕兰兰最后和超市里打临工的有了"感觉",王淑贞坚决不同意,她用她数学老师的智慧,设置了一层层障碍,去阻止吕兰兰的这一场爱情,但都没有成功。倒是吕德本相对宽容一些,他虽然也瞅着这个艺术家不感冒,总感觉这家伙故意直勾勾地看着人,仿佛无畏一切的样子,但仔细看,他总是在用余光扫射着周边,像个入室行窃的小偷似的,很不坦荡,可是他没办法向女儿吕兰兰说出这"感觉"来,他就只好去劝说老伴王淑贞,女儿好不容易跟一个人对上眼了,只要她愿意,你还管那么宽做什么?

王淑贞"围剿"不成,只好让他们独立。艺术家除了一个画架子、一个破皮箱,其他一无所有,吕德本老两口将省吃俭用了半辈子的积蓄拿了出来,以吕兰兰的名义买了套两居室的房子作为他们的婚房。结婚头一年,吕兰兰觉得特别幸福,她常常和艺术家骑着幸福牌摩托车,加足了马力,从大街上呼啸而过,风鼓荡起她的长裙子和她的幸福的叫声。为了不致埋没艺术家的天才,吕兰兰决定不让艺术家再去超市干布置墙面之类的活计了,艺术家就得从事艺术,你只管画你的画,她对艺术家说。

艺术家便背了画架四处写生,一开始是两三个月出去一次,后来,一个月要在外半个月,到最后,艺术家干脆不回家了,他在北京的画家村里住了下来,他不断地向吕兰兰要钱,也不断地向她描述自己的远大前景,快了,我的画已经被国外画廊收藏了。除了要钱,平时艺术家一个电话也没有,吕兰兰打电话给他,他也总是支支吾吾的,说是正在创作呢,你又打扰我创作了。

吕兰兰决定亲自去打扰一下艺术家,她在没有通知艺术家的情况下,单独去了北京,在一个四合院里,找到艺术家早先告诉她的门牌号,敲开门,艺术家睡意蒙眬地开门说,谁呀?这么晚敲门,还让不让人创作了?

在夜色中,吕兰兰看见艺术家半裸着身子,而他身后的床上,一个女人长发凌乱如髳毛的狐科动物,他们惊讶地看着她。

吕兰兰转身就走。

她的第一次爱情就这样结束了。吕兰兰回去的第一件事就是把自己的房子重新装修、粉刷了一遍,她要把当初艺术家留在他们新房里的所有印迹都消除得干干净净。

那时候,吕荣荣刚上高中,姐姐遭此婚变,吕德本老两口不放心,让吕荣荣时不时地去上门陪陪姐姐。吕荣荣发现姐姐虽然有些消沉，但也没有想象中的那样悲伤。

虽然是一母所生，但从外貌上来看，吕荣荣比姐姐就是少了那么一点点，眼睛小了一点点，鼻子塌了一点点，皮肤嘛，也黑了那么一点点，而吕兰兰的一切似乎都恰到好处，这样一来，姐妹俩站在一起，吕兰兰的美丽便格外突出，所以，从小到大，吕荣荣都是以仰望的姿态看着自己的这个姐姐的，姐姐当初要死要活跟着那个艺术家时，她也问过吕兰兰，你喜欢他什么呢？吕兰兰哈哈大笑，点着她的脑壳说，你个小毛丫头，喜欢一个人就是喜欢他的全部，全部，你懂不懂？唉，等你再长大些你就懂了。吕兰兰说完就会双手抱在胸前，眼睛望向窗外的天空，天空上飘着一朵两朵白云。

担负着保卫使命的吕荣荣看见姐姐吕兰兰长久地望着远方的天空，她也跟着看那些云，云有什么好看的呢？何况这是些懒云，它们躺在天空上半天也不换一个姿势，不像雨前的云，一团团黑云奔涌，风云变幻才有看头。吕兰兰忽然说，你知道，我当初为什么喜欢上他吗？她像是在问吕荣荣，又像是在问那些云，因为她眼睛看都没看吕荣荣一眼。

吕荣荣摇摇头。

吕兰兰说，有一天，我们要布置超市里迎接重阳节促销活动和广告，我和他一起悬挂那些彩球，挂了一上午，要吃午饭时，他突然指着窗外的云对我说，你看，那些云，真美丽。从没有人对我说过这样的话，从没有人让我关心过窗外的云。我就这样喜欢上了他。我觉得,这就是爱情。你觉得呢,这是不是爱情?

吕荣荣不知道怎么回答,虽然已经有男生给她递过纸条了,但是她觉得,她还真不懂得什么是爱情。她想了想说,那你现在还相信有爱情吗?

吕兰兰竟然毫不迟疑地说,有,我相信肯定有。

吕荣荣松了一口气,她回家偷偷地告诉她妈,没事的,我姐没事的,她那爱情的戏啊还有的唱。她这样说的时候,被她妈王淑贞狠狠地骂了一顿,你这孩子怎么说话的?什么戏不戏的?生活是唱戏?结婚是唱戏?

3

当一家人一起到了秀江南的银河厅,看到了吕兰兰带回来的这个男人时,吕德本和老伴王淑贞不约而同地互相看了看,对了个眼神,略略地点了点头。

这个男人首先在年龄上让他们放心,四十出头一点,这给老两口较高的安全感,来时的路上,吕德本就在心里想,会不会是一个老头呢?和自己差不多大,甚至比自己还大几岁。这样的事现在也多了去了,他们单元房楼底下的老张家就是,女婿比岳丈还大三个月,两个人在一起喝酒,人家以为是兄弟俩。王淑贞第一次看到这婿丈二人时,回去就当笑话对吕德本说了,吕德本就想起另一个笑话,对她说,时代不同了嘛,你没听见人家说呀,过去是扒开裤子看屁股,现在是扒开屁股看裤子。两位人民教师当时完全把这事当一个笑话,可现在,他们担心自己会不会成为一个笑话。

还好,就年龄这一点,女儿吕兰兰总算给他们留了点面子,没让他们吃惊。等打过招呼,坐下来,吕德本两口子的感觉更加好起来,这人穿着得体,虽是休闲夹克、休闲裤和轻便的休闲鞋,但并不失稳重。待吕兰兰一一介绍完了她这边的家里人,其实,不用介绍谁都猜得出来,但这一程序还是要履行的,而这个男人也就很配合地做出一副庄重的样子,伯父伯母小妹一一喊过来,语气中的亲疏关系把握得很到位,然后他让服务生把菜单子拿上来,征求客人们的意见,他说,听兰兰说,你们二位老人喜欢吃徽菜,我特意点了徽州臭鳜鱼和红烧毛豆腐,给荣荣点了个醉虾,再配了几个小菜,你们看看行不行啊?我不会点菜呀,错了你们纠正啊。

这明显是先和吕兰兰商量好的,对他们每个人的饮食喜好都了解了嘛,也可以看出,这个男人和吕兰兰交往时间应该不短了。挺好挺好,说着,大家一起望着吕德本。吕德本笑着摆摆手说,行,行,不要太浪费啊,菜多了吃不了,我说兰兰,你还没有介绍客人呢。

吕德本加重了"客人"这两个字的音调,一来是显示一下距离,二来也是一种外交口气,虽然这人初看上去感觉不错,但也不能显得太不矜持了,腔调总是要有的。

吕兰兰歪了头说,哎呀,我忘了,还有重要人物没有介绍,他姓付。

吕德本说,哦,姓付,姓付啊,怎么称呼呢?

男人欠欠身说,嗯,伯父,您就叫我……他略略思忖一下说,小付吧,呵,我这个姓啊最吃亏,就是正的也成了付的,小学到高中我都是班上的正班长,但老师和同学总是叫我付班长。

他这一说,他们几个也就呵呵地笑了起来。吕兰兰说,你回头把名片上职务后面加一括号,注明是正职局长不就行了嘛。

好主意,好主意,小付连连点头说,回头就照你说的办。

这时候,菜也上来了,女人们喝红酒,小付和吕德本喝白酒。白酒是小付自己带来的,半斤装的小瓷瓶,没有标签,据他说,是酒厂内供的。吕德本喝了一口,品咂品咂,确实是好酒。小付大约酒量不小,但他每次只是比吕德本喝多那么一点,以示尊重,但也不特别多,这样一来一往,一小瓶酒就见底了,吕德本有些小小的醉意,脸色酡红,小付却面不改色,仍笑吟吟地劝大家多吃点菜。等菜上齐时,吕德本才发现,小付并不是如他所说的,只是点了几个小菜,而是布了一桌子,每道菜都精致可爱。边吃边喝着,小付话不多也不少,一边照顾着客人,一边不时地说几句笑话,显得非常有分寸。照他的样子看来,他应该是个小官员或是个小有钱的,但在宴席上他没有丝毫夸耀,也没有具体说自己是干什么的,他不说,吕德本也就不好再问,他们就说些国际国内时事政治,场面倒也不冷清。

到最后,上了牛肉包子。王淑贞不由得想到了吕德本的那件事,也许是因为心情舒畅,她也笑着说,上次吕老师享受了一次学生宴请,上了这个牛肉包子,结果,他背地里把那学生骂了半个月啊。

哦,小付说,怎么了呢?这包子有问题啊?

王淑贞就把吕德本吃牛肉包子的事说了一遍,大家都笑了起来,小付也笑了,只是显得有点尴尬,他说,是啊,是啊,公款吃喝吃的就是纳税人的钱。不过,今天我们吃的是私宴,是为拉动消费做贡献的。

小付的表情没逃过吕德本的眼睛,原来,是个可以公款埋单的,他也就不再说什么,低头专心"对付"那个对他来说极为昂贵的包子来。

总之,这一顿饭吃得还算其乐融融。结束后,小付开出车子载着大家回去,到了楼下,吕德本说,上去坐坐吧。小付也就上楼礼节性地坐了一会,随后就告辞了。吕兰兰先开始说是工作忙,也要跟着小付一起走。后来,还是小付劝说她,既然回来了,就住一晚,他隔一天再来接她,反正也就一百多公里的路程。小付很善解人意,吕兰兰这一晚要不住下来,吕德本老两口子肯定会彻夜不眠的。

4

遭受了艺术家的打击后,吕兰兰果然像吕荣荣说的那样,对爱情并没有绝望,她只是觉得自己运气不好罢了,碰上了一个不珍惜爱情的,她还年轻,还可以再爱一场。离婚后的一年里,她把父亲吕德本书架上的古典诗词方面的书搬了许多回去,一个人的时候,她就读那些诗词,特别是爱情诗,原来,古人写了那么多的爱情诗,说明爱情这东西还是有的,她把这些诗词抄在一个笔记本上,在笔记本的扉页上写着四个字:相信爱情。

凡事相信了就好办,只过了一年,吕兰兰就迎来了她的第二次爱情。

他们的相识源于一次美丽的错误。或者说吕兰兰与这个男人的相遇符合文艺片里的基调,更符合吕兰兰的口味。

那天,吕兰兰打电话给一个客户,这个客户早在一个月前就申请在超市的一楼开设一家经营奶茶的店中店,但申请资料一直没有送来,吕兰兰负责初审,就让他尽快送来。上午打的电话,下午这个客户就过来了,却是一个不到三十岁的小伙子,他说他姓马,另外还有一家奶茶店,他很忙,丢下申请资料就匆匆离开了。吕兰兰忙好了手头上的事,来审查这个客户递交的资料,一般超市对进场开设店中店的要求比较高,因为这也涉及超市的形象和经营业绩。这份资料写得中规中矩,但吕兰兰认定凭这人的实力与项目选择,并不适合开这家店中店,规模上也不能达到超市的要求,她就准备在那沓资料上写意见了。这时,发现一沓表格当中,另夹了一张纸,再一看,竟然是一封情书,从日期看,是写于两年前的了,对象是一个叫琴的人,落款写着马向东,就是这个小伙子。

吕兰兰笑了,这个人真是的,把情书到处丢,估计是平常也不大写文件,找到纸张、表格就一气填写,然后一股脑儿夹在一起了。她不禁好奇地看着那情书。竟然写得挺有意思,他在信里对着那个女孩说,你怎么能不相信爱情呢?你可以不相信我,但你一定要相信爱情。你决定要离开我,但请你以后一定不要离开爱情。原来,这世界上还有一个人和她一样是相信有爱情的,吕兰兰对这个马向东有点好奇。按照规定,像这种没有通过初审的资料,直接就存档了事,吕兰兰想想还是打电话给马向东,让他有空来取这些资料,她特意把那封信装在一个小信封里。

看到那信封,打开来一看,马向东好像有点窘,他邀请吕兰兰有空去他的奶茶店喝奶茶,我做的奶茶应该是全城最好的,他说。吕兰兰一口答应了。看着马向东开着那辆又当货车又当轿车的小皮卡走远了,吕兰兰觉得这个人有点意思。

没想到,过了几天,马向东打电话给吕兰兰,问她怎么没去他店里,他可是准备了最好的奶茶的。吕兰兰就真去了。一到那店里,吕兰兰吓了一跳,马向东竟然夸张地在店门口的LED电子屏上打上了一行字幕:热烈欢迎吕兰兰莅临我店。吕兰兰连忙说,你这是做什么?

马向东说,没什么,就是表达我的敬意和欢迎嘛。我还准备让店员给你献花呢,后来还是怕你怪罪,所以没敢。

吕兰兰觉得这个马向东真是一个有趣的人。她也打趣说,献花?你不是见了谁都献花吧?

马向东说,哪能呢?我又不是开花店的,是不是?

就这样,吕兰兰有事没事就去马向东那里喝奶茶了,频率由一周一次,到一周三次,到最后就一天一次了,到最最后,就由马向东每天带着一大杯赶到吕兰兰的房间里去了。

这次爱情照吕德本老两口看起来非常靠谱,这个小马,未婚,还经营着一家奶茶店,虽然门面不大,但吕德本两口子偷偷去考察了数次,各喝了十多杯奶茶,发现经营状况良好,那个小马真像一匹小公马,开着小皮卡车,搬运着货物,上上下下,来来回回,既勤快又利落。这不就行了吗?过日子嘛,虽然只是个做小生意的,吕德本这样安慰着老伴。王淑贞虽然觉得有些委屈了女儿,但想想前面的那个艺术家,便觉得眼下这样的结局已经很圆满了。

那段时间,吕荣荣也沾了姐姐的光,喝了不少免费的奶茶,但嘴里甜着,心里还有不少疑惑。她问吕兰兰,这个卖奶茶的,和你真有爱情?我怎么看着不般配啊。

怎么不配?

你看他在你面前跑前跑后,你就像一个公主,这是公主与仆人啊,而不是公主与王子嘛。吕荣荣思忖着说。

吕兰兰说,你知道什么呀?别看他是个做小生意的,他骨子里可是王子。吕兰兰说着,打开一本爱情诗选,只见书中间的一页上，印着一首爱情诗，爱情诗上画了一个大大的心形，"心"的中间，用刀切了一道口子，一枚细细的戒指就嵌在那道口子上，灯光下，戒指在"心"的中间光波流转。吕兰兰的眼神也光波流转，一脸幸福。

吕荣荣立即没话了，她伸手去拿那枚戒指，却被吕兰兰晃过去，宝贝一样收起来。别看了，总有一天，也会有人送给你这个的。

吕荣荣又气又羡，她在想，戒指嘛，送是肯定有人送的，但估计不会有人想出这么个方法来送了。

吕兰兰和马向东确定了恋爱关系后，按照吕德本老两口子的意见，就是两个人尽快结婚吧，但马向东有他的想法，他对吕兰兰说，自己的奶茶店刚刚起步不久，他还是想先把事业做起来，他要在本城扩张成一个属于他自己的奶茶帝国，这样，吕兰兰就是真正的王后了，我要天天奉献给你全世界最好的奶茶，他拉着吕兰兰的手恳求她。

吕兰兰俨然被王子打动了，她甚至丢下了超市的工作，当起了老板娘，天天跟着马向东去扩张，终于，他们成功地在另一家超市又开了一家奶茶分店，生意也相当不错，就在他们准备再扩张第三家时，出现了一件他们没想到的事。电视报道，目前市场上的奶茶大部分含有一种有毒香精，喝多了会致癌。这事被大大小小的媒体炒热了，一时间，工商局来查，食品卫生部门也来检验，再没有人喝奶茶了。马向东只好将两家店关张了事，心想着风头过去了再来重整河山。过了两个多月,两家店又开张了,这人的消费就是怪,歇了这么一阵,任怎么吆喝,那同样的奶茶再也不能像以前那样红火了,开门就亏损,连亏了四个月,实在支持不下去了,马向东果断决定转型,开一家蛋糕店。

马向东向吕兰兰描述了蛋糕店的美好前景,你要相信我的市场眼光,奶茶店失败错不在我,而在于运气不好,这回,我肯定会东山再起的。

吕兰兰不得不相信马向东,但这时他们已经没有本钱再去开店了。在一个晚上,马向东拥抱着吕兰兰,对着她的耳朵说出了他的复兴计划,他说,兰兰,你一定要帮我,你一定要相信我,我一定会让你做这个世界上最幸福的女人的。

吕兰兰说,可是,我怎么帮你呢?

马向东从床上爬下来,单腿跪地说,兰兰,有一个办法你可以帮我,可是,我不愿意说。

在吕兰兰的要求下,马向东抛出了他的计划,他让吕兰兰将房屋抵押贷款,筹得的资金他们开店。因为房价开始疯涨,这时,吕兰兰的那套中户型市值已经达到了60万元,若贷款40万元基本可以满足开店需要。吕兰兰二话没说,就拿出了房产证。

40万元的贷款到手后,马向东一个月时间里都没有动静,他对吕兰兰说他在考察门面和市场。一个月后,马向东忽然失踪了。电话怎么打也打不通。好在他给吕兰兰留下来一封信,他在信中说,之前奶茶店亏空太多,他无奈借了高利贷,现在已经无法偿还,只好先躲避一下,他还说,你一定还要像以前一样,相信这世上是有爱情的,你怎么能不相信爱情呢?你可以不相信我,但你一定要相信爱情。吕兰兰觉得这些话好熟悉,后来想起来,当初马向东夹在那摞申请材料里的情书中也有这样的话。

吕兰兰把这封信撕得粉碎,她不禁怀疑马向东同样的话已经向不同的人说了很多遍了,她甚至猜想,当初,马向东是不是故意将那封信夹杂在申报材料中的,好让她这个傻瓜看见,然后傻瓜样地自投罗网?

这一次的打击对吕兰兰是致命的,她失去了爱情,失去了房子,更要命的是,失去了对爱情的信任感,她无法再在这个城市待下去了。她选择在一个早晨偷偷地离开,去了一百多公里外的江城。

5

他是个有妇之夫。

吕兰兰的声音虽然不大,但也足以让房间外面的吕德本老两口听清楚了,那个姓付的是个有妇之夫!

吕荣荣像树上的知了受到了惊吓,噤了声音,不知道说什么,倒是房间外面的吕德本再也忍不住,他扯开喉咙朝房间喊,兰兰,你出来!

吕德本脖子后头的青筋硬得像两根筷子,他喊着,你出来给我说清楚,到底怎么一回事!

一看老头子大动肝火了,王淑贞也慌了,她一把拉住吕德本,你喊个什么?嗓门大就本事大了?人家还以为我们家出了什么事呢!有什么话不能好好说?兰兰一年多才回家一次,有你这么叫嚷的?

在王淑贞一串连珠炮的轰炸下,吕德本总算安静下来,王淑贞的心脏不大好,他不想给她惹出病来,他嘴里咕哝着,人家老张家的女婿比岳丈大,可人家到底还是明媒正娶的呀,这算个什么事?

吕兰兰躺在床上听着房间外面的吵闹声,一言不发,她只是流泪,哭得两个肩膀一耸一耸的。

吕荣荣打开房门,也劝说着吕德本,看着女儿伤心的样子,吕德本长叹一口气,也就闭口不说了,他拉上了女儿的房门,跑到自己的房间里,想午睡又睡不着,他就在房间里打转转。王淑贞也在房间里,坐在床沿上,她说,你能不能不转了?转得我头都晕死了。

吕德本停住脚说,晕死了?只怕还有更晕的呢。

王淑贞说,你别急嘛,兰兰又不是三岁小孩子,她这么做肯定有她的缘由的,我们慢慢再问问她。

吕德本说,她这事做的,连三岁小孩子都不如嘛,你说,你做什么不好?你这是小三啊,这要上了街,跟过街老鼠一样,是人人喊打啊。

王淑贞说,你不要急,不要发那么大的火嘛,你看兰兰哭成那样子了,她可很少在我们面前哭过啊。

王淑贞这么一说,吕德本心也就软了一点。反正一条,绝不允许她做小三,他说,这是原则!吕德本说着,做了一个一刀两断的姿势。

老两口子正商量着对策,却听到吕荣荣在外面喊,爸,妈,你们起来,姐姐要走了。

吕德本赶快打开门,看见吕兰兰正梳理着头发,拎着包准备出门。

兰兰,你到哪里去?你不是要休息吗?王淑贞问。

吕兰兰脸上又重新补了妆,泪痕也擦去了,她挤着笑说,爸,妈,我江城那边工作真的很忙,他们刚打电话过来,让我尽快去上班,我还是过去吧,过一阵子我再来看你们。

王淑贞说,你这孩子,又不是离了你地球就不转了,今天就好好在家歇歇,你爸也是担心你嘛,怕你过得不好嘛。

吕兰兰去意已决,她摇摇头说,不,我还是走吧。

王淑贞再也控制不住,眼圈立即红了,兰兰,你真要走,我也不拦你,可你对待婚姻大事一定要慎重啊。

这时,楼下传来喇叭声,吕荣荣一看,那个小付又把车子开回来了,准是刚才姐姐吕兰兰给他发了信息,这会儿,小付在楼下向上张望,大概是吕兰兰嘱咐他不要再上来,他也就一个劲地朝楼上望着。吕德本一看这情景,他把王淑贞拉过一边,吼道,你就让她走!他边说边冲到桌前,把吕兰兰才带回来的糕点、营养品之类的,一起扔到地上,踢到门外,这还不罢休,他走到窗前,对着小付吼,滚,滚,快滚!

吕德本一激动,脸色紫红,两眼圆睁,大约是吐气不畅,不住地咳嗽,样子十分怕人,吕荣荣赶忙上前扶住他,替他拍打背部,吕兰兰愣了一下,还是跺跺脚,头也不回地走下楼,坐上车走了。

6

其实,吕兰兰自己也没有想到有一天自己竟然会成为"小三"这个角色。

当初她一个人来到江城,无处可去,她就直接找到一家美容院上班。因为她职高读的就是美容专业,后来毕业了,父母认为那些地方女孩子去不太合适,硬是让她去了超市,这回远离了父母,又没有别的就业路径,她也就没管那么多了。这时候,她的心里只塞下一个问题,原来,这个世界上真的没有爱情这个东西,那些古诗上写的原来都是假的,越假的东西,人们往往越要把它当作真的,越没有的东西,人们越愿意相信它有,不就是这么回事吗?连爱情都没有了,还考虑那么多干吗?

因为外貌,也因为在职高学习的技艺,吕兰兰很快就成为这家大型美容机构的领班,主要负责管理大客户。当领班很忙,这样也好,没有更多的时间让她去想爱情的真伪这个命题。她租了一间房，有点远，从早上七点一直忙到晚上十一点，再坐公交回到住处，往往都是子夜时分了。吕兰兰觉得这个城市的人要不就是太爱美，要不就是全都有病，女人们在这里做脸部、颈部、胸部、腹部、腰部、腿部、背部、足底、卵巢等五花八门的保养，这也罢了，那些男人也喜欢来这里做各个部位的护理，反正人体在这里被分割成了一个个零件，既然是零件，长年运转，肯定会老化会磨损是不是？那就需要护理、保养，所以，那些男人往往喝了酒后，就三五成群到这里来，根据各人零部件的情况，分别找那些相貌可人的女孩子修理修理，这已经成了江城的一个社交风尚。

付云成来的那天晚上，也是三五人一起，吕兰兰打眼就看出来这天晚上的主宾是谁，谁又是那个埋单的人，她就连忙给他们安排服务员，并特地对付云成说，领导，你看，我安排我们这里的星级服务员给你做个颈部和肩部推拿护理怎么样？

付云成先前有些慵懒的样子，也有些矜持，像是被别人挟持来似的，做什么项目都无可无不可的，但看见了吕兰兰，他好像一下子活泛了过来，他笑笑说，什么星级不星级啊？你就是星级，你不能给我做吗？

一旁的女服务员很伶俐，说，领导，你可真有眼力，我们领班可是有正规文凭和证书的，得过全省大奖的。

这样一说，付云成就更要吕兰兰服务了，吕兰兰为难地说，领导，我的职责一般是不允许我为客人服务的，你看这样好不？

今天晚上太晚了,我还要回家,我回去要一个多小时呢,再说我也太累了,就是给你服务也不到位啊,下次你要再来,我一定破例为你服务。

付云成倒也没有勉强,笑笑说,那你可不许耍赖啊,我会记着的。

吕兰兰见到这样的场面也很多,这些男人不过是开开玩笑罢了,躺在按摩床上,闭着眼,任由服务员推拿按摩,很快就会进入梦乡,等醒过来,下了楼,开车回家,连来的是哪家美容院都不记得了。她笑笑说,好,好,领导你可一定要记得哦。

那天晚上,没等付云成他们结束,吕兰兰安排好了服务员,交代了几句,就提前回到住处了,一天忙到晚,头刚一挨上枕头就睡着了。可是第二天早上,她刚上班,服务员就向她报告,昨天晚上那个领导模样的人非要你的电话,我们不敢不给他,要了后,他又要打你电话,还好,你昨晚关机了,要不会把你吵醒的。

在美容院,虽是个正规场所,但总是少不了有那么一些显得暧昧的骚扰,吕兰兰什么阵势没见过呢?她就哦了一声说,号码给了就给了吧。她心底却对那个男人有些不快。

没想到,过了两天,那个付云成就又来了,这回却是在下午,正是顾客较少的时候,他笑笑地对吕兰兰说,领班,今天总可以亲自给我服务了吧?

吕兰兰心里虽然不乐意,但到这时也没有话说了,顾客是上帝呀,她就说,好,好,领导,为你破例啊。

吕兰兰就洗了手,安排付云成进了包间,并喊来了一个女孩做助手,开启了轻音乐,吕兰兰吩咐付云成脱了上衣。裸了上半身,由助手抹上精油,吕兰兰这才一招一式地为他推拿起来。付云成的身材不错,人到中年了,也不显得臃肿。领导你身材很好,就是肩周颈周有点不舒服,是吧?

付云成显得有点夸张地说,哎哟,你怎么这么厉害啊?简直是半个老中医嘛,我就是有颈椎病呀,十来年了,老也不好,最近越来越严重了。看来我是找到了地方。

吕兰兰就坡下驴,说,那你在我们这里办年卡嘛,常年做才有效。

付云成说,行,办年卡,我说,你能不能让你的这位助手不在身边待着,有她待着我不自在。

吕兰兰只好让助手先走开,怎么不自在呢?两个人为你服务是把你当作大客户啊。

付云成说,还大客户呢,你是把我当成大老虎了吧?

这话说得吕兰兰很不好意思。付云成这次护理完后,就在吕兰兰这里办了一个价值4万元的年卡,本来,吕兰兰建议他只要办一个2万元的套餐护理,付云成说,支持你工作嘛,翻一番。付云成开玩笑说,他唯一的要求是,每次他来,就是吕兰兰不亲自给他做护理,那也必须陪他聊一会儿天,算是增值服务。

自那以后,付云成果然每周都来,而且大多是一个人来,来了呢,看见吕兰兰没有空,他便也不再纠缠,只是在做完护理后,坐在接待厅供客人休息的沙发上,吸支烟,喝杯茶,找吕兰兰聊上几句,随后就一个人走开。当然,对于这种金牌客户,吕兰兰也为了美容院的业务开展,只要能走开,就尽量亲自去给付云成服务。两个人的接触慢慢多了起来,吕兰兰也多少知道了一点付云成的情况。

照付云成自己的说法,他的家在江对岸的县城里,自己在江城的一个区政府环保局上班。那你就是付局长了,吕兰兰说。

算是吧,付云成说。

不对,应该是姓付的正局长,那我以后要称呼您付正局长了。吕兰兰笑着说。

付云成说,多别扭啊,难道非要我喊你吕经理吗?

吕兰兰这才想起来,这个付云成从一开始就喊她"兰兰",叫得挺亲切的挺自然的,连她自己都没觉得突兀。她有点尴尬,说,那多不自然。

还不是嘛,付云成说,你就叫我成哥不行吗?你知道我为什么喜欢让你给我做吗?你长得太像我的初恋女友了,巧的是,她的名字里也有一个"兰"字,我觉得真亲切。

吕兰兰心想,拜托,你就不能想出点新鲜的花样?还初恋女友呢。心里这样想,嘴里她还是应承道,是吗?那我好荣幸啊,你的初恋呢,现在在哪里呢?你不想再去见见她?

付云成叹一口气说,唉,见不着啊,人家跑到大洋彼岸的资本主义国家去了。

和白云无关 / 027

尽管付云成泡妞的手法并不新鲜,而且吕兰兰也抱定了一个宗旨,兵来将挡,水来土掩,你一来实质性的,我就撤得远远的,让付云成没有下手的机会。不过,这个付云成很有耐心,似乎也不急,只是在慢慢地加热。让吕兰兰不再像当初一样讨厌和抵触他。

又过了些日子,付云成来到店里,躺在推拿床上,他对吕兰兰说,你这样辛苦,又不是为自己的店做事,怎么不想到自己开一个店呢?

吕兰兰说,成哥,不行呢,这行投入太大,我又不善于周旋,做不起来。

付云成说,你可以入股这家美容院嘛,这样收益也大些,你上次不是说领班一级的可以入股吗?

吕兰兰说,入股最低数额是60万,我连6万都没有,入个什么股?入个锣鼓还差不多。

付云成说,这样,我给你60万,你去入股,分的红利都是你的,你别把我的本钱亏了就行。

这服药有点猛,下得也有点突然,吕兰兰停下手中的动作,拿过精油轻轻敷在付云成的肩头,其实她到美容院工作,也是想多赚钱快赚钱,不管怎么说,是她把父母为她买的房子弄没了,至少她该为父母还回这套房子,钱是个好东西,可这付云成的钱哪能要呢?她说,那不行,我怎么能拿你的钱呢?

付云成说,你看,你又把我当成坏人了,我真没有别的想法,你放心,我也是刚好有笔钱没地方投资,闲着也是闲着,得利用起来,是不是?要不,你打个收条给我?

吕兰兰还是摇摇头。付云成也就不再说这件事。

过了几天,美容店的老板娘拿了一纸入股协议过来让吕兰兰签字,老板娘说,兰兰,你可以啊,不显山不露水的,就拿出60万来了啊,这下我们可以再扩大规模了。

吕兰兰一听就明白是付云成当真打了60万来了,她不好再解释,或者说,其实内心也不想失去这些,她就笑笑,签了字。过后,她要写一张欠条给付云成,付云成说,写了我也保管不住,算了吧,你记着就行。

事情到了这一步,后面的事就不由得吕兰兰掌控了。她只是疑惑,付云成的这些钱是从哪里来的?不会是贪污受贿吧?她委婉地问过付云成,付云成说,都是以前与人家合伙投资买了一座矿山,后来,不允许党政干部办企业就又卖给别人了,这一买一卖还是赚了一点的。

又过了些日子,付云成对吕兰兰说,你这样太辛苦了,又老吃店里的工作餐,营养、口味都不行,住的又那么远,回去后又要自己洗衣服打扫卫生,你还是请个钟点工吧。

吕兰兰说,算了,自己累就累一点吧,房间又不大。

付云成说,不行,你听我的,我来给你找一个近点的房子。随后,他不仅为吕兰兰找了一个钟点工,还在美容院附近的小区里另为她租了一套二居室的房子,房子很好,两室朝南,新装修不久,吕兰兰从上班的地方回到这里,步行也只要十分钟,这当然让她满意。此前,她就想换个近一些的地方住,但临市中心的房子,哪间都不便宜,她也就一直没换。现在呢,一点不费劲,房子钥匙就摆在了她手中。

吕兰兰没有拒绝。她觉得她正行走在一片广大的沼泽地中,她不想沉陷下去,但沼泽地不断地拉着她下陷,她每走一步都要花很大的气力才拔得出来,而这样一步一步的跋涉,早已让她筋疲力尽,她有时想,索性就沉陷下去算了,反正迟早都是要沉陷的。更要命的是,明知沉陷不可避免,还能看见有食腐的动物正不远不近地看着她,只等着她完全停止挣扎,她却没有心力走出沼泽地了。

再也不能兵来将挡了,再也不能水来土掩了,吕兰兰觉得自己和付云成再也无法势均力敌,双方力量根本不在一个量级,她再抵抗什么呢?她又能拿什么抵抗?所以,当一个晚上,付云成要求到她的住处看看时,她只能默许。

7

吕兰兰坐在付云成的车上一言不发,父母的态度她是早就想到的,但没想到他们的反应是这样激烈。这次回去,她本来是想慢慢向父母说明情况的,但他们的那种表情又让她有一种自虐的报复的快感,她的犟脾气又上来了,索性不给他们一点过渡,直接就捧给他们一个照他们看来血糊糊的现实。现在,坐在车上,看着两旁的田野,田野的上空,上空的白云,她就想,妹妹荣荣要是现在问她那个关于白云的问题,她该怎么回答?一切已经和白云无关了。估计妹妹也不会拿这个问题来问她了。田野广阔,她的心境也慢慢平静下来,不禁后悔刚才离开父母时态度的粗暴。她斜过脸去看着付云成。

第一次,付云成从她身上滑下来,搂抱着她,她泪流满面地说,这下,你赢了。

付云成说,对不起,我是真的喜欢你,你,刚才不也很好吗?要赢也是双赢啊。

吕兰兰摇摇头,你连爱都不敢说,你只是完成一次男人的征服罢了。

付云成还要解释,吕兰兰却不让他说了,无所谓了,她说,她反而积极主动地用自己的嘴唇封上了付云成的嘴唇,管什么爱情不爱情呢,也许根本就没有那东西。

和付云成这样都快一年了,吕兰兰已经慢慢习惯了这样的生活,付云成每周工作日在江城,只要不出差,都会尽量不出去应酬,待在房间里等着她下夜班回来,倒像一个特别称职的丈夫,一到周末,他就会回到江对岸的家去,他家中有一位老母亲,他妻子带着他母亲和儿子,儿子呢,才上高一,付云成的解释是,他早和妻子分居了,但为了老母亲和儿子,他还不能离婚。吕兰兰一开始也不追究付云成的周末生活,但日子久了,一旦哪一天付云成不在房间里等她,特别是周末他去了自己的家,她就特别不能接受了。这个周末,她故意要拉着付云成去看望自己的父母,除了试试付云成的态度外,也想先给父母一个初步的印象,以后的事以后再说吧。没想到,这一切,都被自己搞砸了。吕兰兰对付云成说,对不起啊,今天让你受委屈了。

付云成说,哦,没事,没事,你回去后还是给你爸妈打个电话吧,问候他们一下。

吕兰兰伸出手在付云成的脸上拍拍说,付正局长,你真好。

付云成受到了鼓励,把车速猛地提高了,小车在高速公路上风驰电掣般,吕兰兰把车窗打开,一边让风吹着头发,冲着天上的白云喊叫着,一边却又泪流不止。

8

晚上,吕德本看着堆在沙发上的礼品,想着女儿吕兰兰临走时的样子,他也有些后悔自己白天做得有些过激,好几次想让吕荣荣打个电话去问问,但又放不下面子,偏偏王淑贞也生着气,也不提这茬子事。到了晚上快十点的时候,家里的电话却响了,吕德本连忙爬起来去接,是个男人,说,伯父,是我,小付啊。

吕德本想了一会,才想起来,小付就是白天里吕兰兰带回来的那个男人。他哦了一声,又哦了一声。

小付在电话那头说,伯父,兰兰回来就生病了,发高烧,她本来是要自己打电话给您的,可是现在打不了,一定要让我给您和伯母打一个,让你们不用操心她。

吕德本说,发高烧,电话都不能打了?那很严重啊?

小付说,嗯,是急性肺炎,现在已经住院了。

吕德本说,你把她的医院病床号发给我。吕德本说着就挂了电话,王淑贞也早爬起来了。王淑贞问,这一晚上还去吗?

去,吕德本说,一是这孩子正是生病期间需要人照顾呀,二是我们刚好有个借口去看看她和那个男的到底是怎么回事。我们连夜打车去,也就二百块钱的事。

王淑贞一想,也对,说,老吕啊,平时看起来焉不唧的,关键时刻你还真不含糊。

吕德本说,诸葛一生唯谨慎,吕端大事不糊涂嘛,姓吕的自古都这样。

老两口随便收拾了一下,对吕荣荣说了一声,就到楼下打了个车直奔江城医院。

一个半小时后,他们就到了江城医院,站在了吕兰兰的病床前。他们进去时,付云成已在租来的一张陪护床上睡着了,看来一晚上也守在医院。

因为在医院,又加上毕竟人家是在照顾自己的女儿,吕德本老两口子不便把脸塌陷下来,也就含含糊糊地朝他点了点头,付云成却很自然地站在吕兰兰病床边说,兰兰刚睡着一会儿,现在打了点滴,已经退烧了,医生说已经没有危险了。

王淑贞用手撩去吕兰兰的头发,摸摸她的额头,吕兰兰却在这时候醒过来了,她冲着王淑贞轻轻一笑,眼泪无声地往下流。

王淑贞看了心疼,说,你爸爸也来了,我们来照顾你几天,好不好?

吕兰兰点点头,你们多住几天。

付云成说,那我去开房间,二老你们先去休息吧,这里由我来照顾,没事的。

吕德本说,还开什么房间呀?兰兰,我们就在你租住的房间住着就是了。

吕兰兰说,也好,我没事了,你们都过去吧,明天早上过来就是了。

付云成又开着车把吕德本两口子带到吕兰兰的房间,倒像是他自己的家一样,他给他们找洗漱用品,铺床叠被,安妥好了后,他说,我还是去医院吧,明早我送早点过来给你们,再接你们过去。

看见付云成这样殷勤,吕德本两口子虽然心里不是滋味,但也就把怨气和不乐意藏了起来。等付云成走了,两个人躺在床上却死活也睡不着。

王淑贞说,看着这个人跑前跑后的,似乎对我们家兰兰还是真心呢。

吕德本说,你这是妇人之见,男人想要追一个女人,哪个开头不是装牛装马的?一旦到手了,就让女人做牛做马了,更何况对一个小三?

王淑贞说,唉,这可怎么好呢?兰兰是个犟驴子,我们不能硬来,这个事要处理好,还只有想别的办法,你可不能动粗来硬的,要不然,事情会越搞越糟,你越反对,可能就越把兰兰往那个人怀里推。

吕德本说,要动粗我早就动粗了,我这不是来这里观察观察,想一个妥当的办法嘛。

王淑贞说,唉,兰兰也不知道是怎么想的,这个男的要是没有老婆就好了。

吕德本说,你这是什么话?你莫非还巴望着人家男的真离了婚来跟兰兰?那兰兰不真成了第三者破坏人家家庭了?你还找个人去杀了人家老婆?

吕德本气呼呼地把王淑贞一阵好戗,王淑贞也生气了,你吃了枪子了?我说了要让人家离婚了?这都是你自己想的,倒怪在我头上了,不是年纪大了,我早不跟你过了,有你这样说话的?

几十年来,吕德本对付王淑贞的策略是敌强我弱,敌疲我扰,见王淑贞生气了,他也就不针锋相对了,每临大事不糊涂嘛,眼下得赶紧想个办法,把兰兰从那个男人身边拉开,男女的事,关键是双方的感受,是心理上的事,谁有本事控制人的心呢?他想着想着,忽然有了主意,他捣捣王淑贞说,兰兰不就是认定这个人是真心喜欢他吗?说别的都没用,你回头对她说,这男人如果肯给她买套房,就说明他对她是有感情的,要不然,还说什么感情呢？连这点感情都没有，你还和他这么没名没分地在一起做什么？我估计这男人听了这个要求立马就会脚底抹油溜得远远的。

王淑贞说，这也算是个办法，可是，要是这个男人真给她买了套房子那怎么办？不等于把我们女儿卖给他了，而且只值一套房？

吕德本摇头说，怎么可能？现在江城一套房一般的也要个七八十万，你以为这个男人就有那么多钱？说买就买了？这招肯定管用。

王淑贞说，也是这么个理，这几天等兰兰出院了我就来说。

想好了招数，两个人不再说话，王淑贞说，睡一会吧。吕德本嗯了一声，转过背去，他在想，他用的这一招在三十六计中属于哪一计，围魏救赵？釜底抽薪？嗨，其实，最好的，还是走为上计，让兰兰早早离开这个"小三"的位置。

吕德本没想到，天快亮时，吕兰兰却回来了，好像从没有生病一样，她一个人在房间里做饭，香气扑鼻，吕德本说，没想到我们的女儿现在竟然会烧饭做菜了，以前可是一点也不会啊。吕兰兰一下子从厨房里端出了五六个盘子，有中餐的稀饭、豆浆、饺子、鸡蛋饼，也有西餐的面包、果酱、烤肠等。一家人坐在餐桌前吃早餐，电视里播放着以前的老歌，"我们的祖国是花园，花园的花朵真鲜艳……"吕德本正对着电视机哼着歌呢，却听得扑通一下，吕兰兰倒在地上，口吐白沫，他赶紧上前问，兰兰，你怎么了?吕兰兰虚弱地指指碗说,有毒,有毒啊。吕德本惊恐地看着眼前的碗,却看见一个女人正拿着一把大刀对着他砍来,砍死小三,她喊着,砍死小三!吕德本大叫一声,我不是小三!我不是小三!王淑贞在一旁推着他,老吕,老吕,你醒醒,你大叫什么啊?你吓死我了。吕德本醒过来,摸摸后背心里全被汗湿透了。王淑贞问他怎么了,他蒙了头说,没什么,做了个梦,梦见我中了大奖,高兴得叫起来了。王淑贞骂了一句,睡在梦里都想钱,你真是的。

9

吕德本两口子想出了对策、统一了思想,也就安心地在江城住了下来,他们做了分工,王淑贞负责和女儿沟通,吕德本专门琢磨对策。吕兰兰的病来得快去得也快,第三天就出院了。出院前的那天晚上,在病房里,王淑贞把他们的意思对吕兰兰说了。

吕兰兰也就不再隐瞒之前和付云成的交往情况,她说,他已经给了我60万了,怎么能再提这个要求呢?那样不就是自己把自己作价卖了吗?

王淑贞说,你傻不傻?那60万不还是人家的吗?人家借给了你60万,你就这样跟他在一起?你还要想想以后的生活啊,而且,他要真喜欢你,真是想跟你过日子,不说什么名分,最起码的一点吧,总要给你安个窝吧。王淑贞早在这之前就和吕德本商量好了这一套说辞,说起来滴水不漏。

吕兰兰果然有点困惑了。虽说她口头上说,早就不相信爱情了,但是女人总愿意相信自己是最重要的,总愿意自己欺骗自己,天底下本没有爱情但自己遇见的却是真爱情。说到底,女人是要靠爱情来喂养的。她对付云成,从一开始的拒绝和冷漠,慢慢也变得依赖和享受,甚至也有特别快乐愉悦的时候,不管是一起坐在沙发上看电视,还是相拥着在床上,有时,她就觉得,这是不是爱情?她一时觉得,这哪是什么爱情?不过是一场苟合,一时又觉得,那些所谓的爱情本来就没有,要是硬说有,那她现在这样子就是,爱情,本没有那样神圣的,神圣的都是诗人们想象出来的。她听王淑贞这么一说,心想,也对嘛,可以拿这个来试一试付云成,看他到底在多大程度上重视自己在乎自己。

吕德本得知兰兰同意向付云成说出那个要求后,就对王淑贞说,这个付云成肯定是不会买的,对我们来说是好事,切断了兰兰的不切实际的想法,但兰兰一时恐怕也受不了这个打击,我们要做好心理疏导工作,你看前几年汶川地震时,那些震区的孩子后来都有专业心理医生替他们做心理疏导,你要时时注意她的动态。两个人又凑在一起商量了说辞,这方面,吕德本是强项,引经据典,加上排比、反问等修辞一齐用上,自觉得应该能抚平兰兰的心理创伤。

可是,他们的这一套说辞并没有用上,过了几天,吕兰兰告诉他们,付云成说他早就考虑好了,以前还怕吕兰兰不同意,所以一直没有说,他已经帮她在她现住的这个小区物色了一套房,宽敞的三室两厅两卫,外带大露台,将近140平方米,虽说是二手房,但也算新房,人家买了后一直没住也没有装修,就等着吕兰兰看了后再定夺。

这让吕德本和王淑贞老两口都没有想到,这个男人真舍得为女儿吕兰兰买一套那么大的房子?而且还是在这市中心的高档小区里,最便宜也得小一百万啊。这个男人为了什么?他一个公务员怎么有那么多钱?虽然疑问一个接一个,但眼下他们得面对现实。吕德本想了半天说,那他有没有说房子的户头落谁的名字?

吕兰兰说,他说了,户头不写他的名字,也不写我的名字,怕别人知道不好,就写你们二老的名字,好不好?

王淑贞背过身来问吕德本,那现在怎么办?你这是什么狗屁招数?这房,我们是要还是不要?不要,又是你说要的;要呢,那不就把我们兰兰套牢了?

吕德本说,那就要,接下来我们再想别的对策,房子是死的,人是活的,房子随时可以退给他。

付云成办事效率很高,没几天,房子钥匙就拿过来了,又让吕兰兰陪着吕德本两口子去房管局办了房产证,吕德本一看这房子的房款都是一次性付款的。

办了证后,吕德本对王淑贞说,这样吧,这个房子我们尽快让兰兰住进去,装修的钱由我们出。

王淑贞说,为什么呢? 装修一下也得几十万啊,我们就那点老本了。

吕德本说,你傻呀,这房子虽说名字是我们的,钱可是姓付的出的,我们装修了,以后他们就是有了纠纷,我们是出了装修钱的,也有的扯,要不就是住进去了也不安心。另外,我们来帮他们装潢,借着这个机会,我们也再想想看看有没有别的办法,得把兰兰这个问题给解决掉啊,要不,我们一走,兰兰一辈子就这样不明不白地当人家的小三了?

王淑贞虽然有些舍不得自己存的那些养老钱,但为了宝贝女儿,也就答应了。

这些天,付云成隔三岔五地到吕兰兰这里来,因了吕德本两口子的战略思想:从心理上让吕兰兰对付云成失望从而让她离开,而不是硬性把她从付云成身边拉开,所以对于付云成的到来,吕德本也压制住自己的不满,力求自己平和一点,把付云成当成吕兰兰的一个朋友来对待。付云成也还识相,在他们面前也装得像个平常朋友,和吕兰兰没有什么亲昵的动作,也不再在吕兰兰这里过夜。

这下子,为了装修,付云成说,那还是把先前那个钟点工请过来吧,装修也是个麻烦事。于是,在装修期间,又恢复了先前,付云成只要没有公事应酬和出差,就都在吕兰兰这里吃饭。付云成每次来,都不空手,各种水果、东北大米、海鲜山珍,小厨房里堆得满满的,特别还提了两件那种没有标签的内供的白酒。钟点工的手艺不错,菜是好菜,酒也是好酒,付云成的谈话也很有趣,天上地下、八国九州、三教九流、时事政治,以及那些政坛秘史、小道消息,他都能和吕德本对上点。语文老师吕德本喜欢讲三国,他已经多少年没有讲过三国了,他觉得一部三国集中了中国人所有的智慧,可惜,当年在讲台上,因为要追求考分,所以不能多讲,何况自从离开了讲台,就更没有地方开讲了,现在,付云成倒是有兴趣听他讲,不但听,还和他探讨起来,比如,刘备摔阿斗到底是真摔还是假摔?诸葛亮这个人对阿斗有没有篡而代位的想法?他们边喝边聊,竟然也聊得十分投机。往往是付云成一看时间说,哎呀,要去上班了,伯父,回头再来向您讨教。这时,吕德本才意识到自己原来一直在跟一个他认为是敌人的人说话,可是,这个时候要变脸也来不及了啊,他就掩饰着,点点头说,哦,哦,你走吧,慢走,慢走。

进入正式装修阶段,吕德本才发现,现在早就跟他十年前装修房子时不一样了,地暖啊,恒温热水系统啊,以前听都没听过,原来准备的15万元钱现在看来至少要翻一番,吕德本有点犯难了。付云成像是猜着了吕德本的难处,中午吃饭时,他不经意地说,伯父,我认识一个装修公司的老板,找他做一是质量放心,二是价格上也便宜,明天我让他联系您,你们谈谈,您看看可合适。第二天,果然那个装修公司的老板来到新房,他很专业地给出了装修方案,都是打印好了的,非常直观。显然,他是提前看过房子了,价格预算才16万元,吕德本和他说了价,那老板爽快地降到14万。吕德本每天就像上班一样,早上吃过了饭就去新房那儿,监督那些装修工人,其实也没什么事,工人们都是按图纸施工,无非是一些建筑材料的品牌让他确认一下。吕德本心里有事,在吕兰兰那里也待不住,还不如在这里消磨消磨时间,和那些工人聊聊天。

一天午后,吕德本吃过饭又到了新房,一位工人让他签收才到的实木地板,他签了后,那个工人说,大爷,你这个地板可真好啊,一水的进口货。

另一个工人说,好是好,钱也是钱啊,一平方米就要500多,光地板就要好几万啊。

吕德本一惊说,哪有那么多?

那个工人说,你三个房间70多平方米嘛,五七三十五,这不就是三万五了?大爷你没算过这个账啊,你这房子装修下来,我看没有40万打不住。

吕德本说,40万?你说要40万?

当然啊,那个工人说,我还保守了估计呢,你这装修得高档嘛。外面的那个露台设计得多豪华啊。

吕德本一时不再说话,他在心里算着加减法,加法是这个房子一共要花多少钱,减法是装修的40多万减去他付的14万还有多少。这一加一减中,吕德本也有些茫然,他觉得自己也一下子分析不清楚敌情了,不辨敌情就无计可施啊,付云成这又使的什么计呢?

10

吕德本最终没有把付云成贴钱装修的事情给说出来,他不想让老伴王淑贞也跟着操心。房子慢慢快装修好了,吕德本发现,他们老两口子竟然也慢慢习惯了这个付云成,有天晚上吃饭时,付云成没来,吕德本倒了一杯白酒,端起杯子,不由自主地向吕兰兰问了句,小付没回来?问了过后,吕德本才酒醒一般,他在心里说,自己这是怎么了?这明着是承认付云成成了这家里的一员了,他赶忙补了句,我是问,小荣没打电话来?我记着让她今天打个电话来的。

为了这句话,这天晚饭后,吕德本闷闷不乐,自己对自己生气,他披上衣服,独自一人在小区里散步,不知不觉又走到了新房子里。新房子还有最后一道刷漆的工序,因为刷的是好的环保漆,房间里并没有什么气味,两三个油漆工还在屋子里粉刷,见到吕德本来了,就纷纷向他打招呼。

吕德本看着装修一新的大房子,摸摸这里,摸摸那里,一个油漆工对他说,大爷,这好大房子是给儿子住啊?还是自己住啊。

吕德本含混着说,嗨,不是我住,我不喜欢住新房子。

油漆工是个碎嘴子,估计闷了一天也没找着人说话,说起来没完没了,他说,哦,那你儿子有福啊,这么好的房子!

这时另外一个油漆工接上话说,你嫉妒了吧?下辈子你也当个城里人嘛,你没听说啊,好房都被城里人住了,好✕都被城里人戳了!

这两个人越说越不像话了,吕德本转身往外走,那个碎嘴子还在说,我是嫉妒,我恨自己不是女的,要不,傍个大款,不也住好的吃好的?你看这小区里,有好多房子不都是给小三买的吗?

吕德本觉得被人打了一闷棍子,血呼啦涌上脑门,他快步走回吕兰兰住的地方,女儿已经上班去了,只剩下王淑贞在家。吕德本拉着老伴说,不行,兰兰不能就这样下去。

王淑贞说,那怎么办呢?我可跟你说啊,你不能来硬的。

吕德本说,我知道,你听我说,我在报纸上电视里也看过不少,也听别人说过不少,现在那些包养小三的,都给小三买房子,到现在,兰兰还在相信姓付的是喜欢她的,她认为自己不是小三,我们前面让姓付的买房子其实不能证明什么,这个姓付的真要证明自己对兰兰好,那好,拿出真心来。真心对她好,就该对她今后负责,得让她生活有个保障吧,怎么保障?我看现在最好的就是他给兰兰买个门面,这样兰兰就是以后老了,没人理她了,她还有个不动产在那里,养老总不成问题吧?要不,你想想,她这样下去,明儿年纪大了,事情也做不了啦,她怎么办?

王淑贞说,门面当然好,你看那些房产广告不是天天说,一间铺三代富嘛,可是那得多少钱哪,听说一个平方米最少都得五六万啊。

吕德本恼了,他说,你又犯混了,怎么还替姓付的说话呢?这个道理不是跟当初让他买房子一个道理吗?他不买,兰兰就有离开他的理由。我们也不贪他的东西,那个新房子还给他就是,我们断得干干净净的,兰兰也好有新的生活。

王淑贞说,那假如小付真的买了呢?

吕德本说,那不可能!

王淑贞说,假如,我是说假如真买了呢?

吕德本火了,那你说怎么办?就这样下去?我看就这样下去,我们俩都要被和平演变了,兰兰就真要完了。乱世须用重典,难症要用猛药,我们这回就下点猛药。

吕德本这么一说,王淑贞就认同了。随后,她找了个机会把这个意思对吕兰兰说了。

吕兰兰眼看着爸爸妈妈与付云成的关系越来越融洽,心里也是五味杂陈。虽然父亲刻意要与付云成拉开距离,但付云成就有这个本领,慢慢地,他们会说到一起消除隔阂的。可是,她自己却越来越把握不住自己。刚和付云成在一起时,她就是定位自己,反正这世上也没有爱情,那就物质一点吧,有个人疼自己总比孤家寡人好。在这种心理驱使下,她与付云成相处得也很融洽,因为她没有其他非分之想。可是,相处时间长了,吕兰兰身上曾经干涸的爱情的汁液又渐渐充盈,她又渴望能有爱情,一种真正的爱情。她不愿意承认自己和付云成就是一种交易,于是,鼓胀的爱情让他对付云成格外看重起来。以前,付云成每个周末回到对岸江北的家中,她无可无不可,可是现在,只要付云成周末回家,她就非常难受。她认为,他每一个周末回家都是对她爱情的否定,对她小三身份的确认。

王淑贞选择的时间很对,就是在付云成回到江对岸家中的那个周末,吕兰兰愁肠百结的时候,她向吕兰兰说了买门面房的事,吕兰兰赌着气狠狠咬着牙齿说,行,他一回来我就对他说。

然而,这次的结果再次出乎吕德本的意料。

付云成二话没说,带着吕兰兰去了几处新开发的楼盘,又跑了几家中介,最后以300万元的价格买下了一处临街的门面房,每个月的租金就有15000多元。这次,他们还是以吕德本与王淑贞的名义办下房产证的,当鲜红的房产证交到吕德本的手里时,他彻底蒙住了。

为了实证一下,吕德本偷偷地拿着房产证到房产局去验证了一下,确切无误,房产局档案上显示:那个地段那个地面上的那间昂贵的临街的每月可以给他们生出15000元、每天就是300元钱的房子就是他们的。他又带着王淑贞到了那个门面实地去看了一下,承租的商户正在装潢,准备办一个大型影楼,大大的招聘横幅盖住了整个门脸。

从门面房往回走的路上,吕德本在心里再次做了一次加法算术,这样下来,付云成在吕兰兰身上花的就有近500万了,500万啊,一扎一万地堆起来,也有五百扎啊,他背都背不动啊。走到小区花园的树下,吕德本拉住王淑贞说,商量商量对策,要商量商量对策了。

王淑贞说,不管怎么说,小付对兰兰还算是有心的,也不纯粹是玩玩。

吕德本不说话。王淑贞接着说,虽然名不正言不顺的,但你想想,除了这个小付,有哪个会对她这么好?

吕德本忽然说,那我们要调整思路了。

怎么调整?王淑贞问,再不能向小付提什么要求了吧?

以前我们是以分为目的,现在我们调整一下,吕德本打了个手势说,我们要以合为目的。

你是说……?王淑贞问。

吕德本点点头,按照小付告诉兰兰的,说明他对他的家庭已经没有感情基础了,那对他自己和他妻子都是痛苦的事,所以,他要和兰兰重新组合不就是大家都解脱的事情吗?

王淑贞说,真是那样的话,倒是好,可是,小付他那边不一定就行啊。

吕德本说,当然这个事急不得,但事情到了现在这一步,我们就要往那上面努力,我分析小付主要是在家庭里感受不到温暖,没有感情基础,所以,才对兰兰好,兰兰一定要把握住这一点,多给男人温暖,我们也帮帮她,也要劝劝她,我发现兰兰最近一段时间老是和小付吵架,吵架也没关系,但不能过了,过了,真伤感情了,最好的男人也会走开的,这个你一定要跟兰兰说清楚。

吕德本一口气说完了这些,陡地停下来,眼睛不看王淑贞,只看着天上,天上正飞过一群鸽子,带着鸽哨在天空上盘旋,他像是对着鸽子说,唉,没办法,都是为了兰兰啊。

11

新房子全部装修完工,又放了各种除味剂,请了专业的清洁公司做了清洁处理,可以住人进去了。吕德本老两口和吕兰兰商量,让她搬到新房去住,他们老两口就住在租来的那套旧房子里,把钟点工辞掉,由他们每天为吕兰兰和小付做饭、搞卫生,毕竟自己做饭要卫生放心些,更重要的是,王淑贞的厨艺了得,她在兰兰这里曾经小试牛刀几次,吃得兰兰和付云成都赞不绝口。这态度表明吕德本老两口是想好好地做一做统战工作。

对于父母亲这种一百八十度大转变,吕兰兰大惑不解。他们让她一个搬去新房住下来,而他们自己住在这个旧房子里,明摆着是暗示她可以和付云成住在一起,也就默许他们的关系,而他们甘愿继续留下来,给她和付云成做饭烧菜,这简直就是怂恿她和他在一起了,难道他们一下子不在乎"小三"这个字眼了?难道物质就这样打翻了他们的原则?但事情都是因为自己而起的,做父母的说到底还是为她着想,吕兰兰也就不再坚持,拿了些衣服就到了新房子里去住下来。

大房子确实宽敞而舒适,晚上下班回来,付云成已经为她放好了洗澡水,吕兰兰泡在大大的浴缸里,看着对面的音乐电视,等她起身,裹上浴袍,付云成又给她拿上削好的水果,吃着水果,她一身清新地走上露台,能看见城市里万家灯火,凉风悠悠地吹过来,她伸展开四肢,付云成在背后轻轻地抱住她,贴着她的脸。吕兰兰觉得很清爽,心里好像也有一种所谓幸福的感觉,但这是不是爱情?她又在反问自己。以前读《上邪》,"上邪,我欲与君相知,长命无绝衰。山无陵,江水为竭。冬雷震震,夏雨雪。天地合,乃敢与君绝"!读得她荡气回肠,恨不得就有一个对象在那里,能有一个机会让她为他献出一切。可是现在,还有这样的爱情吗?

吕德本老两口现在成了专职保姆,服务对象就是付云成和吕兰兰,当然重点还是付云成。每天早晨,吕德本不再喝酒,他和老伴王淑贞分工,他去买早点,新鲜的豆浆,现包的馄饨。王淑贞则负责买菜,每天换着花样,鱼虾肉蛋,全都是现买的新鲜的,买回来后,早点送到吕兰兰那儿,等付云成和吕兰兰吃过了,他们俩再吃,吃好早餐,吕德本搞卫生,拖地擦地板,王淑贞择菜,到了上午十点多一点,就忙着烧菜,难烧的大菜先烧,比如红烧鲫鱼这道菜,看着简单,要做好这道菜,唯一的诀窍就是鱼煎好放入作料后,一定要放水大火煮开,然后改为文火慢慢煮,这样那些汁液才会慢慢收汁进入鱼的体内,每一丝鱼肉都有味道,而那些小炒则不能先炒,先炒好了,一是凉了,二是没有刚出锅的那种爽利劲,吃在嘴里味道也不一样,一般都是先打电话问好付云成回不回来吃饭,几点回来,估算着他快到家了,才点起煤气灶,猛火迅速翻炒,等付云成进了门,菜也好了,待他放下包洗洗手,饭菜已经上桌了,连碗筷也摆好了。菜烧得讲究,菜品也讲究,汤是每餐都不能少的,变着花样做各种各样的汤,王淑贞觉得以往的水平不够了,还专门买来菜谱,又新学了几招,主要是根据季节不同,做不同的汤,不仅口味要好,还要注意营养搭配,这方面她可花了不少心思。每餐还注意总结得失,看见付云成吃得多的喜欢吃的,她就默默记下来,不对口味的也找出原因。有一次,付云成偶尔漏出一句,老鸭汤泡毛米还是江北的好吃,她就记住了。付云成是江北人嘛,每周还去江对岸的家里,说不定回家就能吃上老鸭汤泡毛米。为此,每周或间隔一周,王淑贞就会特意到江对岸去,虽说到对岸也就半个小时的路程,但采买也比较费事,王淑贞都打听好了,最好的江北的鸭子在哪个菜市场,最好的毛米又在哪里现买,这两样买齐,瞅准了付云成回来,她就让吕兰兰端出这一道菜来,说是兰兰特意去托人买来的,不知道是不是江北的味道。付云成喝了一口汤后,说真是太好喝了,我都好几年没有喝到这样的地道的老鸭汤了。他说着,很感激地站起来给吕德本两口子盛了汤,连声说着谢谢,看那样子,他还是很受感动的。

在吕德本看来,一切都在往好的方向发展,付云成回到这边新房的次数越来越多,吕兰兰在他们老两口的反复的耐心的思想教育下,也认清了形势,不谋分则谋合,对付云成也非常温柔体贴。吕德本相信,只要坚持下去,人心都是肉长的,男人有几个能经得住这温柔的诱惑?照此下去,付云成下决心破旧立新为期不远。

就这样过了两个多月,吕德本老两口忽然接到原学校工会打来的电话,学校来了位新校长,特意给全体老师加福利,包括退休老师,只要自愿都统一安排到东南亚新马泰旅游一次。王淑贞在晚餐的餐桌上把这个消息公布了,意思是征求女儿和付云成的意见。付云成说,那当然要去了,趁二老还能跑得动要多跑跑,你看,我也忽略了,等明年找个时间,我也请二老到国外去旅游一次。吕兰兰也极力劝说他们去参加这次活动。吕兰兰说,你们天天这样,把我们都养懒了,我们也可以自己动手试试嘛。吕德本想,总归他们是要单独在一起过日子的,暂且离开十天半个月,看看情况怎么样也好。

于是,他们收拾行李,就回去跟学校新老同事们一起去了新马泰。以往吕德本老两口外出旅游时基本上不购物,但这次在出发之前,吕德本就想好,可以不给别人带礼物,但一定要给付云成带一件礼物,这是礼节,是态度,也是一种暗示,能更好地催促他早日打破旧世界建立新国家。所以旅游途中,别人都烦着旅行社安排的各种购物点,就他和老伴俩乐此不疲逢店必进反复比较。买什么东西让他们很纠结,价格倒并不重要,但也不能太便宜,关键是这个礼物的意义。在新加坡,他们很想买一件

"时来运转"的所谓宝石挂件,3800元一件,这有象征意义,祝福好运嘛,但他们想起来,付云成好像从来不戴这些装饰品的,买回去反而让他为难,戴也不是不戴也不是,比较来比较去,还是什么都没有买。

最后的行程是在马来西亚,在前往马六甲古镇的路上,导游说了一个当地的民间故事,说相传当地土著中有一个长老叫罕墨德·阿里。阿里90高龄时进入原始森林狩猎,因迷路而被困于森林。困顿中他偶食一种树根而体力倍增,最后终于历尽艰辛,手持树根走出了森林,回到部落。部落中的人们发现几个月不见的长老年轻了很多。阿里本人也感到疾病离他远去,而且性能力像回到了40岁一样。于是,他把森林里食用树根的故事告诉了同族人,并带领他们采挖而食之。几年后,这个部落变成了一个强悍的民族,而这种神奇的树根就叫东革阿里。吕德本一听就知道导游这是在为下一步购物做铺垫,便有一句没一句地听着。

导游接着说东革阿里的神奇之处,并引用了很多科学数据。他说,马来西亚科学院的医药科学院做了"东革阿里与中年白鼠性倾向"的研究。雄鼠每天服用两次东革阿里,连续十天。与正常的白鼠相比,服药的白鼠对雌鼠更有兴趣,表现为更多的嗅闻、亲舔和爬上雌鼠身体。此外,服药的白鼠对周边环境更有兴趣,表现为攀爬、探试和自我欣赏。实验表明东革阿里对中年白鼠的性倾向绝对是有影响的。在无性经验的白鼠身上做的实验更为大胆。鼠笼中放置了一个带电的栅栏,以阻止雄鼠与栅栏另一边的雌鼠相会。服用东革阿里的雄鼠勇敢地越过了栅栏,没有服药的雄鼠则选择了放弃。在接下来的 9~12 周的观察期内,东革阿里继续增加或保持了成功越过栅栏、爬上或进入雌鼠身体和射精的雄鼠的数量。结论是,实验证明了东革阿里具有提高性功能的特性。听到这里,车里有其他游客在互相开玩笑,那这个东西一定带回去。

到了第二天,果然一个购物点便是购买东革阿里。价格有点贵,一般一个疗程吃下来,要一万二千元,相当于吕德本四个月的退休工资了。吕德本对王淑贞说,就买这个。王淑贞说,买这个?不大合适吧?吕德本说,有什么不合适?这东西是保健品,还有降血脂、清洗肝肺等其他功效,就这个合适。一是价格在那里,说明我们重视;二是意义不一样,真不拿他当外人。你想想,是不是这个理?王淑贞想想也对,就刷了卡,买了最贵的那个系列。

12

等吕德本老两口旅行归来,吕兰兰新房里的气氛却紧张起来。

他们回来的第一个晚上,付云成倒是回来了,陪着吕德本喝了两杯酒,听着他们说着旅途中的一些见闻,他接过东革阿里时还显得非常高兴和感动。但吕德本和王淑贞都发现,这其实都是装着的,从吕兰兰脸上的表情看尤其明显。

当天晚上他们不好多问,到了第二天,吕德本老两口特意询问了吕兰兰,到底发生什么事了?

吕兰兰不问还好,一问就说,我这样不明不白的,我没法再忍受下去了,我什么都不要了,我要这些东西做什么?又有什么意思?

在王淑贞的不断探问下,吕兰兰说了原委。原来,大约人的欲望或希望高了,要求也就高了,以前吕兰兰不想去弄清自己和付云成到底算怎么一回事,倒也不太多去想付云成的另一半生活是什么样的,可是,如今在一起久了,越是感到付云成对她还是有点喜欢的时候,她就越想把这当作一个真正的爱情,哪怕这不是爱情,也要当作爱情,这就对付云成的另一半生活关注起来,对他每周回江对岸格外敏感起来。付云成对她说,他早就和妻子分居了,每次回去只是看望一下儿子和老母亲。上个周末,付云成照例要回到江对岸去,打电话对吕兰兰说。吕兰兰半天没吱声,付云成也没多解释就挂了电话。吕兰兰听见那边付云成没说话,是那么果断和干脆,心里就涌上一股气。后来,付云成怎么打电话她都不接。付云成也好几天没有来,昨天,是吕德本打电话他才过来的。

听了吕兰兰说的话后,吕德本生气地说,你这孩子,你真不懂事,我们几个月的努力白费了,这个时候,你怎么能吵架?什么事都要忍啊,小不忍则乱大谋!

吕兰兰说,什么大谋?不就是这些钱让你们要我忍吗?我要忍到什么时候?我算个什么东西?

吕德本气得两手发颤,你这什么话?我们这不是为了你?我们要钱做什么?当初不是你自己选择走到这一步,我们会现在还当牛当马一样当全职保姆?你除了这条路已经没有路可走了。你自己想一想,你现在要是离了他,你还会和别的男人过得下去吗?

王淑贞也在一旁责怪吕兰兰,你什么时候能现实一点呢?到这个时候你还说狠话?说狠话有用吗?王淑贞说着也示意吕德本少说两句,你和自己的孩子计较什么呢?兰兰肯定也委屈嘛。

随后几天,吕德本让王淑贞带着吕兰兰每天打电话约付云成过来吃饭,付云成也尽量过来,和他们有说有讲的,好像从来没有和吕兰兰发生过什么不快一样,从表面上看,慢慢也恢复了以前的和谐气氛。

半个月后的一天,吕荣荣也到东城来玩了,那天并非周末,吕兰兰打电话给付云成,说是荣荣来了,晚上他最好能回家吃饭。付云成却为难地说,真不巧,今天要在外出差,不回去了。吕兰兰本来也没什么,下午在店里翻日历,一看日期,12月12日,她忽然记得有一次在付云成的手机备忘录看到这个日期,当时问他这是什么重要日子,付云成打着哈哈说,双12,是好日子。吕兰兰多了个心眼,她就找一个固定电话装着是陌生人打到付云成单位办公室,接电话的正是付云成本人,他并没有出差。吕兰兰在电话里没有说话,立即在店里安排了一下,对店员说了一声,请了半天假,她当即租了辆车,停在付云成的单位门口,等着付云成下班。快下班时,付云成开了自己的车出来了,吕兰兰戴了太阳镜,一路跟踪着。

付云成竟然一路开到了江对岸的县城,开进了一个看上去非常高档的小区里,正是付云成的家,吕兰兰心里五味杂陈,正当她内心波涛翻滚时,她看见付云成又开着车出来了,车子里坐着两个人。吕兰兰便又继续跟踪。不一会儿,付云成到了一家酒店门口停了,和车子上另外两个人一道走下车,吕兰兰一看就知道,是付云成的妻子和儿子,一家人说说笑笑的,她看见付云成搂着妻子的腰,非常亲昵地走了进去。走到酒店大厅时,一位酒店司仪走上来,送了一大束玫瑰花给付云成,付云成接过来后笑容满面地送给他妻子。

吕兰兰看着这一幕,再也忍不住,她拿起手机拨通了付云成的电话,你在哪里?

付云成说,我在出差。

骗子,吕兰兰说,你在给别人过生日呢,郎有情妾有意,多么甜蜜温馨啊!

付云成在电话里愣了,你要做什么?他说,兰兰,你可不要冲动啊,回头听我解释!

你去死吧,吕兰兰哭喊着说,我就在酒店门口看着你,你给我出来。

付云成把电话挂了。过了一会,他铁青着脸来到吕兰兰的车上。

吕兰兰指着酒店大门说,你陪我一起进去,我要给你亲爱的人庆祝生日。

你别胡闹!付云成黑了脸。

吕兰兰第一次看见付云成的脸那么黑,眼神里的凶狠让她吃了一惊,那一霎,他变得十分陌生,她好像根本不认识这个人一样。吕兰兰气血上涌,她大声说,我就是要胡闹,你这个骗子!骗子!

这时,付云成的电话又响了。却是王淑贞打来的。吕德本见吕兰兰半天没有回家,又不在店里,就打电话去问,店员说是租了一辆车走了,他隐约猜到了吕兰兰十有八九是和付云成赌气了,赶紧一个电话又一个电话地找吕兰兰,可吕兰兰始终不接。正胶着着,吕荣荣说,不急,我来找找看,她就用手机定位系统一搜寻,才发现吕兰兰赶到了江北。吕德本就赶紧也租了一辆车边往江北赶,边让王淑贞打电话给付云成。

听付云成这边一说,王淑贞立即在电话里叫起来,你把电话给兰兰。

你又犯糊涂了,你在那里别动,我马上过来,两分钟就到了,兰兰,你听妈一句话,你现在放付云成回去,妈求求你了!王淑贞在电话里都哭了起来。

吕兰兰也哭了,说,好吧,好吧。

不一会儿,吕德本就和王淑贞还有吕荣荣一起赶到了。几个人围坐在吕兰兰的身边。

付云成像换了一个人,他对吕德本老两口说,我妻子和儿子就在对面酒店里,吕兰兰要进去给我妻子过生日,你们俩说一句话,她要不要进去?

吕兰兰说,我为什么不能进去?你这个骗子!

付云成冷笑了一声说,骗子?我是骗子?我骗了你什么?你再想想,你又是什么?我可一开始就告诉过你,我有老婆孩子的,你不要忘了自己的身份,我告诉你,我们都是在做一个游戏,你玩过过家家的游戏吗?既然是游戏就要有游戏规则,否则就玩不下去。付云成说着,转身往酒店里走。

吕德本老两口在付云成面前竟像小学生犯了错误一样,愣了半天,吕德本说,唉,兰兰,你搞砸了,兰兰,你太任性了。

王淑贞说,你真傻啊,兰兰,你现在的角色就应该是个隐身人,你怎么能出面呢?你这样子是把别人往外推啊!

足足说了一个多小时,吕兰兰一言不发,最后她发动车子说,回吧,我们在这里等多久也没人请我们吃饭。

吕德本说,还请你吃饭,该请你吃巴掌!

王淑贞生怕他们父女俩吵起来,就说,走吧,走吧,回去吧,有什么话回去再说。

接下来的几天,吕德本不理吕兰兰,付云成自那晚以后也没有回到新房,他打电话给吕兰兰,吕兰兰始终不接。

付云成不来,王淑贞做饭烧菜也就马马虎虎的了。有一天,她买完菜后,不知不觉地就走到了江城有名的道观圆玄观,她以前知道观里有个道姑叫妙妙的很有名。到了观里,恰好妙妙道姑正在大堂里。王淑贞就上前去烧了香,对妙妙道姑说,想请个符回去。妙妙道姑问,请个什么符呢?王淑贞想了想说,我女婿最近和女儿闹矛盾,几天都不归家了,请个符,把我女婿的魂留在家里吧。妙妙道姑说,唉,现在魂不守舍的人太多了。她边说边在案子上画了一道符,嘴里念着咒,洒了三洒清水在符上,让王淑贞带回去了。

王淑贞把符贴在新房的正门头上,贴的时候又想到了妙妙道姑说的,现在魂不守舍的人太多了。

13

生了几天气后,吕德本到底还是心疼女儿担心女儿,便又主动示好和女儿吕兰兰说起话来。他的意思是,既然付云成后来还打了电话来,说明他现在还是不想离开吕兰兰的,吕兰兰虽然把事情搞砸了,但也没到不可收拾的地步。所以,吕兰兰要低姿态一些,主动打电话给付云成。

吕兰兰不管吕德本老两口怎么劝说,就是不打电话给付云成,吕德本只得自己打电话去,奇怪的是,电话响了好久,最终是另外一个男人接的,他问,你找谁?

吕德本很奇怪,说,你不是付云成?

对方并不回答这个问题,只是问,你是他什么人?

吕兰兰在一边听到这里,心里忽然有个不好的预感,她赶紧对吕德本做了个手势,吕德本说,没什么,我是他一个熟人,他不在就算了。

一周里,付云成都没有电话打过来,这更加印证了吕兰兰的预感,她对吕德本说,爸,看来,他出事了。

吕德本说,他真的……?

吕兰兰点点头说,我猜是的。

吕德本说,还真是的呀?还真是的呀?不是说做矿山生意赚的钱吗?

吕兰兰说,说不定,他就是通过你们来转移财产呢,想洗钱呢。

吕德本说,你早就猜到了?为什么不说?

吕兰兰说,其实,你不也能猜得到吗?你是不想相信他是贪污来的,而我呢,我是不想相信这世界上就真的没有属于我的爱情。

父女两个人像两个陌生而冷静的人在演出一场话剧。

这时,门铃响了,一阵紧似一阵,难道纪委的人这么快就查来了吗?他们面面相觑,迟迟不去开门。

吕兰兰转过头去看窗外,窗外的天空只看见一角,她想,不知道天空上此时有没有白云,不管有还是没有,一切似乎都和白云无关了。

市报通讯员吴爱国

一早开编前会，值班老总正在派活，群工部主任老谢捅了捅我，递给我一个信封，小声对我说，给，你要的那个吴爱国的证。

我接过来，掏出信封里面的黑皮本子，"青城日报通讯员证"，翻开，吴爱国正瞪着一双小眼睛看着我，证的下方盖着报社鲜红的大印。我合上本本，对老谢说了声谢谢。

散了会，我立即打电话给我母亲，我说，你要见着吴爱国了，就让他来我这里一下，他要的证我给他办了。

我母亲说，吴爱国？他还要个什么证哪？死鬼死了！

死了？我捏着那本黑皮证书，不禁心里一阵内疚。这件事吴爱国对我说了很长时间，这本是件轻而易举的事情，我却因为这样那样的事一直没放在心上，直到上个月和老谢在一起赴一个饭局，为了找一个和老谢多喝酒的机会，我才猛然想到还有这么一档子事要求他办一下，才对老谢说了，老谢当场拍了胸脯。可是，如今，吴爱国一心盼望的黑皮证书有了，人却不在了。如果是别人，这个黑本本也许算不了什么，但我知道对吴爱国可能有不一样的意义。他前一阵子身体不是还好好的嘛，还到报社来找我要这证呢,怎么说死就死了? 我问我母亲。

1

吴爱国当过我的小学老师。我还记得他第一次上讲台的情形。

那时我读瓦庄小学五年级,先前代我们课的贾老师是上海下放知青,在四年级的下学期结束时他就回城去了。学期一开始,我们听班主任说要换新语文老师了,便都很兴奋,一个老师再好,时间长了都会发腻的。于是,上第一节语文课,大家早早坐到桌位上,鹅一样伸长了脖颈向教室门口望去。

这时,吴爱国走进来了。他戴着一副黑边框的眼镜,上身穿着一件绿军装,当然没有红领章,下身穿着并不配套的黑色的裤子,裤脚是卷起来的,像是在田里插秧才上的田埂。他在门口走得犹犹豫豫,瘦瘦的脖子一探一探的,像秧田里偷吃的秧鸡。

一见吴爱国,我就大叫了一声,嗨,虾子,你来做什么?

吴爱国被我喊得一激灵,苍白的脸瞬时红了大半。他跌跌撞撞地走进教室里,差点在讲台边摔一跤,像是整个人都处在大洪水漩涡的中心。好不容易立定了脚,他气息虚弱地说,上……上课。

台下没有反应,大家都望向我,我是班长,我不喊起立,大家就都不站起来。我说,虾子,你就是新来的语文老师?

教室里哄堂大笑。虾子,虾子,大家擂着桌子喊道。

吴爱国脸上青红紫绿的,汗珠从他瘦小的脸上沁了出来,像一粒粒小玉米。他说,是的,我、我、我来当你们老师了。下面、下面,上、上、上课。这可怜的人竟然吓得在我们面前结巴起来了。

看在往日的面子上,我很义气地大声喊了一句:起立!

我的声音又过于大了,吴爱国又吓得不轻,他愣了半天,看着眼前齐刷刷站立着的学生,激动地说,坐、坐、坐下。

为了掩饰自己的紧张,吴爱国赶紧转身在黑板上写了一行字:英雄罗盛教。边写边背对着我们说,今天,我们上第一课。

那天的一整节课堂上,吴爱国都不敢与我们的目光对视,他大汗淋漓,目光朝向教室的上方。我的同桌魏大头对我说,真的,他这小眼睛真像是虾子眼。

我反常地瞪了魏大头一眼,因为看着吴爱国的样子,我觉得作为同一个村庄里的,我还是要维护他的形象的。所谓虾子,我能叫,你们却不能叫。我用恶狠狠的目光向魏大头传递了这样的一种意思,这个多嘴多舌的家伙立即像树上的知了遇见人一样止了声。

我有点失望,吴爱国来当我们的语文老师,这太不好玩了,因为,他家就在我家的东头,我们两家只隔着一堵石篱笆墙,我对他太熟悉了。

吴爱国在家是个独子,父母亲都很疼他,一直供他念书念到了高中毕业,这在瓦庄方圆几十里也算知识分子了。吴爱国没考上大学,长得却像个大学生,脸上框着一副眼镜,身材瘦小,腰向前倾,这样的身板做农活一点优势都没有,尽出洋相。比如,在田里插秧,他弯着腰,屁股翘到天上去了,鼻子都挨着田泥了,一棵一棵地数着插,临到后来,他插的秧苗行不成行列不成列。更要命的是,等他人一走上田埂,那些秧苗全都浮在了水面上,一棵也没插到泥里去。再比如,他和他父亲去锄玉米草,到了地里,手持铁锄,却不知道怎么落下第一锄来,被逼急了,呼啦一下,比打枪瞄准还有准头,一锄子铲倒一棵玉米苗,而旁边的野草却在风中摇晃。据说,有回他去田畈上放水,这是所有农活中最简单的事,就是看看田里的水有没有灌满,灌满了就用泥块把田缺堵起来,也就三两锄头的事。吴爱国到了田头,看水满了,拿起锄头刨起田边的一大块泥啪地堵在田缺口,就哼着《义勇军进行曲》回家了,等他父亲第二天再去看看稻田,肺都要气炸开了——水渠里的水一直往田里灌,新插的秧苗浸没在一片汪洋中,有的都露出了细白的秧根,他再看田缺,根本就没有用泥块堵上。他揪扭着吴爱国的耳朵来到水田边,吴爱国推推眼镜,说出大奇少大有了,我明明是铲了泥块的。他拉着他父亲奔到田埂一边,说,你看,你看,这里还有剩下的泥块呢,我明明是铲了的。他父亲一看,那里倒是真有黑黑的一大块,可是,那是一堆黑黑的牛屎啊。你真是个瞎子!他父亲骂道。

后来,村子里的人都叫吴爱国"瞎子"了。叫了一阵,大家觉得吴爱国勾头弯腰瘦瘦小小的,还是在形象上和虾子更像一些,于是,又改叫了"虾子"。好在从瓦庄的方言来说,这两个称号的读音基本都差不多,也就少了不少麻烦。作为一个泥巴腿子,却不会搬弄泥巴活,这让吴爱国的父母双亲愁死了。吴爱国本人也觉得自己低人一等,也算一个大小伙子,却从不敢和村里的大姑娘对对眼,他白天吭哧吭哧地跟在两个老人后面出工干活,歇了工,就坐在自己家院子里的一块大青石上,睁着那双虾子眼呆呆地望着高远的天空,一直等到天黑了,他才扎晃着双手,摸摸索索着走到屋子里去。

  吴爱国父亲是个有想法的人,自从得知瓦庄小学的贾老师调回上海后,他就上心了,想把吴爱国弄到学校去当个代课老师,虽然老古话说,"家有三斗粮,不当孩子王",但好歹也算个正经事,对吴爱国来说再合适不过了。吴爱国父亲为了这个事,前前后后去了村支书李志军家六次,每次去,见面礼都不轻,一条好烟、两瓶好酒,还次次都抱上一只正在下蛋的老母鸡,六只鸡啊,可以组成一个鸡队了,可这六只鸡都没有啄开支书的壳儿,为什么呢?主要是支书李志军另有了一个人选——汪根发。

  说起来也很巧,吴爱国家在我家东头,汪根发家就在我家西头,吴爱国从镇上高中毕业回来,汪根发刚好也从部队退伍回来。与吴爱国比起来,汪根发个子大大的,在部队里练得身板强壮,胆子也大,见到人眼睛直抵着你看,看得大姑娘心里慌慌的。汪根发虽然身体条件不错,但不爱干农活,他放出了风声,我可是参加对越自卫反击战的功臣,我的战友都到地区当局长了,我是不习惯待在城市里,要不也早就安排工作了。谁都知道汪根发这是睁着眼睛说瞎话,可是就没人敢说出来。

汪根发不大干农活,他有事没事就到村支书李志军家里去转,也不带别的东西,他就在手里舞着一把小匕首,说是上老山前线时用的。到了支书家,他和支书李志军说说笑笑的,趁支书跟着他笑时,他猛不丁把匕首从手中飞出去,啪地扎在李志军背后的门板上,刀尖入木后,还左右摇晃两下,恰好日光照在那刀锋上,反射出骇人的亮光来,李志军立即笑不出来了。汪根发又笑嘻嘻地取下亮光闪闪的匕首,在支书面前一晃说,我是不习惯待在城市里,要不也早就安排工作了。

支书李志军赔笑说,那是,那是,你是国家功臣嘛,到哪里都会受重视的。

支书李志军就准备把汪根发安排到瓦庄小学当代课老师了,虽然他初中没有毕业,可是他是英雄嘛,英雄我们不照顾谁来照顾?李志军这样一说,吴爱国的父亲嘴里不好说什么,心里却十二万分地不同意,他汪根发是哪门子英雄?恐怕连越南鬼子长什么样都没见过呢,还英雄,是英雄早就不来瓦庄搬泥巴当农民了。

事实上,汪根发本人对当代课老师这件事并不十分感兴趣,他去了瓦庄小学看了一看,几间东倒西歪的教室,三两个苦歪歪的老师,一天到晚追着一帮拖鼻涕的小毛孩子,也真够没意思的,但似乎又没有别的事好做,他便只好暂时很委屈地同意了村支书李志军的安排。我一个国家英雄竟然最后要伺候小毛孩子们,这真不公平,他骂骂咧咧地离开了村支书的家。

事情似乎就这样定了,但后来发生的一件事,却让吴爱国和汪根发的命运发生了改变。

2

那年七月,瓦庄村支部发生了一起火灾。

那场大火起得有些莫名其妙,也没有刮风,也不是很干燥的天气,因为在七月的天气,瓦庄隔一两天便要下一场风暴雨,空气还是很潮湿的。村支部起火的当天下午还下了一场风暴雨,河里都涨水了,屋瓦全都被打湿了。雨后,松树上起了草菇,黑头黑脑的天牛虫从水田里爬上村路来,被我们俘虏了,折断了尖须,看它们迷失方向后原地打转转。但偏偏就在那天晚上起了火灾。

村支部并不在我们瓦庄一组,而是在瓦庄四组,中间隔着三个小组呢,但汪根发是第一个发现的。汪根发说他是从青城看望战友回来,酒喝多了,他就在村外的河堤上睡了一觉,到半夜醒了过来才慢慢往回走——

走到村支部时,他猛地闻到一股烟火味,伸头一看,村部的一间房子里烟熏火燎,很快就发出噼啪作响的声音。他一下子惊醒了,立即抱块大石头,奋力向大门撞去,门撞开了,浓烟一股脑儿向他奔袭过来,他一下子被袭倒在地。这时他顾不得多想,这是人民的财产,我一定要全力去保护,他挣扎着爬起来,一边大声呼喊,一边找到水桶,在浓烟大火中寻找火源,衣服烧破了洞,手脚烫起了泡,他忘了疼痛,军人出身的他此时只有一个想法,那就是一定要坚持,像在老山前线上一样,要拼尽最后一丝气力,头可断,血可流,集体财产不可丢……

以上这些文字后来汪根发在他的英雄事迹报告会上声情并茂地讲述了一遍又一遍,我都差不多能背熟了。

反正那天的情形是,在汪根发的呼喊声中,瓦庄四组的人大多赶了过来,火势并不是很大,只是一间偏房着了火,里面放着一些前些年村部里业余文工团演出时的道具和服装,自从包产到户后,已经有两三年没有组织演出了。大家各自挑了几担水来,不到半个小时,火就被扑灭了,大家笑嘻嘻地要离去时,汪根发忽然昏倒了过去,大家七手八脚地把他送到了乡卫生院,打了吊水后,他就醒了过来。

汪根发醒来后,朝人群中望了望,说,支书李志军呢?他怎么不来看看我?我这可是因公负伤啊。

大家这时才发现,从起火灾到现在,都没有看见支书李志军,这着实有点奇怪,按道理,像这样的事情,支书是要到现场指挥救火的。不过,瓦庄的人奇怪归奇怪,他们也懒得管,这阵子正是田里抢收抢插的季节,哪里有许多闲工夫管支书在哪里呢?

他们见汪根发醒了,也就呼啦啦地像一群麻雀一样散了,一点点地在夜色里走回自家的小窝里去了。

直到第二天早晨,村支书李志军才颠着两腿来到乡卫生院。他提了一篮子鸡蛋、两只老母鸡,从鸡的长相上看,就像是吴爱国捉去的那两只。他说,根发啊,听说你因公负伤了,我特地来看看你啊。

汪根发斜躺在病床上并不起身,他剜了一眼支书李志军,说支书啊,昨天一晚上都没看见你啊。

李志军眼角闪过一丝惊慌,他赶紧说,你看,根发,昨天晚上我确实白天太劳累了,栽了两亩秧呢,一吃完晚饭,丢了饭碗就上床,都睡死过去了。

汪根发哧哧地笑了,他说,支书,我昨天晚上怕是看花了眼,我看见一个人好像你,那个人走到五组的李翠花家去了。

李志军愣了一下,赶紧也跟着汪根发笑了几下,你可真会说笑话呢,根发,你说笑话呢,你看,你这伤势要紧不要紧?要不,转到县医院去?你放心,费用由村里出,误工补助也由村里出,你这是因公负伤嘛。

李志军说了一大堆,他一直讨好地站在汪根发的床前,弓着腰,眼巴巴地看着汪根发。

汪根发说,伤在身上不算什么,支书,我就怕伤了心,我一个退伍军人,上过前线的,有的人竟然说我冒充英雄,其实是狗熊。我这次救火也是狗熊?所以,我要这个名誉!

李志军眨了眨眼睛,说,谁说的?你这是前线英雄退伍再现英雄本色啊,好,这个事,我负责!

李志军和汪根发商量了一下,随后,他掉过屁股去了乡政府,向武装部部长汇报了这个情况。他说,部长啊,这个退伍军人真是一个英雄啊,值得宣传宣传,你平常不是说要我们善于发现退伍军人中的典型吗?这就是大典型啊。

武装部部长立即去找乡广播站的站长,要他去写篇广播稿,不巧的是站长不在。武装部部长说,这个事就讲究一个"快"字,要是搞迟了,黄花菜都凉了,就吃不成了,你先回去找个当地的土秀才写个稿子来,我看过后先报到上面去。

支书李志军不敢耽搁,把武装部部长的自行车骑了,赶到瓦村去。他一路上在想,这个广播稿子找哪个写呢?瓦庄的几个村民组里通点文墨的还真不多。他这样想着时,抬头望望田畈,看看在烈日下躬身插秧的人,猛地想到了吴爱国,毕竟高中生嘛,再说,这孩子的样子弱弱的,也好指挥嘛。

李志军把车铃铛摇响一气,停在了吴爱国家的门口,对吴爱国的父亲说了这事,说这事不让你白干,年底的时候三项提留中扣掉你们家的提留上交数。他说着,还压低嗓门说,你放心,你说的事我放在心上呢,只要学校空出位置了,我就让你们家爱国去。

吴爱国的老父亲高兴得两眼放光,他一个劲地催促老伴去喊在田里插秧的吴爱国赶快回家。

吴爱国回到家时，支书李志军正在专心致志地吃吴爱国老爹给他打的两个溏心荷包蛋。吴爱国有些胆怯，他说，这个，我怕写不好呢。

吴爱国的老父亲恨不得上前赏他一巴掌，他说，你还没写怎么晓得写不好呢？这是支书有心提携你啊，是多大的面子啊。

支书李志军放下碗筷说，你要写不好就没有人能写好了，你是高中生嘛，那几年书是白念的？走！

支书李志军冲到院子外，拍拍自行车后座说，走，我们还去乡卫生院去采访一下汪根发。

望着支书李志军骑着自行车带着吴爱国越来越小的身影，吴爱国的老父亲说，看来这是个要紧的事，支书都亲自骑车带着爱国嘛。他冲着他们远去的背影扯了嗓子喊，爱国，支书看得起，你要好好干啊！也不管吴爱国能不能听得见。

可是，采访的过程中遇到了一些麻烦。

汪根发躺在床上，回忆着头天晚上发生的事情。汪根发说，我是从青城我战友那里回来的，因为喝多了酒，在村口的大河堤上睡着了。

吴爱国说，睡着了，昨天下午下那么大的风暴雨，河堤上泥乎乎湿漉漉的，你都睡得着？

汪根发停顿了一下说，河堤上不是有个看野猪的棚子嘛，我是在那里睡的。他接着往下说，等我醒来时已经是晚上了，我走到村支部时，忽然发现一股强烈的浓烟味伴随着火光，我意识到,不好了,村支部起火了,我第一个反应就是要上前看个究竟……

吴爱国又打断问,你怎么走到了村部所在的四组?你从大堤上直接下来不就到了我们一组吗?怎么反向走到了四组?

没等汪根发回答,支书李志军不耐烦地说,哎呀,爱国,这些不重要,你不要老打断嘛,重要的是写出汪根发同志大无畏的精神和英雄事迹,对不对?根发你说是不是?

汪根发说,就是,就是,爱国呀,新闻报道这东西啊,当然要真实,但是也可以有一点点艺术加工的,对不对?要不,怎么感人呢?

吴爱国很疑惑,但还是按照汪根发的讲述一一记了下来。支书李志军亲自陪他吃了一餐丰盛的午饭后,他就被带到乡政府武装部部长的办公室里写稿子了。

吴爱国还是第一次来到武装部部长的办公室,宽大的办公桌上,压着一张玻璃台板,台板下压着年历画,还有部长英姿勃勃的穿着军装背着手枪盒子的照片,一台骆驼牌电扇旋转出一阵阵凉爽的风。为了让他写好稿,武装部部长打招呼,任何人都不得进入他的办公室干扰。这是多么高的待遇啊,吴爱国一时情绪激昂,内心无比感动,他开始在稿纸上写出标题:烈火中的凤凰。他记得好像从哪里看到过这个标题,也是写个救火英雄的。一旦放开了胆写,吴爱国觉得笔下生风,到最后,他几乎不需要看采访笔记了,完全按照自己的想象写。虽然没有救过火,但自小在田间也没少烧火粪，火势、火光、火焰、火风，吴爱国很快被自己笔下的汪根发感动了，这是一个多么敢于牺牲自己、一心保卫集体财产的好青年、好党员、好退伍军人啊。

到傍晚的时候，武装部部长和支书李志军才敲开门。听着吴爱国的朗读，武装部部长一拍大腿说，咦，李志军，你们瓦庄还有这样的人才嘛，这写得多好啊，赶快寄给县广播站，先在乡广播站播一播。

当天晚上吃饭的时候，吴爱国一个人大踏步往回走，在田畈上，他听见广播里女播音员在播送：下面播送长篇通讯《烈火中的凤凰——瓦庄村优秀退伍军人汪根发勇斗火魔抢救集体财产纪实》。采写：本站通讯员吴爱国。本来，吴爱国觉得那个女播音员嗓子里就像塞了一大朵棉花，有气无力的，特别是那普通话，没有一个字是标准的，偏还要拿腔拿调的，听得人身上要起鸡皮疙瘩，但这个傍晚听起来，却是那样悦耳动听，特别是"本站通讯员吴爱国"，这简直就是天籁。吴爱国激动得浑身一哆嗦，他就站在傍晚的田畈上把这一篇通讯稿听完了，蚊蝇子在他的眼前飞舞，牛虻子叮着他露肉的胳膊，他一动也不动，像一座木雕。一直到全部听完，他才回过神来，村子里已起了灯火。吴爱国自高考失利回家后第一次发现，瓦庄的傍晚原来也那样美丽。而他的两条瘦瘦的腿也变得有力起来，他甚至奔跑起来，一阵风一样，刮过田野，回到家中，年轻的胸脯一起一伏的，像鼓动着一场大风。

吴爱国没有想到,一场大风真的刮起来了,从县里刮来,从地区刮来,从省里刮来——他写的那篇稿子很快就在县广播站播出了,随后,县里来人,地区来人,省里来人,来的人都拿着一本本子,摇着笔头,去采访汪根发。汪根发头上、腿上打着绷带,拄着拐杖,很娴熟地回忆起那个火灾之夜,我当天劳动太累了,在家里休息,后来,我担心集体财产安全,还是像往常一样起来巡逻,自从退伍回来后,我就坚持每天晚上义务巡逻……汪根发的回忆有部分内容发生了改变,但救火的精华部分还是吴爱国笔下所写的那样,汪根发已经能背熟了,而且能声情并茂地讲述。那些来的人,虽然有男有女,有老有少,有高有矮,但都有一个身份——记者。

吴爱国已经被村里抽调出来专门接待这些记者,除了帮助他们收集材料外,还担负起别的事。比如省画报社里要给汪根发拍一组照片,那可费事了,他们拍汪根发帮助隔壁老太太挑水,吴爱国就去挑了自己家的水桶来,担着一桶水,跟着拍摄的记者,到了一个路坎上,才让汪根发来担着水桶做个样子。他们还拍汪根发在暴雨中为村小学检修屋顶,汪根发爬上瓦庄小学的屋顶了,一旁吴爱国拎着一桶水也爬上屋顶,在记者的指挥下,用水瓢将水洒成雨状淋在汪根发的身上,好让记者抓住那个镜头。

记者们回去后,报纸上陆续地刊登了他们写的关于汪根发的新闻报道,虽然标题不一样,有的是《新时代的好青年》,有的是《扎根乡村志不移》,等等,但吴爱国一看那稿件,大部分的内容都和他写的差不多,大多没有署他的名字,只有本地地区报《青城报》的记者在记者的名字后署了一个"本报通讯员吴爱国"。他把那份报纸看了又看,恨不得把"本报通讯员吴爱国"几个字抠出来贴在心窝窝上,哎呀,"本报通讯员吴爱国"这几个字看起来是多么好看,听起来是多么顺耳啊。他把那份报纸用塑料薄膜封住了,压在床板下,没事就拿出来看看。

随着报纸报道的增多,汪根发也越来越受到重视,县委书记来看他了,后来,县委书记又陪着地委书记来看他了,再后来,地委书记又陪着省里的一个副书记看他来了。据瓦庄的人说,省委副书记来到汪根发家时,支书李志军不懂事,站在汪根发面前老是插话,挡住了省委副书记与汪根发的交流,省里的保卫干事一把扯过李志军,老鹰擒小鸡一样把他拎出了人群。汪根发伤好后,就在全省各地巡回做先进事迹报告,报告做了整整一个月。这个时候,他人虽在外头做报告,但已经被乡里任命为瓦庄村支部书记了,而吴爱国呢,终于如愿以偿地当上了瓦庄小学的代课老师。

3

吴爱国的第一节课上得很是糟糕,关键是我们这一帮学生不把他放在眼里。到了第二节课,他的紧张情绪缓解了些,他拿着一张报纸说,告诉你们,我……我……我可是《青城报》的通讯员,你们看,这里,这里。

吴爱国拿着报纸走下讲台,在我们的课桌间穿行,脸上是一种极得、骄傲的表情,这么长啊,这篇报道占了整个报纸的一半多啊。相比于第一节课的紧张,这时的他忽然像一个王爷一样自信起来,空荡荡的裤脚管里好像都灌满了劲头。

汪根发当上村支部书记后,专门到了瓦庄小学,他给吴爱国送了几本稿纸,是那种格子纸,墨绿的格子,每页15行,一行20个字,一页能写300个字。好好写稿子,写好了,我年底给你奖励,他对吴爱国说。

吴爱国迎来了他一生中最幸福的时光,他白天上课,晚上写新闻,写好了后就往乡广播站、县广播站、《青城报》甚至省里的日报寄,一份稿子要寄好几个地方,他抄写得非常工整,一个格子一个字。我有一次见他抄写得两手发酸,就对他说,吴老师,不是有复写纸吗?你可以复写好多份哪。

吴爱国摇摇头说,那不行,复写不严肃啊,这是个严肃的事情,你知道吗?新闻报道是个严肃的事。

我看过他的稿子,什么《瓦庄村水利冬修掀高潮》《瓦庄村两委干部关心孤寡老人》《瓦庄小学举行升国旗仪式》,我问他,老师,这稿子在哪些地方登了呢?

吴爱国有点羞涩地挠挠头皮说,大多数在乡广播站播了。他看我一脸不屑的样子,接着说,主要是我没有采访时间,新闻就是要采访,没有采访哪有活鱼呢?他拿过一本书,《实用新闻手册》,你看,我在看新闻书呢,我一定会上大台大报的。

支书汪根发再一次给了吴爱国极大的支持,他允许吴爱国参加支部会议,允许吴爱国只上半天课,其他时间可以在瓦庄到处采访、写稿。这年年底,村里还特意给吴爱国配了一辆永久牌自行车,吴爱国骑着它在瓦庄的一组到九组间穿梭。

那时,自行车刚刚在瓦庄盛行,农民们卖了粮就到供销社买自行车,自行车的前后两个轮轴上还各套了一个彩色的花环,车轮一转,花环立即旋转出好看的彩涡来,赤亮亮的轮毂,丁零零的车铃,一辆自行车能把人的眼睛看花了。可是乡供销社的自行车要凭票买,就是有钱还不一定买得到。而吴爱国不但不要花钱,还凭空得了一辆自行车,这该是多么高兴的事,他于是更加努力写稿。

终于,吴爱国有一篇稿子上了县广播站,上了地区《青城报》,还上了省报,稿子的题目是《昔日穷得叮当响,今日一路响铃当》,写的是瓦庄村二组有十个农民买到了新自行车的事。这篇稿子让吴爱国名声大振,他拿了报纸骑上自行车,飞快地送去了给汪根发看。汪根发看了看,拍拍吴爱国的肩膀说,不错,不错,看来这自行车还是配对了,好好写,继续写。他然后附在吴爱国的耳朵上说,搞得好,我争取给你把民办的转成公办的,那样你就吃上国家粮了!

得到了汪根发的表扬和许诺后,吴爱国更显得意气风发,劲头十足,隔不了几天,发在地区报和省报的稿费来了,是通过邮局汇款过来的。乡邮递员大胡子隔着老远就喊,吴爱国,你的稿费来了!一个十五块,一个八块,一共二十三块啊,抵得我大半月工资了!

吴爱国端详着那两张邮政绿的稿费单,就像捧着两棵嫩苗,生怕伤了它们的根。他小心地折好,放在贴心口的口袋里,然后骑上自行车去乡邮电所里取钱。那是春天,瓦庄满畈的油菜花正在盛开,蜜蜂在花丛中飞来飞去,暖暖的春天的日头照在人身上,连骨头都被烘酥了。吴爱国想着口袋里的两棵"嫩苗苗",想想就要笑,再想想还是要笑,他一个人咧着嘴无声地笑了。

忽然,半路上闪出一个人影,虾子,笑什么呢?

吴爱国打眼一看,是三组的董玉珍,他们曾经是初中同学,不过,生性胆小的吴爱国一直不敢和女生搭腔,董玉珍又是个风风火火的女生,吴爱国连多看一眼都不敢,就更不敢说话了。他刹住车,对着董玉珍笑笑,我……我笑了吗?我不知道呢。

董玉珍剜了他一眼说,哦,看把你美的,虾子,哦,不,不,不,现在该叫你秀才了,听说你写稿子都能挣上稿费了?

吴爱国的自信心来了,说话也顺溜了,他说,传得这么快?也就是刚来。

董玉珍说,昨天邮电所的大胡子就传开了,稿费单是什么样子呢?

吴爱国就珍重地从口袋里摸出那两张稿费单,递给董玉珍看。一向大大咧咧的董玉珍郑重起来,她双手搓了搓,又在屁股后的裤子上蹭了两蹭,才接过来,认真地看着,念着上面的字。董玉珍念着,鼻翼翕动,上面闪耀着一层太阳的光芒。吴爱国不禁朝董玉珍脸上看了看,他发现董玉珍其实挺好看的,皮肤光滑,头发乌黑,脖颈以下隐约见到一块三角形的白花花的区域,他赶紧别过了头去。

董玉珍却偏过头来,黑黑的眼珠里满是崇拜,她说,爱国,你真了不起!

吴爱国局促着,却不知道怎么应答,他忽然一拍自行车后座,说,你到乡里去不?我带你!

董玉珍两眼放光,她说,好啊,你带得动我吗?

吴爱国说,那怎么带不动?你坐好了!

吴爱国躬着身子蹬着自行车,骑行在乡间的小路上,他感觉得到董玉珍在他身后的呼吸。碰到小路颠簸的时候,董玉珍就用两手轻轻地攥住他的衬衫,她的手柔软得像两只小猫,挠得他心里一跳一跳的。

等到了乡政府的集市上,董玉珍跳下车后座,她低下头捏着衣裳的下边角,对吴爱国说,我想送你一件礼物。

吴爱国第一次发现董玉珍也有羞涩的时候,他说,送我礼物?

董玉珍从口袋里掏出一支钢笔,递给吴爱国,给,这是我用自己摘茶叶的工钱买的,不知道你喜欢不喜欢?

吴爱国看那笔,是英雄牌钢笔,笔帽是不锈钢的,笔身是棕色的塑料,捏在手里沉甸甸的。喜欢,喜欢,真的,吴爱国赶紧答道。

喜欢就好,董玉珍又恢复了她霸气的一面,那你以后写稿子一定要用这支笔哦!

一定,一定的,吴爱国笑着连连点头。

这年秋天,瓦庄的两个年轻人都有了很大的进步,汪根发被提干当了副乡长,吴爱国和董玉珍结了婚。

4

像童话里说的那样,一开始,吴爱国和董玉珍过上了幸福的生活。董玉珍干事麻利,粗的细的农活都做得溜溜滑滑,为了让吴爱国一心写稿,她把家里的农活几乎都承包下来了。按照董玉珍的规划,吴爱国这样的大秀才,写好了稿子,迟早会被转为国家正式老师的,到那时,一个教书,一个种田,日子过得还不是赛神仙?

然而,吴爱国稿子写了不少,转正的问题却迟迟没有得到解决,主要是,汪根发到乡里上班后,新上任的支书对吴爱国写稿子并不十分看重,他说,吴爱国教书就教书,写的那些鸡零狗碎尽是些谎花,又结不了果子。这让吴爱国很生气,怎么能这样评价新闻事业?这个支书水平太差,不及汪根发的一根毛呢。这也罢了。不久后,新支书竟然以工作需要为由,收回了村里配给吴爱国的自行车。这不是一辆自行车的问题,而是一个荣誉问题,现在,一辆自行车在瓦庄也算不上什么了,可是这做法不对啊。

吴爱国在家里生闷气,觉得前途迷茫,可是,很快他就振奋起来。那天,《青城报》的一位记者到瓦庄采访,吴爱国自然也跟着一道。采访中,那记者的笔记本封皮上印着"青城报"三个字,他见吴爱国盯着笔记本看,问道:报社没给你发这个本子?

吴爱国说,没有。

记者说,你不是《青城报》的通讯员吗?我看你在《青城报》发了好多篇稿子了,报社应该给你们发证和本子的。

吴爱国说,这样啊,本子没有就算了,这个证可是个好东西啊,出去采访也能亮起来给人家看一下的。

记者是个热心人,他说,这包在我身上,我回去后就给你办,你拿张照片给我。

吴爱国立即到乡照相馆拍了照,寄给了那个记者。过了半个月,那记者果然给吴爱国寄来了通讯员证和采访本、稿纸等。记者在来信中还鼓励他,好好写,会有出路的。

吴爱国从此到哪里都揣上通讯员证,时不时拿出来亮一下。但这稿子越来越不好写了,以前可以写写瓦庄村里的事,但包产到户几年后,八仙过海,各显神通,村里一年也开不了一次会,各家各户各忙各的事,瓦庄巴掌大的地方,哪里有那么多新闻呢?

吴爱国一天到晚大睁着眼睛,四处留心有没有可以写新闻的。不幸的是,稍有点新闻的,都被他这几年写尽了,比如,四组丁长杰家一家考走了三个大学生;一组老胡家的儿子捡到一只受伤的猫头鹰放生了;三组吴南友家媳妇照顾瘫痪的公婆十五年,本来每年三八妇女节时可以再写一遍的,但那老太太不争气地在年前死了。吴爱国觉得最狗屁的一句话就是:太阳每天都是新的。对瓦庄来说,天天都是一个样子,没有一点新闻。像汪根发当年救火那样的大新闻真是再也不可得了。

尽管这样,吴爱国还是没有放弃,他像一只忠诚的猫终日瞪大了怀疑的眼睛,四处探寻老鼠的蛛丝马迹。终于,他在我们家发现了新闻。

我父亲在瓦庄算是个小能人,他无师自通,会做一般的木工活,也还算个不错的泥瓦匠,一到农闲时,他就到瓦庄四邻八乡打短工卖手艺,因此,我们家的日子在瓦庄过得还是不错的,但我父亲不满足,他很会动脑筋。这年,他在邻近的窑庄村看见有几户农户养老母猪卖小猪崽,收入很不错,因为这时粮食够吃还有剩余,粮价又上不去,如果将剩余的粮食拿来喂猪的话,挣的钱要比直接卖粮食划得来,因此,养猪风一时盛行,家家都养了好几头猪。我父亲受到这个启发,就也养了一头老母猪。

我们家精心养了这头老母猪,老母猪怀了猪崽,不负全家人的厚望,一口气就生了十二头猪崽,且一头头都健康存活了下来。小猪崽很可爱,我一放学回家就从菜园里剥了莴笋叶子,抱到猪栏前。小猪崽们一听到动静,立即围拢到我身边来,争相抢食我手中的菜叶。它们的吃相非常贪婪,十二只猪嘴,哼哼叽叽,风卷残云,不一会儿就把一篮菜叶消灭完了,我只好又拿了篮子去菜园。我很喜欢看小猪吃东西时的样子,虽然我也不时高声地装作发怒骂它们,好吃的贪得无厌的家伙,滚一边去,你都咬到我的手指头了!在我们全家的精心饲养下,小猪崽一个个长得油光水滑,每头均重都有三十斤,这在瓦庄是少有的。小猪崽这样健康,又肯吃,瓦庄人当时捉小猪回去饲养,判断小猪是不是会长肉,唯一一个标准就是它能不能吃食,所以我们家的小猪崽很快就被瓦庄的人号上了,只等出栏的日子一到就来捉回家。

这件事,自然被吴爱国看在眼里,他老婆董玉珍也在我们家预订了一头小猪崽。吴爱国觉得这是个新闻,他写了一个题为《农民余财富饲养猪崽致富》的新闻稿,余财富就是我爸了。我父亲倒不反对吴爱国写什么新闻,他爱怎么写就怎么写吧,毕竟还让我老余在报纸上露一回名字呢,我老余家祖宗几代都没有在报纸上扬名呢,可是这稿子并没有刊登出来,吴爱国解释说,报社编辑说这件事新闻性不强,养小猪崽的多了去了。

仿佛是要成全吴爱国写新闻的需要,我父亲把这窝小猪崽养着养着,他忽然改变了主意,不卖小猪崽了,他要自己把这批小猪崽直接养大,成为肉猪后再出栏卖了。因为我父亲算了一笔账,十二头小猪崽一年后出栏,获得的收益要大得多,更重要的一点是,那些来捉小猪崽的隔壁邻居大多欠账,而养了肉猪卖给街上食品站的屠户,得到的是一大把现钱,我父亲喜欢拿到现钱,不喜欢别人欠他的账,他就做出了这样的决定。决定一出,那些原本要来我们家捉猪崽的乡邻把我父亲狠狠地骂了一顿,说我父亲是个铁算盘。唯独吴爱国没有骂,他反而很支持,他说,你家这完全是个养猪场了,是个新闻。他很快又写了一个新闻稿:《农民余财富办起家庭养猪场》。这个稿子最终在《青城报》的报屁股下占了三行的位置,只是编辑没注意,把我父亲的名字"余财富"搞成了"佘财富",换姓了。吴爱国一再打包票,下次再写一个稿子,一定改过来。

那一年,为了那十二头长嘴兽,我们可没少辛苦,这猪们一长大就不好玩了,天天要吃要喝,一旦肚子饿了一点就扯天扯地地叫唤,把心肺都叫出来了。一听猪祖宗叫唤,我们就得立即出门打野菜,下河捞河草,上灶煮猪食,我们姐弟三个放学回来就围绕着十二只猪打转转。好不容易,十二头猪都长肥了,年关的时候,父亲找来了镇上食品站的屠宰员,一把将十二头肥猪卖了出去。父亲数着钱,心里很是高兴。隔壁的吴爱国隔着篱笆墙问我父亲,卖了多少钱?我父亲说,不多,也就2000多块。

吴爱国说,你这是个大新闻啊,我要报道一下,你放心,这回不会把你的名字搞错了。

我父亲陷在挣一大笔钱的兴奋中,也顾不得和吴爱国说什么,他在脑子里计算着这笔钱该怎么花。

没过几天，吴爱国写我父亲养猪的新闻果然登出来了，这回篇幅好大，在《青城报》二版的中间位置，足有三块豆腐干那么大，标题是《农民余财富养猪致富》。吴爱国在我父亲面前把报纸绕了一下，就收了起来，他说，他准备了一个剪贴本，每发表一篇新闻他就会把它剪下来。父亲见这回名字没有错，也很高兴，说我老余家也登报了，好，晚上我请你喝酒。他还真让我去村头代销店买了两瓶瓶装酒，让我妈炒了两个菜，两个人在院子里喝了起来。我父亲一边喝，一边教训我，你看看吴老师，本事多大，能把你爸我的名字搞到报上去，这报纸是好登的吗？那要有文采。你看你，一叫你写作文，你就恨不得把作文本吃下去。你真要好好学学。

这餐酒后的第三天，我家突然来了两个穿制服的人，他们带来了那份刊登有我父亲大名的报纸，问我父亲，你是余财富吧？

我父亲说，哦，是啊。

你家前不久卖猪到食品站了？

嗯。

卖了多少钱？

2000多吧。

真的2000多？

真的，怎么了？食品站屠宰员老张可以做证的。

我们是税务局的驻乡税干，你看，卖猪是要收屠宰税的，你卖了十二头猪，却一分钱税都没交，所以今天要补交税。

我父亲两个腮帮子抖动起来,交钱就是要他的命,他说,我是交了税的,30多块呢。

那个税干说,那是平常老百姓自己家杀年猪,交的一头猪的税,你这个十二头商品猪,30块钱管个什么用呢?

我父亲耍赖说,我哪有十二头猪嘛,我也就一头猪,卖给了食品站,杀了后,我自己家留了一半肉过年的。

税干展开那份报纸说,你还抵赖,你看看,这里白纸黑字,你都是养猪场了,而且这里明明写着你收入都有5000多,你还说只有2000多,你这是瞒报收入,你知道不?按照税法,你这都是犯法的,我们也不追究你了,你就把剩下没交的税补齐吧,就按最低一头30,你再补交330块吧。

一个税干说着,另一个唰地拉开皮包,拿出纸笔,在上面唰唰地开票,哗地一下撕了下来,递给我父亲。

我父亲两片嘴唇上下打架,他梗着脖子朝隔壁喊,吴爱国,吴爱国,你过来!

吴爱国应声走到我家来,听到这档子事后,他也一下子愣住了,他说,这……这……我没想到还要交税。

我父亲吼着说,我明明只卖了2000块钱,你为什么要写成5000块钱?

吴爱国嗫嚅着说,我觉得2000可能少了点,就把数字写大了点。

我父亲气不打一处来,过去人家讲吹牛不上税,现在你倒好,你吹牛吹过瘾了,却轮到我来交税了。

我父亲最后好说歹说,又让我妈做了两碗浇头丰富的肉丝面,客客气气地请两个税干吃了,才终于把税降到了200块。

吴爱国自始至终像犯了错误的小学生,在一旁站着,一脸讨好地看着父亲。父亲觉得钱也交了,这样做似乎也过分了,再说人家也不是坏心,就叹口气说,算了,算了,下次你不要再在我们家搞新闻了,这新闻登一次报也太贵了。

吴爱国很沮丧,但这并没有阻挡他写新闻的热情。这时,他接到县广播站给全县所有通讯员的一封信,县广播站要设立优秀通讯员奖,给每篇稿件打分,评选出优秀通讯员,凡优秀通讯员将邀请到县里由县领导颁奖。信上还一一列出了在不同的地方刊发的稿子的分值,如在县广播电台刊播一篇2分,在青城地区报上刊发一篇简讯是3分,正常消息是4分,等等。吴爱国在想象,如果获得了县级优秀通讯员奖,受到县领导的接见,这民师转正一事不就好了吗?受了这个鼓舞,吴爱国继续像工兵探地雷一样在瓦庄这狭小的地带寻找着新闻。

要想发新闻,有一点很重要,那就是要经常读报。吴爱国自费订了一份《青城报》,但省报及其他的报就不能订阅了,因为一份报纸也要不少钱,他起先是常到村支部去看,但村支部后来上班也不正常,支书是个包小工程的,三天两头不在家,他就常到乡政府去看,到了乡政府文书办公室,他就取下报夹,低了头,认真地、慢慢地、一版一版地阅读起来,有时还记下每个版的编辑的名字和栏目名字。有时,遇见了汪根发,汪根发就把自己办公桌上的报纸撂起来交给他带回去。

有一天吴爱国在《人民日报》上发现了一个叫"读者来信"的版面,上面刊登的稿子有许多就是基层的人写的。吴爱国心想,这个自己也可以试试,《人民日报》上一篇稿子就是10分啊。一看上面反映的情况也都是鸡毛蒜皮的小事,吴爱国就想到了瓦庄村有许多人盗挖春笋的事。瓦庄村的集体林场里有不少竹子,一到春天,春笋就冒出来了,老百姓就明里暗里驮了锄头去挖笋。这个时候的笋子好挖,一天能挖上百斤,有城里人专门来村里收购,一个人挖一天能挣上几十块钱,虽然村里也出了告示,禁止挖笋,但也没有谁真正去管。

吴爱国在竹林里转了转,又在挖笋、卖笋的人那里转了转,基本情况心里就有数了,他就写了封"读者来信":《这里的春笋盼保护!》。

在信中,他以一个农民的身份,说明了"春天一棵笋,春后一杆竹"的道理,披露了瓦庄村盗挖春笋的现象,呼吁有关方面要加强管理、保护竹林。

过了两三周,这个稿子果然刊登出来了,《人民日报》的编辑改了标题:《盗挖春笋现象亟待整治!》。

吴爱国还没来得及高兴呢,就被叫到了乡政府。分管宣传的汪根发黑了脸说,吴爱国,你是昏了头吧?你怎么给我们政府脸上抹黑?

吴爱国说,我说的就是瓦庄村的事啊。

汪根发说,瓦庄是哪个瓦庄?还不是我们乡里的瓦庄?你写瓦庄的问题,不就是说我们乡党委、乡政府的问题?你这个稿子一出来,你知道给我们乡带来了多大的负面影响吗?县里书记都生气了!好事不出门,坏事传千里啊!

吴爱国没想到问题会这么严重,他一下子傻了,他说,那、那我也没想到,我以为就是件小事。

汪根发骂了一通后,语气也缓和了些,他说,笔头底下无小事啊,这一下子,乡里书记都要挨尅了,你捅了个天大的窟窿,你知道不?你要做个深刻的检讨!

吴爱国在家憋了一个晚上,写了长长几页纸的检查,第二天一早送到了乡里去。乡党委书记收下了检查,然后冷冷地说,大通讯员,大记者,你回去吧。

吴爱国听得出书记心里的不满和不快,他想再解释几句,可是书记砰的一声把门关上了,把他关在了门外。

吴爱国在门外站了会,乡里书记又突然开了门问,你这个稿子还寄给别的报社了吗?

吴爱国摇头说,没有。

没有就好,书记说,又砰地关上了门。

吴爱国站在门外,呆了半天,见书记再也没有开门,就忐忑不安地慢慢走回了家。

让吴爱国没有想到的是,本来这个稿子他只投寄给了《人民日报》,没想到,随后,《青城日报》和省报也刊登了出来,也不知道是怎么回事。

乡党委书记气得吐血,他说,这个吴爱国是不想好了!看来他是成心要害死我了!

这个事件的结果是,吴爱国连代课老师也当不成了,他当即被裁减回家了。而那个书记则被调到另一个乡任职,汪根发则被挪正担任乡党委书记。

5

当了十来年代课老师,临了却被一脚踢回了家,吴爱国这一跤摔得不轻,写稿这么多年带给他的自信心又一下如漏了气的气球,软塌塌的,没有一点精神了,董玉珍也彻底对他失望了,再也不支持他写什么新闻报道了,他虾子一样的身影在田间地头飘忽着,不时听到董玉珍对他大声呵斥的声音。

万般无奈之下,吴爱国在村口开了间小卖部,这个时候,瓦庄的青壮劳力都不种田,都到南方城市打工去了,人一少,小卖部的生意也没有什么起色,勉强糊口罢了,吴爱国好像一下子苍老了不少,小卖部里经常去的就是些老头子老太太来买袋盐买瓶醋的,也不急着回家,几个老人凑在一起就议论张家长李家短的,有的就说,哎,爱国,这可是个新闻呢,你不写写登报?

这口气明显是揶揄的,吴爱国装着没听到,呆呆地看着天边上的一丝白云。我在那年高考中考到了省城大学的新闻系。出来就是要当记者的,我妈这样在乡亲们面前炫耀我。每当寒暑假我回到家来,走到吴爱国的小卖部门口时,吴爱国一反常态,像打了鸡血似的,和我说着有关新闻的事,我发现,在他衰态的表象背后,对新闻还有着无比的热情,他说,你要当记者了,我给你提供新闻线索,听说现在城里报纸对提供新闻线索的都有奖呢!

我说,有好线索你可以写啊。你还是《青城报》的通讯员吧?

吴爱国的眼神亮了一下,又迅速暗淡下去,他说,算了,我不写了。他努努嘴说,我现在一拿笔,她就骂我呢。

我顺着他努嘴的方向,明白他是指他老婆董玉珍。

吴爱国又摸索着,从口袋里摸出《青城报》的通讯员证,说,我当年可是给《青城报》写了不少好新闻稿子啊。

我看见那通讯员证已经破损不堪,封面褪色,内页脱落,照片也几乎模糊不清了,我不好说什么,就找个借口,赶快回到家里。

等我第二年暑假回家时,发现吴爱国的小卖部已经关门了,我向我妈问起吴爱国的情况,原来,他又重操旧业,到乡政府上班去了。

据说,当上乡党委书记的汪根发有一天到瓦庄来检查工作,看见了吴爱国,就问他,愿不愿意到乡里来上班?

吴爱国当然愿意了,他说,我能做什么事呢?

汪根发就给他安排了一个计划生育助理员的位置。

汪根发说,你看,我们乡里各项工作还是不错的,但是这些年还是缺少宣传,我当书记也有两个年头了,你就到乡里来担负起宣传的担子,计生助理员你就挂个名,不要天天跟着去下乡搞计划生育,你的任务就是上稿子。

吴爱国感激地说,好,好,我一定好好写稿。

汪根发嘱咐说,这回可要好好搞哦,有机会还是可以转成正式工作人员的,你可要切记,写稿一定要讲政治,一定帮忙不添乱,不要求你雪中送炭,起码要锦上添花吧。

吴爱国觉得汪根发这几年领导真的没白当,说起话来一套一套的,他努力挺直了胸脯说,你就放心,汪书记,我也是个老通讯员了嘛。

吴爱国在家里的地位又高了起来,毕竟是在乡政府上班了,董玉珍给他置了一套西装,配了一双皮鞋,买了一辆新自行车,每天骑着车到乡政府点卯上班。

等吴爱国坐在乡政府那张办公桌前时,他才发现现在搞新闻报道越来越不好搞了。按道理乡里专门有宣传干事来做这个事的,但宣传干事半年都写不出一个字,理由是:这穷山恶水的地方哪有那么多新闻呢?真的新闻哪能报道呢?可是吴爱国不一样啊,不对这张办公桌负责,至少也要对汪根发负责吧。他又开始寻找。

为了提高发稿量,吴爱国可以说是费尽了脑筋。当时,省报头版有个栏目叫《城乡快报》,要求当天发生的事情当天报道,那时还没有发达的网络和传真,从小小的乡镇怎么能把消息传到省城呢?报社当时要求那个栏目的新闻稿不超过100字,可以用电话报过去,由值班编辑记下。吴爱国看中了这个栏目,因为是在头版嘛,虽然短,但有分量啊。有一次,有位瓦庄籍华侨捐款给乡里修了座敬老院,投资10万元。吴爱国立即跑到汪根发的办公室打长途电话给《城乡快报》,编辑记到最后说,才10万元哪。编辑的意思是这个数目太少,不值得报。吴爱国一急,急中生智说,不止10万,是首笔捐款10万。就是加了这"首笔"两个字,新闻就被采用了,第二天就见报了。

为了上新闻,吴爱国不仅费尽了脑筋,还受尽了委屈。

比如,他写了一个新闻报道,稿子被县里、市里的电台、报纸用了。吴爱国拿了报纸去向汪根发汇报,汪根发很满意,说,看来聘用你是聘对了,这一来报纸就有我们乡的名字了。

吴爱国受到汪根发书记的表扬,心里很高兴,他从乡政府骑车回到瓦庄时,嘴里哼着歌,走在乡间的小路上,暮归的老牛是我伙伴……歌词很欢快,他的心里也是欢快的。可是走到半道上时,路上闪出了几条人影,拦住了他的去路,吴爱国一看,是那几户"超生游击队",本来也都是乡里乡亲的,这时候就像不认识一般,话也不多说,几个人上来就把吴爱国的车子踹倒在地,一把扭住吴爱国瘦瘦的手脚,将他两手背后,连带捆住两脚,这叫"老牛看瓜",吴爱国半点也动弹不了,几个人边骂边踢打他,你他妈的连狗都不如,我们倒了血霉了,你还在报纸上让我们出丑,政府给了你多少钱,你就当走狗子张嘴乱咬?

吴爱国被踢得钻心地疼,可是也不敢还嘴,嘴里啃了一嘴泥,只哼哼着。

几个人打够了,扬长而去,可怜吴爱国一个人躺在地上,蚊蝇子恣意地叮在他身上脸上,除了嘴巴、眼睛还能活动外,四肢一下也动不了。等人走远,天黑透了,他才开始叫唤董玉珍。但田畈上,晚上行人稀少,离村庄又有一段距离,根本就听不见他的叫唤声。直到很晚了,董玉珍左等右等不见吴爱国回来,就去找他,这才从半道上把他救了下来,吴爱国的整个脸已经肿得像马蜂窝了。

外人打他也就算了,有一次弄得董玉珍也要跟他拼命。

瓦庄的村头有口老井,名字叫"金钗井",传说三国的时候,孙权兵败,被曹操追杀,孙权走投无路就碰到了瓦庄的一个女人,女人迅速将自己家的一匹马让给了孙权,并指给他一条捷径逃跑,自己却在村口等着曹操追兵过来,等曹操问可看见有人逃跑了,她向另外一个方向指了指,曹操随即追了过去。这女人知道曹操久久追不上,知道上当,肯定还要返回,便一头栽进井里自尽了。后来,人们便把这口井叫作"金钗井",封那个女人为"金钗娘娘"。也不知从什么时候起,人们都说金钗娘娘是神,能救苦救难治病疗伤,隔三岔五地,村里有人感冒发烧,就到井边磕个头烧个香,甚至连新婚夫妇养不了儿子也跑去许愿,竟然越传越灵。后来,村里的一群老人凑钱,在井边盖了个小屋子,取了个名字叫"娘娘庙",也方便下雨天周边的人去烧香求拜。

这本来也没什么事,但有一天县里有人来检查,经过娘娘庙,看见烟雾缭绕的,就说,这不大好嘛,搞封建迷信啊。

汪根发书记是很敏感的,县领导发话了,那就要拆庙啊,率领了一班人去拆庙,瓦庄的老头老太太坚决不肯拆,汪根发围着那小屋子转了两圈,见拆不下,也就走了,大家以为汪根发也不过是做做样子,终究还是拆不掉的,谁承想,汪根发半夜里领了一班人,三下五除二,就把小屋子拆了。

拆了也就拆了,瓦庄的老头老太太也就只有站在井边骂天骂地骂汪根发的老娘。偏偏汪根发还要吴爱国把这个写个新闻稿,目的也是让县领导知道,他汪根发执行领导决策决不过夜。稿子见报后,瓦庄的人正找不到出气的地方,这一下有了出气口,找不到吴爱国,他们就围住董玉珍,一顿乱骂,把一向争强好胜的董玉珍骂得狗血喷头。说来也怪,董玉珍回家后,就发现小儿子浑身发烧,她心想这一下是惹恼了金钗娘娘了。这小儿子是董玉珍的心肝宝贝,等到吴爱国从乡政府回家,董玉珍又急又气,她捞起一根扫帚就向吴爱国砸去。

写你娘的狗屁新闻,你看看,把儿子写病了,你得罪一村的人不算,又得罪了金钗娘娘了。

在董玉珍的逼迫下,吴爱国偷偷地买了香纸,在娘娘庙的废墟上磕头许愿,吴爱国一边磕头,一边许愿,一边在心里嘀咕,上个稿子怎么就这么难呢?

6

委屈归委屈,吴爱国都能受得了,但就是那样伏低伏小,他最后还是像高空走钢丝一样,一不小心就从钢丝绳上掉了下来。

那时候乡里有一家乡镇企业,是缫丝厂,就是收购来农民手上的蚕茧缫成蚕丝。厂子办了好几年要死不活的,到了汪根发当乡党委书记的时候,像垂死的人一样,只有出的气没有进的气,但谁都不想让厂子在自己手上死过去。汪根发从浙江那边找到人来承包,浙江人也答应了,就是有个条件,要解决贷款。乡里通过各方的关系,终于从青城几家银行里搞到了贷款,蚕茧收购季节,缫丝厂厂房门口终于又有了排队卖茧的人,厂房里又有了女工在机器前抽丝剥茧。

这自然是乡里经济生活中的一件大事,不用汪根发嘱咐,吴爱国就去采访了厂长,写好了稿子,又给汪根发看了,汪根发连声说好,这个稿子要早发,我们穷乡里也能办起工业嘛。

稿子在《青城日报》(青城地区已经改为青城市了,《青城报》也由周二报改成日报)很快刊发了,不料正是这个平常稿件却引起了一番大麻烦。

吴爱国在稿子中写市里金融部门帮助贫困乡发展经济,使一度沉寂的缫丝厂又投入生产,盘活了资产,方便了农民,发展了经济,等等,但在写金融部门时,他写到"市工行等金融部门",就是这一个"等"字坏事了。原因是邻县一个乡镇也在跑贷款,迟迟没有跑下来,他们到建行去做工作,看到了这个报道,便当着建行领导的面说,你看看,你们给人家贷了那么多款,却被"等"掉了,论额度你们比工行还多嘛,却对你们一个字都不提。

建行领导果然生气了,这批贷款中,他们是大头,对缫丝厂是重点扶持的,恰好那时市建行与市工行之间就闹得不愉快,正发火找不到引线呢,建行的行长一个电话打到了我们县的县长那里,狠狠地表达了他的不满。

这可了不得,县长又狠狠地批了汪根发一顿,到了汪根发这里,除了朝吴爱国发一通大大的火之外,还得想办法解决问题啊。

解决的办法就是重新在《青城日报》发一篇稿子,以大篇幅、重点、单独讴歌一下市建行是怎么样关心我们县尤其是我们乡经济发展的,这个任务落到了我的头上。《青城日报》扩版,我刚好从省城大学新闻系毕业,这就顺利分配到了《青城日报》,做起了要闻部记者,因为是打小的邻居,吴爱国又当过我几天的老师,那段时间他也经常把稿件寄给我,让我转交给相关版面的编辑。这次出了这个事,汪根发也自然想起了我,他亲自打电话给我,说出了这个要求,并立即让吴爱国陪镇上的一个副书记到市里来接我。

这个任务我只能接受,毕竟是我老家的事嘛。吴爱国一脸倒霉相地到了报社,细细说明了前后的原委,他说,你不知道呀,我们发个稿子多难哦,没有稿子也不行,有了稿子一不注意就有麻烦。

那天下了一场雨,他又没有带雨伞,我看着他的瘦小的身子,头发和衣服被雨打湿了,就像一只离开水的小虾,我忍不住对他说,乡里给你多少工资嘛,现在劳力都到外边打工去了,你划不来出去打工也好啊。

吴爱国像是吃了一惊似的,他摇摇头说,那不一样,那不一样,写新闻怎么能和打工比呢?

到了乡政府,汪根发已经在办公室里等我,先是恭维了我一番,然后就又斥骂了一顿吴爱国,说你拉一裤裆子屎还要别人来为你擦屁股!

吴爱国在一旁涨红了脸,毕竟他是把自己期许为我的老师的,听我妈说,他经常在别人面前说,是他教出了我这个市报记者。现在,当着这么多人的面,汪根发这样骂他无异于剥他的皮啊。吴爱国脸虽涨红了,但是一言不发,像一个犯了错误的孩子等待家长的拳头落下。

我在乡里采访了两天,两天里吴爱国一直寸步不离地陪着我。一旦脱离了汪根发他又活了过来,到别的单位采访,就餐时,我总是把他让到首席,尊他为老师。他很高兴,也很得意,喝酒时,只要对方称他为记者,他必定一干而尽。最后一晚,汪根发亲自请我吃饭,吴爱国也在,那天他当然没有坐首席,而是坐到了末席,先开始他并不多话,可是随着酒越喝越多,他的瘦弱的手都红了,像极了一只红锅上的虾子,他的话忽然多了起来,他一个劲地跟我喝,并问我,你是不是人民记者?这个我真不好回答。他又追问,那我算不算一个人民记者?你说,我算不算一个人民记者?

我说,算,算,吴老师,你写这么多年新闻,应该算的。

我这样一说,他高兴极了,一仰脖子又喝下一大杯,随后就躺在一旁的沙发上不省人事。我说,是不是请吴老师老婆过来把他接回家?

汪根发轻蔑地扫了他一眼说,不要紧,他过会就好了,还人民记者呢,老弟,让你见笑了哦,来,来,再喝一个。

过了一周,那个表扬市建行的稿子见报了,占了约有三分之一的版面,标题、配图也都很醒目,我想,这足够对得起汪根发了,他见到了应该还是满意的吧?

我以为,这个事件不管怎么样,板子也不能都打到吴爱国一个人屁股上,而且,毕竟事后也做了弥补,从某种意义上来说,也是坏事变成了好事,吴爱国大概也就能交代过去了。但这年的春节,我回到瓦庄过年,见到吴爱国,他的情形让我大吃一惊。

别人家欢天喜地地过年,他家却只他一个人在家,冰锅冷灶的,我一问,我妈告诉我,说是乡政府定岗定编,吴爱国又没有搞上,被辞退回家了,汪根发当了几年党委书记,现在调到县里当局长了,可怜吴爱国孤零零回家,老婆董玉珍没给他好脸色看,也跑到儿子打工的南方城市去给人家当保姆了,留下他一个人留守在瓦庄。吴爱国种庄稼不在行,过日子也不得当,半年时间,人更瘦毛更长,风一吹就歪歪倒。

听母亲这么说,我在大年初一的上午特意带了点糕点去看望他,他正躬着身在猪栏前喂猪,我说,吴老师,初一也不歇歇啊?

吴爱国回头一看,连忙推推快要掉下鼻梁的眼镜,搓着双手请我进屋,屋子里很冷,他用一把破扇子在厨房狠命地扇火,然后端了火钵,让我烤火,我发现他跟半年前我见他时相比,整个人像缩小了一号,一张脸皱皱巴巴,没有一点精气神。

一时无话,我用火钳拨弄着火炭,风从屋瓦上刮过,呜呜地响,没有烧透的炭,偶尔会起烟,在屋子里游荡,呛人喉咙,吴爱国不时地咳嗽几声。我不知怎么了,就问他,现在,还写新闻?

吴爱国摇摇头,忽然站起来,到房间里拿出一摞笔记本出来,递给我看。

原来是他的新闻稿见报剪贴本,有五大本,从最初的写汪根发勇救火灾一直贴起,认认真真地按时间顺序,一路搜集下来,竟然有这么多,我一边翻看,一边说,吴老师,你真不容易。

吴爱国眼睛亮了一眼,又暗淡下来,他说,窑庄的许长富,不是跟我一起写稿的吗?我们同时是《青城报》的通讯员,人家写稿现在当上了宣传部部长,沙庄的胡正银写了几年稿子,转了干,我怎么写了这么多,到头来,什么都不是呢?以前是农民,现在还是个农民。

看着他激愤的样子,为了安慰他,我接过他的话说,农民通讯员不简单啊!这样吧,吴老师,这么多年,都是你写别人,宣传别人,这次我来宣传一下你这个农民通讯员吧?

吴爱国口头上谦虚了一下,但随即就问我,什么时候能见报,需要我补充材料吗?

我说,情况大体我是熟悉的,有需要的时候我再来补充,我回去后就写稿。

7

春节过后,我写的新闻稿《"农民记者"吴爱国20年写稿不辍》,在《青城日报》的二版头条刊发了,我打电话给我妈,让他告诉一声吴爱国。晚上的时候,吴爱国给我回了个电话,他连声说,感谢,感谢,我现在算明白了,我就是一个农民嘛,我就是一个农民记者嘛,你写的真是好。

现在想起来,我不知道该不该给他写这篇报道,虽然我当时只是想给他一个精神上的安慰,但我没想到后来还发生了一些事,我也不知道,他后来的行为是不是和我这篇报道有关,但有一点可以肯定,这篇报道从某种程度让他认识到,他的农民身份的特殊性。"我就是一个农民嘛,不是一个专业记者,我写这么多新闻算个什么呢?"当时我并没有觉得这句话有什么问题,反而觉得他最终认识到"自己就是一个农民"是一种觉醒,总比天天做不切实际的梦要好。

此后很长时间,没有见到过吴爱国写新闻稿了,他大概终于封笔了,我暗自猜测。转过年,是中共中央十七大召开,会后,作为市级党报,我们正忙于组织专栏稿件,大力宣传各地如何贯彻落实十七大精神、实现本市经济社会实现跨越式发展等举措。有一天中午,我正在办公室里看稿,忽然,吴爱国闯了进来,他一脸瘦黑,精神却似乎好了一些,他背着一个很大的黑塑料包,边角都已破损,拉链已经掉了拉锁,隐约可见塑料皮上印着"通讯员会议"字样,字体泛白,像一小堆鸟粪,他紧紧抱住那包,对我说,总算找到你了。

我问他吃没吃,他摇摇头,接着说,吃不吃无所谓,我给你看样东西。

我说,什么东西那么重要,比吃饭还重要?我先叫两份盒饭吧,刚好我也没吃呢。

趁我打电话叫外卖的时间,吴爱国从包里掏出一小捆绸布来,满眼放光地看着我,像是捧着一堆宝贝。

我好奇地打开那捆绸布,原来,上面密密麻麻地用毛笔写着字,这是什么呢?

吴爱国得意地将绸布展开,竟有一间办公室那么长,十二米,我量过了,他说。

这是你写的?

吴爱国点点头说,花了我好几个月时间。他说着指点着绸布上的文字。

我这才看清这些文字的开头,原来是一首诗,"改革开放千言诗",我努力辨认着那些字,前两句是"改革春天又来到,五湖四海人欢笑"。

我轻声读出来,吴爱国非常高兴,呀,你读出来了,你读出来了,怎么样?

我疑惑地看着他,写这个做什么?

向十七大献礼啊,他说,你看,我是一个农民,是吧?可是我关心国家啊!我一个农民费了好大劲,写了这么长的诗,又自己花钱买了绸布,一米两块五呢,花了我几十块钱,还有工钱呢,我又不是公家人,样样都能报销,不容易啊,是不是?你看看,我这不是个新闻吗?

吴爱国这一提醒,我的确醒悟过来,是啊,这不就是新闻嘛!虽然他这有点制造新闻的意思,但是,"一个农民,容易吗?"再说,眼下,不就是需要这样的新闻吗? 我连忙说,对,对,是个好新闻,我马上来安排。

他说,我这诗还有个特点,你把每首诗的第一个字从上往下念,就是"改革开放三十年人民生活幸福",还有,把这首诗按对角线念起来,就是……他撅着屁股指指点点着,说实话,我压根儿没看出来他指出的这首诗的玄妙之处,那些黑乎乎的字,像一群雨前的蚂蚁慌慌地搬家,看得我头晕,我只好点着头说,好,好,好。

说话间,盒饭送到了,我和他一起坐着吃饭,我特意叫了最贵的煲仔饭,有鱼、肉、鸡等,吴爱国说,这是工作餐吧?

我说,算是吧。

这工作餐多好啊,他吃着,嘴边的饭粒粘着,一副精瘦的样子,真像一只八大山人笔下的墨黑的鸟。

我问他,生活还好吧?

他说,还好,还好。

还种地养猪?

嗯,种点地,养一头猪。

我随后让我们部门的记者小唐给吴爱国做了个采访,又让他拉着那"千言诗"巨幅绸布拍了照片。他拍照时笑得非常幸福。

采访结束后,吴爱国走了,当天小唐就写了消息稿,我让值班编辑当天签发在头版,作为一篇"贯彻十七大精神"专栏的社会新闻稿,这还是很对题的。

大约是因为那一时期,各级党报都需要这样的题材吧,小唐的这篇消息稿很快就被省报转载了。我特意打电话给吴爱国,对他说了报道的情况,他在电话里哦哦地应着,很兴奋,然后他总结说,报纸还是重视农民新闻的。

8

如果说吴爱国第一次写这首"千言诗"我还能理解的话,那他接下来的作为,我怎么也理解不了。

十七大之后的2008年,中国发生了两件大事,一件是四川汶川大地震,一件是北京奥运会召开。大地震发生不久,吴爱国再次到报社来,他又写了一首长诗,说是要献给灾区人民。在接受记者采访时,他说,我作为一个农民,我没有多少钱,也不能到灾区去救灾,我就想写一首长诗,表达农民兄弟对灾区人民的关心,鼓舞他们战胜灾害重建家园。照例,这稿子又见了报,又被转载。到了北京奥运会召开时,他又如法炮制,这回写的据他说是万言长诗,要献给世界各国参加北京奥运会的运动员,他作为一个农民,想借这首长诗表达农民兄弟对北京奥运会的祝福。这稿子也见报了,也发了,不过,与上次相比,篇幅小多了,处理得也淡了,我们总编批评我说,怎么这个人老是出现啊?你们能不能弄点新鲜的?

就这样,以后,只要国家发生什么大事,吴爱国真的"爱国"无比了,总是要带着他的长诗来讴歌与献礼,到最后,我实在抵挡不住了,只要一看见他来,我就借口有事赶快撤退。最后一次,我被堵在门口,他又在包里掏他的诗篇,我暴躁地对他说,不要拿出来了,不要拿出来了,是不会登的了!你以为你真是个农民诗人？你真能代表农民？你有这工夫，多到田里转转，还能多收两担稻，那才是农民！

我这一通火发得他手足无措，他一时在门口，进也不是，退也不是，只是惶恐地看着我。看着他这模样，我意识到自己过分了，不管怎么说，他年纪也比我大，还曾是我的老师啊，他又做错了什么呢？我又找台阶下，我说，吴老师，对不起，你看，你这个发多了，我们总编刚才还把我狠狠骂了一顿呢，说我们报道面太窄了，老是发我家乡的人和事。你看，我这不也难办吗？

吴爱国愣了一会，终于没有打开他的包，他失望地转过身去说，哦，那就算了，不耽误你的时间了。

他慢慢往外走，走下楼梯，我一直看着他的背影，从后面看，他就像一个年届古稀的老人。其实，他才五十多岁，我觉得有些对不起他，想上前拉住他，和他聊聊，我脑子里不断闪现出他第一次送长诗到报社来的情景，那天，在给他拍照时，他的笑容是多么灿烂啊。但是，我还是坚持了我被城市的规则生活所养成的理智，看着他一步步走下楼梯，像是有一把快刀从脚底下削砍他，把他一截截砍短，直到砍得完全不见了。

过了有半年多，吴爱国没有到我们报社来了，我以为，他终于要安安心心地做他的农民去了。老家安装了电话后，我便经常打电话给我母亲，偶尔我也问问吴爱国的情况，从母亲那里，我知道他的生活依旧没有太大的改善，老婆孩子还是在外打工，他一个男人在家，也不会过日子，也就凑合着窝窝囊囊地过吧。

但是,后来,吴爱国又到报社来找过我一次,大约是记得我上次的责骂,他一来就站在我办公室门口,对我说,你放心,这回来不是让你写报道的,我只是问你一件事。

我问他什么事。

他说,你知道什么地方可以出书?

你要出书? 我吃惊地问他。

他点点头,又开始从那破旧的包里掏,掏出厚厚的一大摞,这次是在电脑打印店打印的,封面是"和谐三字经",然后,内页都是三个字一行,三个字一行的,诸如,邓公巡,在深圳,改革起,建渔村……吴爱国摇头晃脑地念起来,越念越快,明显见得他是读得烂熟于心了。

我打断他说,就是这个书稿?

吴爱国说,我看到报纸了,有个《中华道德歌》,都发行几百万册了,现在全国上下都在讲和谐,我作为一个农民,花了一年时间写了这部"和谐三字经",难道就不能出版?

吴爱国满怀希望地看着我,我一时不知怎么说才好,看他所写的这些,哪里达到出版的水平呢? 但我怎么忍心给他兜头泼一瓢冷水呢? 我含糊着说,这,大概也可以吧? 出版社我还真不认识,我帮你问问看,问到了就打电话给你。我的想法是,先把他弄回家再说,也许,过段时间,他的热血冷了,新鲜劲过了,可能也就算了。

但我这次又估计错了。我母亲说,吴爱国在家左等右等,也没有等来我的电话,就一个人把家里的一头正在长膘的肉猪卖了,做了路费,跑到北京去了,他说,他要找到中央,把这本书献给第二年的两会。

吴爱国到了北京后,发现北京太大了,他找了两天也没找出个头绪。他在街头上到处问人,有个人问他做什么,他捧着他的书稿说,他要找有关方面出书。

那个人看他抱着一堆白纸黑字,说我知道了,你要找什么地方我知道,我给你写个地址吧。

吴爱国就拿了那个地址,一路问人,终于找到了那个地方。那里人真多,大家拥挤在一起,往一个巷口挤。问了半天,吴爱国这才明白,这里是信访局,专门接待信访人员的,他心想,既然是信访,那我也可访一下,我这本书到底在哪里能出。

吴爱国正在人群中挤着,忽然旁边一个人笑着问他,来信访的?

吴爱国点点头说,嗯,你也是?

那人也友好地点点头说,是的呢,老哥你是哪里人啊?

吴爱国说了自己所在地。

哦,那人又点点头,马上拉住他说,这样挤太费事了,我带你去找你们老乡,他们会帮你的。

吴爱国糊里糊涂地跟着那个人往一个地方走,走到一辆车子前,那人说,这就是。

随即上来几个人,拉着吴爱国就上了车,吴爱国说,还要坐车子去？我可没有钱买车票啊。

那几个人说，不要钱，不要钱。说着，把吴爱国手里的书稿拿过去说，给我，我们帮你递上去。

吴爱国说，我的可是书稿，要紧急出的，不能耽误了。

不会耽误的，一定送到。

到最后，吴爱国才明白他是被拦截上访人员拦截住了，那些人也不听他申辩，直接就把他送回了省里，又一层层通知，从省到市，从市到县，从县到乡，从乡到瓦庄，一层层派人把他送到了瓦庄。

吴爱国一遍遍地问乡里送他回来的人，他们能不能保证把他的"和谐三字经"送上去？

乡里人骗他说，送上去了，正在研究呢。

那段时间，我母亲一和我说起吴爱国就担心地说，这个虾子，隔天就要到乡政府去问一次，田地都荒掉了。

有一天，晚上快十点了，我接到吴爱国的电话，他说，你能不能帮我重新补发一个《青城日报》的通讯员证？

我说，你做什么用呢？

他愣了一下，说我老的那个太破了，我就是想换一个新的。

我说，好，你回头带张照片来，我帮你重办一个。

没过几天，吴爱国给我寄来他的照片，还是他以前年轻时拍的照片。我推算，应该是他写新闻报道最风光的那一段时间拍的，因为我看着那照片和他以前旧的通讯员证上的照片一模一样。收到照片后,恰好群工部的谢主任出差去了,我也就把这事渐渐忘了。

9

现在,可以把吴爱国死时的情况说一说了。

乡政府对他的书稿一直没有个说法,把他当成了维稳上访监控对象,不让他出门,吴爱国在失望之余决定再去一趟北京。

这次,他悄悄地启程,临走之前,他还到报社找过我,询问他的新通讯员证有没有办好,我这才想起我忘了他的交代,就说,过几天就能办好了。

他也没说什么,掏出那张旧的通讯员证说,那我就带这个老的吧。

他就一步步地下楼走了,走了没几步,他冲我回头一笑说,这回我希望我的那本书能出版。

我也冲他一笑,我想说什么,可我终于没有说,我又看着他一步步被楼梯砍杀,直到彻底不见身影。我没想到,这会是我最后一次见他。

吴爱国最终是出车祸死的,为什么出车祸也有多种版本,其中一个说法是这样的:

说是吴爱国这边偷偷跑到北京时,那边瓦庄乡政府的人就知道了,却没能在火车上截住他,后来,截访的人就在北京找到了他,这回吴爱国知道了他们是做什么的,他的事情还没办好呢,他不想回到瓦庄去,他就抱了他的书稿跑了起来。

虾子一样的吴爱国在首都的大街上奔跑起来,他又急又慌,慌乱之中,在一个路口拐弯处,撞上了一辆小车。他先是被撞得飞了起来,但手里的书稿没有脱手,直到重重地跌在坚硬的马路上时,那些稿纸才张张散落,像一张张巨大的雪花,在空中纷飞,最后覆盖在他的瘦小的身子上。

据瓦庄派去善后的村干部说,吴爱国临死时,一只手伸向书稿,一只手紧紧攥着那本破旧的通讯员证,拉都拉不下来。

瓦庄农民、本报通讯员吴爱国不在人世了,但他的那本新办的黑皮通讯员证一直放在我的抽屉里,就像块巨大的阴影,跌落在我的生活里,我下过很多次决心,要把它丢弃,但又始终没能丢弃。我老想着他的故事,我只好把他的故事写下来。

现在,我再一次翻开这本黑色的证件,吴爱国隔着数十年的距离,用他年轻的目光与我对视。我对他说,我不知道你的这个故事能不能公开发表,但我尽力了。

纸上的父亲

1

郭建伟觉得自己快要成功了，他对尹洁说，你看，你看，我父亲很快就要从这张纸上走出来了。

郭建伟相信父亲很快就要从面前的公文纸上出现。父亲先是出现一个大致的轮廓，然后，他不断地从细节上丰富自己，伸出四肢了，穿上衣服和鞋帽了，脸孔呈现了，毛发生长了，眼睛睁开了，当然，最后出现的才是神情。父亲是个什么神情呢？郭建伟稍一思索，父亲像经不起他思索似的，很快隐退了，这回是逆着刚才的程序，先是眼睛慢慢没有了光，然后，面孔模糊了，接着，衣服与四肢淡化了，几秒钟后，父亲又只剩一个粗略的线条了，而且眼见着那线条又慢慢变细变淡，消隐了。

郭建伟急了，别走，他喊道，别走啊，父亲！

郭建伟记得自己情急之下还拉着尹洁的手绝望地追喊：父亲！父亲！别走！尹洁的手都被他捏痛了，他听见尹洁哎哟了一声。

郭建伟正追赶着父亲,却听见门铃一阵阵响,夹杂着用手擂门的声音,急促,不耐烦,还有点蛮不讲理,十分没有礼貌,他恼怒地从床上翻身而起,急急地往玄关处走,懵懂中,似乎想起来哪里有点不对劲,脑袋里像是伸进来一把大挖勺,不停地挖着,他被挖得一片麻木,只是下意识地去开门,他还没有完全从刚才的梦里走出来,他还在想,是刚才从公文纸上逃走的父亲在敲门吗?

门刚一打开,立即闪进几个人影,壁灯吊灯随之啪啪地全打开了,灯光霎时爆炸开来。

郭建伟愣了几秒钟,眼前的四五个人都穿着警服,他们问,你是郭建伟吗?他点点头。其中两人便迅速按住了他,让他动弹不得,其他人则训练有素地分散开来,拍照的拍照,检查的检查。他突然醒了,马上发现自己竟然还赤裸着身子,全身上下一根纱都没有,他惊叫了一声,想蹲下去,努力不让羞处露出来,但已来不及了,他听见警察手中的相机对着自己连着咔嚓了好几下。现在,他们中的一个给他拿来了晾衣架上的一套衣服。快穿上。那个警察叫道,眼里满是痛恨。

怎么了?郭建伟问,他奇怪自己这时候竟然还没有感到害怕,他竟然还是满脑子的那张公文纸,公文纸上的红色文头和圆圆的公章,以及模模糊糊的父亲。

怎么了?哧!看守他的其中一个警察说,你做的好事自己应该清楚,狗鼻子插葱装得还挺像!

郭建伟耸了耸被按住的肩膀,他大声说,怎么了?你们搞错了吧?我又不是罪犯!你们有搜查证吗?他从自己有限的法律知识里找出了这样一个问题。

另一个警察说,你是不是罪犯我们说了不算,你自己说了也不算,证据说了算!

我涉嫌犯什么罪了?郭建伟问。

尹洁你认识吗?一个警察突然问。

郭建伟这才发现,尹洁不见了,他扭过头四下里找,却看见一个警察正戴着手套对餐桌上的红酒左右察看,并盖上瓶盖,放到一旁的工具箱里。尹洁怎么了?郭建伟问过后才突然有了不好的预感。

她已经报案说你强奸了她,现在请老老实实配合我们调查。警察说。

强奸?郭建伟惊愕地说,怎么可能?我怎么会是强奸她?!郭建伟激动地说,开什么玩笑?!

有催情药!一个警察蹲在桌子底下,用镊子从垃圾桶里夹出一个小瓶来。

狗×的,郭建伟听见身后的警察轻声嘟囔了一句,可真会享受啊。

郭建伟一下子说不出话来了,脑袋里的大勺子变成了大型盾构机,他觉得自己的脑容量不够挖了,已经被挖空了,他干呕了一声,沙哑了嗓子问,现在几点了请问?

凌晨三点。警察冷冷地回答。

2

尹卫东把腰弯得很低,都快低到花生地的土坷垃上了。父亲在刨花生地,其实,也不是刨,因为这地早已经刨过一遍了,该收的花生也已经收了,现在准确地说,应该是扒,再扒拉一遍,像在河里网鱼一样,看看有没有漏网之鱼。尹卫东奇怪,无论扒拉多少次,总会有漏掉的花生躲在地里,等待人们去逮它去捉它。

父亲甩着大锄头在前面扒拉,尹卫东跟在后面捕捉小鱼样的花生。一下午时间,竟然也把小畚箕底盖住了。尹卫东把头低得很低,透过自己两条细腿间的缝隙,他发现,眼前的景象和站着时昂着头看到的大不一样,低着头,一切像倒过来了,不远处的山冈,原来在白云的下面,现在跑到了白云的上边,这让山冈处于一种不稳定的状态,像是一直在晃动。就是在这样的晃动中,尹卫东看见了一个外乡人的身影晃动在山冈上的小路上。

大,大,来了个人。尹卫东从来人走路的姿势上就知道是个外乡人,本地人都是山猴子,走路是向前一纵一纵的,而平原上的外地人,走路像划船,是向两边一划一划的。当然,八岁的尹卫东那个时候是不可能做出这样的总结的,他只是凭直觉。

尹卫东的父亲挂着锄头,和尹卫东一起看着山冈上的那个人。小路从上往下像一条瀑布挂下来,走在山路上的人,也像是从上往下被一根绳索悬挂着缓缓放下。谁会到瓦庄来呢?这个远离省城县城甚至镇街的偏僻的小山村,一年到头来不了几个外地人,春天来放鸭子的,夏天来尖犁头的,秋天来开石磨的,就那么几个固定的外乡人,冬天,就更没有人进来了,因为,一场山雪落下来,山里什么活计都没有了。

那个人走到近前时,尹卫东听见父亲咦了一声,看来是个干部!父亲说。父亲的眼里像突然多了一点亮光。没错,就是个干部!尹卫东知道父亲是瓦庄生产队的队长,比村子里别的人是要多见过干部的,每年区里开三级干部会议,他也是要去参加会议的。所以,父亲说是干部,那就一定是个干部。

干部就是不一样。干部走到花生地边时,就像在这里已经住过多少年似的,喂,老乡!干部叉着腰,很干部地问,这里就是瓦庄吧?

父亲连忙走上前去回答,是的,是的,这里就是瓦庄,你是……?

干部不直接回答父亲的问题,而是抬头看了看四周的山地和不远处的村庄,沉默了几秒钟后说,那队长是谁啊?

父亲说,是我哩,是我哩,我叫尹曙生。

干部伸过一只大手和父亲握着,说,哦,你好你好,我姓郭,郭宏斌,地区物资局供销科的干部,上级组织安排我来瓦庄搞社会主义路线教育工作队。他说着,松开手,从中山装的左上口袋里掏出了一张纸。纸是红头的文件纸,印着黑字,下面还盖上了红艳艳的圆形公章,公章中间闪着一颗红五角星。你看,这是介绍信。他将这张纸递给了父亲。

父亲连忙将双手在胸前衣服上擦了好几下,这才接圣旨一样双手接过。父亲看了一眼介绍信后说,好,好,郭队长,你来了太好了,我们瓦庄多少年都没有来过大干部了,你来了太好了!

尹卫东看见干部也和父亲一样两眼放光,双腮泛着红晕,更特别的是,干部的鼻尖上长着一颗大黑痣,像停着一只苍蝇,他一说话,那苍蝇就像要飞起来。

父亲兴奋得差点都忘记了去地里扛锄头,他路都走得有点不稳当了,尹卫东猜测父亲可能是想学着郭队长山外人一划一划的走法,但划的节奏与幅度没有掌握好,左右脚经常裹在一起打架,所以差点在田埂上摔了一跤,得亏锄头把子撑了他一把。父亲挺直了腰身,走在前头,郭队长走在后头,腰板那也是直直的,尹卫东看着他们,不禁也模仿他们走起了正步。

晚上就通知开会,工作得尽快开展起来,郭队长说。

好,父亲说,我马上就通知社员们!

要开会了!尹卫东骄傲地冲着瓦庄喊,他觉得这就像是一个打仗的司令在发布冲锋的命令,社员同志们要注意了,今晚要开会了!

瓦庄的狗齐齐吠了起来。

尹卫东呵呵地笑了,他听到村庄里的狗仿佛也在喊着:干部！干部！开会！开会！

3

郭建伟是在一年前的一次小型个展上和尹洁认识的。

那次展览，郭建伟一再对朋友们声明，纯粹是一次半私密的圈内展，与其说是展览，不如说是找个由头搞个圈内的聚会，因此，展览地点故意选择在一个偏僻的老旧小区里，而不是在市里的会展中心或者是博物馆、图书馆这些地方。其实呢，郭建伟当然还有别的一些想法，他觉得自己现在可以这么任性一回，作为全省美术家协会的副主席、秘书长，他经常出席各种官方的、非官方的美术展，那些展览看都看腻了，这回他要别出心裁，弄出点新鲜感来。还有一个，他对眼下全省的美术现状比较不满意，一团和气，一片暮气，那些80后90后的画家，一个个思想观念比他这个60末还保守，画出的作品根本没有朝气，笔墨、选材、想法全都是上个世纪的，不见一点时代气息。他想，自己可以带头做一次小小的创新，本来，在本省美术界，他就是以一个先锋画家的姿态存在着的。

这是城市郊区的一个建于二十世纪七八十年代的老居民区，还是那种筒子楼，郭建伟租用了二楼的其中一间。屋内的陈设老旧，让人一下子回到了三十多年前，来观看展览的人静静地站在客厅里。

展览的海报题目是《纸上的父亲》。客厅的墙面上挂着一面幕布,幕布上印着一张放大了的过去年代的公文纸,有"某某地区革委会"字样的红文件头,然后是模糊不清的油印的老宋体字介绍信,下方盖着一个红印公章,公章中央部位有一个五角星。有人问郭建伟,这幕布背景的公文纸是他画出来的呢,还是拍照合成的?郭建伟笑而不答。幕布下坐着一个老人,看着他的面相,观众发现他真的是郭建伟的父亲,他穿着一件二十世纪七八十年代的灰衬衫,大概是领子太硬了,他不停地用脖子去蹭衣领,显得很不自然,整个人表情木讷地坐在木靠背椅子上。郭建伟呢,正调试着投影仪,他将一束光打在他父亲的身上,使他父亲像是镶嵌进了那张公文纸的中央,然后,他将一只手伸到投影的镜头前,这样,屏幕上就出现了郭建伟的手的影像,郭建伟开始用虚拟的那只手抚摸着父亲,看得出来,父子俩都有些尴尬。郭建伟的手犹犹豫豫,他父亲呢,忽然伸手要烟,一旁有人点着了一根香烟递给了他。他父亲扭过头不看身上的那只虚拟的大手,他大口大口地抽着烟。郭建伟也开始抽烟,而且他吸得过急,还呛了一下,连连咳嗽起来,但他的屏幕前的那只手始终没有拿开,借咳嗽来掩饰,他开始在虚空里对着他父亲的身体,这里捏捏,那里摸摸,尤其在父亲的心脏部位,他上下左右往复地"抚摸"了很久。

观众们静静地看着。

大概是这安静的气氛让父子俩丢掉了一些束缚。郭建伟的父亲好像有了感应,他扭过头来,开始看着儿子郭建伟的手,他看了一会,然后,脱掉了衬衫,穿着背心,似乎在享受着郭建伟的"抚摸",又过了一会,他索性把背心也脱掉了,他袒露着上身,像晒太阳一样任由儿子的"大手"往返"抚摸"。

这时,屋角的黑白电视被打开了,里面正播放着老纪录片《红旗渠》,黑白画面上,红旗招展,人山人海,出现了人们抡大锤、挖土方、运石块的劳动场景,背景音乐洋溢着那个年代特有的战天斗地的豪情……郭建伟的父亲忽然站起来,眼睛里涌出一种光彩,他盯着电视看,看着看着,他站了起来,叉着腰,脸上木讷的表情一扫而光,他开口说话了:排除万难,争取胜利,一定修好瓦庄的红旗渠!

郭建伟在一旁插话说:父亲的这个举动完全是自然发生的,并不是事先策划的。

展览结束,观众们响起了热烈的掌声。

记者们纷纷围拢过来拍照,并有人开始架起摄像机现场采访郭建伟。请问郭主席,您这个是行为艺术呢还是装置艺术?您想表达什么呢?

郭建伟回答着记者们的问题,但有点心不在焉,他看见所有来宾当中,只有一个陌生的女孩一直站在幕布前,使劲地看着上面的字,在刚才郭建伟"抚摸"的过程中,女孩忽然流泪了,展览结束了,她走到一边还是一直静静地流泪。

现在,那个女孩朝郭建伟这边看了一眼,眼泪还没有完全退去,她的身子却慢慢地移动,慢慢退出了展览现场。

郭建伟草草说了几句,答应那些记者回头发一份创作心得之类的文字给他们,便匆匆离开,追上了那个女孩。

像后来人们知道的那样,这女孩就是尹洁。

郭建伟后来问尹洁,为什么会在现场流泪?

尹洁说,我觉得,你的艺术让我想起了我的父亲。

4

郭建伟放学回家伸头朝厨房看了眼,立即暗暗叫苦,他准备悄悄溜走,不料,父亲犀利的眼光早盯着他了,建伟,过来,夹螺蛳!

郭建伟无奈地将书包扔在沙发上,蹲到父亲跟前,一手接过老虎钳,一手从面前的脸盆里捞起螺蛳,用老虎钳的尖嘴夹住螺蛳的屁股,一用力,螺蛳屁股碎了,屁股里一小摊浓黑的脏东西也冒了出来。一个星期里,总有一两次,郭建伟都要被父亲抓住干这件事。郭建伟并不是一个十分懒惰的孩子,他的动手能力还是蛮强的,但他就是反感夹螺蛳,他知道,一到夹螺蛳了,那家里准是要来人,来人就来人吧,以前他还人来疯呢,但现在家里来的这个人,他却是顶顶讨厌的。

来的那个人父亲要他喊"陆伯伯",是地区物资局供销科科长,而父亲郭宏斌就是这个科里的,郭建伟在心里把这个"陆伯伯"叫着"四五六"。因为他刚学会六的另一种大写是"陆"。"四五六"喜欢嘬螺蛳喝黄酒,常常是,他坐在郭建伟家八仙桌的上把位,一个人独霸一方,40瓦的电灯泡在他的头顶吊着,照得他秃顶的圆脑袋也熠熠放光,他面前放了一个大盘子专门盛螺蛳壳,螺蛳壳上也放光。郭建伟知道,为了这盘子红烧螺蛳,母亲可是给足了油水,先是用香油爆炒葱姜蒜这些佐料,然后,将被夹过屁股的螺蛳倒进去,加上黄酒、酱油、猪油、辣酱等,又是一顿爆炒,炒得有香味了,加水再焖,临出锅时,再撒上葱花、红椒丝等,端上桌来,每一只螺蛳都油光水滑。"四五六"捏着螺蛳,按住被夹过后的螺蛳屁股,嘴巴一吸,手指一跷,眼睛眯起来,两腮蠕动起来,舌头在螺蛳壳上转着圈咂咂有声,随后,微微睁开眼,端起酒杯,对父亲说,好啊,喝了,小郭!

父亲这时总欠着身子,笑着,小心地和"四五六"碰了下杯,喝下酒去。父亲并不大吃螺蛳,也似乎并不享受那黄酒,他一喝酒就脸通红,连两只耳朵也红了,连鼻尖的一颗黑痣也红了,滴血一般,只喝了几杯,父亲整个脸上就麻木了,嘴唇以下基本没有知觉,但父亲仍然艰难地保持着笑容。照郭建伟看来,父亲这时候不如不笑,他笑起来,比哭还难看一百倍。

这时候,母亲将最后一个炒菜端了上来,素炒毛豆米,不知母亲怎么炒的,毛豆的颜色碧绿碧绿的,一粒粒鲜滴滴。"四五六"眯着的眼睛猛地睁开了,他看着母亲,招呼说,来,来,来,辛苦,辛苦了,我敬你一杯!母亲脱下做饭的围裙,露出里面穿的粉红的高领毛衣,八仙桌像是跟着母亲脱去了一层黑暗,突然亮堂起来。母亲笑着,站着,拿起父亲的酒杯和"四五六"碰了下,不辛苦,不辛苦,陆科长,我们家宏斌多亏你照顾啊,否则,他一个仓库保管员哪能坐上办公室呢?

本来在一旁处于半昏沉状态的父亲听了母亲这句话,突然醒了,站起来,连连点头说,是的,是的,陆科长,我敬你,我敬你!

"四五六"却并不看父亲,眼睛盯着母亲说,没事,没事,我正努力呢,小郭下次下乡去蹲个点,搞个工作队,回来就能以工代干了!

母亲按下父亲,自己走到"四五六"身边,给他斟上酒说,酒凉了吧?我再去重新给陆科长温一温?

陆传新一把拉住母亲的手说,不用,不用,就这样好,好啊!好!

母亲的手在"四五六"的手里停留了几秒钟,慢慢抽出来,指着郭建伟说,建伟,给陆伯伯的茶杯里再倒点热水!

郭建伟跳下凳子,不满地白了母亲一眼,他看不懂父亲和母亲为什么隔三岔五就要请这个光头佬吃饭,每次还都吃半天也不结束,害得他也跟着隔三岔五就要夹螺蛳屁股,那满满一大盘子的螺蛳啊,夹得虎口都起泡了。

他刚走,就听到身后"四五六"说,好,好啊,真好啊。

这声音让少年郭建伟忽然身上一激灵,他回头看看,昏黄的灯光下,几只飞虫绕着灯泡打转转,撞得灯泡啪啪响,八仙桌边,一个光头男人、父亲、母亲,像是泥塑,他们的神情动作也显得僵硬而怪异,像梦里的人。

5

尹洁一看见父亲在客厅里演讲头就大了。

尹洁上小学的时候,父亲就动过心思,要送尹洁去上"演讲与口才"的课外兴趣班,而尹洁只喜欢画画,她天天一个人在练习本上画小仙女、画小鲸鱼、画城堡、画大树,她要上小区边上的"红黄蓝"美术班,父亲不同意,他硬拉着哭哭啼啼的尹洁去"金话筒"演讲班报名。

"金话筒"的老师让尹洁先朗读一篇文章,《从百草园到三味书屋》,"我、我我家的、的,后园有一个、有一个、很大的园、相、相传……"尹洁读得结结巴巴,她平时并不结巴,这一朗读反而磕磕绊绊。你怎么了?父亲恼怒地说,你嗓子里塞了稻草?尹洁叫父亲这一骂,立即号啕大哭,弄得老师也挺尴尬的。这老师和尹洁的妈妈是同一个学校的同事,本来就对同事的小孩儿来报名学习就有些不积极,这些校外兴趣班,糊弄别的家长可以,糊弄了同事多少有些不好意思,她于是说,不能逼她呀,小孩子还是要顺其自然,兴趣才是最好的老师,我听她妈妈说,她还是最喜欢画画的,您就让她学学美术吧。

父亲气呼呼地扔下尹洁就走了,尹洁明白自己不需要上这个"金话筒"了,忙破涕为笑,追着父亲去了。爸爸,爸爸,她喊着。父亲瞪了她一眼,叹着气说,画画有什么用呢?演讲才有用啊,你看西方那些政治家,哪一个没有一副好口才?尹洁说,我又不要做政治家,我要当画家!父亲摇头说,你将来至少要当个干部吧,当干部就得有好口才啊,没有口才怎么开展工作呢?尹洁说,干部?我才不稀罕呢,当个小组长,天天收本子发本子,麻烦死了,不如我画几张仙女画片!

你懂个屁!父亲说。

那天晚上,父亲不理会尹洁,甚至怪罪于母亲,你看你看,你这当妈的,小时候就给她买些花花绿绿的画片,弄得现在一点志向也没有!

母亲一般是不和父亲吵架的,但她到底是当老师的,回一句是一句,母亲说,你别把自己的志向强加给孩子嘛!

母亲这么一撑,父亲脸立即乌下来了,饭也吃不下去了,转身到阳台上看天。父亲那时候是区财政局农财股的一名普通工作人员,他中专学的是财会,分到了市里的造纸厂,因为治理污染需要,造纸厂没几年就关张了,好在那一年,财政系统面向社会招考财会方面的专业干部,父亲去参加考试,一考就考中了,进了区财政局,成了公务员。理论上,作为一名公务员,父亲可以当真正的干部,什么叫真正的干部?父亲的解释是,可以批条子的人,可以管几个人的人,可以在会上讲话的人,那是干部。但理论不能联系实际,一联系上实际,父亲就多少有些悲哀,他这辈子要想成为那样的干部怕是可能性不大了,学历、背景、资历、群众基础,他这个农村来的各方面都没有优势,就在他前面,副股长的位置都有四五个人在争呢。所以,父亲那时候还是明白的,他也就死了那颗光宗耀祖的心,一门心思照顾女儿尹洁,一心要培养她将来当干部,谁知这母女两个都不懂他的心思。父亲在阳台上长吁短叹了好一阵子。

忽然有一天,父亲不唉声叹气了,那个傍晚,他一路小跑着,上了住宅楼,对着母亲和尹洁笑。尹洁还是第一次见父亲笑得那么开心,他笑得脸上出现了大中小三个括号。父亲咻咻地笑了好一会儿,才对她们母女俩庄重地说,行了!我行了!

什么行了?母亲问。

考上了,考上了,父亲说,第一,我第一!

原来,那一年区里也搞人事制度改革,要提拔一批副科级干部,从原来的组织安排改为通过公开考试择优录取,笔试成绩占百分之七十,面试占百分之三十。父亲悄悄地复习,报考了区财政局的副局长岗位,结果,考了第一名,他的笔试成绩高出了第二名20分!这个分数还是非常有保障能力的,但为了确保面试顺利,煮熟的鸭子不能飞了,父亲便立即操练起了演讲与口才。

父亲告诉尹洁,演讲首先必须训练胆量,必须到人多的地方去锻炼自己,当年丘吉尔就是这么干的,老丘原先一在生人面前说话就脸红,为了克服这一点,丘吉尔硬逼着自己到人流密集的大街上朗读、唱歌、演说,终于成了伟大的政治家。

父亲也想学习丘吉尔,到东方红广场上去一展身手,但被母亲拉了回来,练习场所改在了家里的客厅。那些日子里,父亲买了很多演讲与口才方面的书,一下班就在客厅里大声演讲。他向前走一步,朝着一个方向鞠了一躬,后退一步,立正,脸上挤出标准的笑容,露出八颗牙,开始,各位评委老师,大家好,我叫尹卫东,我今天演讲的题目是,献身财税终不悔……

父亲演讲的时候,非要尹洁在一旁看着,你给我提提意见,父亲讨好地说,我这样子自然不自然?

尹洁点点头说,自然,自然。

父亲便得意地说,你也好好学学,将来你也会面试的!

父亲把那篇演讲稿背得滚瓜烂熟,他说,据局里知情人士告诉他,面试就是根据这个命题临场演讲。

献身财税终不悔……

献身财税终不悔……

父亲天天背,天天演讲,到最后,尹洁还没听到父亲的演讲声,光是看着他张开了嘴巴,露出了八颗牙,摆好了姿势,她即就头晕恶心,总是借口上厕所逃之夭夭,但父亲始终精神焕发,始终情绪饱满,对那场即将到来的面试他心中有无限憧憬。

乡下的爷爷听到了消息,特意背着一袋新花生来了,爷爷很高兴,他喝着酒,感慨地说,我老尹家祖坟也冒了回青烟!他问父亲,你那红头文件什么时候下来?父亲说,只等面试过了,就能下来,应该快了,快了。

可是那一场面试迟迟没有进行。

可惜啊,你那么喜欢画画,后来为什么没有读美术专业呢?郭建伟喝了一口啤酒,笑着问对面的尹洁,他好像并不对尹洁父亲的故事感兴趣,他更好奇的是尹洁的经历。

尹洁正手剥着一只大龙虾。这个季节是省城的龙虾季,龙虾一条街上,满是红艳艳的露天龙虾摊点,郭建伟要请尹洁一起吃个饭,尹洁就定了这个地点,眼下,她正一边蘸着调料吃龙虾,一边说着父亲的故事,话题当然是由几天前的那场展览引起的。听郭建伟这样问,尹洁有些不好意思,她吐吐舌头,娇羞地说,读不读美术专业不要紧啊,你看,我现在不是从事和美术相关的事业了吗?我不一定是个好画家,但我可以成为一个优秀的为大画家服务的人哪!

尹洁是一家策展机构和画廊的业务经理,她热辣辣地看着郭建伟。郭建伟当然知道尹洁的意思,这两年画廊生意不好做,民间的策展机构如果不和官方合作也很难有什么业务,而郭建伟这样的身份正是画廊和策展机构争相抢夺的优质资源。郭建伟本来是挺烦这些机构的,但不知为什么,他看着尹洁在他面前毫无顾忌地大吃龙虾的样子,听着她絮絮叨叨地说着那些话,心底竟然一片清凉。他又喝了一口啤酒,看看小摊子边高大的悬铃木,树叶葱绿,晚风踮起脚尖在阔大的树叶上旋舞。他轻快地说,其实,在省城待这么多年,我还从没有到过这些龙虾摊,你知道吗?我讨厌所有吃时要去壳的东西,螺蛳、龙虾、螃蟹,我都讨厌,今天,我是第一次哦,这第一次是陪你的。

怪不得,你一只龙虾没有吃,光喝酒了。尹洁叫起来。

6

父亲破天荒地在八仙桌上点着了两盏煤油灯,平时为省油,总是点一盏。一前一后两盏灯,照得土砖壁上晃来晃去的人影子也亮起来似的。

干部坐在上把位,一个人独霸一方,灯光照在他鼻尖的那一颗黑痣上,像一只灵活无比的黑翅膀的苍蝇,他不停地说话,"黑苍蝇"便总是跃跃欲飞的样子。我们要修一条像红旗渠那样的水渠!干部举起右手,做了一个有力的砍劈的动作。我今天去考察了,我们修通了这一条渠道,就可以把外面河里的水引过来,荒地就可以变为水田,让瓦庄改天换地的壮举就能在我们这一代人手上实现!

他这么一说,其他几个人愣住了。修一条水渠?那么长的水渠?他们看看父亲,像几只被卡住了脖子的鸭子,说不出话来。

这可不是我个人的意见,干部说,这可是上面红头文件要求的。

父亲猛地直起腰说,好事,好事,领导,依我说,修水渠这事宜早不宜迟,最好明天就开工!

干部一拍巴掌,好!这才像是干革命!他拍的巴掌带着风,把他身边的一盏油灯吹灭了,屋里陡地暗了下来。

其他几个人走了,郭队长坐在小凳子上泡脚,尹卫东在一旁守候着,这是他每天的任务,给郭队长打洗脚水倒洗脚水。郭队长两只脚白晃晃的,一看就是双干部的脚,经热水一泡,白里透红,他嘴里咝咝着,不停地换着左右脚。郭队长洗好了,尹卫东一家这才各自洗漱,等他们弄好了,在隔壁的房间里已经能听到郭队长的呼噜声了,郭队长睡觉时也不忘记工作,不时地说几句:兴修水利为人民!人人都要争先进!

隔壁的房间本来是尹卫东和哥哥尹卫国住的,现在让给郭队长住了,哥哥就天天到邻居家搭歇,尹卫东则跟着父亲和母亲睡。听着隔壁郭队长的呼噜声,母亲小声地对父亲说,还真要修那水渠?后山上都是硬石头,挖三锄头都咬不下一小块,怎么修?再说了,引水渠那里筑土坝,这个死冷天,土都冻僵了,现在筑好了,到春上,一化冻,水坝不走形才怪呢!

父亲说,我哪不知道?其实,修那个水渠作用不大,我们瓦庄的山地怎么改水田?我们这里的地都是漏斗地,本来就盛不住水啊。

都知道了,你还同意修?母亲问。

这不是我修不修的事,父亲压低了声音说,人家郭队长说要修,那就得修。

为什么？母亲声音大了起来，人家又不是皇帝，金口玉言说一不二。

小点声，父亲指指隔壁说，人家可是钦差大臣，代表上头的意见的。

这不是害人嘛！母亲说，反正我明天不上工。

你就是女人见识，跳起来屙不到三尺高的尿，父亲说，管他呢，我们先慢慢修，不要惹了郭队长，人家郭队长说了，修这个要抓一个突击队标兵、报到县里去，到时当兵，招工都能照顾的。

母亲说，你的意思是……？

父亲说，卫国啊，明天起就让卫国跟着郭队长上工地，不管是当兵还是招工进城，对我们老尹家可都是祖坟冒青烟的大好事啊，窑瓦的老章家，他儿子不就是修水利积极分子，参了军，现在都在区里当武装部部长了。

母亲哦了一声，翻过身去，和她睡在一头的尹卫东也翻了一下身。卫东，卫东，你没睡？母亲问他。

尹卫东装着睡着了，不说话。

明天，给郭队长一天煮一个鸡子，父亲说，我看他喜欢吃鸡子。

母亲嘀咕了一句，哪个不喜欢吃鸡子？

不要舍不得，父亲说着，打了一个呵欠，睡吧，明天只怕更冷了。

尹卫东闭上了眼睛，听到窗外北风在呼啸，刮得瓦屋上的什么东西骨碌碌响,他猜测,那可能是他的一颗门牙。去年,他换牙时,双脚站得笔直的,将那颗大门牙扔到了屋顶上。

就在快要睡着时,却听到隔壁房间的门开了,接着是擦火柴的声音、点煤油灯的声音、喝水的声音,尹卫东以为郭队长是要去外边茅厕解决大号呢,却不是,郭队长就在堂前八仙桌边坐着。

父亲也爬了起来,郭队长,呀,你这么晚还要工作啊?

郭队长说,睡不着啊,修水渠是大事,我再把工作上的事理一理。

父亲说,哎呀,那我给你烧壶开水来,郭队长你真是好干部啊。

郭队长说,哎,不慌不慌,你听听我的意见。

好,好,父亲说。

修水渠是个大事,明天开动员会,我想有这么几点:第一,所有上工的人自带粮食,早出晚归,第二,要人人出工出力,学生也要上阵助威;第三,我刚想了,除了先前定的一个青年突击队外,还要成立一个铁姑娘突击队,两支突击队形成你追我赶之势。

太好了,父亲说,郭队长,你一挂帅就是不一样。

不是我挂帅,是政治挂帅、政策挂帅。郭队长用手敲敲桌面说。

7

自从拿到了那张下乡当工作队队员的介绍信后,郭建伟发现父亲表情越来越庄重严肃了,他每天晚上都要打开笔记本,看报纸,读语录,还要在书上报上画杠杠,然后一一抄写到笔记本上,抄完了,还要念出声来,像个准备考试的小学生。

没有两把刷子,父亲对他说,怎么下去开展工作?

工作就是念报纸?郭建伟问。

当然不是,父亲说,我们下去主要是贯彻上面的精神的,精神,懂不懂?首先要领会精神!离下乡还有半个月时间,我得抓紧学习。

经常是,郭建伟一觉醒来,还看见父亲对着报纸念念有声。

早上,父亲骑着自行车送他去上学,到院门口,一堆人聚集着,议论着什么,可看到他们俩,却突然不说话,一齐盯着他们,好像他们没穿衣服光着屁股似的。父亲不自在起来,下了自行车,推着郭建伟穿过人群往前走。

忽然,和父亲一个办公室的黄阿姨走过来,她手里捏着一粒小东西,她大声喊,喂,小郭,等你都等到现在了,你老婆丢了个东西!

父亲的脸变得纸一样白,郭建伟看清楚了,黄阿姨手里拿的是一粒金黄色的有机玻璃的大纽扣。

这是你老婆的吧？哎呀,黄阿姨大着嗓门说,小郭,你老婆的衣服扣子掉在我们办公室了,我打扫卫生时发现的,在陆科长的桌子上发现的,你赶快拿回去,这衣服扣子丢了可不好配啊,听说你老婆那件大衣还是托人从上海买来的,上海的衣服就是漂亮,连扣子都这么漂亮。她说着,高高地举起那粒金黄色的扣子,像是当众展览着一件宝贝。

周围的人看着那粒金黄的大纽扣,也像是看着一件宝贝。

父亲一把夺过那粒纽扣,蹬上自行车,头也不回地往街上冲去,郭建伟感觉到父亲浑身在颤抖,他听见父亲的身体里发出一种奇怪的声响,像是牙齿碰撞牙齿的声音,又像是骨头碰撞骨头的声音。郭建伟坐在后座上,也忍不住瑟瑟发抖起来。

到了学校门口,郭建伟跳下车,他不敢看父亲的脸,他低头走进校园大门里去,快到教室门口了,他回头一看,父亲歪歪斜斜地骑远了。

郭建伟上了两节课后,什么也没听进去,课间操的时候,他皱着眉头哎哟哎哟地叫唤,他说自己的肚子疼死了,老师挥挥手让他回家了。

郭建伟是一口气跑回家的,院子门口已经没有人了,他打开房门,母亲不在家,父亲也不在家,郭建伟怔怔地站在八仙桌边。他站了好一会儿,冲到母亲的五屉柜前,拉开抽屉,母亲的那件浅绿色的长大衣正躺在那里。郭建伟抖开衣服,果真,第三颗扣子不见了,正是那粒金黄色的大纽扣。这大衣还是一个多月前,那个"四五六"到上海出差替母亲带回来的。浅绿面料,金黄大扣,斜领收腰,母亲试穿了后满意极了。那天晚上,母亲和父亲照例请"四五六"吃螺蛳、喝黄酒。那个光头的男人对母亲说,上海人烧的螺蛳都没你烧的好吃!

郭建伟看着大衣上的纽扣,觉得残留在衣服上的另外几粒纽扣就像那些爆炒过的螺蛳,油光水滑,正在被"四五六"嘬着。他厌恶地将大衣塞进了五屉柜里,塞在了最底层,让别的衣服盖上了它。

郭建伟那天没再去上课,中午他一个人吃了点剩饭后,就爬上床去躺着,他想象着自己肚子疼的样子,后来,竟然真的觉得肚子有点疼,他闭上眼睛,不知怎么了,眼泪突然流下来了,有一种莫名的恐怖压迫着自己。

郭建伟一直在床上躺着,有时他觉得自己睡着了,不断地做梦,早上上学去的那些场景,他认为都是梦的一部分,他现在只是继续做梦罢了,有时又觉得自己并没有睡着,他清醒着,家里每一点响动他都听得见:厨房里的木桶里养着螺蛳,它们顶着厚重的壳,沿着桶壁往上爬,爬到半中间,啪嗒一下,又掉回到桶底的声音;煤球炉里封了两个蜂窝煤,其中一个在慢慢地燃烧,烧到一定的时候,蜂窝里会有一丝丝炸开的声音。

郭建伟一直睡到半夜,他是被母亲伏在床上呜呜呜的哭泣声彻底弄醒的,母亲的哭声不大,但尖细,针尖一样,扎在家里的空气里。郭建伟悄悄爬起来,他探头望了望,发现父亲一个人呆呆地坐在沙发上,嘴里念念有词,也不知说的什么,好像是"搞砸了搞砸了",又好像是"求你啦求你啦"。父亲的衣服不太平整,像是被撕扯过,头发也显得凌乱了些,眼眶上有一块瘀青。郭建伟看了看,悄悄地,又返回到床上,他听到挂钟敲了十一下,夜深了,他很快睡着了,这一回,他一个梦都没有做。

8

半年多过去了,面试迟迟没有进行。

父亲一天比一天焦躁起来,虽然每天依旧在客厅里坚持演讲,但情绪已明显不如从前,他经常演讲到一半的时候,突然停顿了下来,端着的身体便松懈了,斜到沙发上,像漏气的气球。他沉默了好一会儿,又像是被什么激励了,又打足了气,又一跃而起,又继续演讲,不过,他已经忘记了先前进行到哪里了,于是,又从头再来。如是往复。

恰好那段时间尹洁正在备战中考,每天晚上都要到学校集中上辅导课,侥幸逃过了父亲每天晚上的滔滔宣讲,但从母亲那里,她多少还是听说了父亲的一些情况。据母亲说,那个公开招考可能不了了之了,其实那个副局长岗位早就内定了,是一个市领导的儿子,其他参加考试的也都知道只是个陪练的角色,根本就没下劲考,偏你爸爸二愣子,也听不懂暗示,当真吃苦劳命复习考试,还成天幻想吃天鹅肉呢,这下,上面领导发话了,说是这次公招程序不合理,暂缓进行。

他还不知道这事呢,一个周六,母亲在厨房里剥毛豆,她压低声音对尹洁说,一边说,一边把嘴巴向客厅里努努。

客厅里父亲抓紧时间演讲,他现在给自己加码,除了业务知识,还增加了政治素质方面的训练,他在读党报上的社论,读最新出版的领导文集,他说,虽然是一个基层干部,但也还是要懂得国家的方针政策的,抓财税不能就抓财税而抓财税,有的时候要跳出财税抓财税。

尹洁问母亲,爸爸就没去问过这事?

问了,人家对他打哈哈,母亲担忧地说,他都快成了他们局里的一个笑话了。可我现在还真不敢对他说实话。

那有什么?尹洁不以为然,不就是不当那个副局长嘛,又不会死人!

母亲瞪了她一眼,小点声,你不懂,说不定这就是个死人的事。母亲眼里忧郁越发重了,说了这句话,母亲自己也吃了一惊,连忙闭了嘴。不说了,剥豆子吧,你说呢,你是要吃清炒的毛豆呢还是鸡蛋豆米汤?

尹洁中考结束后,预估的成绩还不错,大概够上市里的重点高中了,便按事先约好的,由母亲带着她到内蒙古大草原玩了一趟,尹洁要父亲也去,但父亲坚决不同意,我这还要备考呢,你的考试结束了,我的考试还没结束呢,父亲说。

等到尹洁和母亲旅游回来,打开家门一看,父亲低着个头,坐在沙发上一声不吭。

爸,尹洁喊,爸!

父亲抬头茫然地看了她们母女俩一眼,嘴唇动了动,挤出几个字:他们说前面考试不算数!

这几个字从父亲嘴里滚出来,像一粒粒石子,砸得客厅地板砖啪啪直响。

那、那就算了吧,一贯脾气暴躁的母亲少有地温柔,她放下行李,蹲到父亲面前,像是劝导着一个小学生,无官一身轻嘛,依我看还是好事呢,啊?

父亲面色苍白,他眨眨眼睛,忽然,眼泪不断线地流下来,像小孩子一样。他抹着眼泪说,那就这样算了?我都准备了这么长时间了,怎么说算了就算了呢?

不算了还能怎么样?母亲话语间掩饰不了急躁,这么长时间了,为什么他们现在才告诉你先前成绩不算了?那是因为你们原来的局长调走了呀,新来的一个他就新官不理旧账了,这都是他们早就预谋好了的!

父亲先是惊讶,然后忽然激愤了,他倏地站起来说,早就预谋好了?原来是这样,那不行,我得找他们说清楚!局长不行我找区长,区长不行,我找市长,再不行,我到北京去,我到中南海去!父亲梗着脖子,一张脸涨得紫红紫红的。

父亲拔腿就往外奔,母亲一边拉住他,一边用眼睛示意尹洁,赶快拦住父亲。尹洁从背后抱住了父亲,这一抱,她猛然发

纸上的父亲 / 139

现，不知从什么时候起，她的个子都快赶上父亲了，她把脸贴在父亲的后背上，爸，爸。

母亲大声说，尹卫东，你分不分得清轻重，你就是要闹也得等女儿上了高中以后吧！

父亲这才慢慢安静下来，他习惯性地走到阳台上去看天。是个好天，没有雾霾，天上的云朵白而清晰，在自由地飘荡着。父亲说，为什么呢？为什么又不算数了呢？父亲像是在对云朵说话，云朵根本就不搭理他。为什么？为什么！父亲冲着天空吼道。

9

雪说下就下了。只一晚上，雪就把瓦庄占据了，天地一片白，站在雪地里，一脚下去踩一个雪窟窿。

"战风雪，斗严寒，越是艰苦越要干！"水利工地上的大喇叭一早就在响，郭队长也一早就上工地来，他扶起那些被雪压倒的红旗，对父亲说，我们的红旗永不倒，轻伤不下火线，下雪不误工时，你赶快一家一户通知照常上工！

雪还没有停，风也没有停，这冻雪不像是水做的，倒像是铁做的，一片片呼啸着，水渠工地上，大家握着锄头的手被雪打得红肿，眼睛都睁不开，雪片暗器一样伺机下毒手呢。不知谁带头，脚一顿，去他妈妈的，一头钻进山坡上临时搭建的材料棚里了。其他人也都跟着挤了进去,双手拢着袖子,两只脚不停地搓,苍蝇搓脚一样地搓,睁大着眼睛望着大雪乱飞。

狗×的雪!

狗×的水渠!

修个×子水渠!老天安排这样的天就是让在家烤火塘抻懒筋的嘛!

大家骂着,也只是过过嘴瘾,并没有哪一个抛下锄头离开工地,郭队长在高处瞭望着呢,哪个都走不脱。

山嘴子前,几个身影晃动着,呼喊声隐约传来,那是青年突击队的一班积极分子。

尹卫东拎着竹篮子,到工地上给郭队长送饭,郭队长一早起来顾不上吃饭,就到工地上来了。竹篮子用毛巾裹得严严实实密不透风,尹卫东知道,饭里头堆着一只油煎鸡子,金黄黄的,他看着母亲细心地煎好,卧在碗里的,他看的喉咙里直冒口水。他有好长时间没有吃过鸡子了,平时家里的鸡子都是攒了去代销店换油盐,现在天天给郭队长吃一个鸡子,尹卫东想,再吃下去,怕是郭队长身上都要长鸡毛了。

尹卫东经过青年突击队,看到哥哥尹卫国,他们这个突击队的人在啃硬骨头,对付石头山。两个人一组,一人扶钢钎,一人抡大锤,嗨,一声喊,抡大锤子的将铁锤狠命地砸下去,哐,钎子震了一下,往出弹一弹,接着第二锤、第三锤,山坡上一片嗨,哐,嗨,哐。

尹卫国没有扶钢钎,也没有抡大锤,他蹲在那些被钢钎打出小洞的石头前,用一根前端弯曲的小竹勺不停地掏,掏出的全是石头粉,掏得深了,才将炸药填充到小洞里去。尹卫东看着他哥,有些嫉妒,他想到了那天晚上他偷听到的父亲说的话,尹卫国果然到了青年突击队,看样子搞个标兵也不在话下。我干的是技术活,尹卫国前几天骄傲地对他说,爆破工,你懂不懂?

瓦庄从来没有人用过炸药,尹卫国被派出去学习了两天,回来就成了爆破工了。第一次爆破,响声震天,尘烟滚滚,瓦庄从来没有出现过那么大的响声,有好几只狗吓得几天不敢出门,虽然事先打了招呼,所有人都捂住了耳朵,但还是有人的耳朵被震得嗡嗡响,几天都没有止歇。借助于爆破,尹卫国的地位在村里和家里都迅速升高,现在,尹卫东不但每天要给郭队长打洗脚水,还要给尹卫国打洗脚水。尹卫东心里愤愤不平,但一时也没有办法。他看着尹卫国蹲在大石头前翘起的尖屁股,便捏起了一个雪团,砰地砸过去,可惜不太准,落在了尹卫国的身后。尹卫国回头扫了他一眼,赶小鸡一样摆摆手,小细孩子别捣乱,这里危险,快走快走!尹卫东撇了一下嘴,快快地向山上的一个窝棚跑去,郭队长就在那里,那里是修水渠临时指挥部。

10

郭建伟第二天就知道父亲身上脸上的伤痕是怎么回事了。

吃了早饭出门,父亲照例推出了自行车,带上郭建伟,刚走到院门口,父亲呆住了。那个黄阿姨头上绑着绷带,脸上涂着红汞,像是从战场上下来的,她手持一把大拖把,怒目而视,呸,郭宏斌,别跑了,这事没完,老娘不能给你白打了!

院门口早就围拢来一群在物资局上班的人或他们的家属,有人开始上来劝解,有人在相互咬着舌头。

你说吧,怎么办?黄阿姨跳起来,那一把大拖把像一头长发狮子,给她增添了巨大的威力,你不说说清楚,我让你下乡下不成!告诉你,你想转干,没门!

父亲显然被吓到了,他全身颤抖着,连自行车都快扶不住了。好在,父亲的援军到了,母亲冲了出来。母亲也带了家伙,一把大竹丫扫帚,大概是在走廊上临时抄起的。

母亲挡在父亲面前说,姓黄的,你要怎么的,你这个烂人就是该收拾,你毁坏我的名誉,你造谣中伤我们的领导,我们要代表人民代表政府镇压你!

咦?黄阿姨抖动着大拖把,臭不要脸的,你还有脸出来,我实话告诉你,你的丑事我已经报告给革委会了,铁证如山,你以为你拎起裤子就清白了?人民群众的眼睛是雪亮的,你把办公桌当床用,可别把我们人民群众当瞎子!

啊呀呀!母亲抡起大扫帚冲上去。

哦耶耶!黄阿姨挺起拖把迎上前。

一阵噼啪响,夹杂着双方的叫骂,她们全都披头散发。

郭建伟仰着脸看着眼前的一切,他奇怪自己不慌张了,像是看着两个陌生人,看着看着,交手的两个人像是变成了非洲大草原上的大型食肉型动物,互相追逐着,躲闪着,撕咬着,嗥叫着,他忽然想起在图书馆读过的连环画《动物世界》,那上面说:漫长的雨季来了,非洲大草原上狮子们在围攻迁徙的水牛……

这场交战最终没有分出胜负,几个回合后就被人拉开了。

郭建伟原以为家里从此要发生大地震,但随后几天里,风平浪静,除了父母亲脸上依稀残留的伤痕外,之前的事像是从没有发生过一样。大约一周后,郭建伟放学回家,看见父亲又坐在木桶前夹螺蛳屁股了,父亲这次没有急着给他派活,看了他一眼后,继续干自己的,而母亲呢,穿上了围裙,像往常一样,煤球炉里火光熊熊,生铁锅里水汽蒸腾,案板上各色菜都已切好摆好,锅碗瓢盆,烹炸煎炒。

郭建伟嗅嗅空气中的气息,总是觉得还是有某些地方和以前不一样,以前,这个时候,空气里飘浮的是轻松的希望的暧昧的气息,是向上的。而现在呢,明显是压抑的、不安的,带点绝望的,那某种东西是脆弱的,一不小心就会破碎的。他不安起来,想了想,乖乖地拿了老虎钳,第一次主动蹲到父亲对面,从木盆里捞出一颗螺蛳。父亲看了他一眼,什么话也没说,只是下手很重,螺蛳屁股被他夹得稀烂。

天黑了,八仙桌上方的电灯泡住进了昏黄的光,桌子上也摆满了菜,粉蒸肉、红烧鸡、清蒸白鱼、青椒香干,自然,一大盆油光水滑的螺蛳更是早早放在上把位,黄酒里也放进了姜丝并温过了,正从小酒壶里冒热气。

母亲还在厨房里收拾,父亲站在门口张望,他走来走去,走两步看看挂钟,走两步又看看挂钟,挂钟敲响七点了,一个人都没来。昏黄的灯光下,父亲的脸色蜡黄,大冬天的,他竟出了一脑门的绿豆汗。

七点半,母亲忍不住了,她脱下围裙,梳了梳头发,走出门去。父亲停止踱步,坐在沙发上,两眼紧闭,嘴里念叨着,听不清是伟人语录还是别的什么。

八点的钟声敲响的时候,母亲回来了。她刚一进屋,父亲就皮球般弹了起来。

母亲摇了摇头,不来了,都不来了。

父亲愣住了,不来?这么好的菜都不来?这么好的酒都不来?哼!父亲从上衣口袋里掏出那张红头介绍信,不来我就不成了?父亲折好介绍信,放进口袋,突然呵呵地笑,不来正好,我们吃!来,来,来,建伟,我们自己吃!

父亲坐在了平常"四五六"的位置上,独霸一方,给自己倒了一大杯黄酒,又捏起一颗油光水滑的螺蛳,夸张地嘬着,嘬得满嘴吱吱地响。吃呀,他招呼着母亲,你吃呀!

母亲迟疑了一下,也坐了下来,也给自己倒了一大杯黄酒,也捏起一颗油光水滑的螺蛳,也夸张地嘬着,也嘬得满嘴吱吱地响。螺蛳里放了辣椒粉,母亲被辣呛了,她咳嗽着,奋力仰脖喝

纸上的父亲 / 145

了一大杯黄酒。喝,她说,建伟,吃!

父亲也说,对,吃!喝!

几口酒下去,父亲嗓子里忽然发出干呕的声音,什么臭螺蛳,不好吃,一点都不好吃,父亲呕着,端起那盆油光水滑的螺蛳,哗啦一下全倒进垃圾桶里。他举着那个空盆,呕吐着,灯光在他的头顶晃动。郭建伟赶忙上前为父亲捶着背,递过去一杯茶水。父亲摇摇头,空盆哐当一声掉在地上,碎了。郭建伟骇然地看着父亲。

这碎裂的声音,像是一种启示,看着一地碎瓷片,父亲好像找到了事做,他突然平静下来,从厨房里拿来扫帚,清扫起碎瓷片、螺蛳壳,又默默地帮助母亲收拾碗筷。

八仙桌变得干净了。

灯光暗淡下来。

洗漱过后,他们一家上床睡觉了。父亲去父亲的房间,母亲去郭建伟的房间,自从母亲的纽扣丢失了后,母亲就和他睡一床了。喝过酒的母亲很快就睡着了,扯起了有些滞重的鼾声。郭建伟侧耳听父亲房间的动静,没有听到一点声响,他便也歪过头睡着了。

到了半夜,郭建伟起来小解,却发现客厅的灯开着,父亲一个人坐在八仙桌上把位前,庙里菩萨一样,低眉、严肃、认真、庄重,面前摆着语录本,他在笔记本上奋笔抄写着。父亲的脸上看不出一点疲态,相反,他双眼炯炯有神,浑身散发出一种精神性的力量,父亲此时就像一块燃烧的蜂窝煤,火焰嗞嗞叫着,郭建伟害怕父亲会自己烧掉自己,还好,他看了一会,周围没有出现烟火,空气中也没有焦煳的味道,他又上床睡去了。

11

我记得那个展览并没有邀请你啊,那算是一场私密的个展,你怎么知道消息了?郭建伟问尹洁。

尹洁说,你这么个重量级的人物,哪能保密得住呢?我也是从朋友处得到消息的,我可是你暗中的粉丝啊。

郭建伟以为尹洁说的是套话,便逗她,哟,还粉丝哪,那你说说看,你都是怎么粉的?

尹洁说,我第一次看到你的作品是上次在上海的那个前卫艺术展上,我一看就喜欢上了,不同于那些装腔作势的所谓的前卫艺术家,你那才是真正的前卫。

郭建伟说,什么作品?我怎么不记得了?

尹洁做了一个扔东西的姿势,扔石子的那个啊,那个太棒了。

郭建伟这才想起来,那场展览其实算是即兴创作。那一次,他和一帮朋友到皖南徽州拍照片,拍过照片后,就在一处河滩上休整。大家坐在那些光滑的鹅卵石上,顺手就往河里扔石头,有的打水漂,有的在比试着谁抛得远,有的固执地盯准一个目标试图击中。郭建伟看着他们,突然有了想法,他立即架开了摄像机,拿出一支笔,捧着一块石头,对一旁的人说,我们来玩个游戏。我在做一个即时的行为艺术,麻烦你把每一个被人扔出去的石头做一个简短的文字记录在这块石头上,比如,扔到水里,击中目标,粉碎,等等。

嘿,这个有意思,朋友立即照办,还别出心裁地将石头命名为一号、二号、三号等。一号,在水面上漂了七下,沉没;二号,落在河滩上,与别的石头分别不出来;三号,击中另一块石头后自身也裂开了……完成以后,郭建伟走过来,将朋友手中记录的石头逐个拍了特写镜头。

不久,上海的一个画廊要举办一个前卫艺术展,邀请郭建伟参展,他一时没有新的作品,便把这个创意作品拿去了,一块那天被书写的石头摆放在展览的中心位置,一旁的一块屏幕上,正播放着那天几个人在河滩上扔石头的场景。

郭建伟有点好奇,那不过是个游戏吧,勉强算是个装置艺术,你觉得我表达了一点什么?

尹洁笑笑说,你考我了,不过我真的觉得我看懂了,你那个装置很有点像人类文明更迭传承的历史图景,真实发生的事情仿佛那些被抛出去的石头,很快就消失了,我们能够触摸到的真实,不过是被书写的历史,就像那块被展出的石头。我理解得对吗?

郭建伟惊讶地说,太棒了!

郭建伟觉得自己越来越迷恋尹洁了,他暗地里自嘲,我这是重返青春了吗?郭建伟的生活中自然不缺女人,这些年,总是有各种各样的女人带着各种各样的目的,前来投怀送抱,他不是柳下惠,也难以做到坐怀不乱,但都是事如春梦了无痕,为避免麻烦,甚至不惜快刀斩乱麻,感情这件事,他总不愿陷入太深。但这个尹洁挠得他这个中年大叔的心竟然痒得钻心。这是怎么了?后来,他想,既然不可抑制,那就见招拆招吧。最初的警惕与防范过后,他决定拿下尹洁。

郭建伟经历了多少女人啊,在这个丛林里什么大小动物没见过呀,他原以为拿下尹洁这种单细胞女孩毫不费事,结果,却有些出乎他的意料,看着大大咧咧全无心机的尹洁并不是他想的那样。

尹洁愿意单独陪他喝酒、散步、聊天,也能与他拉手、拥抱,但就是不愿意和他上床,她也不是刻意拒绝,却总是有理由让他在关键时候进行不下去。凭郭建伟的经验,他知道尹洁的不愿意是真不愿意。但问题出在哪里呢?郭建伟许诺尹洁,他可以为他们的画廊无偿代言,有大的策展活动也可以让他们画廊优先参与。这等于是凭空送大礼啊,尹洁似乎并不为所动,但也并不拒绝。郭建伟想,也许,这就是90后这些新新人类的做派吧。

尹洁对他说,我是你的粉丝呀,我的最大愿望是,以我一人之力,为你办一场最具个性的展览!

郭建伟捏捏尹洁的手,笑着说,你这可是让我感动又让我被

纸上的父亲 / 149

动啊,你这个小妖!

转机是发生在三个月前的一个晚上。他们一起吃过饭后,沿着城东的合欢大道散步,这是一条新建成不久的道路,路两旁种植了一排排合欢树,树叶纷披,合欢正盛,散发着一种清新又带点暧昧的气息。

郭建伟说,刚好离我工作室不远,去看看?

尹洁歪了一下头说,好啊!她点了一下郭建伟的鼻子,你不准有坏想法啊!

郭建伟笑着说,你这是提醒呢还是警告呢?

一进到郭建伟的工作室,尹洁就注意到了郭建伟正在创作的一幅油画,画面上背景部分是一张红头公文纸,上面隐约有油印宋体字,还有圆形公章等,画的前景是一个看不清面目的人,他以一个立正的姿势站在公文纸上。尹洁明白,郭建伟画的正是他的父亲。

尹洁在这幅未完成的画前站立了好一会儿,忽然就像那一次在《纸上的父亲》行为艺术展览上一样,眼泪唰地流了下来。

郭建伟吃了一惊,过来抱住她说,小傻瓜,又怎么了?

尹洁推着郭建伟走到沙发上,头抵着郭建伟的胸口,她说,我想我父亲了,可我又恨我父亲,我在心里杀死他一百次!

郭建伟说,我也恨我父亲,我在心里杀死他有一千次了。

尹洁忽然主动拥上来,抱紧郭建伟说,我要杀死你!我要杀死你!

尹洁这样喊着,郭建伟忽然亢奋起来,他一把压住尹洁,宝贝,你就杀死爸爸吧!杀死爸爸吧!

在尹洁一连串"爸爸爸爸"的呼喊声中,郭建伟发现自己前所未有地血脉贲张,他真愿意自己死过去。

他们交融在一起,互相拼命地攻击、捣毁、撕裂、碰撞,在忘我中,在呼喊中,在震颤中,在酣畅淋漓中,他们一齐到达了巅峰与深渊。

12

母亲专门去了一趟瓦庄,请来了爷爷。

在通盘分析了整个事情后,爷爷给父亲支了一个着,爷爷说,这事上头也不好公开说取消,只是暂缓,也没有全说死,要不,再努力一次吧。

怎么努力呢? 父亲问。

爷爷说,舍不得孩子套不到狼啊,你看你一点血都不出,人家能给你弄个位置干干? 问题在这儿呀。

父亲沉思了会儿说,好吧。他合上面前的演讲稿说,好吧。

父亲买了两瓶好酒一条好烟,装在一个大大的购物袋里,连着出去了好几个晚上,都没有将礼物送掉,原因是局长不是不在家就是不接父亲的电话。父亲下定决心,就蹲在局长家门口不走。局长家是个单门独户的别墅,建了一个带檐的门楼,门楼两边各蹲了一只石狮子,天黑了,父亲就趴在其中一只石狮子身上。

终于在很晚的时候,等到了局长。父亲把购物袋放在局长家沙发边,还没说话呢,局长就说了,你别说了,我也了解了,那件事你是有点委屈,但胳膊能扭得过大腿?我们也没办法啊,你放心,组织上不会不考虑的,你要相信组织,你耐心点好不好?局长说着话,眼睛扫了一眼那只购物袋。

父亲满意地回家了,他向爷爷详细讲述了送礼的前后经过,爷爷也高兴起来,组织上都这么说了,那就应该差不多了,而且,东西收下了,更说明有戏了,快了,快了!

父亲和爷爷那晚因为高兴,还特意让妈妈炒了两个菜,喝了二两白酒,喝完酒后,父亲坚持再读一读当天的报纸社论。要养成一个良好的习惯,他说。

但父亲的任命文件一直没有"快了快了",父亲在焦急的等待中,又过去了一年,这期间,他隔十天半月就去局长家,局长先开始还为他倒茶倒水,去了几次后,局长家的门再也不开了。局长将父亲送的那一购物袋的东西交到了局纪检组,让纪检组的人原样退还给了父亲。

既然局长的家不给进了,父亲就直接在上班时间去找局长,只要局长一上班,他就坐到局长办公室,局长,组织上对我的事怎么办?我可是考了第一的!

局长简直快要给父亲逼疯了,这是局长对母亲说的,他带着局里的人找到了母亲,让母亲做做父亲的工作,要官也不能这么要啊!要得局长都不能上班了!

但父亲根本不听母亲的,他什么话都听不进去了,他说,组织上说过的,你别操心了,我的任命很快就会下来的,快了,快了!

父亲再一次坐到局长办公室时,局长不再采取以前的办法了,他直接和父亲吵了起来,局长破口大骂,你这种人,还想当领导?你撒泡尿照照自己,阿猫阿狗当也比你当强!

父亲颤抖着手说,我怎么当不了?父亲当场就背起头天的党报评论员文章来:中国经济发展前景广阔,中国将坚定不移地推进改革开放,加快转变发展方式,坚定不移奉行对外开放政策,继续为外国企业提供更好的环境和条件,中国的发展将为世界做出更大的贡献……

父亲滔滔不绝地演说着,局长拔腿就走,父亲连忙撵了上去,抓住局长的衣服说,你别走啊,你说说,我的事怎么办?

局长也抓住父亲的衣服,怎么办?就你这样,还当局长,你到死都当不了!

局长这句话一说,父亲伸手就去掐他的脖子,仿佛是堵住局长的喉咙,不让那句话给冒出来,局长大声喊,来人!来人!

立即有几个人上来扑住了父亲,父亲直接给送到了精神病院,门外的车子早就等着了,原来局长早就布好局了。

父亲在医院里住了半年,回家了,他一下子变得白白胖胖,像换了一个人，他也不用上班了，他行动迟缓、目光呆滞，母亲让他做什么他就做什么，母亲喊，吃饭了，他就坐过来吃饭，母亲喊，洗脸了，他就乖乖地走过去洗脸，他就像一个三岁孩子。又过了一阵子，父亲慢慢恢复了些，他每天晚上坚持看《新闻联播》，他有了一点自己的意见，他对母亲提出了个要求，给他订一份党报。

春天到了，这也是尹洁高中的最后一个学期，一个周六，在学校补完课后，她和来接她的母亲一起回家，快到家的时候，母亲接到一个电话，有人在电话里告诉她，你快来啊，你们家老尹又发病了，在人民广场！

母亲拉着尹洁就往人民广场跑，甚至忘记了拦一辆出租车，她们跌跌撞撞跑到人民广场时，母亲的一只高跟鞋已经跑脱了。人群围了好大一个圈，只听到一个慷慨激昂的声音在最里层往外扩散，母亲拉着尹洁扒开人群往里挤。

果然是父亲，父亲穿得整整齐齐，他站在一块方形的砖块上，两眼扫视众人，满含激情，脸放红光，一只手按在心口，一只手不停地伸出、拉回，做着各种手势，他正在背诵着党报上的一篇文章：今年以来，面对国际经济的复杂环境，面对国内改革发展稳定的繁重任务，我们坚持以科学发展为主题，以加快转变经济发展方式为主线，按照稳中求进的工作总基调，及时加强和改善宏观调控，把稳增长放在更加重要位置上，在稳增长、调结构、促改革、惠民生等方面都取得了积极进展……

父亲吐字清晰,落落大方,手势准确有力,如果不是稍带点瓦庄口音,简直都可以与中央电视台播音员相比了。更令人惊讶的是,父亲从头到尾说得流畅无比,几乎不打一个磕巴,而且是脱稿的呀。

围观的人纷纷拍巴掌,拿出手机录视频,不断地叫好。尹洁这才反应过来,她和母亲冲上去,一个在前拉,一个在后推。回家,回家,回家!母亲的声音带着哭腔。

父亲一回家就正常了,他又沉默不语,母亲让他坐他就坐,让他站他就站,他就像一个温顺的三岁小孩子。

母亲说,你以后还出去不?

父亲不言语。

母亲说,你以后别出去演讲啦,知道不?

父亲迟疑地点点头。

下午,母亲上街采购去了,尹洁在房间里复习英语,父亲坐在沙发前安静地读报。两个多小时后,母亲回来了,她一回家就去看尹洁。

好了,现在我们家出名了!母亲说着,掏出手机,点开朋友圈。

尹洁看到上午父亲的演讲视频正在被人风传,包括她和母亲去拉他回家的画面。尹洁再一百度搜索,网上铺天盖地的小视频,一遍遍播放着他父亲的"光辉"形象。而更要命的是,网民不停地人肉搜索,父亲的前史也被人以段子的形式翻了出来,他们一家三口的照片也被晒了出来,评论区里,有人笑,有人骂,有人发各种调侃,有人做各种演绎。

尹洁无法想象自己周一怎么去学校,怎么去见同学。尹洁头脑轰地一下热了,她冲到客厅,一把夺下父亲手里的报纸,冲着父亲又抓又打,她歇斯底里地叫了起来:去死啊! 去死啊!

尹洁撕心裂肺地哭了起来。

那你周一怎么去上学的呢? 郭建伟将一只胳膊伸到尹洁的脖子下给她当枕头,尹洁喜欢这个姿势和动作。

没去上了,尹洁仰头看着郭建伟工作室头顶的天花板,那个周一我就没去上学了,我在北京漂了三年啊,我还是想学美术,可是我到中央美院一看,我就知道我这一辈子是不可能做画家了,我就在那旁听了三年理论课,我是硬蹭了三年的课。

郭建伟说,怪不得呢,你理论水平那么高。你,后来去看过你父亲吗? 他现在怎么样?

尹洁的眼泪又无声地流下来,她摇摇头,又点点头。他现在每天上班一样去人民广场演讲,每次两小时,风雨无阻,他背社论还是那样流畅,这,都是我妈妈告诉我的。

你恨你父亲吗,现在? 郭建伟问。

尹洁忽地转过身来,改换了一个笑脸,压在郭建伟的身上说,我恨你,现在,我要杀死你!

郭建伟说,啊,那你"杀死爸爸"吧! 你来"杀死爸爸"!

他们又一次开始了"杀人游戏"。

13

傍晚的时候,大雪停了下来,村庄一片迷蒙,像是一大块没有擦干净的黑板。

尹卫东跟在郭队长和父亲身后,从工地上回家。

三双脚踩在雪地上,吱呀、吱呀。

突然,尹卫东听见有几声奇怪的声音从山地那边传过来,哼——哼——他侧耳听了听,听清楚了,那是哼子鹰的叫声。这种鸟喜欢住在老树的树洞里,总是在半夜的时候钻出树洞,一遍遍地哼哼着,但是还没到夜晚哪,他想,也许是下雪了,哼子鹰错认为这就是有月亮的夜晚了吧?

哼子鹰的叫声像是贴着地面传来,深长、悲伤,叫得尹卫东后背发麻。

大,大,哼子鹰在叫。尹卫东对父亲说。

父亲听了听,说,真是呢,这鬼鸟!

等他们回到家时,母亲已经做好了晚饭,就等他们了。刚刚在八仙桌边坐定,木门被哐当一下撞开了,青年突击队的一个小伙子急急慌慌地说,不好了,郭队长、尹队长,卫国、卫国……小伙子哽着嗓子说不下去了。

卫国怎么了?父亲蹿了上去。

卫国被炸死了!

父亲丢开那个小伙子就往外跑,母亲哇地哭了,也跟着跑,我也跟着跑,郭队长愣了一下,也紧紧撑了上来。

风吹着浮雪,糊住了人脸,哼子鹰那深长、悲伤的叫声声声不停,像雪一样呛得人鼻孔里发酸。

爆破工地上围了一群人,先到的父亲和母亲趴到雪地上哭天喊地。尹卫东要往前去,被邻居拉住了,蒙住了眼睛说,别去,别去。

郭队长刚看了一眼,就退回来,问爆破组的人怎么回事?

一个雷管没有炸,等半天也不炸,卫国就去点第二次,导火线太短了,卫国没跑开,那个狗×的雷管就炸了,手脚都炸飞了啊,那个人哆哆嗦嗦地说,我再跑慢一点,我也就被炸死了。他的上下牙齿在打架,发出咔咔的声音。

夜很快黑下来,雪夜呈现一种幽蓝的颜色,人在其中,像是浸在一个黏稠的梦里面。

父亲回过身来,他的两只眼睛像两只黑窟窿,他奔到郭队长身前,猛地跪了下去,连连磕头,磕得雪花四溅,郭队长啊,你可要为我家卫国报功啊,他够得上烈士吧?

郭队长的上下牙齿也在咔咔咔地打架,他拉起父亲说,够、够、够得上,他他他,是为、是为,为革命而死,伟大,英雄、英雄!

大家草草地拢起一堆雪盖住了哥哥尹卫国,然后呵着气往村庄里走,母亲已经迈不开腿了,父亲和一个小伙子一路架着她。尹卫东跟在后面,再一次听见哼子鹰凄厉的哼声。

郭队长回到屋里就趴到八仙桌上,连夜写材料,关于水利兴修标兵尹卫国同志申报烈士的事迹材料,他写了一小沓纸,写到天亮时才写好,把家里的一盏煤油灯的灯油都写干了。清晨,郭队长怀抱着那一沓材料对父亲说,我到地区送材料去,你放心,一定评个烈士回来!

郭队长踩着雪歪歪扭扭地走了。尹卫东和父亲一起望着郭队长的背影,望着他走上村前的山冈了,走上那条悬挂在山冈上的小路了,和他来时不一样,来的时候,郭队长是被小路悬吊着下来的,速度很快,而他走的时候,像是攀着一根细绳子往上爬,他爬得很慢,蜗牛一样,爬了好长时间才爬上了山冈,不见了。

父亲在家等着郭队长的消息,他天天望着对面的山冈,雪化了,解冻了,冬天就要过去了,郭队长还没有来。

父亲等不及了,他背上黄背包,起了个早到地区找郭队长去了。

父亲是第二天天傍黑时回来的,尹卫东看见山冈上出现个黑点子,就朝山脚下跑,等他跑到时,父亲也下山了。

两天时间,父亲瘦了一大圈,好像城里是个卷笔刀,把父亲硬生生地卷去了一层皮。

尹卫东问,大,大,事办好了?

父亲愣愣地看着尹卫东发呆,过了好一会儿,他才说,亏死人了,亏死人了,那个姓郭的是个假钦差啊,他根本不是工作

纸上的父亲 / 159

队长。

那他怎么有介绍信？尹卫东问。

本来上面是叫他来的，后来，他发病了，就不叫他来了，狗×的想来，就偷偷来了，来了就来了吧，要修什么红旗渠呢？父亲说着连连叹气。

走吧，父亲说。

走了几步，父亲脚下一滑，摔了个仰八叉，四脚朝天划拉着，那样子很可笑，尹卫东想笑，但忍住了，不料父亲却自己笑了，父亲呵呵呵地笑着，笑得索性在地上打滚，他一边笑，一边用手拍着地，他妈的，笑死人，笑死人了！父亲笑着笑着，又突然哭了，他双手拍打着双腿，亏死人了啊，我亏死人了啊！

尹卫东去拉父亲，父亲止了哭，他抹抹眼泪，忽然摸着尹卫东的头说，不要对你娘说这事，就说在等上面的批复，知道不？

尹卫东说，好。

父亲又蹲下来，蹲到尹卫东的面前，拉着他的双手说，好好读书，以后也当干部！知道不？

尹卫东看着父亲瘦削的脸，点点头说，好。

14

油画《纸上的父亲》快完工了，但郭建伟面临着一个难题，他的画笔迟迟找不出父亲脸上的表情，反反复复试了很多次，好像总是不对。

不是父亲没有表情,也不是郭建伟记不清父亲脸上的表情,而是他拿不准父亲的脸上该呈现哪一种表情。

郭建伟先是画了父亲在出走之前的最后一个夜晚的模样。那天到了半夜,郭建伟起来小解,发现客厅的灯开着,父亲一个人坐在八仙桌前,庙里菩萨一样,低眉、严肃、认真、庄重,他面前摆着语录本,他在笔记本上奋笔抄写着。父亲的脸上看不出一点疲态,相反,他双眼炯炯有神,浑身散发出一种精神性的力量,父亲那时就像一块燃烧的蜂窝煤,瓦蓝的火焰在咝咝响着。郭建伟画着画着就画不下去了,他不论怎么画,就是画不出当时的那种感觉,他总觉得自己画得不对。

郭建伟接着又尝试画父亲的另一种神情,那是父亲那次离家出走后,又一个人悄悄回来时的表情。

父亲是在晚饭时回来的。当时,郭建伟正和母亲默默地坐在八仙桌边喝粥。父亲毫无征兆地回来了。他虚弱地站在门口,讨好地冲着面前的母子俩笑了笑。

你到哪里去了?母亲说,你一个招呼不打跑到哪里去了?

父亲怯怯地进了屋,也不解释,他说,给口茶喝吧,我想喝口茶。

郭建伟立即给父亲倒了一搪瓷缸的茶。父亲捧着搪瓷缸,吹着浮在面上的茶叶,迫不及待地喝了一口茶,茶水很烫,他不停地将茶水在嘴巴里挪动,然后吞咽了下去。父亲怎么也不说

纸上的父亲 / 161

他在那半个多月里到底去了什么地方,又做了些什么。

父亲把那一大搪瓷茶缸的茶水喝完了,也坐在桌边喝粥。

母亲说,郭宏斌,你回来了明天赶快去上班,我一个人那点工资,很快连粥都喝不上了。

父亲茫然地点点头,上班?他问,我到哪里上班?

母亲的脸色暗沉了,还回到你原先的材料仓库去。

怎么,父亲说,供销科不让我去了?我可是下乡搞过工作队的呀,我在那里修了一个红旗渠,那可是个大工程啊,工地上人山人海,红旗招展,歌声震天,很有成绩啊。父亲说着,脸上呈现一种奇怪的表情,是恐惧,是自豪,是坚定,是犹疑,是激昂,是消沉,是愤怒,是怯懦。父亲的脸是一个调色板,但他把所有的颜料都一股脑儿泼洒上去了,看不出到底是哪一种颜色了。

你原来是自己偷偷跑下乡了?母亲张大了嘴。

父亲顾不上回答母亲的话,他从上衣的左口袋里掏出那份红头介绍信,你看,这可是组织上的正式文件哪,他又从上衣的右口袋里掏出一沓纸,你看,为了修水渠,我可是牺牲了啊,我被炸飞了,手脚都没有了,我是烈士,我是英雄,英雄!你们怎么还让我去材料仓库?!我不去!我不去!

父亲自顾自地说着,嘴角泛起泡沫,鼻头上的那一颗黑痣越发大了,大得像一颗桑葚,像被人用浓墨汁重重地点了一笔。

母亲忽然委顿下去,她看着郭建伟说,完了,你爸疯了,她哭着说,我们家完了,你爸这个不争气的!他疯了!

郭建伟无法画出父亲那时的表情,他第一次对自己的能力表示深深的怀疑。

父亲出走回来一个多月后,有一天家里突然来了一个人,这个人瘦长,一脸疲惫,他背着一个黄背包,站在郭建伟面前虚弱地问,这是郭队长家吗?

郭建伟不知道他找谁,他本能地摇摇头,可这时那个人忽然眼里放光,他推开郭建伟,冲到客厅里的八仙桌旁,对坐在那里的父亲说,郭队长,是我呀,郭队长!

父亲抬起头望了一眼来人,目光呆滞而漠然。来人摇晃着父亲,叫喊着,试图唤起父亲的记忆,但很快他就停止了呼喊,他发现父亲是被绳索绑在椅子上的。

郭建伟已经记不起来,那时父亲是什么表情。当那个人失望地离开时,父亲脸上的神情似乎变了一下,嘴里还咕哝了一句,但当时天色已暗,灯未拉亮,昏暗中,郭建伟没有看清父亲脸上的表情。

郭建伟在画布前走来走去,他看看表,晚上八点钟,尹洁怎么还没有来呢?他想,尹洁来了,或许能帮他找找感觉。

15

晚上九点,郭建伟还痛苦地坐在画布前时,尹洁终于来了。

抱歉,尹洁说,我是去取合同来了。尹洁说的合同是她所在画廊要独家销售郭建伟的画作的协议。

签好协议后,郭建伟拉着尹洁到他的画布前,你帮我找找父亲的表情,我怎么找也找不到。

尹洁看了看那幅画后,搂住郭建伟的脖颈,贴着他的耳朵说,我找到了。

这么快就找到了?那你说该是什么样的表情?郭建伟问。

那表情啊就是你跟我做爱时的表情。尹洁说。

郭建伟说,你又挑逗我了。

尹洁说,我可是认真的,真的,你想一想,闭上眼睛体会一下。

郭建伟听话地闭上眼睛,他想了想说,还真可能是准确的。他说着,手就在尹洁身上动作起来。

尹洁一边配合着他,一边悄声说,那个"征服"到货了吗?

郭建伟一边点点头,一边腾出一只手,从画桌下边拿出一瓶液体来。

两个星期前,郭建伟和尹洁正在一起做他们的"杀人游戏"时,尹洁对他说,有次我在美院听课时,听到一个老教授说了一句话,他说那是诗人戴望舒说的——象征派的人们说"大自然是被淫过一千次的娼妇"。但是新的娼妇安知不会被淫过一万次?被淫的次数是没有关系的,我们要有新的淫具和新的淫法。当时觉得好不能理解啊,但现在我理解了。理解什么了?郭建伟问。尹洁当时从郭建伟身上爬起来,拿起他的手机说,我要为我们订购一种新的淫具……她指点着郭建伟上了一家成人情趣网站,选购了一瓶名为"征服"的催情水。

尹洁抱着郭建伟说,现在,让我们用新的淫法和新的淫具吧。

不知是不是那瓶催情迷药的作用,郭建伟没想到在他的"征服"下尹洁会那么疯狂,也带动了他发疯了一般,他们滚到了那幅巨大的画布前,面对着尚没有表情的"纸上的父亲",他们叫喊着、冲突着。事毕,郭建伟近乎虚脱了,他们平静下来。

尹洁指着画布对郭建伟说,现在,你找到了父亲的表情了吗?

郭建伟睁不开眼睛了,他动了动嘴唇,也不知道自己说了什么,后来,他就睡过去了,直到他做了那个梦,直到快凌晨三点时的敲门声响起。

16

因为在公安这边有"线人",省美协副主席涉嫌强奸某画廊业务经理当晚就被排上了省报的社会新闻版,不过,值班总编还是犹豫了一下,准备将这个新闻报道先给省委宣传部的分管领导审一下。但仅仅过了20个小时,这则爆炸性新闻还是被外省的一家叫"拜拜"的新闻网站率先头条推荐了。那几天刚好处于媒体新闻空档期,正愁着没有好的热点,美协副主席、著名画家、催情药、强奸,这一连串的关键词自带兴奋剂,形成了强有力的传播链,于是,某省美协副主席郭建伟涉嫌迷奸案迅速成了全国大小媒体热议话题。

这个案件确实挺蹊跷的。网上网下有各种议论,有的说,我都好多年没听说过"强奸"这个词了,现在,解决那个问题还用得着强奸吗?这个郭主席是不是性变态?有的说,郭建伟平时挺稳重的一个人哪,怎么犯下这个低级错误?就是要迷奸,也该把那药水给藏起来吧?更有的揣测,这肯定是一个坑,不是省美协马上要换届了吗?如果不出这个岔子,郭建伟就是铁定的主席人选,那么,嘿嘿……

各种说法都有,但最后一个说法得到圈内人士的最广泛的支持。有消息灵通人士从公安那边得到了消息,也在某种程度上佐证了这个说法,说是那个女孩晚上九点进的郭建伟的工作室,十一点多跑出来的,通过小区的监控看,她跑出来的时候,并非衣衫不整,而是很从容的,她还在楼下徘徊了很长时间后,才打电话报警了。这说明,那个女孩在报警前是经过了一番思考和挣扎的。那么,也就是说,女孩是有预谋的,她有意接近郭建伟就是为了那最后一击的。这一击可真厉害,郭建伟算是彻底玩完了。但也有人提出了反证,女孩为什么要这样做?她没有动机啊,从女孩与郭建伟签订的合同来看,仅这一项,女孩就会从中获得大笔的收入,根本不需要被别人当枪使啊,又有谁能给出那么多钱呢?另外一个疑点就是那瓶"征服",已经查明了,那是郭建伟自己从网上购买的,说明他早就居心不良,谋划已久了,他就是要满足那种欲望,并不存在什么被陷害。

随即就有人反驳说,郭建伟这个人权欲太盛,他在担任省美协副主席兼秘书长期间独断专权,丝毫听不进别的领导的意见,而且他还放出话来,一旦当选上主席,他将在本省美术界弄出一番大动作,重新排排座次,让那些艺术平庸却长期霸占重要位置的副主席统统退出历史舞台。这实在气坏了其他几个副主席,是他们联手精心做了这么一个局,当然这个局设置得很巧妙,那个尹洁就是他们重金聘请的顶级卧底。

这个说法一浮出水面,另外几位有可能替补当上美协主席的坐不住了,他们纷纷以各种方式证明自己的清白,以免被误认为是幕后指使者。圈内人一一仔细分析,还真找不出他们与那个叫尹洁的女孩有什么瓜葛。在面对警方的审讯中,尹洁也否认了这一点,而且这几位副主席虽然都对郭建伟有意见,但他们相互之间平常也尿不到一块去,几乎水火不容,他们团结起来联手的可能性好像也不大。

更颇具戏剧性的是,本来郭建伟虽然在本省是一流画家"意见领袖",但放在全国层面尚没有足够大的影响力。这件事一闹,他的人气指数立即爆表,他的一些画作以及各种装置艺术等被一一从网上翻出来,有不少人对之加以深度解读,其中就有那件"纸上的父亲"。有好事者试图从中分析一下郭建伟的犯罪心理,但分析来分析去,也没有分析出所以然来,只是觉得他的作品挺独特的,尤其是那件"纸上的父亲"。大家都说,这个郭建伟啊,可惜了,可惜了,没管住下半身啊,结果毁了下半生。

那些好事者还专门去寻找那个叫尹洁的女孩,但她的手机一直是关闭的。据说,她报过案,去公安局做了笔录后,就再也没有在本城露过面,估计她是去了别的城市了。

几个月后,网络上关于这个案件的各种消息早平复了,案件初步的调查结果也出来了,公安那边的朋友透露说,郭建伟开始时竭力否认自己强奸了那个女孩,后来,不知怎么的,他就不再为自己辩解了,对自己的犯罪事实供认不讳,看来他这个强奸罪是逃不了啦,他在被审讯期间,老是说一句话:我们都是纸上的父亲。

金光大道

1. 第一天

李小艾有点蒙,她被那个叫张巧玲的热心人从后厨操作间里喊出来时,就像是从一场梦里走出来,她忘了脱下高高耸起的白色厨师帽和一身被油烟经年熏染的工作服,这与新世纪酒店餐厅包厢里的氛围有点不搭。

包厢里挤满了人,围成了一个圆圈,圆圈中心是三个人,一个老太太,加一对中年男女,老太太穿着一件连衣裙,辣椒红,另外一男一女穿的是情侣服,茄紫色,他们正热切地看着李小艾。李小艾被人推着往圆圈里走时,觉得眼前这一盘茄子和辣椒正等待着自己去处理,红烧?清蒸?椒盐?她感到自己很可笑,这什么时候啊?怎么还会有这奇怪的想法?她的脚步有点迟疑,有点胆怯,也有点不那么情愿,她甚至想转身跑出这个包围圈。但包围圈不由分说地缩紧了,并且,立即,那个辣椒红的老太太冲上来一把抱住了她,咽喉里的喉结上下滑动着,冲破了阻力,哇地哭了出来,两个茄紫的男女也形成了老太太之外的第二层包围圈,也抱紧了她,喉咙里呜呜地响,像哭声,他们一边哭,一边喊着:"银花!银花!"

四周的手机高高举起,不停地拍照,张巧玲捅了李小艾一把,说:"你这孩子高兴傻了吧?这是你妈啊,你亲妈亲姐!快喊妈喊姐啊!"

李小艾这才突然从那种梦一般的恍惚中醒过来,像一条解冻了的鱼,全身松软了下来,她立即哭出了比他们更大的声响,使出了比他们更大的力气,她抱着那三个人。"妈!"她喊着,又转向那个年轻的女的,"姐!"

老太太哭着应答着,她上上下下抚摸着李小艾:"银花,你受苦了!"

张巧玲在一边纠正说:"阿姨,她不知道她叫银花,她现在叫小艾。"

老太太说:"反正是我女儿呀。"

李小艾号啕着,她摇晃着老太太说:"你们怎么把我弄丢了呢?你们怎么能把我弄丢了呢?"

张巧玲赶紧又偷偷捅捅李小艾:"小艾,不是事先告诉过你了吗?"

李小艾这才没有继续问下去,强行把这个问号咽了下去,但她想,我迟早要问的,这句话其实是我最想说的。

前天傍晚,先前一直和她联系的寻人网志愿者爱心大使张巧玲告诉她:"小艾,DNA比对上了,找到你亲生妈妈了!"李小艾先是激动,接着就自然冒出了这句:"他们是怎么把我弄丢了呢?我一直想知道他们是怎么把我弄丢了的!"张巧玲就拍着她的肩膀说:"小艾,这是我们每次寻人时遇到的最多的疑问。其实,你想想,天底下哪有父母会舍得丢下亲骨肉呢?还不都是人贩子作的孽吗?要说父母他们就是不注意,弄丢了孩子,那也不是故意的呀!再说了,他们这些年不也是一直在找你吗?回头见面时可不能这么埋怨啊!"李小艾当时是答应了,可这一见面,还是忍不住随着哭声号了出来。

还是那个茄紫男——当然,李小艾知道,这就是她的姐夫了——冷静些,他拍拍哭成一团的她们仨,说:"好了,好了,今天是大团圆的日子,不哭了,不哭了,我们要好好庆祝一下!"

这样,一屋子的沸腾才稍稍冷却,李小艾的那些看热闹的同事被老板的凶眼神瞪走了,各回各的岗位,包括赵为进,这家伙装着帮助服务员泡茶倒水,磨蹭着不肯离开,但老板直接点名:"赵为进你别在这搅和了,让人家一家人好好聚聚,快到后堂准备菜去啊!"赵为进只好走了,他一直看着李小艾,忽然走上前说:"小艾,你还穿着工作服干吗呀?来来来,我替你带回去!"他看着李小艾摘下帽子,解下工作服后面的扣子,临走了还嘱咐说:"小艾,今天你就别担心你那份事了,我都替你干着!"

新世纪酒店的厨师都是一个萝卜一个坑,红案、白案、卤菜,按单流水作业,哪个有点事,就得自己协调让同事顶上。赵为进挺能干,而李小艾是个讲究人,虽是个准大厨,但整天想着去逛服装店、美容院,买衣服、做头发、脸部保养,她一溜号,赵为进就替她"站岗放哨",一来二去,就和李小艾谈上恋爱了。这一年多来,他们俩谈得最多的话题就是,攒够了钱,也设法在宜州城里盘一个小门面,凭着两个人一个是大厨,一个是准大厨,还愁搞不好一个小饭店?小饭店开着开着,不就开成大饭店了?这个话题总是让他们热血涌动,赵为进还天天在手机上看视频,内容都是酒店管理学、现代营销学等。"到时候,几百号人,怎么管理?老板娘,那可是学问啊,得先学习哟。"在新世纪大酒店楼下的公园里,赵为进搂着李小艾望着城市的灯火,畅想着属于他们自己的大酒店,幸福得浑身颤抖。

李小艾一直没有告诉赵为进自己上寻人网的事,所以昨天晚上,当她告诉赵为进,第二天,她的亲生母亲就要从省城赶过来认她时,他一下子跳了起来:"李小艾,你喉子深啊,没想到,这么大的事你都没跟我说。""喉子深"是宜州这个地方的方言,形容一个人憋得住话,有城府。李小艾说:"怎么告诉你?说我是一个从小被人贩子拐走的人?哼!我就是想不通,为什么他们不照看好我,把我弄丢了,丢到几百里之外了,是不是因为我是一个女伢子?他们故意丢的?我本来不想上寻人网呢,我就是想弄清楚这一点!"听说李小艾的母亲一家是省城人,赵为进突然担忧起来:"那他们要带你去省城吗?你走了我怎么办?"李小艾摸摸赵为进的头说:"怎么办?凉拌呗。"赵为进说:"不开玩笑,你不会甩了我吧?"李小艾眼神一撩,安抚他说:"瞧你出息的,甩你有那么容易?"李小艾眼睛长得漂亮,特别是那招牌式的一撩,撩得赵为进立马服帖了。

包厢里除了三个来认亲的,加上张巧玲,就是两个报社的记者,他们也是张巧玲请来的,张巧玲加入寻人网志愿者团队三年了,李小艾这个寻亲案算是她从头到尾参与的,最成功的一桩寻人案例了,她特别兴奋,也急于要把这起成功案例告诉全社会。记者一个录像,一个提问,架势有点像中央电视台的《等着我》寻人栏目,于是,酒店包厢成了一个临时演播厅。

记者刚一开口问:"阿姨,你能回忆起二十年前,小女儿丢掉了的那天是什么情形吗?"

老太太点点头,还没说话,眼泪却又滚落了下来。

李小艾现在知道姐姐名字叫王静美。这个名字是姐姐后来改的,姐姐原来叫王金梅,而和这个名字气质相匹配的,是她这个妹妹的名字,在省城以前的郊区王油坊村,三岁以前,李小艾的名字都是叫王银花。

面对只顾着哭泣,半天说不出一句完整话语的母亲,王静美代替母亲回忆二十年前的那一个傍晚。

"那时候,我八岁,妹妹三岁。"王静美刚开了个头,忽然侧过脸做了个微笑的姿势,腰板也挺直了,"这样行吗?"

李小艾这才注意到,王静美一直在看着记者的镜头说话。

金光大道 / 173

怎么说呢？这个姐姐搞得挺精致的，胸前戴着一块金镶玉，手上的钻戒，镶的是红宝石，从光泽、造型上看，应该挺贵重的。李小艾喜欢逛商场，尤其喜欢逛服装、金店，买是买不起，看还是看过不少。李小艾看看姐姐的脸和手，猜她全身上下也没少保养。不过，她脸模子不太好看，大脸，大得有点蠢，不像身边的老太太，老太太其实长得挺周正的，脸是鹅蛋脸，年轻时估计是美女。李小艾偷偷地拿出手机，打开镜子功能，看看自己，她发现自己倒是和老太太长得很像，她摸了摸自己的鹅蛋脸，嗯，可能姐姐长得像已经过世的那个亲生父亲吧。

"那是春天，那时我们家是郊区的菜农，每天都是我带着银花玩，天黑了，爸妈在蔬菜大棚里还没有回来。"

"不是春天，是夏天，是 7 月 9 号。"老太太在一旁纠正。

王静美说："哦，对，反正我记得我们穿着衬衫呢，我带着银花在村部前和其他小朋友玩丢手绢的游戏，玩到最后，他们都回家了，我背着银花也往家走，路上就我们两个人，我背着妹妹，一边走，一边唱歌，这时候，从对面走来一个女的，是个外乡人，她向我问路，然后，拿出一个喷雾灭蚊器样的东西，朝我脸上一喷，我就昏迷过去了，等我醒来时，我发现自己躺在村路上，背上的银花不见了，远处，爸妈打着手电筒，喊着我的名字，我吓坏了，爬起来，大哭着，朝有光的地方跑过去。"

李小艾急切地问："这么可恶，那你们没有报警？"

"当时就报了！"王静美说，"可是那鬼女人不知道抱着你躲哪儿去了,那时候也没有监控,虽然各个路口都有公安看守着,也没有抓到人。"

"那天晚上,我们村前村后找了一晚上,整个王油坊村的人都出动了。"老太太补充说。

李小艾一巴掌拍在腿上:"可恶!"

张巧玲拉着李小艾的手说:"虽然过去了二十年,但我们会将这个新的线索再反馈到公安部门打拐办的,对坏人我们会追究到底的。"张巧玲说这话的时候,也努力将身子斜向记者的摄像镜头。

王静美拉过李小艾的手:"妹妹,是我大意了,把你弄丢了,我对不起你!"她说着,眼睛眨巴着,眼眶红红的。

老太太的手也伸了过来:"老天有眼哪,又把我女儿还给我了!这些年,我们一直在找你啊,哪想到,你就在本省呢,离我们才两百公里,我们还以为你被卖到四川呢,你姐说那个女人的口音就像是四川人。"

母女三人的手拉在一起,哭泣声又渐渐响起,摄像机一直在拍摄着。

记者很有经验,很自然地把话题和镜头转向李小艾:"那您呢,您是什么时候知道自己是被拐卖的?"

李小艾止住哭,两只手分别拉着亲妈和亲姐:"小的时候,他们都瞒着我的,养父养母年纪大了,一直没有小孩子,我到他们家,他们对我还是挺好的,让我读书读到高中,只怪我脑子笨,没考上,又让我去上烹饪学校,好不容易我毕业了,他们老两口就都走了,养母临死前告诉我,说我不是她亲生的,说是从一个姓吴的人那里抱过来的。"

"又一个重要线索。"张巧玲兴奋地说。

"其实,小时候,大概八九岁吧,我就知道了,村里的人支支吾吾,假装对我保密,其实,是巴不得我听到。"李小艾说,"他们越是这样,我越是假装不知道,我也从没有问过我养父养母,我怕我一问,他们就不要我,那我就真正成孤儿了。"她说着,又抽泣起来,"那时候,我就想着,我长大了,一定要找到亲生父母,我就想问问他们,为什么把我给弄丢了!"她到底还是把这句话说了出来,说完后,她就长出了一口气。

"怪我,怪我,没有照看好你!"姐姐说。

李小艾摇头说:"今天我明白了,不是你们不要我,也不是你们没照看好我,是坏人作的恶。"

三个女人又哭成一团。两个记者对了下眼神,意思是差不多了,可以收摊了。张巧玲见状,赶紧说:"所以,小艾在我们寻人网登录注册,上传了个人信息后,我们立即展开了寻人活动,网上一比对,这才一年多就找到了亲人,我也代表我们寻人网志愿者团队祝福你们。"这话张巧玲大概提前演练过,很抑扬顿挫,说完,她靠着母女三人,面朝摄像机,摆了一个剪刀手的姿势。

采访算结束了,姐夫吩咐服务员:"上菜吧,我点了十个菜,十全十美,大团圆!"

宜州靠长江边,今天的菜也以江鲜、河鲜为主,虾、鱼、菱角菜、红辣椒炒莲子,这菜炒得漂亮,颜色配得漂亮,分量也够足。李小艾知道这一定是赵为进做的。果然,他一会儿发微信过来:小艾,今天的菜可以吧?他还发了一个吐舌头的表情,然后提出请求:能不能让我上去敬你妈、你姐、你姐夫一杯酒啊?

李小艾知道赵为进脑子里打的什么主意,他是想借此来确定他和李小艾的关系。和赵为进在一起黏黏糊糊一年多了,李小艾始终没找到感觉,搂也搂了,抱也抱了,一到关键时刻,李小艾就清醒过来,死活不愿意,不仅是身体抗拒,她心底更抗拒,她老认为,她要找的似乎不是赵为进这款的。现在,她有点想明白了,原来是自己的根不在这儿啊,自己原来是省城的人啊。李小艾对赵为进回了个摇头的表情,并说:不,你可别来!

在李小艾和赵为进的关系上,李小艾是绝对主导性人物,她的决定赵为进一点儿也不敢反抗,他只好在微信里流了两行泪了事。

给赵为进发完微信,李小艾端起酒杯说:"中午这餐,在我们酒店里,我来请妈妈、姐姐、姐夫,还有在座的各位。"

姐夫说:"不行,不行,小艾,怎么能让你破费呢?"

这还是省城来的人第一次叫她"小艾",李小艾看了一眼他,发现他也笑着看自己。

老太太发话了:"什么你请我请?今天我做东,我高兴。再说了,银花,以后在一起生活了,你也别跟你姐姐他们客气了。"

金光大道 / 177

李小艾说:"一起生活?"

姐姐说:"银花,妈来时跟我们商量好了,你就别在宜州待了,你不是还没结婚吗? 赶紧着,到省城,就在姐姐店里,以后再也不分开了。"

李小艾迟疑着:"到省城?"

姐夫笑着说:"先去省城看看嘛,到时再做决定。"

张巧玲示意李小艾:"傻瓜姑娘,愣着干什么? 这么好的事,省城多好啊,快,快,快喝酒呀!"

2. 第一夜

只用了半个白天加半个夜晚,李小艾就决定了:到省城来。

这个决定是在姐姐王静美家别墅的二楼露台花园上做出的。这也是李小艾到省城来的第一个夜晚。

宜州到省城,二百公里的路,全程高速。因为姐夫中午喝了点酒,就由姐姐开车。

车是辆越野车,什么牌子,李小艾不知道,这不在她关注的知识范围之内,相反,倒是赵为进比较关心,他平时没事除了上网看酒店管理和商业营销的视频,就是看"车世界"之类的,在对李小艾展开拥有一家自己的大酒店的想象之外,一辆辆品牌豪车也顺理成章地驶进他的想象里,他经常说着一个个汽车品牌,比较着它们的性能与价格,想象着驾驶的快感,过着嘴瘾。

上午,姐夫开的车一停进酒店院子里,赵为进就喊了声:"不错啊,路虎揽胜,一百多万啊!"

此时,姐姐戴上墨镜,按一下启动键,看着敦厚瓷实的这个什么虎,就在高速上奔马一样飞驰起来。路两边青山在后退,初夏,大块的水田在后退,水田里飞起一只只白鹭,远远看去,像一只只白色高跟鞋,踩在稻田上。路上没什么车,姐姐开得挺快,车载音响放着一首外国曲子,车子里散发着一股好闻的香水味。姐夫对她说:"你可以把座位调一调,往后仰一点,舒服一点。"在姐夫的指导下,李小艾调整了座位,试着将身体往后靠了靠,软皮座像一个人的宽大的怀抱,轻轻地拥抱着她,舒服极了。姐姐开一会儿,把前车窗打开几秒钟又关上,车窗开着的时候,风吹进车内,吹着姐姐飘扬的长头发,她用手撩着长发,那一霎,李小艾觉得姐姐这模样酷极了,整个人也变得漂亮起来了。

快进省城时,车辆多了起来,道路也宽阔了许多,下午的阳光迎面射来,给道路、车辆、车子里的人都镀上了一层金光,李小艾觉得这情景在哪里见过,可是自己从来没有来过省城哪,她使劲想,终于想了起来,她在一部外国电影里看到过这个场景。电影里,一个乡下年轻人开着车,迎着落日,开到了繁华的城市,城市的车流像一条闪着金光的大河汹涌而来,背景音乐应该是舒缓的,旋律中略略有一点不安,有一点好奇,有一点忧伤,但又奔腾着希望。嗯,没错,就和那部电影一模一样,李小艾贪婪地盯着眼前的金光,阳光炽得她眼睛里全是热泪,她也顾不得擦一下。

　　下午姐姐带她到自己的店里参观了一下。李小艾才知道，姐姐开的店是高级美容护理中心，店的门楼很气派，里面的接待厅也很有情调，一进去就有穿着职业套裙的服务员，热情地鞠躬行礼，送上饮料，饮料有多种，咖啡、绿茶、红茶、西瓜汁，还配上了好看的甜点、坚果，服务员说话声音细细轻轻的，身上香喷喷的。李小艾后悔自己匆匆忙忙跟了姐姐出来，也没有好好打扮一下自己。到了二楼的护理室，有好几间房，护理员穿着白色护士服，在给客户做着不同的护理保养项目，塑身、医美、卵巢保养，李小艾看得眼睛都直了，她在宜州做的所谓保养，就是躺在一架铁皮椅上，让一个五大三粗的女孩子在脸上涂上各种液体，一双肥手在脸上不断按摩，如此而已。

　　下到楼下，老太太忽然想起来，她指着美容中心告诉李小艾："这一片地原来就是王油坊村，这里原先是我们家的厕所。银花，你说这变化多大啊，要是没有那个什么寻人网，你哪里会找到我们呢？"

　　姐姐显然不想听这个，她埋怨地挖了老太太一眼："妈，你说什么呢。"

　　老太太笑着说："这有什么？人家都说了，你们这个店为什么生意好，还不是因为是个肥位置嘛。"

　　李小艾端详着美容中心门楼和它前后左右的建筑，这里是一条车水马龙的大道，两旁耸立着一幢幢高大的楼房，大楼装上了整面墙的玻璃,有几个人从楼顶上吊下来,在玻璃窗上擦洗,他们像武侠小说里飞檐走壁的侠客。确实,像老太太所说的,她无法将这个地方与王油坊村联系起来,她一点也记不起王油坊这个地名,更不要说什么曾经的家旁边的厕所了,厕所成了美容中心,这真够好玩的。突然,她想到一个问题,如果自己当年没有被拐卖走呢?那自己现在在哪里?她不禁又看了一眼四周。这时,姐姐已经将车子从地下室开出来了,对她喊:"银花,愣什么呀?走,回家去。"

这天晚上的晚餐是在姐姐王静美家里吃的。别墅建在大蜀山山脚下,据说这个大蜀山是省城唯一的一座山,省城的人都信这座山,这里的房价也是省城最贵的,而别墅的房价更是贵上加贵了。晚餐是保姆章姨做的,味道有点清淡,李小艾比较了一下,认为这个保姆的厨艺还是差了点火候,烧牛腩加多了调料,失去了香味,炒水笋也炒老了,起锅迟了,有点糊搭搭的。

参加晚宴的人除了老太太、姐姐、姐夫,还新加了姐姐的小女儿,六岁的琪琪,她在市中心的一家国际幼儿园上大班,下半年就要上小学了,眼下,姐姐正在为她找人,要上全省城最好的小学。

琪琪瞪大了眼睛问李小艾:"你就是那个银花阿姨?"

李小艾僵硬地笑了笑:"嗯,可以这么说。"

一旁的老太太说:"叫小姨,这是你小姨。"

琪琪皱起眉头,像个小大人似的思索了片刻,说:"那就叫银花小姨好了。"

　　姐姐家二楼的露台很大,李小艾觉得都有半个足球场大了,露台上种了很多花,防水木条上撑开着一个大大的遮阳伞,一张长条餐桌横着。大人们吃着饭,喝着饮料,琪琪成了开心果,她不停地表演节目,诗歌朗诵、舞蹈、拉小提琴,小小的人儿,一招一式都满是艺术范儿,特别是拉着小提琴,她优雅地拉琴弦,两只黑眼睛忽闪着,柔和的琴声在花草间流淌,一道光打在琪琪的身上,就像一个小天使,任谁都会喜欢呢,李小艾看呆了。

　　吃好饭后,保姆章姨将饭菜收拾好,撤了下去,又端了甜点、水果和饮料上来,琪琪的小提琴老师来了,姐夫陪着琪琪去练琴了,姐姐陪着老太太到楼下客厅追电视剧去了,一时只有李小艾一个人坐在宽大的藤椅里。她喝了口酸梅汁,看着不远处的大蜀山,山顶上有座庙,风吹过庙檐四周的风铃,隐隐有铃声传来,夹杂着琪琪的小提琴声,露台上繁茂的花朵在夜晚散发出好闻的香味,也不知道是什么花。李小艾发现自己长这么大,竟然从来没有种过花——在宜州,睡在集体宿舍里,哪里会想起来种花呢? 她又看看山顶上的天空,天空上正飞过一架飞机,飞机闪着红灯,缓缓划过云层。

　　赵为进的微信又来了,他老在问:什么时候回来啊? 我给你留了好吃的! 见李小艾半天不回话,他又打起她的电话来,看着手机屏幕上闪烁的蓝光,李小艾忽然厌烦起赵为进来,她一把掐断了电话。她想起刚才姐姐王静美对她说的,她要是留在省城,就到她店里上班,学习一个月后就做领班,一个月底薪三千,做好了,提成也有两三千,吃住就在店里,一分钱不用花。在宜州新世纪大酒店,天天烟熏火燎,才四千多块钱。这样一比较,美容中心要强多了。

赵为进不屈不挠地又打电话。

李小艾说:"什么事嘛!"

赵为进说:"小艾,你明天什么时候回啊?我好去接你啊。"

李小艾说:"明天不回,有事呢,你别老打我电话了。"

赵为进还在问:"那你什么时候回啊?"

李小艾再次掐了电话,她对自己说:"什么时候回?我不回了!"这样想着时,她脑海里满是下午刚进省城时的画面,那部外国电影里出现的场景,只不过那个开车的人换了,换成她李小艾了:

她开着车,迎着巨大的落日,从宜州开到了繁华的城市,城市的车流像一条闪着金光的大河汹涌而来,舒缓的背景音乐响起,旋律中略略有一点不安,有一点好奇,有一点忧伤,但更多的是奔腾着希望。和那部电影里一模一样,李小艾贪婪地盯着眼前的金光,阳光炽得她眼睛里全是热泪,她也顾不得擦一下。

她感到眼眶里真的湿热着,她又对自己说了声:"我不回了!"

3. 第三天

在姐姐家的豪华别墅里住了两天,这两天里,老太太带着李小艾在别墅区里走了几圈,她细细地问了一遍李小艾个人情况,然后问:"那天饭店里那个厨师是你男朋友?"

李小艾觉得这老太太不一般,眼睛里出火,但她咬着嘴唇,也不知怎么了,她说:"不是,不是,就是同乡,平时走动得多一点。"

老太太哦了一声,然后说:"那就好,再谈啊,不要谈农村里的,最低也要找个省城有工作单位的。"

两天后,老太太把李小艾带到她自己的房子里,她所住的小区叫作幸福里,就离着姐姐王静美的美容中心不远。李小艾想,这大概以前也是属于王油坊村的地盘吧。

老太太的房子也有一百二十多平方米,一个人住显得空空荡荡的。她家也有一个露台,不过只是简单地养了些多肉植物,不像姐姐家种了那么多花。养花多好啊,李小艾差点要对老太太说:"妈,我来帮你养花吧。"但一只宠物狗的叫声从露台一侧传了出来。老太太快步走到狗舍前,抱出了一条长得像小狐狸一样的小狗狗。"宝宝,宝宝!"老太太抚摸着小狗,然后指着李小艾说,"你看看,我把姐姐接回来了,姐姐回来了,敬个礼!"

小狗果真听话地、妩媚地立起上半身,两只前爪合拢,连连作揖。

"真乖,我不在的这几天里,胡老师有没有给你吃好啊?"老太太吻着小狗。小狗在她怀里撒着娇,呜呜地叫着,像是说话。

老太太急忙到厨房的冰箱里翻,翻出了一根连肉的大牛棒骨,从李小艾作为一个厨师的专业眼光看去,能判断出这是黄牛的前腿骨,油汪汪的,香。但小狗闻了闻,不肯下嘴,只是固执地望着老太太,不停地伸出粉红的舌头缭绕一下嘴角。

老太太点了一下它的脸,说:"你这个狐狸精。"说着,她又从冰箱里拿出一条包装好的食品,撕开来,类似长条巧克力。还没等她完全撕开包装,小狗已经将长嘴巴凑上来了,毫不客气地一嘴叼了去,咯吱咯吱地吃了起来。

看着小狗吃得香,老太太说:"这家伙真会吃,就喜欢吃外国货,这还是胡老师特意从网上买来的狗粮。"

李小艾有点疑惑,老太太嘴里不断蹦出的"胡老师"是谁呢?到晚上,李小艾知道了,"胡老师"原来是老太太的男朋友。晚饭就是胡老师烧的,这胡老师年纪看着有六十多了,但还挺精干,手脚麻利,围着围裙,一个人在厨房里烹炸煎炒,一会儿就端出四菜一汤来。看着老太太和胡老师说话的样子,李小艾知道他们应该在一起很长时间了,吃过饭,老太太牵着小狗,跟胡老师下楼散步去了。他们也没有约上李小艾,李小艾只好坐在客厅里看电视。看了一会儿,她好奇地走进老太太的卧室,看看床上,床上是一对枕头,床下排着的两双拖鞋,从大小和样式看,一双是老太太的,另一双是胡老师的。

李小艾在老太太的卧室里呆立了一会,又推开了另一间房,那房里是榻榻米式装修,并没有铺上被子,她想,刚才问问老太太被子在哪儿就好了,自己就可以铺上了。

但那天晚上,李小艾最终是和老太太合睡在一张床上的。老太太倒也不掩饰,她说:"平时胡老师没事就睡在我这儿,今天我们娘儿俩捣个腿。"

关了灯,她们俩一人睡了一个被子,但是睡在一头,李小艾闻着枕头套上散发出的陌生的气味,她觉得就像睡在旅店的客房里一样。

老太太捅了捅李小艾:"银花,你睡了吗?"

李小艾说:"没呢。"

老太太迟疑了一会说:"银花,按说呢,应该让你以后就一直睡在我这里。可是,一来呢,你姐姐说你到她店里做事,就要和店里其他员工一样,这也是为了你好,你早点熟悉了,受到锻炼了,学到本事了,将来也可以自己开一个店。二来呢,就是,那个,胡老师,他是一个大学教授,虽然退休了,但也是教授啊,他清静惯了,不习惯平时有另外的人在家里,我和他虽然没领证,但也有好几年了,他自己的房子在滨湖那边,离这里太远了……"

李小艾知道老太太的意思了,那也就是说,她只能在这间大房子里住上这象征性的一夜了。她眼睛里辣辣的,喉咙里哽起来,像有一个异物杵着,她掩饰着,拼命地咳嗽着,摸着黑,跳下床,到卫生间里去抹抹眼睛,又用凉水洗洗脸,再回来时,她就平静多了。她想起赵为进打电话给她时说的话,赵为进说:"你不要以为你这新认的妈妈和姐姐能送你一个金銮殿,我在城里打工这么多年,我太知道她们了,她们一个个小气得要死。"当时,李小艾回答赵为进说:"我没想她们送我金銮殿,虽然我找到了她们,她们是我的亲人,可是我不会赖上她们的。"

说是这样说,但李小艾一想到新认的这个妈会这样对她,在老太太心里,她这个女儿是没有胡老师重要了。她想,要是赵为进知道这事了,指不定会怎么笑她呢。当然,她是不会对赵为进说实话的。

李小艾摸黑在老太太的床头站了一下,就将被子抱了出来,睡到了客厅沙发上,她说:"我不习惯两个人睡。"

老太太问:"你枕头也不要?"

李小艾在沙发上答:"我不用枕头。"

老太太停顿了一会儿,接着在房间里大声说:"银花,我和你姐说好了,我百年之后,这个房子就是你的!"

李小艾不说话,把脑袋缩进了被子里。

第二天一早,李小艾就起来,叠好了被子,见老太太的房门还关着,她也没和老太太打招呼,就下楼了,径直到了姐姐的美容中心去。

二十年后,曾经叫王银花的李小艾又回到了自己曾经的出生地王油坊。

在美容中心大门前站了一个多小时,才等来了姐姐,姐姐王静美把她拉到一边对她说:"这个美容中心吧,多少也有二十来号人,也算是一个小企业,是企业就得按企业的那一套来管理。在家里,你是我亲妹妹,但在单位,你就是一个员工,所以昨天带你参观时,我也没有对他们说我们的关系,这样也是便于管理。你说是不是呢?"

姐姐穿上了和店里店长差不多样式的套装,显得很职业和干练。李小艾点头说:"我知道,余世维管理学就说到了这一条,不要家族式管理,你放心。"

姐姐眉毛一挑:"你还知道余世维管理学?"

李小艾笑笑说:"知道一点点。"

果然,姐姐将李小艾交给店长时,并没有特别交代,只是淡淡地说了句,这是新来的员工,昨天已经参观了一下,这个月让店长带她熟悉环境,先从前台打杂开始学习,然后是接待、调度、领班等。说完后,姐姐突然问了李小艾一句:"唉,我忘了,你叫什么名字?"李小艾愣了下,然后说:"李小艾,你们叫我小艾吧。"姐姐点点头,继续向店长交代店里的其他事,交代完后,她看见姐姐将店长叫到一边咬着耳朵又说了一阵。李小艾为了表现好,立马拿起卫生间的拖把,使劲拖起地来。姐姐在那边说了好一阵,眼睛并没有朝她这边看一眼,直到离开店里。

店里员工住宿都是两人一间,和李小艾住一屋的是个叫何芹的女孩子,岁数和李小艾差不多,却是个闷葫芦,问她三句话最多回答一句。美容中心的作息时间很不规律,到这来做美容护理的女人,大多是会员,只要提前预约了,想什么时候来,店里就得什么时候提供服务。所以这样一来,李小艾很少有时间和店里的其他员工在一起聊天,她有点憋得慌,打杂的间歇,赵为进打电话、发微信来,她也就不再冷落他,向他介绍一些这边的情况。不过,当赵为进几次要来看她时,她都拒绝了,她不想让赵为进看见她现在的状况。

这样过了一个月,李小艾才慢慢熟悉了美容中心的流程,也慢慢弄清了店里的二十多号人是张三还是李四。有天晚上,店里没什么客人,何芹和她早早下班,到了宿舍里休息。破天荒地,何芹主动和她说起话来,何芹讨好地给她倒水,然后说:"小艾姐,原来你是老板娘的妹妹啊,我说呢,怎么这么漂亮呢!"

李小艾吃了一惊,她自己并没有对她们说啊,她张开了嘴,却不知道怎么回答。

何芹说:"姐,你可真沉得住气啊,你这个副老板竟然还和我一个打工的住在一个屋子里。"

李小艾说:"你、你怎么知道的?"

何芹说:"嗨,店里的都知道啦,宜州网都报道新闻了。姐,说你苦,你是真苦啊,那么小就被丢了。不过,现在你好了,老板娘有三个美容中心,这个店迟早不就是你的?"

李小艾说:"三个店?我姐有三个店?"

何芹说:"是啊,老板娘有眼光,这两年在城东和城西各谋了一个好位置,听说生意也很好哩。"

李小艾对姐姐的发家史好奇起来,她发现,这个何芹并不是一个闷葫芦,说起来,一套套的,而且似乎对她的寻亲故事特别感兴趣。李小艾就不时地透露一些自己寻亲的细节,同时,不忘从何芹那里掏出关于姐姐的一些她不知道的事情。

何芹告诉李小艾,她姐姐这个店的门面因为位置好,上下三百多平方米,如今价值都近一千万了,以前王油坊这一块改造时,分给了她姐姐一家这一个门面和一套住房,住房老太太自己住了,门面就给了姐姐。一开始没什么生意,听老太太有一次说,本来是分给他们家两套住房的,但村里干部使坏,只给了一套,另一套换成了没人要的门面。结果没想到,几年后周围规划兴建了综合性大商场,又通了地铁,一下子旺了起来,火啦。这人哪,越有钱就越有钱,钱能生钱,一个店就变成两个店,两个店就变成了三个店。

这天晚上,李小艾无聊中,将从何芹那里听来的事又说给了赵为进听,一不小心,她没控制住,还是将自己的处境与对老太太和姐姐的不满和盘托出。

赵为进替李小艾打抱不平说:"我早就知道嘛,她们城里人可真够刻薄的。小艾啊,你还是回来吧,到宜州来,我们开个自己的小饭店多好呢?"

李小艾讥笑了一声,回道:"哧,开个小饭店,开个小饭店,凭我们那点儿工资,十年还买不起饭店一张饭桌大的地方,你知道我姐这里的会员,一次会员卡交费多少吗?最少的一次充值一万,一般的都是三万五万,那才叫挣钱哪!"

赵为进在那边手机里不作声了,蔫了一会儿,立即又活跃了起来,他突然蹦出来一句:"你得问问你这个新妈,你们老家当时分这个门面,有没有你的份儿啊?你是从小丢了,可户口当年说不定还在呢,要是有你的份儿,那个店就该有你的一份儿,你说是不是?"

李小艾吓了一跳,如果这个店面估价八百万,当年四人份,到现在一份就得有二百万哪,如果有自己那一份,那自己就是身价两百万的人了呀!她迅速地在脑子里计算着,她猛地意识到,自己其实早就想到这一点了,之所以要对赵为进说,还不就是试试别人会不会也想到这一点。这么说,并非自己一个人的想法了?

李小艾的心脏跳动得越发厉害,心脏变成了一块砧板,一个野蛮的厨师正在这块砧板上剁肉,两把排刀在肉块上起起落落,要把砧板剁穿似的。

4. 第二月

听见老太太牵着狐狸狗和胡老师下楼的脚步声,李小艾立即蹿出厨房,直奔老太太的卧室。

实施这个行动,李小艾斗争了好长时间。这都是让赵为进给烧的。赵为进听完李小艾的诉说后,说:"你傻啊? 自己的正当权利不争取,不就是超级大傻瓜吗? 机遇只给人一次,真正成功的人就是比别人更牢地把握住了那一次机遇!"

李小艾虽然生着老太太的气,但后来想想也就平缓了。她想着,要是没有找到亲生妈妈呢? 那还不活了? 再说了,我又不是没有能力养活自己。再退后一步,老太太也表态了嘛,老太太死后这房子就给她李小艾了。还要怎么样?

赵为进啧啧着,在电话那头恨铁不成钢地说:"百年之后? 你不知道城里人的套路深啊,她们的话也能信?"

李小艾有点不高兴,说:"怎么了? 她们毕竟是我亲生的妈、一母同胞的姐,怎么就不能信了?"

赵为进这才住了嘴。

说是这样说,李小艾心底还是忍不住想着赵为进的建议:"你得问问你这个新妈,你们老家当时分这个门面,有没有你的份儿啊? 你是从小丢了,可户口当年说不定还在呢,要是有你的份儿,那个店就该有你的一份儿,你说是不是!"赵为进那破嗓音一天到晚响在她脑海里,像一个破铜锣,敲个不停,敲得她头晕眼花,她觉得如果再不做点什么的话,她整个人都会被敲碎掉的。

这个傍晚,李小艾买了点水果,来到了老太太的屋子里。时间点卡得刚好,正是老太太和胡老师吃好了晚饭,准备带着小狗出去溜达的时候。李小艾主动承担起洗碗的任务,做出一副乖乖女的样子。

现在,李小艾钻进老太太的卧室里,翻找着,老太太衣柜和床头柜的抽屉全都没有上锁,可李小艾翻遍了,也没找到赵为进说的什么拆迁合同之类的东西,甚至连房产证也没有。

没等老太太和胡老师回来,李小艾草草洗完了碗,就走出幸福里小区。夜色笼罩着小区活动广场,广场舞已经在预热,音箱里放着《小苹果》,"你是我的小呀小苹果儿……火火火火……"。李小艾穿过那一堆"火",往大街上走去,她本来是要回美容中心的,但走到楼下,她突然不想进去了,她转身往街道另一头的商场走去,没走两步,后面有个人喊:"小艾!小艾!"

李小艾慢慢转过身子,说:"你怎么来了?"

赵为进笑嘻嘻地说:"我来了一个星期了,我已经找到工作了,在银河大酒店!我现在也和我女朋友一样,是在省城工作的人了!"

李小艾忽然觉得赵为进一下子变得亲切了,她咧了嘴笑了笑。

赵为进说:"你问了吗,那件事?"

李小艾摇摇头说:"哪有什么拆迁合同?连房产证都没有见到。"李小艾吞吞吐吐地把自己在老太太家私下搜寻的事情说了一下。

赵为进说:"我说有猫腻嘛,城里人就是坏。"他看着李小艾的脸色,继续说,"不过,我已经咨询了律师,我的堂弟不是在南京做律师嘛,他说了,当时拆迁安置,一般有两种方法。一种是数人头,就是按家庭人口来安置;一种是数砖头,也就是按当时你们家居住的房屋面积来安置。这两种方法不管哪一种,只要找到当时的拆迁合同之类的,你都有权主张你的权利。"

李小艾说:"我什么权利?"

赵为进说:"房产权啊!我都打听了,你知道现在这地块房价多少一平方米吗?三万哪,天哪,三万哪!"

李小艾心里一动:"三万?"

"是的。"赵为进说,"当然,你只能主张你的那一部分,也就是四分之一,就这也不少了。"

李小艾说:"可哪里能找到那什么拆迁合同之类的呢?就是找到了,我还和她们急着吵着要?"

赵为进说:"我给你找,我都帮你向以前的王油坊村委会的人打听过了,他们说找到当时的拆迁办就可以了。这个拆迁合同找到了,你当然可以理直气壮地要了,你都受了这么多年苦,现在该给你的还不给你?她们要不给,我堂弟说了,那咱们就告她们去,因为你是我女朋友嘛,他说连律师服务费都给免了!"

赵为进说着,急吼吼地搂着李小艾,往街心花园的阴影处走,一双手不老实地在李小艾身上游走。

李小艾推开赵为进说:"别,别,我烦着呢,我要上班去了!"李小艾说着,往美容中心跑去。

赵为进跟在李小艾身后,边走边喊着:"你重要的事不做,去上什么班?这事要是搞定了,你还要上什么班哪?"

李小艾说:"我想想看,你让我想想看!"

赵为进扯住她说:"人家都欺负你成这样了,你还想什么想?"

李小艾摇摇头说:"不,不,她们都愿意认我这个乡下人了,我还能做对不起她们的事吗?还要去告状?这不行,怎么也不行!"

李小艾急匆匆地走进美容中心门店里,留下气急败坏的赵为进和一整条街道闪烁的灯火、不息的车流。

姐姐王静美从韩国回来了,她隔三岔五会带着客户去韩国做医美。每次回来,她都会在店里开一个小会,员工们站成一个整齐的队列,听她介绍她了解的最新的国际美容业现状。然后是打鸡血,说明这个行业很有前途,只要你努力,每一个现在的从业者都有可能是今后的业界大咖,开上自己的宝马,驶上人生的金光大道!再然后是送给每个人一个小礼物。

李小艾走进前台的时候,王静美正握紧拳头,曲着胳膊,做来回拉伸动作,嘴里喊着:加油!加油!喊完后,她瞥见了李小艾,便皱了皱眉头,脸色暗了一下。李小艾不知道自己该不该站到队列里去,她愣在一边。王静美给每个员工赠送一支小口红,她好像压根儿就没有看见李小艾一样,发完后径直往门外走去。

看着姐姐王静美走到路边的泊车位了,拉开了她那辆路虎

金光大道 / 195

的车门,李小艾忍不住跑了过去,说:"姐——姐——"

王静美一手叉腰,一手拉开车门,她冷冷地问:"李小艾,你、你神通真大啊,听说你都派人找到王油坊以前的村干部了? 你说说,你想打听什么? 你想做什么?"

李小艾眨了眨眼,泪水哗地流了出来:"我、我,不是我!"

王静美坐上车,扣上安全带,发动了引擎,她从车窗里钻出头来,对李小艾一字一顿地说:"你不要以为我欠你的!"她说完后,按按喇叭,车子像一尾鱼一样游在了车流里。

李小艾在泪眼中拨打赵为进的手机:"你这个混蛋,没经我同意,你去查什么查?"

李小艾这天晚上没有洗漱就倒在宿舍床铺上,她眼睛哭得红红的,何芹问她:"你怎么了?"

李小艾支支吾吾:"我、我可能感冒了。"她说着,扯下蚊帐,闭上眼,蒙着头,她一会儿觉得赵为进说得对,姐姐和老太太根本没把她考虑,那么多财产,都不肯给她一点,难道她不该有一份吗? 一会儿又觉得赵为进不对,不该直接去调查以前的拆迁安置那些事,那不是惹姐姐生气吗? 我到城里来就是为了瓜分她们的家产吗? 早知道这样,当初不来省城就好了。可是,李小艾突然发现自己再也不想回宜州了,她脑子里又冒出初来省城那天的场景:城市的车流像一条闪着金光的大河汹涌而来,舒缓的背景音乐响起,旋律中略略有一点不安,有一点好奇,有一点忧伤,但更多的是奔腾着希望。可是,自己的希望在哪儿呢? 在姐姐的这个店里每个月挣那三千块钱底薪?

接下来的几天,李小艾照常上班,奇怪的是姐姐也没来找她,倒是赵为进越来越上劲。李小艾那天晚上将赵为进痛骂一顿后,赵为进并没有停止追寻,他对李小艾说:"不管你主张不主张你的权利,但你有理由获得真相!也就是说,你得弄清楚你到底有没有那份财产权!"

赵为进看多了营销和管理类的视频,嘴巴皮子挺利索,他说得一套一套的,李小艾就不再反对了,也许就是他所说的"真相"两个字,让她无法反对,她算是默许了。

赵为进索性辞去了银河大酒店大厨工作,他天天去跑拆迁办、房管局、社居委,等等,大概都是他那个律师堂弟在背后给他支着,赵为进每天晚上要电话向李小艾汇报进展。赵为进总是报喜不报忧,他说:"隔了那么多年,找个人可不容易,但是,只要认真去找总是能找到的,拆迁办原始资料很快就能找到了!"

让李小艾没想到的是,过了一周,姐姐王静美突然到店里来了,她一进店就大声喊:"小妹!小妹!"边喊边拉起李小艾的手。这时,李小艾正拖着前台大厅的地板,地板上躺着一缕长头发,她费力地弯腰去捡。姐姐一把夺过她手里的拖把,笑着说:"小妹,来,来,跟我出去一趟。"

李小艾糊里糊涂地跟着姐姐王静美到了车上,老太太早坐在车上了,也笑眯眯地看着她。李小艾有点犹豫,她心里想,莫非赵为进找到证据了?这家伙直接去代替自己起诉了?按道理不可能啊,这告状啥的,总得要本人签字画押吧!李小艾虽不懂法律,但这点常识还是知道的。可为什么老太太和姐姐都这么笑容满面?

姐姐王静美说话了:"小妹,对不起,那天我不该对你发火。你知道,我是个火爆脾气,没办法,你不知道开个小店有多难啊,那些员工,你不想办法制服他们,店里就全乱套了,你不生气吧?"

李小艾摇摇头:"不生气,我不该在上班时间擅自跑出去的,我知道我错了。"

姐姐王静美看了一眼副驾驶位置上的老太太说:"我后来跟妈说了这事,她把我骂了一顿,老太太可向着你了,这不,她非要我今天请你到家里吃饭,向你请罪。"

老太太跟着附和:"是啊,是啊,银花啊,手心手背都是肉啊。"

到了姐姐王静美家,姐夫老程也在,不过他是坐在一张轮椅上。李小艾这才知道,老程前几天下楼梯时,一脚踩空了,竟然把腿骨弄骨折了,打上了石膏绷带,现在家休养。老程坐在轮椅上,冲着李小艾说:"琪琪小姨啊,我这样子可没办法站起来迎接你啊。"

这天的晚餐气氛十分和谐,交谈十分融洽,最后也形成了一个决议,那就是李小艾暂时不要去美容中心上班了,刚好老程在家休养,以前由他负责接送琪琪的任务无法完成,急需请一个人帮忙,而李小艾无疑是最佳人选。"还有,我们姐俩就能经常见面了,经常在一起聊聊天,我们交流还是太少了,这都怪我。"在露台花园里,各色花儿的香气里,姐姐王静美诚恳地对李小艾说,"小妹,你得帮我啊,琪琪由外人接送我哪放心呢?"

李小艾说:"你就放心吧。"

老程说:"我就说了嘛,小姨肯定会答应的。"他高兴地举着杯子,欠着身子,和李小艾碰了一下高脚酒杯,并冲着她眨眨眼。李小艾觉得老程的神情有点怪怪的,但又不知道怪在哪里,她就低着头,喝了一口酒。酒据说是姐姐王静美到欧洲旅游时带回来的朗姆酒,李小艾从没有喝过,她刚喝了一口,那种陌生的新奇的口味,狠狠地呛着了她,她捂着鼻子咳嗽了好一阵子。她看见老程又在暗处对着她眨眼睛。

5. 第三月

李小艾很快喜欢上了在姐姐家的工作。

说是接着琪琪上下学,其实第一天这个活儿就被老程指派给保姆章姨了,李小艾顺理成章地接管了章姨的活,买菜、做饭,谁让她曾经是个准大厨呢?李小艾很用心,省城这地方地处江淮之间,南北交融,菜品也很多,她每天去菜市场精心选择好的原材料,琢磨着每餐不重样,又营养又可口,做出的饭菜很快征服了姐夫老程、琪琪以及姐姐王静美。

一家才几口人,姐姐又经常出差,所以李小艾的工作其实很轻闲的,一闲下来,她就喜欢跑到露台花园里。虽然老程告诉她,隔半个月就有专门的园艺工人来管理,但她还是喜欢给那些花浇浇水,摸摸玫瑰那丝绒般的花瓣,剪剪茉莉那多余的枝叶,闻闻花草或淡或浓的香气,再坐在遮阳伞下的藤椅上,看看不远处的大蜀山——她觉得这好像就是童话书里的城堡生活。

让李小艾奇怪的是,赵为进在打了几天热线电话后,忽然没有了消息,一个电话也没有了,她试着打了几个电话,却显示对方关机。李小艾猜,这家伙大概是没找到关于王油坊当年拆迁协议的线索,夸下的海口,却没有兑现,暂时不好意思接她电话了吧。但细细一想,又觉得不对,赵为进不是那种薄脸皮的人,他还是很有股缠劲的,不达目的一般是不会罢休的,但为什么突然没有音信了呢?她有点疑惑,但也没有多想。也许,这家伙移情别恋了呢,真要是这样的话,他一走了之了,她也没什么可伤心的。

不过,在姐姐家里,李小艾略微感到不安的,是单独面对姐夫老程。老程总是对她眨着眼,脸上带着笑,似乎他们之间有什么不为外人所知的秘密似的。所以,每天吃完饭,保姆章姨送琪琪上学了,李小艾就急慌慌地走到露台花园,直到听到老程转着轮椅,回到卧室休息时,她才悄悄回到客厅,帮助搞搞卫生,或是准备晚上的食材。

开头两天,老程除了眨眼睛,也没有别的什么言语和动作。

李小艾慢慢放下心来,她认为是自己多疑了,也是啊,自己不过一个乡下来的女孩子,除了年轻点和脸模子比姐姐好看点,其他哪点能跟姐姐比呢?老程就是想弄点情况,这城里漂亮的女孩子多得是呢。听赵为进以前说,城里的不少女大学生娃娃,一到双休日就被人开车接走啦,老程他犯不着和我扯皮啊。这样想着,她也就不再拘谨了。老程冲她眨眼睛,冲她笑笑,她也就跟着笑笑,该干吗干吗。

这天午后,老程去卧室午休了,保姆章姨送琪琪上学后,说是顺道去老乡家办个事,傍晚接了琪琪再回来。李小艾一个人收拾房间,收拾到姐姐的衣帽间,她拖着地,有点好奇地打开了衣柜的门,长衫短裙,满满几个柜子都是姐姐的衣服、帽子、围巾。李小艾摸着姐姐这些衣服,辨认着上面的商标,有些是她认得的,有些是她不认得的,她上手机一百度,许多是国际品牌,一看那材质、做工,就知道很贵重。

李小艾身材不错,一直喜欢穿长裙子,每次她一穿长裙子,赵为进的两只眼珠子就会看得要跳出来,可她穿长裙的机会不多,以前在酒店厨房后堂,上班得穿厨师服,只有下班才过一下长裙瘾。眼下,看到姐姐这些款式各异的长裙,她立即心里痒痒的,有一百二十只虫子在身体里躁动,她听到卧室里传来老程的呼噜声,便挑了几件她喜欢的长裙子去了露台花园。看看四周无人,她先是挑了一件粉底白花的套在身上,左摇右摆款款走了几步,接着又挑了一件海水蓝的旗袍,坐在吊椅里,手托着腮,望着远山,她拿着手机自拍,她发现,在这些裙子的映衬下,自己真像电视里的那些明星,不仅脸蛋像,脸上的那种光芒也像。她不禁感叹,人和人不一样,裙子和裙子也很不一样,每个人过的日子就更不一样了。

李小艾换了一套又一套,沉浸在自己给自己造出的美丽里不能自拔了,忽然,她听到呵呵的笑声,她一惊,这才发现,不知什么时候,老程甩了轮椅,撑着单拐,倚在露台的门边看着她。

李小艾顿时从刚才的童话梦境里苏醒过来,她紧紧揪着身上的裙摆,满脸通红,低下头,不敢看老程。

老程继续笑着,一边笑一边单拐着地,几乎是跳着冲了过来,他说:"真是美啊,小艾,你不知道你有多美!"

李小艾挽起那一叠裙子,她结结巴巴地说:"姐夫,我是想、是想,试试衣服。"她说着绕开老程要往楼下走。

老程一把拉住她,又对着她不停地眨眼睛,嘴角仍散着笑意,他低下身,几乎耳语般地说:"我不会对你姐说的,你呀,穿了裙子像仙女一样啊。"

李小艾愣了一下,还是挣脱了老程,跑到楼下衣帽间,把那些衣服一一摆放好,继续拖地,她一遍遍地拖着,地板都要拖薄了她还在拖。

晚上姐姐王静美回来,姐夫老程果然和没事人一样,他依旧靠在轮椅上,默默地吃饭,然后趁人不注意,向李小艾眨眼睛,嘴角扯起一缕隐秘的笑。李小艾有点慌张地看着老程,只好也向他挤出一丝淡笑。

李小艾没想到,在晚上上床后,老程便开始给她发微信。她才发现,老程在白天时给自己偷偷拍了许多穿长裙子的照片,他一张张地发过来,一张张地评价和赞美。除了发微笑的表情,李小艾不知道自己该怎么办了。

更要命的是,第二天下午,李小艾就收到了一个快递,拆开一看,竟然是一件长裙,是范思哲,款式像极了她昨天穿的那件粉底白花的。李小艾一惊,上网一查,这一件裙子可是要卖人民币五千多啊。不用说,这是老程给买的。要吗?不要吗?她纠结着。

老程又发微信:喜欢吗?这几天你辛苦啦,收下吧,穿上吧。

李小艾不知道怎么回复,她缩在厨房里,而楼上客厅里,老程正歪在轮椅上,一手拿着手机,一手拿着电视遥控器,电视里放着《非诚勿扰》的节目,一个穿着长裙子的女人正和一个高个子男人牵手成功,伴随着浪漫的音乐与鲜花,全场响起热烈的掌声。

李小艾当然不会穿上这件范思哲,但也没有直接退回给老程,偷偷地试穿了几次后,她将这件自己个人史上最贵的裙子藏了起来,藏在自己从宜州来时带的箱子里,她以为自己短时间内是没有机会穿这件既贵又好看的裙子了,总不能在姐姐家当着姐姐王静美的面穿上吧,她那双眼睛多毒辣啊。

不过,李小艾没过几天就有了一个机会,让她穿上这件长裙了。

那天,张巧玲打电话来时,李小艾还在厨房里忙活着,给侄女琪琪煎她爱吃的马蹄饼。

张巧玲在电话里压低了声音,在抽油烟机的轰鸣声里听不真切,只好挂了。李小艾待煎好了饼子,才给张巧玲回了过去。

张巧玲吞吞吐吐地说:"小艾,你能不能出来一下?拐卖你的那个案子有了新线索,警察想找你了解一下情况。"

李小艾说:"那好啊,我就是想知道,那些人当年是怎么把我拐走的,我一想起来,我就恨!"

张巧玲问:"你在哪儿呢?"

李小艾说:"在我姐家呢。"

张巧玲沉吟了一下说:"那,你还是出来吧,我们约个地方。"

姐姐又出差了,李小艾向老程说明了情况,就要出门,老程说:"为什么不穿新裙子呢?"

李小艾想了想,就回房间换了那件范思哲,她走出来时,老程定定地看着她,因为保姆章姨在一边,老程没有说话,又对她眨着眼,嘴角照例扯出一缕隐秘的笑。李小艾逃也似的出了门,她摸摸这既贵又美的裙子,看看头顶的阳光,觉得自己这一身轻盈极了,她几乎都能飞起来了。原来,好裙子是能让人飞起来的,管他呢,管他是谁买的,管他老程怎么想的,今天先过把瘾再说。

到了约定的茶馆,张巧玲和一个办案的警察已经在那里等着了。

李小艾急切地问:"警察,那个人贩子抓到了?"

警察点点头,想说什么又抬头扭过脸看看张巧玲。

张巧玲说:"是这样的,通过上次你认亲时提供的线索,警察成功地抓获到了其中一个人贩子,他们可是团伙作案,只是……"

李小艾说:"怎么?"

警察接过张巧玲的话说:"你姐姐王静美陈述的和犯罪嫌疑人供述的有点出入,据犯罪嫌疑人交代,他们当年拐卖你的时候,是一个男的骑着摩托车,一个女的坐在后座,他们一开始并没有计划当天实施犯罪,他们经过王油坊村的时候,看见路边地上孤零零地坐着一个小女孩,灰头土脸地大哭着,远处,有一群大些的孩子正在玩游戏,他们俩看看四周没人,就临时起意,急忙停下车,那女的迅速抱起你,立即爬上车溜走了。"

李小艾的脸色唰地变了,她觉得自己的脑袋像一面大鼓,被一支凌空而来的木槌狠狠地敲了一下,她一下子就被敲蒙了,嗡嗡嗡的声音在她耳畔一圈圈回响。

警察又说:"我们经过侦查发现,犯罪嫌疑人在所有实施拐卖过程中,都没有出现什么王静美所说的迷药,我们想问问你,你当时有没有一点儿印象?"

李小艾根本没听清警察在说什么,她只听到不绝于耳的嗡嗡嗡的声音。张巧玲推了她一把,又把警察的话复述了一遍,她才回过神来。她摇摇头,"不记得,不记得"。她突然生气起来,哭着说:"我一个三岁的孩子,我能记起什么?你们应该去问王静美呀,问我做什么?"

警察抱歉地看着她,说:"问过了,她还是坚持认为她记得是犯罪嫌疑人用了迷药,我们只是想找你再核实一下,你不记得,也不要紧的。"

李小艾只是抽泣着,不停地摇头。

张巧玲对警察说,:"要不,马警官,请你先回吧,这边我来陪她一会儿。"

警察走了,李小艾哭泣声更大了,她趴在桌沿边,耸动着双肩说:"原来,她骗我,她肯定是丢下我去玩了,是她把我弄丢了!"

张巧玲拍着李小艾的肩头,劝说着:"事情都过去了,你就不要再纠结了,一切向前看哪,你现在不是很好吗?你刚进来时,我差点没认出来,你整个人气质都变了,变得又漂亮又自信,你这身裙子真好看!"

李小艾慢慢止住了哭声,她呆呆地坐着,脑子里仍纠缠着一幅画面:二十年前的那个黄昏,昏暗的王油坊村,三岁的她被姐姐孤零零地丢在路边,蚊蝇成团成团地在她眼前飞舞。远处的村部前,姐姐和其他小伙伴玩着丢手绢的游戏,他们欢呼雀跃,笑声隐隐传来。天地一片空旷,黑暗、孤独笼罩在她小小的身躯上,她哭得稀里哗啦,而危险这时潜来,刺眼的摩托车灯光射过来,巨大的黑影子压过来,一双陌生的大手抄过来,她的哭声被捂住了,她像被一阵风一样给刮走了,只留下一缕灰尘……

张巧玲继续劝说着:"你这裙子是你姐给你买的吧?很贵吧?款式和料子都这么好,她可真舍得。看来,她们还是接纳了你,毕竟血脉亲情是割不断的。"

李小艾突然抬起头问张巧玲:"巧玲姐姐,我问你一件事,我记得半年前你在寻人网和我联系的时候,就已经告诉我,我的基因比对有结果了。后来,过了大半年,你才通知我,才确定有人来认亲。我就想知道,她们、她们是不是一开始就不想认我?因为我是一个流落到农村的人?"

张巧玲本来在李小艾肩头上起起落落的手臂突然停顿了,僵住了一样,她不敢与李小艾的目光对视,过了一会儿,她才说:"小艾,当时她们,你妈妈你姐姐确实犹豫过,这在很多寻亲人当中都发生过,毕竟几十年了,突然凭空多了一个亲人嘛,她们考虑一段时间也是正常的,你也要理解啊。"

李小艾说:"这我理解,我就是想知道,她们是不是自愿的。后来认我,他们是自愿的,还是你们要求的?"

张巧玲皱了一下眉头:"这个,小艾啊,你就别较真了,世界上有的事,糊涂一点多好呢。"

李小艾一把拉住张巧玲的手说:"我求你了,我就是想知道这一点,你相信我,不会怎么样,我都会感激你,感激你们寻亲网站的,这是两码事。"

张巧玲沉吟着说:"这个嘛,小艾,她们,你的母亲和姐姐,我刚才说了,确实犹豫了,确实不想认你。但后来我们网站多次上门做工作,她们认识也到位了,她们说,会弥补你的,会好好待你的。这个,你也能理解我们的,对吧?"

泪流满面的李小艾听到这里突然笑了,说:"原来是这样,原来是这样,我知道了。"她说着就往外走。

张巧玲被李小艾这莫名其妙的笑弄糊涂了,她撵上去说:"哎,小艾,你怎么了?你要慢慢适应新环境啊,你千万不要任性啊。"

李小艾转头说:"我会的!"

坐在公交车上,李小艾一会儿流泪,一会儿笑。她想起当初要与省城的人相认时,赵为进劝阻她的情形,要是听他的劝就好了,要是不上寻亲网就好了,要是永远也找不到就好了,找不到,自己就还有亲人,活在她心里。而现在,她心里没有亲人,只有仇恨了! 她摸出手机忍不住又试着给赵为进打电话。

没想到,连日关机的赵为进,手机竟然通了。

赵为进说:"我正要打电话给你呢!"

李小艾说:"你死到哪里去了?"

赵为进说:"我真差一点死了!"

"怎么了?"李小艾问。

赵为进说:"我正调查着王油坊村当年的拆迁安置协议,原来找到的那些人突然都不理我了。有天傍晚,我还被几个小混混莫名其妙地揍了一顿,手机、钱包也被抢了,他们还警告我不要多管闲事,有多远滚多远!"

李小艾说:"真的?"

赵为进说:"我脸上的肿还没有退呢!我吓得赶紧躲了几天,没再去追问那事了!这才重新买了手机,重办了卡,正想联系你呢,你说,这里面有阴谋啊,大阴谋,他们这分明是心虚啊,就是不想给你应得的那一份。喂,你去哪儿了?怎么也不在美容中心了?"

李小艾说:"我、我……"她不想告诉赵为进她在她姐姐王静美家了,她觉得她一旦说出来,赵为进就会蔑视她到十八层地狱里去。

赵为进说:"你是不是在那个王静美家?"

李小艾吃惊地说:"你怎么知道?"

赵为进说:"哼,我猜到的,她们肯定是怕你和我联系,怕你去告状啊,先把你稳住再说,她这相当于把你软禁啊。"

李小艾说:"你说,告状有用吗?"她委屈极了,她将这一阵子的遭遇一股脑全向赵为进说了。

赵为进说:"我堂弟说了,从法律角度来看,就是没有找到当时的拆迁安置合同,只要你和她们的血缘关系成立,你就可以主张自己的权利。也就是说,告状是能赢的。"

李小艾说:"那我就告状。我一天也不想和她们在一起了,谁稀罕她们？我现在就离开她们。"

赵为进说："就是，就是，谁稀罕她们哪！她们不过是暴发户、小土豪。可是，不过呢，如果没有拆迁安置合同，官司会比较麻烦，到头来，说不定赢了官司，拿不到钱。你这样吧，你一定要沉住气，不要声张，不入虎穴，焉得虎子？你就再在她们家找找看，有没有一些当年的材料。我这边再继续找当年的经办人，我们双管齐下，这样把握更大。你相信，我是不会退缩的，为了你！"

赵为进说得头头是道，并将其上升到一个他们共同的事业的高度，他说："这事办成了，你就有几百万了，这可比做什么生意好啊！况且，这是你应该得的，有了这笔钱，我们就可以在省城开一家饭店了，一家开起来后，成功了，又可以开第二家，我们也可以开成连锁店了，然后，就可以上市了，我们就是上市公司的老总了，你想想，多美？你也可以拥有自己的大别墅啊，有自己的大花园啊，你想想，多美？所以啊，你一定得沉住气，要潜伏下来。"

这一番话说得李小艾顿时热血沸腾，"潜伏"，她想赵为进这话说得还挺有水平的，要想打胜仗，情报工作很重要啊。

赵为进还和李小艾约好了，近期见一次面，他让他堂弟拟了一个委托书，她签了字后，就由他来代她打官司，这样可以避开她姐姐的监控。

6. 第三月

姐姐王静美似乎觉察到了什么,她旁敲侧击地问李小艾:"你那个什么大厨,最近没联系了?"

李小艾矢口否认,说:"我才不喜欢他呢,当初他是追我,可我一直没答应。"

王静美说:"那小子一看就不是正路子货,姐姐回头给你介绍一个好的,凭你这模子,非博士不嫁。"

在潜伏的日子里,李小艾找各种机会,搜寻王静美家里的角角落落,希望能找到那份拆迁安置合同,但一直没找到。她发现王静美的卧室里放着一个保险柜,放得比较隐蔽,是镶在卧室柜子里的,李小艾也想着法子,找到柜子钥匙了,但那个保险箱还设有密码,她始终没有打开。

倒是王静美对李小艾的态度来了一个一百八十度大转弯,回到家里,只要有空,她就会接来老太太,还有那个胡老师,甚至他们的小狗,一家人在一起团聚。虽然还是李小艾做饭,但王静美总是积极地帮她择菜、洗菜,打下手,吃好了饭,也不让李小艾去刷碗,她对李小艾说:"你都辛苦一下午了,这下该歇歇了。"

王静美这一客气,倒让李小艾有点不安起来,同时也很警惕,这是为什么呢? 赵为进在电话里帮她分析说:"是不是她害怕你告状啊? 她现在是打亲情牌吧。"李小艾说:"可是现在不是还没有递交诉状吗？说不通啊。"

伤筋动骨一百天，姐夫老程的腿伤好得差不多了，石膏板拆了，就是走路有点不利索，不能长时间步行，但开车送琪琪上下学是没问题了，李小艾试探着提出来，她还是到美容中心去上班。

没想到王静美第一个不同意，午饭过后，她特意把李小艾留到了露台花园，并亲手给她泡了一杯菊花茶。她定定地看着李小艾，李小艾看看自己全身上下，并没有什么异常啊，她有点心慌。

王静美突然说："小艾，银花，我知道你恨我。"

李小艾惊讶地张大嘴。

王静美低下头说："警察找你谈过了，是吧？你也知道了，我是隐瞒了真相，当年就是我将你弄丢的，我贪玩，扔下你就和村里的小伙伴去疯了，等我想起来时，你已经不在原地了，我害怕爸妈打我，我就撒谎了。"

李小艾不作声，她看着那朵菊花在玻璃杯里沉沉浮浮。

王静美抬起头："可是，小艾，我真不是故意的，你肯定不记得了，你小时候，我可喜欢你了，家里有好吃的好玩的，可都是给你先吃先玩的，我天天放学回来都带你玩。"

李小艾看见一朵菊花漂浮了好一会儿，终于沉下去不动了。

王静美喝了一口茶，接着说："小艾，银花，现在好了，我们姐妹终于团圆了，你放心，姐姐不会亏待你的，我正在筹划卖掉第三个店,那个店效益不好,然后,我再凑钱,给你也弄一个店,要选市口好点的,以后那个店就是你的,连房子带店面都是你的。"

李小艾听王静美这样说,脸腾地红了,她忽然惭愧起来,觉得自己有点像东郭先生与狼的故事里的那头白眼狼,她红了眼眶说:"对不起,姐,我……"

王静美打断她说:"好了,好了,不说了,你就安心地在这里待着,让我们享受享受你的好手艺,等你姐夫好利索了,我把一切办妥了,你再去店里边干边学习怎么经营管理,过段时间我有客户去韩国,你也跟着去一趟。"

李小艾点着头,午后的阳光照射在防腐木条上、花叶上,亮晃晃的,她钻出遮阳伞,抬头迎接着太阳光,光芒刺得她泪水涟涟,她也不舍得闭上,她想起到省城来的第一天,进城时那汹涌的金光,她喜欢这光芒万丈。

当然,这光芒里也隐含了阴影,仔细想想后,李小艾将这个最新情况告诉了赵为进,赵为进仍然坚持阴谋论,反正走一步看一步吧。他劝说李小艾,先安心潜伏就好,不管她是真是假,他这边呢,也不停止去找人,这样就有了主动权。

心一旦定下来,日子就过得舒坦了,李小艾觉得自己离梦想更进了一步,以后有了自己的店,一定要好好经营,经营好了,别墅会有的,大露台会有的,花园会有的,美丽的长裙子也会有的……

比较不好对付的是姐夫老程,自从接受了他送的那件长裙后,老程就不消停,虽同在一个屋檐下,但还是每天都给她发微信,老程的话越来越露骨,他说他第一次见到小艾,就喜欢她了,他说你跟你姐一母同胞,怎么长得一个天一个地呢？他甚至说,"你姐为了保持身材,不肯再给我生个孩子,我还想要个儿子呢,你给我生个儿子吧,生个儿子,你要什么我给你什么。"真是越说越不像话了,更要命的是,只要保姆章姨不在家,他就拿手机给她拍照,给她发照片时,总是赞赏一番她的三围。

李小艾不知道怎么回复老程,这事她可不敢向赵为进说,她就一次次地回复笑脸的表情,家里只有她和老程时,她就躲在厨房里,手里随时抓着一把明晃晃的菜刀。

老程撞见了,揶揄她说:"小妹,你怕啥啊？我还会把你吃了？我又不是强盗,我不会做坏事的,我可是个好人哪,你把刀放下!"

好在老程除了言语上的挑逗,行动上还算规矩,李小艾不那么怕他了,有天回复着老程笑脸时,她忽然灵机一动,问他,当初通过基因比对后,反对和她相认的是母亲还是姐姐？

老程沉默了好一会,说:"那你到我身边来,我亲口告诉你。"

李小艾犯难了,她不知道怎么回复。

老程说:"真相绝对震惊,你再不来,我就永远不会对你说了。"

李小艾说:"那你不能使坏。"

老程回了个大大的笑脸说,放心吧。

李小艾实在忍不住真相的诱惑,她抄起一把剪鸡骨架的剪刀,从厨房来到二楼客厅沙发边见老程。

老程摇摇头说:"小妹,你要把我什么给剪了啊?怪怕人的。"

李小艾说:"好姐夫,我正在干活嘛。"

老程说:"好吧,我说过,我不会勉强你的。我告诉你吧,当初确实是你姐不愿意和你相认的,但你妈要认,她为什么要认呢?她说你死去的父亲老是托梦给她,要她必须认下来,老太太害怕老头报复啊,所以就决定认你了。"

李小艾愣了一下,然后转过身去厨房:"谢谢姐夫,我知道了。"

老程在她身后喊:"小艾,在我们家,我是最欢迎你的。"

李小艾一把关上了厨房门,对着一副鸡骨架,咔嚓咔嚓地剪起来,很快把鸡骨架剪成了碎片。

就在李小艾对姐姐王静美的行为产生怀疑时,王静美却用实际行动打消了她的疑虑。她先是真的卖掉了一个店面,然后拉着李小艾到滨湖新区去看新的门面,最终定下了一间上下层,二百多平方米,付了二百万的定金,名字也登记在李小艾的名下。过了几天,又陪李小艾去办了工商营业登记,注册了一家公司,签署了一大堆材料,法人一栏就是写着李小艾的名字。

李小艾向赵为进报告这一切时,赵为进一时也一头雾水,他说："我好不容易找到人了,那个人已经给我复印了当时的原始档案,果真当时是按人头来拆迁安置的,那上面就是有你的,你就叫王银花,你说我现在这是告还是不告呢?"

李小艾急了说："那可不能告,都这样了我还告什么告?"

赵为进想想说："也是,你那门面怎么样？能不能开饭店呢？开饭店我们业务熟啊。"

李小艾说："那可不行,我不想开饭店了,还是美容中心好,高大上啊。"这期间,王静美还带着她去了一趟韩国。见到美容中心的那些客户花钱如流水,打一针,开一刀,一个小时就是好几万,这赚钱也太快了,李小艾更看不上开饭店了。

7. 第五月

这一圈忙下来,到了秋天了,老程的腿也好利索了,能正常在外跑业务了,李小艾向姐姐王静美提出来,她想到美容中心去学点业务和管理,尽快把这一块熟悉起来。

王静美说："不急不急,那个门面出现点小问题,不能按时交付,现在正在扯皮呢。"

李小艾说："可是我着急呀,我天天在这里坐吃山空啊?"

王静美说："你这孩子,我家里哪就缺了你吃的喝的?"

李小艾一急,说："我不踏实呀。"这句话一说出口,她就觉得不妥,但已经收不回来了。

果然,王静美的脸沉了一下,说:"怎么样你才能踏实?"

李小艾一时不知道说什么好,她支吾着说:"我不是那个意思。"

好一段时间,李小艾都不敢再在姐姐王静美面前提美容中心的事了,但她心里一天比一天急。

小区里的银杏树都变黄了,落了一草坪,早晚都起霜了,眼看冬天就要来了,王静美还是没有让李小艾去美容中心,开新店的事也不再提及,而且,她还感觉到,姐姐王静美的口气又似乎变了,对她也不再那么客气了,这让李小艾又渐渐起了疑心。

赵为进其实比李小艾更急,他几乎隔一周就催问一次,某种意义上,李小艾的急切都是被他给激发起来的。赵为进说:"我早就知道她就是麻痹你,金钱面前还有什么亲情?你想得太善良了!城里人我太知道了,他们是永远不会看得起乡下人的!"

赵为进说这话时咬牙切齿的,这个观点他不断强调过,这也源于他的一段亲身经历,他都不知道对李小艾说过多少遍了。

赵为进家以前在村里算是条件不错的,他奶奶会烧饭,以前有个下放知识青年在他们村,就住在他们家,他奶奶将他当作自己儿子一样,好吃的都尽着他先吃,从身上穿的到床上盖的,都给他洗好,家里那么多人,一人每年穿不上一双新鞋,但奶奶总是每年给那个知青做一双新布鞋。后来,知青回城了,他们还一直联系着,奶奶每年给知青一家寄好多土特产,香菇、木耳、茶叶、火腿,从年初就积攒起,知青也寄来一些衣物,寄来最多的是纱布手套,知青刚开始在工厂上班,每个月都发劳保手套,他用不了就寄到乡下。这样过了些年,知青换了单位,调到机关工作了,联系就越来越少。有一年,奶奶病重,到省城医院开刀动手术,住院的钱不够,赵为进父亲带着他去找那位知青伯伯,费了九牛二虎之力,他们才在傍晚找到了知青工作的那幢大楼,人们陆陆续续下班了。赵为进父亲在一间办公室里找到了知青。知青听父亲说完话,沉着脸,嗓音模糊地说:"那我明天去医院看看吧。"他就锁上门走了。第二天,知青没去,第三天,也没去,后来一直没去。当时,父亲偷偷卖了一次血才勉强凑够了住院费。从省城回来以后,一家人绝口不提知青了。赵为进一说起这件事就气愤不已,他对李小艾说:"你不知道,我那时才不到十岁啊,我就觉得那个知青的那张脸太阴险了,城里人就是那副嘴脸。后来,我到城里打工,搞装潢,有一次那户人家的男人长得像极了我印象中的知青,装修结束验收后,我偷偷地在他家衣柜里撒了泡尿。"每回说到这里,赵为进都会得意地哈哈大笑。

过了几天,赵为进对李小艾说:"我把诉状递上去了。"

李小艾心里咯噔一下:"这好不好啊?这恐怕不好吧?"

赵为进说:"还好不好呢!我告诉你,李小艾,你又被城里人耍了,我去打听过滨湖那家房产公司了,登记在你名下的那个什么门面,根本没出什么问题,那个房子现在被别人买走了。"

李小艾鼓起勇气问王静美那间门面的事,王静美轻描淡写地说:"是被别人买走了,我把资金撤了回来,因为搞地产的朋友告诉我,那一块目前还是不行,人气起不来啊,我还是给你另选地方吧。"

李小艾没再说什么,她奇怪自己竟然还笑了笑,目光和一旁的老程对上了,老程悄悄冲她眨眼睛,她竟然也冲着他眨了眨眼睛。

8. 第六月

官司都打上了,姐姐王静美家的别墅是不能住了,李小艾离开时,心里还一直纠结着。也许,王静美确实是在为她物色更好的店面呢?毕竟找一个好地段、有潜力的门面也并不是那么容易啊,自己有必要将她和老太太告上法庭吗?但一想到王静美本来就不想认自己这个乡下的亲妹妹,一想到就是她将自己弄丢了却还撒谎隐瞒真相,她就觉得,王静美这个亲姐姐不那么可信了。

收拾行李时,李小艾将老程给她买的那件范思哲长裙拿起了又放下,放下了又拿起,最后还是叠好放进了箱子里,哼,他们人是不好,可裙子又没有不好,不穿白不穿!

李小艾决定不辞而别。赵为进那边消息说,法院已经受理了案件,他堂弟说有十足的把握打赢这场官司。"天啊,我们很快就是百万富翁了,我们这可是飞跃式实现了人生梦想啊!"赵为进一口一个"我们",李小艾听着虽有点怪怪的,但赵为进的兴奋劲还是给了她信心。她想先在城里租个住处,然后在一个晚上突然离开姐姐王静美家,一句话一个字儿也不留给他们,就像突然失踪一样,对,就像当年自己被人贩子从王油坊拐走一样,只不过这次是她自己从这座城市拐走了自己。

从租房网上看好了房子,该收拾的也收拾了,这个晚上,李小艾准备走了,让她遗憾的是,姐姐王静美不在家,她又去韩国了。李小艾很多次想象过,自己在深夜悄悄而又决然地离开,第二天一早,王静美醒来后发现了,会是什么表现。王静美不在家,她想象也是白想象了。

李小艾平静地做好了最后一顿晚餐,吃完饭后,章姨带着琪琪到小区游乐园里去玩了,她又一个人仔细地将厨房收拾干净。天色黑下来,她泡了一杯茶,上到了露台花园。大部分花儿都凋谢了,只有多肉植物和常绿橡皮树的叶子还闪着油质的光,藤椅是凉的,玻璃圆桌也是凉的,风吹来,也是凉的,李小艾抱了抱自己,她抬头看看远处的大蜀山,不禁打了个寒战。随后,她的泪水不可遏制地流了下来。李小艾耸动着肩膀,像一只受伤的鸟儿试图起飞,却怎么也飞不起来。

李小艾坐到很晚才下到楼下自己的房间里去,她拎起行李箱,悄悄打开了门,摁亮了客厅里的壁灯。灯亮了,她惊愕地发现,姐夫老程站在客厅里,冲着她眨眼睛。

"你要走?"老程说。

李小艾横下心说:"那又怎么了?"

老程走上前:"小妹妹,你太天真了,你告不赢的。"

李小艾吃惊地说:"怎么,你都知道了?"

老程说:"你以为我们在城里这几十年都是白混的?你那边一递交诉状,我们这里就知道了。"老程说着,动手将李小艾的行李箱取下来,放到一边,指着一旁的沙发说,"你真要走我也不拦你,你先坐会儿吧。"

李小艾坐到皮沙发上:"那又怎么了?"

老程摇头说:"你会一败涂地的,我们早就做好了准备。"

李小艾问:"什么准备?我只想要回我应得的那部分权利。"

老程说:"理是这么个理,而且你要回你应得那份房产,法院肯定也会支持你的,但是到最终,你是不会拿到的。"

李小艾说:"凭什么?只要判决了,就是我的,真不行,我就住到那房子里去,房子有我的四分之一。"

老程拿出手机,划拉出一张照片,是一张纸,白纸、黑字,他将照片放大,放大到最后,是三个字,"李小艾"的手写签名,他将手机伸到了李小艾面前。

李小艾说:"这是什么?"

老程收回手机:"这是你作为法人代表你们公司签的一个合同,我们曾经将一笔三百多万元的款打到你公司账上,委托你公司购买一批医美用品,但你们公司一直没有履行合同,我们正要起诉你,要追回这笔钱呢,你算算,即便你那个官司打赢了,你还能赚得到钱吗?你那四分之一房产可是抵不了三百多万啊。"

李小艾说:"什么三百多万?什么供货合同?我一点不知道。"

老程笑笑说:"就是不能让你知道啊,但只要你签名是真的就可以了。"

李小艾猛地醒悟:"上次王静美拉我去成立公司,办执照,签了那么多字,就已经挖了一坑?就是为了这一出?"

老程摊了摊手。

李小艾冲到老程面前,拉扯着他的衣服说:"你们这是陷害我!我要、我要告你们,这是设计陷害我!"

老程捏着李小艾的手说:"你冷静冷静,这个也是没办法嘛。"

李小艾说:"那这是谁的主意?是王静美吗?"

老程说:"算是吧!当然,她也是咨询了律师,找了好多人才想出了这一招的。"

李小艾仿佛又回到了三岁时的那个傍晚,在昏暗的王油坊村,她被孤零零地丢在路边,蚊蝇成团成团地在她面前飞舞,天地一片空旷,黑暗、孤独笼罩在她小小的身躯上,她哭得稀里哗啦,而危险这时潜来,刺眼的摩托车灯光射过来,巨大的黑影子压过来,一双黑手抄过来,她的哭声被捂住了,她像被一阵风一样给刮走了,只留下一缕灰尘……

只是和那时不一样的是,这一次,伸过来的那只黑手是姐姐王静美的,姐姐王静美曾经将她丢过一次,现在,又将她丢了一次。李小艾拉过行李箱说:"那我现在更得走了,我走得远远的,我再不回这个鬼地方了。"她拉开门就走了出去,风呼啦啦吹了进来,身后的门啪一声关上了。

走在小区的小路上,拉杆箱的滑轮在地面上骨碌碌地转动着,路边悬铃木最后残存的树叶落下来,像巨大的手掌一巴掌一巴掌地拍下来。回望着身后的别墅,李小艾的眼里一会儿是冰,一会儿是火。

走着走着,也不知道走了多久,反正只是走,李小艾觉得自己变成了一粒暗夜的浮尘,一阵风吹过,她消失了。

李小艾在病床上醒来时,已是第二天傍晚,她已经记不起来她是怎么来到租住的房子里的,又是怎么高烧昏迷,然后被房东发现送到医院的。她只隐约记得自己好像走到了一家夜宵店,买一瓶白酒,灌下去后,她歪歪斜斜地走在街道上,一会儿哭,一会儿笑的。

9. 第七月

从医院搬回出租屋后,李小艾一个人躺在床上,她整个人还是像从王静美家走出来那样,一会儿像北冰洋上的冰块,一会儿又像熊熊燃烧的火焰,冰与火之间,是姐姐王静美的身影,王静美将她丢在一边,和她的小伙伴们在王油坊村玩耍时的身影,王静美穿着一身茄紫,在宜州酒店拥抱着她和她认亲时的身影,王静美带着她去韩国的身影,王静美领着她到工商窗口登记营业执照、注册公司的身影,王静美坐在自家露台花园的藤椅上,面带笑容和她喝茶的身影……

对于她的不辞而别,王静美没有联系她,也不知道她有没有告诉老太太,老太太也没有问,倒是老程发来好几条微信,问她的行踪,她没回一个字。

赵为进打来了几个电话,告诉李小艾,说是他堂弟特意又去法院公关了,法院那边说被告方反过来也起诉了原告,按法律,这官司打赢了也白打了,那边说最好是双方坐在一起调解算了,"你这到底怎么回事?你有没有长脑子?怎么糊里糊涂地就签了什么狗屁合同?"赵为进在电话里气急败坏。李小艾一点也不想听,她忽然特别讨厌起赵为进来。"撤诉吧。"她说。她觉得她不能听赵为进的了,赵为进上蹿下跳的,其实并不能办成什么事,反而坏了事,而眼下,她得自己拯救自己。

李小艾在床上躺了足足有一个星期,这一个星期里,她一点一滴地理了理她到省城来之后的遭遇和过程,她还一集不落地看了一套营销管理学课程,是以前赵为进帮她下载到手机里的,她曾经想过,自己一个人悄悄地回到宜州老家,就当从来没有来过省城一样,就当她从来也没有在王油坊存在过一样。可是,她又觉得,她不应该就这样悄悄地走,就这样走太便宜她们了,她们,她的姐姐、母亲,太便宜王油坊了,王油坊应该有她一份房产的,可是自己将它弄丢了,不行,她要找回来,对,找回来。

营销课上的老师一再强调:成功是需要谋略的。李小艾觉得说得太对了,是啊,要有谋略。

一周之后,李小艾起床了,她给老程发了个微信。她好好地缓慢地洗了个澡,又去美发店吹了个新的发型,她将老程给她买的那件范思哲穿上了,这是冬天,她在外面套了件薄花棉袄,又俏丽地围了条红围巾。

有条不紊地做完这一切后,李小艾打开手机,看见老程果然给她回信了。

地点是李小艾选的:王油坊街区,五星级宾馆的情侣房,大大的落地窗正对着街对面的王静美名下的那家美容中心。当然,这间房子是整个宾馆的最高层,它高高地凌驾于美容中心之上,让出入美容中心的人看起来就像只小蚂蚁儿。

李小艾对老程说:"我给你生个儿子。"

老程直截了当地说:"那你要什么?"

李小艾说:"一套房子,我要在省城活下去。"

老程说:"好。"

屋外落雪了,这个冬天的第一场雪。房间里只开了昏黄的壁灯。李小艾一件件地剥去自己,剥笋一样,剥到全身赤裸,她抱紧了自己,她突然想,自己当年在王油坊刚出生时,是不是也是这样一种姿势?

李小艾钻进了柔软的被窝里,坚硬的老程也钻了进来。老程问:"要不要关了落地窗帘?"李小艾摇头。

雪花越来越密集,大雪覆盖了王油坊。

老程爬起身来,看了一眼,他叫道:"怎么,你,是第一次?"

李小艾说:"肯定呀。"

老程紧紧抱住她:"哎呀,妈呀,我老程一定对你好,你一定要给我生个儿子。"

李小艾偏过头去,去看窗外路灯下的那间显得格外低矮的美容中心,茫茫一片大雪里,它好像越来越小越来越小,小到消失了。李小艾突然张开嘴笑了,她笑得不可止息,笑得虾子一样躬起了身子。

老程说:"你怎么了?你笑什么呢?"

五星级宾馆的暖气开得很足,房间里像春天般温暖,李小艾跳下床来,她就赤裸着,将好看的年轻的身体贴在落地窗前,看着脚下的街道、建筑、行人、车辆、行道树。这就是王油坊,曾经将她弄丢了二十年的王油坊,二十年后,等到她好不容易找回来了,它又不认她了。

李小艾转身对老程说:"我要住在王油坊。"

老程搂紧她说:"没问题。"

10. 第六年

清晨,青年路小学晨操场上,两个年轻的女教师在看着学生们做早操。

青年路小学是省城最早的也是最好的小学,校园里百年老树伸展开巨大的枝丫,早晨的阳光从树叶间筛下,落在两位教师充满胶原蛋白的面孔上。早操结束了,学生们拥挤着,从老师们身边跑过,一个小女孩走过来,向其中一位长头发的老师鞠躬说:"老师好!"

长发老师说:"你好啊,程琪琪,慢点跑!"

小女孩跑过去了,另一个短头发老师说:"这小女孩倒蛮机灵的。"

长发老师降低声音说:"那是啊,她有一个机灵的妈妈呀。"

短发问:"怎么?"

长发说:"前不久,这女孩子家长请我们几位任课老师吃饭,我看那男主人话不多,喜欢眨眼睛,像总是对你笑着,女主人显得特别热情,也特别能干,又是喝酒,又是劝酒,气氛很融洽的,她还有一个二宝,是个男孩,下半年也要到我们学校来,也挺可爱的,一家人好幸福的样子。"

短发说:"哦,那是成功人士啊。"

长发笑笑,脸上现出一副神秘的表情说:"后来,我才听人说,这个女人可不简单,那个二宝啊,并不是她亲生的,是她老公的小三生的。"

短发立即睁大了眼睛,说:"这么八卦啊?说我听听。"

长发说:"听说她老公一直想要个男孩,这女的不肯再生。

金光大道 / 227

后来,男的就在外面找了一个,真的生了个男孩,但才满月,女的就发现了。"

短发说:"哦,那怎么办呢?"

长发说:"这女的不简单就不简单在这儿,听说她找到那小三,两人谈判,她拿出了三十万块钱给了那小三,让小三远离省城,但让那小男孩留下来。也不知道她用了什么手段,那个小三就答应了,净身离开了。"

短发咋舌:"这确实不简单,一般的人,碰到这情况,还不是一哭二闹三上吊?还能认下小三生的孩子?"

长发说:"是啊,她认下小三的孩子,既防止财产损失,又稳定了老公,再没别的想法了,那老公确实对她服服帖帖的。"

短发说:"高人,高人。"她想想又问,"那对那小三生的男孩怎么样?"

长发说:"初看,还真看不出来,真像她自己亲生的一样。下半年转到我们学校来上学,那也是花了大本钱的啊。"

短发哦了一声。

长发说:"不过,我听说了女人的事后,再回想那天晚餐的情景,觉得还是有些差别的。她的眼光看女儿和儿子还是不一样的。怎么说呢?眼神的内容是不一样的,具体怎么不一样,我也说不好,我只是感觉。"

短发还想问什么,上课铃响了,她们只好停止了八卦,一同快步往教学楼走去。

二百公里外的宜州,市第一中学的上课铃也响了,校门前的流动早点摊也做完了早上的生意,一个个收拾着锅碗瓢盆,准备打道回府。其中卖糯米饭团的餐车前,摊主赵为进飞快地折叠着小马扎,用毛巾擦着汗,对一旁卖关东煮的女人说:"小艾,我说了吧?做什么都要营销,要有创意,看见了吧?新增加的海苔饭团,全宜州独一份,小学生们都喜欢,今天又不够卖了,明天咱们要再多蒸十斤米。"

女人归置着竹签,关掉了液化气阀门,低头笑了笑,也不说话。

两人一前一后,骑上电动三轮车,拖着小小的餐车,顺着街道上的车流往前走,阳光迎面照射在他们眼前,金光闪闪中,女人抬起头,神情恍恍惚惚的。她突然想起六年前,她从宜州到省城去,城市的车流像一条闪着金光的大河汹涌而来,当时她贪婪地盯着眼前的金光,阳光炽得她眼睛里全是热泪,她也顾不得擦一下。

现在,女人的眼泪再一次涌了出来,她也不愿意闭上眼睛,她仰着头,任由阳光打在泪水上,任由泪珠在她脸上破碎,跌落。

仰天堂

1

吴国华差不多是仓皇出逃。

往门外走的时候,他突然想起曾经听过黄慧从书上搬来的一个说法,说是每个人每天的形象其实都暗暗对应着一种动物。吴国华觉得自己此刻就是一条夹着尾巴贴着墙角的丧家之犬。

时候还早,外面的天空才刚亮,胡小兰听到房门吱呀一声响,便从洗漱间里探出头问:"什么时候回?"

胡小兰不问他去哪里,也不打听他和什么人一道,只是问什么时候回家。吴国华知道她的意思,他说:"到时候就回。"说着,就把大门关上了,门又吱呀一声响。这个大门开关的时候老是响,吴国华开始想过找点润滑油将连轴油一下,这又不是多大多难的事,但他终于没有修理,他后来觉得,大门开开关关时发出的吱呀一声响,其实挺好的,像是进进出出时告诉屋里的另一个人,"我回来了""我出去了",代替了他们说话,倒省事了。

夹着尾巴,一口气走下楼梯,穿过芙蓉湖公园,跑到吴越街,买了一个糯米包油条的饭团,吴国华在街口一边吃着一边看着对面的小区大门。吃完了,喝了随身带的茶水,再看看手机,离他们约定的时间还有半个小时。吴国华不好催范东海,他知道老范是个守时的人,不会迟到的,便蹲在街边看行人。

吴越街是三义市老城区的一个老街道,虽然现在城市重心都转移到新城区了,但毕竟老城区存在了那么多年,破旧是破旧了点,人气还是挺旺的,临街的店铺一间间相继打开了卷闸门,哗哗哗,哗哗哗,今天这个日子人也格外多,临时摆摊的也抓住机会做生意——今天是清明节。店铺、小摊上摆满了纸叠的金元宝,五色纸剪成的招魂幡,黄裱纸,红香烛,一沓沓面额动辄上亿的冥币,还有扎得极逼真的纸别墅,别墅里有纸扎的电视、冰箱、小车,甚至还有麻将桌,麻将牌整齐地摆放在桌上,两只色子被掷在牌中间,一只3点,一只5点,正准备开打似的。

等候人的时间总显得格外漫长,看了一会,才只过了五分钟,吴国华从街道上移开眼睛,想着是否发一个微信给黄慧,但随后就否定了这个想法,还是决定打老范的电话。手机刚一响,那边就接了,像是一直就在等着他的电话似的。老范说:"已经下来了。"果然,吴国华一抬头,看见老范正背着一个双肩包冲着他招手。

吴国华赶紧拦了路边的一辆出租车,范东海走过来时,他正好拉开了车门。两人坐定后,司机问:"去哪?"

吴国华看看范东海,昨天约他时,他俩并没有定好今天去什么地方,以往他们在一起,总是要加上老金金卫民、老侯侯志军,四个人总是打一辆车直奔仰天堂,可今天是清明节,老金、老侯都回老家扫墓去了,惯常的四人组合被打破了。

可范东海还是说:"仰天堂。"

吴国华想提醒一下老范,今天清明,仰天堂的刘老怕也要上坟祭祖吧,哪有时间接待我们?但他到底没有说,他太知道范东海,这家伙心思缜密,不会连这一点都考虑不到的,那就听他安排吧,反正,对吴国华来说,今天只要能在外面混完一天就比什么都好。

车子很快驶出城区,到了城乡接合部了,看得见田野、山丘了。清明时节雨纷纷,还好,今天并没有下雨,是个阴天,车窗外满眼一片浅灰色调,路边不时闪过挂在细细竹枝上的白色纸幡,香纸堆里没有炸净的鞭炮不时零星地响起几声,按三义市这边的风俗,路边这些都是清明祭祀的人在祭祖时,顺便安慰一下那些无主坟里的孤魂野鬼的。

吴国华不想说话,范东海也就沉默着,这似乎是种默契。往常,他们四个人一起到仰天堂时,那可不是这样,四个人上车没坐稳就互相揶揄打趣了。吴国华发现自己在他们的激发下,像是面粉碰上了膨化剂,平时不太说话的自己也变得伶牙俐齿了,那叫一个妙语连珠、舌灿莲花,笑声能把车子掀翻。

他们还经常互相恶作剧,有一次,他们又约好了去仰天堂,老金的侄子刚好在他家,便叫侄子开车送他们去仰天堂,接了吴国华和范东海,最后一个接老侯。

吴国华因为个子大,坐前排副驾驶位置,接上老侯的时候,他扭头对老侯说:"今天放假,人多车少,嘀嘀司机走俏起来了,也漫天要价,到仰天堂竟然要一百块钱。老侯,我们都忘了带钱包,等会下车你付一下。"

老侯果然上当,喊着说:"一百?这不是抢钱吗?平时我们五十块钱就够了。"

老金的侄子也是个机灵鬼,立时反应过来,他装着愤怒的样子说:"那随便,您爱坐不坐,反正今天人多。要不,你们现在都下去吧,别耽误我做生意。"他说着,真靠边停车了。

老侯气愤地说:"你这什么态度?你还要挟我们?我们下车,另外打车!"

老范憨着笑说:"都开到这里了,这临时的哪里还找得到车呢?老侯,你权当打麻将少自摸了一把牌嘛。"

其他几个都附和老范,老侯骂骂咧咧不情不愿地说:"好了,好了,社会道德是怎么败坏的?就是被你们这些人纵容坏的!"

车子开到仰天堂,停在刘老家门口,老侯气鼓鼓地从钱包里掏出一百块钱,啪,拍在老金侄子面前。"拿去!"他吼道。这时候,大家再也忍不住,集体哄笑起来,老侯这才发现上当了。

仰天堂是离市郊较远的一座山,吴国华不明白为什么叫"仰天堂",关于这座山的历史、名称来历等,除了问老范,他还专门问过老金和老侯。老金是市报副刊部的老编辑,老侯是市方志办的副调研员,按道理这应该都在他们掌握的知识点之内的,但连他们也都说不太清楚,说是方志上从来没有记载过。毕竟,在江南众多的大山中,它只能算是一座小山,历史上也毫无名气,没有任何名人为它停留过。再者它离城三十多公里,是一座野山,不属于市里管辖,而下面县里这样的山多了去了,基本上也就无人问津,所以按老侯的说法,这山算是一座早早退居二线的山。吴国华只是觉得这个名字很好,比叫"天堂"好。仰天堂,仰,大概就是仰望的意思,天堂那么好的地方肯定是要仰望的,虽不能至,但心向往之嘛。另外呢,在三义市住久了,吴国华也知道,"仰"在当地还有一种指靠、仰仗的意思,这么一想,这个山名就更有味道了。他们四个人也是一个偶然的机会才发现了这座山,结果,爬了一次后,就成了他们经常来的地方了。

山也就是平常的山,起伏绵延,算不上高,长着一些山石、一些杂树、一些山涧,也属平常风景,之所以经常来,一个重要的原因是,这山里有个刘老。

他们第一次爬仰天堂时,是从一个镇上喝酒回城,途中尿急,就下车解决,一抬头,看到了路边这座山。那天大家都有点酒后的兴奋,加上时间还早,老范方便完后,一边抖了抖家伙,一边转过身来对他们三个说,这座山叫仰天堂,要不,我们上一上天堂?大家立即响应号召,于是就临时起意去爬山。山看着不高,但几个人一路说笑,一路歇息,所以爬起来老也不能登顶,加上又没有什么准备,很快就又饥又渴,在山路上走了一个多小时后就匆匆下山,却在山脚下,山的褶皱里发现有一户人家:靠山几间瓦房,屋前一棵大桂花树,是金桂,看着有上百年了,开得一树黄灿灿的,香气弥漫;屋左边是一条山溪水,流水叮咚作响,几只很神气的鸡在杂草里啄虫吃。这个地方好。屋子旁边的山坡上,有个老头正在挖地,走近看,他挖的是一个大大的圆坑,有半人多深。老头看着他们,也不惊讶,也不多问,只笑着邀请他们:"来了啊?来家喝茶吧。"就像是他们多年的老朋友似的。

这老头就是刘老,是个退休多年的乡村小学老师。据他说,仰天堂过去是分为上天堂、中天堂、下天堂三个村民组的,这二十多年里,村民们纷纷搬到城里去了,整个山里没几户人家了,他和老伴俩人在这里住惯了,又是住在山脚下,离公路不远,交通也方便,就准备在这里养老送终了。老侯问刘老在山上挖什么。刘老说,挖墓地。老金问他给谁挖的。刘老说,给自己和老伴挖的。刘老和他们说话间,老伴已经将茶泡好送上来了,他们就在屋前的桂花树下的大石头上坐下,喝茶、聊天。

后来,他们几乎一个月就要来上一两次,带上一些熟食,到刘老家来,在他家的房前屋后和菜园地里随便揪几把就是几个菜,早春就是香椿苗,接下来是竹笋,然后是水芹菜、苦苦菜,下雨了,山上还有地皮菜、野木耳,更有一种叫八担柴的白色蘑菇,长在雨后腐烂的树干上,摘下来,烧汤喝香鲜极了。他们自己动手,在柴火灶上炒菜煮饭。刘老两口子很好客,虽然七十多岁了,但家里弄得很干净。他们经常就在老桂花树下喝酒、打牌,偶尔也爬爬山,但一次也没有爬到山顶。

车子到了仰天堂山脚下,司机问:"上山吗?"

吴国华正准备说往前再开一点,直接到刘老家门口,老范却说:"下吧,就在这下吧。"

下了车,老范笑着说:"老吴,今天就不去刘老家了,我带你去一个新地方。"

吴国华心里想,果然,老范就是老范,心里总是那么有数。在他们这个固定的四人圈子里,吴国华和老范认识最晚,却彼此最投缘,具体是什么原因,却也说不出个一二三四,他只是觉得老范这个人最靠谱。老范是市里最大的国企石化厂的一个中层干部,正处级吧,前两年,厂里精简干部,凡是到了52岁的全都一刀切,老范还没到年龄,还差个一年左右时间,一般这样的情况还是会留任的,是不是中层待遇可大不一样,一年损失小十万呢,何况老范那个处室又是个肥窝儿,一年经手的资金好几个亿。老范却主动要求切下来,他说得有点不严肃,他说他也过足了当处长的瘾了,皇帝轮流做嘛,要让别的人也过过瘾,另外,剩余下来的时间他可以更专心地练练字。老范心里大概最认可自己是个搞书法的书法家。

当然,这些都是老金、老侯他们俩断断续续和他闲聊时说的,吴国华听了后心里一动,表面上却不动声色,嘴里开着玩笑,说:"老范一年损失头十万,早知这样,我们就勒令你继续干,把那头十万拿点来请我们喝点好酒多好,也不用天天喝小老窖了。"他们每次聚会,也多是各自轮流从家里带酒,有时好,有时孬,但老范带的酒质量均衡,都是本市酒厂产的一种小老窖,40多块钱一瓶,简单的白瓶包装,但味道还不错。老范每次都到酒厂去批发,一买就是几大箱几十瓶,每次他从家里出发时,就一边腋下夹着一瓶。老侯笑话老范,说老范两个蛋蛋可以不带出来,那两颗"手榴弹"要是不带出来他绝不出门。

吴国华和老范是在三年多前的一个酒局上认识的。其实,人到中年以后,交朋友的渠道大概也就只剩下酒局饭桌这一条了。吴国华自认对朋友不挑剔,但也从不主动交朋友。他认为,所谓朋友就是能在一起喝喝酒、打打牌、吹吹牛的酒肉朋友,能把这样的朋友一直做下来就不错了,比如老金、老侯。那天的酒局就是老侯组织的,先开始说好了的,三个人找个大排档喝点酒后再去老侯家看世界杯直播,因为老侯老婆出去旅游了,他儿子又在外地上学,这样三个人可以四仰八叉地坐在老侯家地板上看球赛、喝茶、抽烟。他们仨在芙蓉湖公园边集合时,天已经黑了,他们穿过芙蓉湖边的一条小路,忽然听到湖里泼剌一声响,一个人从水里钻出来,往岸上爬。老金喊了一声:"老范!"然后介绍说,这位是书法家,前不久省书法家协会还给他搞了个书法展览,一个记者写了个报道,结果这位老兄谦虚,就是不愿意见报。寒暄了几句,那人问:"你们这是去搞酒吗?带我一个!"吴国华没想到还有这样说话的,竟然主动要求参加酒局。几人便等他换好了衣服,推着自行车一道走。看他那熟练而麻利的样子,应该是经常来这公园湖里游泳的。吴国华好奇地问他,果然没猜错。老范微笑着说,他前世是鱼变的,三天不下水就皮肤发干,所以想方设法找地方玩水,偏偏三义市市内没什么大河,只有这个芙蓉湖水面大一些,便一有空就跑到湖里扑腾扑腾。老范说话不紧不慢,一脸平静,喝酒也是慢悠悠的,面带笑意,来者不拒。但吴国华发现,老范有一个习惯动作,那就是喜欢用手掌抹脸,像是脸上有什么东西似的,他每隔几分钟就狠命地抹一下脸,而且,每次抹脸的时候,都是等脸上的笑意渐渐退去之时,他一抹,像是大海涨潮,脸上又涌上一波微微的笑意,过一会儿,笑意快要退去,脸上又有一点凝重,他又及时一抹,笑意又上来了。不知怎么,吴国华看着他的表情和动作,虽是第一次见面,还不太熟,但突然就想和他碰杯喝酒,结果,那一晚他们喝多了,球赛也没看成,但自此以后,他们四个倒是经常在一起玩了,成了固定搭配。

老范在前头带路,他俩一前一后慢慢悠悠地走,天上阴云散了,太阳竟然出来了。前一天下了雨,雨滴残留在树木草叶上,太阳一照,散发出春天特有的青草气味。林子深处,间或传来几声鸟叫,不是画眉,不是喜鹊,而是一种叫"苦哇"的鸟,它们总是在早春的这个季节叫,"苦——哇——苦——哇——",叫得深远,拖着长长的哭腔。

老范看了一眼吴国华说:"要不,今天我们走远点?"

吴国华说："好！就要远点！"这是真心话，吴国华想，昨天约老范时，老范也没有问他为什么不去做清明，他什么都没问，就一口答应下来："好，去走走！"这让吴国华心里甚至有些感激。

拐过山脚，看得见刘老家了，吴国华想上前去看看，若是刘老在家的话就顺便打个招呼。老范一把扯住他说："快走！别让刘老看见！"

吴国华不解："怎么了？"

老范说："上次答应再来时要给他家写副中堂的，我还没写好。"

老范在前面加快了脚步，吴国华也跟了上去，两人一路无话，也不停下来歇息，一个劲地往山上爬，喉咙里的呼吸声渐渐粗重。山路开始还是完整的，随着不断往山上走，路就被草木拦住了，有的地方几乎看不出有路了。老范似乎对这地方比较熟悉，穿林蹚草，脚下并不怎么迟疑。爬了约两个小时，到了一个山岗上，再往下，是一个较平坦的山坡，坡上长满了松树和杉树。吴国华知道，有这两种树的地方，一般都是人工林，说明这地方以前是被人工造林的。这些树大概栽下去有不少年头了，小的都有碗口粗，一些大的甚至都有洗脸盆粗了。林子密了，阳光就照不进来，眼前一片幽暗。在这幽暗里穿行了一会，眼前突然又亮了，仿佛乌云里的一道闪电拉开了一道豁口。两山一洼间，原以为荒无人烟的地方，竟然出现一排低矮的平房。

老范不惊不惧地指着平房说:"到了。"

2

吴国华心里一惊,眼前这景象太像二十年前的那个南方丛林了。他使劲眨了眨眼睛,又猛地摇了摇头,像是要把头脑里的记忆甩脱掉,但那记忆无比顽强地扎根在他的脑回沟里。这一排平房,既像当年他们中队的营房,又像那个边陲小镇密林深处的贩毒窝点。莫非天下所有的平房经历过时间的涂抹,最后都长成了同一副面容?

只不过那是夏天,南方闷热的天气里,他们中队官兵一行四十余人,午后从一排低矮的营房前集合出发,赶到中缅交界处的那个密林时,全副武装的战友们个个全身都跟水泡过一样。站在那里,脚下立马汪着一摊汗水。线人带着他们,在密林里走到天快黑时,也是在前方突然出现了一处亮光,也是一排平房,低伏着,非常隐蔽。

就是在那个夜晚,袭击贩毒制毒窝点时,两边刚一交火,胡应忠就手捂着胸口。"我中弹了。"他说着,头一歪,一只手对着身旁的战友做了个手势,就再也不动了。战友抱着他,摇了摇,不相信一个人就这么死去了,一点也没有挣扎。

当时中队四十多个人一起出动,胡应忠和另一个战友负责一个卡点,隔着五十米是其他战友负责。那个战友喊着胡应忠名字的时候,枪声正密。等到战斗结束,其他战友赶过来,他还是抱着胡应忠,却说不出话来。谁也想不到,再过半年,他们这一批战士就要退伍了,胡应忠一个人却永远回不去了。

当然,这些细节是战友们后来告诉吴国华的,那天的战斗行动,吴国华并没有参加。

胡应忠的遗体到达中队营房时,已经是午夜,不像以往执行任务归来,战友们总是一路高唱着歌曲,中队长早早就打电话让食堂加几个菜,晚上再弄点夜宵。而这个夜晚,除了车子的引擎声,再无其他声响,连警犬也噤了声,低着头把喊叫压制在喉咙里。吴国华从宿舍里奔出来,一看这阵势,他猜,肯定是有人挂彩了。他悄悄地拉住班长汪继学问:"谁?怎么了?"

汪继学哑着嗓子说:"胡应忠,光荣了。"

吴国华愣住了,他一把扶住汪继学:"光荣了?"

汪继学点点头。

吴国华觉得自己站立不住了,他抬头去望,看见几个战友正从军用卡车后车厢里往外抬出担架,政委在轻声喊:"轻点,轻点,通知殡仪馆赶快运冰柜来。"

吴国华全身立即涌出冷汗,南方炎热的夜晚,他却打起了冷战。他哆嗦着,猛地哇一声哭出来。他一边哭,一边奇怪地发现自己有了另外一双眼睛,眼睛睁大着,升到了高空,正在空中俯视着营房,这一排青砖瓦房,低伏在南方丛林之中,他的一双眼睛在空中看着痛哭的自己。

仰天堂 / 241

这次行动一个多月前就制定好了方案，中队官兵八十多人，决定抽调四十人组成突击队执行任务，按照一个班上六人的比例，吴国华入选了。因为制毒贩毒团伙具体情况还在进一步侦察当中，等待合适时机实施伏击抓捕，所以出发时间一直没定。这天午饭后，上面突然下达任务，要求下午两点整准时集合出发去那个边陲小镇，一举端掉隐秘的制贩毒窝点。

吴国华一脸愁容，他这几个月一直在复习功课，准备参加军校招生考试，而且恰好第二天一早就要出发去军区，他怕这一执行任务会耽误考试，为了这次考试，他可是下足了功夫，放弃了两年的探亲假，一有空就看书做题，光笔记本就记了三大本。在宿舍里，听着班长传达命令，吴国华突然满脸大汗，捂着肚子说："我……我拉肚子了，已经拉了两天了。"看着这情形，一旁的胡应忠说："你这熊样子，哪能爬山执行任务啊？班长，还是我去吧。"

于是原本留守值班的胡应忠替代吴国华爬上了那辆军用卡车。但吴国华没有想到，胡应忠会以这样一种方式，从车厢里出来。第二天，吴国华没有去军区报到，也没去参加考试，他护送着胡应忠的遗体，一直看着他被送进了火化炉，看着他化成了一缕烟，消失在南方蓝得透明的天空中。后来，他特意请了一天假，让班长汪继学带着他，悄悄跑到了那个边陲小镇南方丛林的深处，面对着拉起了隔离带的那排平房，他站到了胡应忠躺下的位置。南方炽热的阳光直射下来，他一身汗水滴落下来，和胡应忠之前的汗水一同融入土地里,他感觉到一颗子弹也正从对面直射过来,心脏突然疼痛,他捂着胸口哭着对班长汪继学说:"我是个逃兵。"汪继学拍了拍他的肩膀说:"放下,放下,一切都会过去的。"吴国华摇头说:"我怕我过不去。"

半年后退伍时,吴国华向部队提出了一个要求:他不回老家了,他要转业回到胡应忠家所在的三义市,以后,就由他来照顾胡应忠的父母。他对首长说,他和胡应忠以前就商量好了,在执行任务中,他们俩若是哪个牺牲了,另一个活着的就负责照顾对方的父母,他们是拉过勾起过誓的。

吴国华被安排到三义市石油公司上班,上班报到的第一天,他就去看望胡应忠的父母。

胡应忠父亲是石化厂的工人,已经退休了,他们住在一个叫作"十六间房"的工厂老小区里。小区是二十世纪七八十年代建筑,红砖到顶的四层筒子楼,一楼前的空地上搭建了许多鸡棚、杂物间,见缝插针地还种着蔬菜。吴国华还记得敲开胡应忠家门的时候,是胡小兰开的门,胡小兰那时高中刚毕业,没考上大学,又没找到岗位上班,只好天天在家待着。胡小兰看着拎着一大袋营养品和水果的吴国华问:"你找哪一个?"

胡小兰说的是三义方言,抑扬顿挫,像当地传统戏曲中的道白一样,吴国华就多看了她几眼,胡小兰脸唰地红了。吴国华一时也不知道怎么回答,正尴尬时,一个老人走出来了。吴国华愣了一下,他立即知道这是胡应忠的父亲,他们父子俩太像了,除了脸上的皱纹和头上的白发，其他的简直是一个模子印出来的，连走路的姿势、脸上的表情都一个样。吴国华回过神，连忙说："是胡伯伯吧，我是应忠的战友啊。"

那天晚上，胡家可以说是非常隆重地接待了吴国华，胡应忠的母亲和胡小兰两个人在厨房里忙活了半天，又到附近的一家餐馆里端了一个牛肉火锅来，胡父陪着吴国华喝完了整整一瓶白酒。吴国华后来很后悔当天晚上没有直接对胡父说出他的想法，没有说出那个他和胡应忠的生死约定。当时，胡应忠去世还不到周年，看得出来，浓重的悲伤情绪还充溢在这个家里，毕竟胡应忠是他们家唯一的宝贝儿子。吴国华几次想提这个事，但总是话到嘴边就又吞了回去，他一直不善于表达自己，那还是喝酒吧。就这样一次次推迟，推迟到最后，他就想，还是慢慢对胡父说吧，反正他以后是要经常来的。

那以后，吴国华确实是经常到胡应忠家里去，去的时候从来不空手，不是买肉就是买酒。十六间房是老小区，不通管道煤气，用的是瓶装液化气，每次到液化气站灌气都是吴国华骑辆加重自行车带了来，一肩扛上楼。为了节省，胡家烧水还是用的煤球，买煤球的事也让吴国华全承包了。另外呢，胡家的鸡棚要加固，房门换纱窗，这些活无一例外都归了吴国华。这样过了大半年，那段时间里，吴国华觉得他实际上就成了胡家的儿子，胡家也不把他当外人，有事就喊他，干完活了，就留他吃饭，有什么吃什么。胡父从厂里退休后就经常去河边钓野鱼，钓到好鱼了，也打电话让他来加餐,两人酒量都不错,爷儿俩喝酒喝得畅快。

转眼到了第二年的清明节。清明节那天,吴国华特地请了假,去看望胡应忠父母。到了胡家,他吃了一惊,胡家的客厅里摆上了胡应忠的遗像,香烟缭绕,录音机里一遍遍播放着哀乐。胡应忠的父亲坐在那里默默流泪。

吴国华再也没有犹豫,他扑通一下跪倒在胡应忠父亲面前:"伯父,让我以后做你的儿子吧!应忠和我就是这么约定的!"

"什么约定?"胡父惊讶地问。

吴国华说:"我和应忠是最好的战友啊,我和他约定了的,我们俩要是有哪一个执行任务牺牲了,另一个就代他做儿子,为他父母养老送终!"

胡应忠的父亲定睛看了会吴国华,他摇摇头,用一种很奇怪的眼神看着吴国华,他说:"你不是我儿子,你不是我儿子!"

胡应忠的母亲上来拉起吴国华,把他拉到一边说:"国华,老头子这是糊涂了,你先回去吧。应忠走了后,老头子其实天天都在想他,谁也代替不了儿子在他心中的位置。"

吴国华说:"我懂,我懂,那我回头再来。"

那以后,吴国华照旧经常来胡家,但他感觉到胡父对他的态度和以前似乎不太一样了,虽然还是在一起喝酒,但他会突然主动问起胡应忠在部队上的事,特别是执行任务那一晚,什么时间,什么地点,有没有蚊虫,有没有蛇,毒贩从哪个卡口先冲出来的,为什么毒贩放的第一枪就精准地打中了胡应忠,那个时候你吴国华在做什么？你和应忠不是好朋友吗，怎么没有肩并肩一起去执行任务？

吴国华这才知道，胡父清明节后，竟然一个人悄悄去了一趟南方那个边境城市，去了事发地点，去了他们中队，找到了好几位以前战友的联系方式，特别是他们一个班的战友，向他们详细询问了胡应忠去世当晚发生的一切。除了同班的战友，应该没有人知道是胡应忠临时代他去执行任务的，班长汪继学打电话给他："国华啊，应忠父亲问话的样子好可怕啊！但你放心，我该说的说，不该说的坚决不会说的，说到底，都是战友兄弟，你们都是好样的！"

开始时，吴国华以为老人是因为太思念儿子了，整天都在纠缠着这些细节，后来，他明白了，胡父这么问是有意的，到最后，他几乎是逼问吴国华了。

"你真的拉肚子了？为什么早不拉迟不拉，偏偏临到出发了才拉？这里面有很多漏洞！"胡应忠父亲喝完最后一杯酒后，冷笑着看着吴国华，"我估计你不会再来了，是吧？你也不用再来了！我儿子死了，死了就死了，我不要一个人来假装做我儿子！"

饭桌上悬吊着一盏昏黄的灯泡，像一颗倒悬的光头，几只飞虫振动着翅膀呼啸着冲向它，发出当当的响声。灯泡下的胡父，光脑袋上白发稀疏，眼袋肿起，鼻头冒油，直盯盯地看着吴国华。

吴国华猛地站起，带倒了身下的小马扎，他跌跌撞撞地推开纱门，走到门外。

"哥!"身后,胡小兰喊着,冲了过来。

3

"老吴!发什么呆?快走啊!"老范在前面喊。

吴国华才发现老范走到他前面几十米开外了,他连忙跟了上去。

走到那处平房前,老范从背包里掏出两只黑色的一次性口罩,一人一只戴上了,这让他们看起来像是准备作案的抢劫分子。

走到近前才发现,这并不是一排平房,而是一圈房子,围成一个大半圆,足足有几十来间,青砖,黑瓦,木格窗,向前伸出一条廊道。房子当然是破败了,中间部分横梁脱落,屋瓦覆盖的屋脊塌陷下去,屋瓦上长出了青草。周围的树长起来,遮盖了房子的上空,整排房子像阴暗中一条长长的僵死的百足虫,并散发出虫类大面积死亡时的气味。

吴国华想起前不久老班长汪继学告诉他,他们原来居住的营房也废除了,搬到离集镇更近的一个地方重新修建了,现如今条件改善了不少。那么,那些老营房是否也像这房子一样,在森林里,在风雨里,慢慢地孤独地老死?

老范冲吴国华点点头,带头走进去。

屋子里更黑暗,老范果然有备而来,还带了充电的强力手电筒,圆柱形的灯光扫射过房间,像是掘进机,将幽暗的时空掘出一个空洞来。地面是水泥地平,散落着一些碎瓦砾,墙面上是斑驳的黑美术字,多是"文革"时的标语,"备战备荒为人民""面向工农兵,预防为主,中西医结合",房间里有几张靠墙摆放的床架子、桌子、椅子。它的每一个房间都是相通的,有的房门是开的,有的合上了,但一推就开,门锁已经不见了。走了几间,吴国华猜出来了,这里原来是医院。先前走过的可能是病房,接着是医生值班室,有办公桌、柜子,一张桌子前有一块碎玻璃,玻璃下压着一张纸,隐约看出"四〇五医院处方笺"字样。还有一张铁架手术床,铁管表面的白漆已经锈蚀,白色的垫被盖上了厚厚的一层灰尘,但仍然可以看出上面的大块血迹。另一个大房间里,摆放着医疗器具,无数的注射针筒,医用棉。架子上摆着一排排药品,注射液在小玻璃瓶里有的一团混浊,有的只有半瓶了,它们集体立在柜架上,像一颗颗子弹。而一个硕大的玻璃瓶中,浸泡着一团发黄的肉质的东西,也不知道是人体的哪一个部位。靠门边站立着一个塑胶人体模型,发黄的身上标注着各种穴位名称,它的一只手不知去了哪里,头部的眼睛深凹,狠狠盯着他们,似乎不满他们俩的贸然闯入。

吴国华站住了,他看到脚边有一条腿,踢了一脚,石膏碎了,露出了粉尘的内里。吴国华由先前的惊讶、好奇,渐渐变得安定,他觉得老范带他进入了一个静止的时空,在这里,时间是凝固的,意义也是封闭的,他们就像数亿万年前的两只昆虫,一滴松脂滴落下来,他们被封存了,亿万年后,他们就成了琥珀。这样很好,吴国华竟然有几分享受这样的荒芜、破败、隐秘、死寂,这里就像是在深深的海底,房屋就是很久很久以前沉没的一艘巨轮,无边的海水沉没了它,无边的海水又保护了它。残骸般的生存如此安稳,吴国华想,很多微信公众号上经常说什么狗屁的岁月静好现世安稳,其实沉没在深深的海底才最安稳。幽暗中,他们俩都没有说话,只是在一间空旷的房子里(以前应该是间会议室)抽了根烟。吴国华侧身去看老范的脸,在这个奇怪的场域中,老范整个人突然变得陌生起来,他好像在穿过这些房间时,偷偷地换成了另一个人,这个时候的他已经不是一个小时之前的他了。吴国华心想,自己这样子想着老范,老范看自己是不是也有同样的感觉呢?

走了约一个小时,他们并没有将所有房间走遍,就走出来了。

"这里原来是一家精神病医院。"老范说。

吴国华本来想问老范是什么时候发现这个地方的,为什么今天带他过来,他以前经常一个人过来吗?为什么刘老一次都没有告诉他们,这山里还曾经有家精神病医院呢?但他忽然觉得这些问题太愚蠢,他就不再说话,只是点点头。

老范又习惯性地抹了一下脸,他忽然感叹了一句:"这里就像一个被挖开的坟地,让人想起死亡。我经常想,要是以后我死了,会不会有人想起我?我这一生是快乐的时候多还是痛苦的时候多?"

吴国华不知道老范怎么突然会说这话,他愣住了,不知道怎么接话。老范又抹了一下脸,仿佛将刚才的话抹去了,脸上有些凝重的神情也随之被抹去了,他笑笑说:"回吧。"

回去的路上,他们走得特别快,很快就上到了那片人工林的山冈,这时回望来处,已经不知道刚才走的是哪一条路了,树木和草叶如一件巨大的迷彩服掩护了那一圈平房。

快到山脚,他们在一条山溪边歇息,老范带了面包、花生米、卤汁鸭膀爪、一瓶小老窖,摊在塑料布上,开喝。你一口,我一口,便喝得有点猛,平时他们都习惯慢慢一杯一杯小酌的,于是两人很快就多了。溪边恰好有平坦的大石头,他们就一人占据一块,仰躺着,看着天空、云朵、山峰,在苦哇鸟的叫声里,睡着了。

醒来的时候已是傍晚,夕阳穿透山林,他们赶紧约车。到了城里,天已经黑透了,老范先下的车,吴国华突然说:"老范,谢谢。"老范抹把脸摆摆手,走了。

吴国华回家时,在门外停顿了片刻,最后还是硬着头皮,打开了门,吱呀一声。

屋里的情形和吴国华预料的一样。

十八年了,每年的清明节,家里就会出现同样的情形:客厅里,电视柜上摆放着胡应忠的遗像,周围香烟缭绕,胡父端坐在儿子的遗像下方,光脑袋上白发稀疏,眼袋肿起,鼻头冒油,直勾勾地看着虚空。

当年,那个清明节之夜,吴国华从十六间房小区的胡家冲出门去时,胡小兰喊了他一声"哥!",然后在小区门口拉住了他。

"对不起,我爸是脑子糊涂了,你原谅他吧!"胡小兰说着,拿出一件毛衣递给吴国华,"我给你织的,我刚学,织得不好。"

吴国华把毛衣拿回家,发现毛衣的胸口位置别着一封信,信是胡小兰写给他的。吴国华这才回想起一些细节来,不知什么时候起,胡小兰一见到他就脸腮泛红,他和胡父喝酒,她总是殷勤地端茶倒水,没事了,也在一边装着看电视,其实眼睛总是朝他这边看着。吴国华把信收了,试了试毛衣,大小刚好。

第二天下班后,吴国华骑着新买的摩托车去了胡小兰家,他故意大声在楼下喊:"小兰,快下来,看电影去!"

胡小兰慌慌张张地跑下楼来了,吴国华发动摩托,胡小兰斜斜地坐在后座上,吴国华猛地转动油门把手,摩托车往前一冲,胡小兰"啊"地叫了一声,紧紧抱着吴国华的腰,两人一阵风一般冲出了小区的大门。

年底,吴国华和胡小兰就结婚了,胡父拦也拦不住了,胡小兰都已经怀孕一个多月了。刚结婚,因为是军属,加上又是烈士亲属,胡小兰就被特殊照顾,安排在石油公司加油站工作。吴国华和胡小兰还是隔三岔五就一道回十六间房,扛煤气、送煤球、补窗纱、修鸡栅,就像什么也没发生,只是胡父和他再也喝不到一起了,胡父看着他就像看着一个陌生人。吴国华曾试着喊过他一次"爸",胡父没有答应,吴国华此后也就不再喊。

婚后的第一个清明节,一大早,平时从不上门的胡父却背着个大包来到吴国华两口子的小家,他也不看吴国华和胡小兰,打量了一下客厅后,就径直走到电视柜前,然后从背包里捧出胡应忠的遗像摆放在柜子上,又摸出香炉,点了香,端坐在遗像前,再也不说话。

那时候,胡小兰怀孕半年多了,她哭着说:"爸,你这是干什么?"

胡父说:"干什么?我找我儿子来了!"

胡小兰说:"儿子,儿子,儿子,他死都死了,我可是你活着的女儿呀!"

胡父冷笑着说:"你是活着了,可谁来问问我儿子是怎么死的呢?他本来应该是活着的!"

胡小兰要上前去砸掉那些遗像、香炉,被吴国华一把拉住了,拉到了卧室里,他说:"他要折腾就让他折腾吧。"

那一天,胡父一天不吃不喝,就是坐着,到天黑了,夜深了,才收拾起遗像和香炉,一个人拉开门走了。

后来的每个清明节,胡父都会来到吴国华家,以相同的方式过完这一天,而后来的每个清明节,孩子小的时候,吴国华就带着孩子在外面躲上一天,孩子上高中后,清明节就让他住校不回家,吴国华一个人独自出走。但是不管多晚,吴国华都必得回来,他不回来,胡父就不走,他一回来,胡父盯着他看,看得他低下头,然后就心满意足地走了。

这样年复一年,有一年,胡父走后,胡小兰问吴国华:"我哥和你真的是割头换颈发下誓的朋友?你照顾我们家是真心的?"第一次这样问,胡小兰语气还有点怯怯的。

吴国华知道他走后,胡父一定对着胡小兰一遍遍地演绎他的疑问,复述从战友那里得来的情报,毕竟是父女,胡小兰慢慢也就被洗脑了。他叹了一声说:"现在还问这个有意义吗?"

胡小兰问是不再问了,但看他的眼光慢慢变得和她父亲有点一样,透出一种质询的神情。

"我爸爸说啊,这世界上没有无缘无故的好人。"刚结婚的那几年,每当胡小兰和他在床上温存完后,总是一边抱着他,又一边问他,"你为什么就一直是好人呢?"

吴国华对着屋子里的黑暗说:"你还要我找什么理由呢?我说的理由为什么你们就不信呢?"他说完,把身子侧向另一边。这样一来,胡小兰就又满怀歉意地重又扳正他的身子,两只手在他身上挠着,安抚着他。吴国华叹一口气,捉住了胡小兰的手,两个人的手交错在一起,不再动弹,也就慢慢睡着了,就这样一天天交错着过下去了。

四年前,岳母去世了,胡父一个人住在十六间房小区,他不会洗衣也不会做饭,胡小兰只好天天给他送饭、洗衣,但这样长期下去也不是个办法。胡小兰和吴国华商量,不如在他们现在住的小区再买一套面积小一点的,给她父亲暂时住着,也方便平时照顾。吴国华当然同意。

新房子不到六十平方米,装修好后,吴国华和胡小兰两人一道去接胡父。胡父开始并没有意见,看得出来,他暗暗还有些高兴。他在新房里转来转去,东看西摸,忽然脸色一暗,他说:"我不住这里了,我要回去!"

胡小兰问:"为什么?这里住着不舒服多了吗?又有电梯,比你那十六间房不是方便多了?"

胡父指着西边的窗子说:"那边,正对着烈士塔,我儿子也是烈士啊,我天天对着它,我……我……我就不想活了啊!"

吴国华走到窗边,他佩服胡父的视力,远处是有一座小山,二十世纪七十年代民政部门在山上建了一座纪念解放战争的烈士塔,塔建得并不高,远远地只在森林里露出了一点塔尖。

胡父一屁股坐在地上哭泣,他哭喊着:"应忠啊,你命苦啊,你怎么就死在那么远的地方呢?我要看你一次有多难啊。"

吴国华对胡小兰说:"这样吧,我们搬到这里来住。"

胡小兰立刻明白过来:"你的意思是,让爸爸搬到我们那房子里去住?"

吴国华点头说:"只能这样。"

于是,吴国华和胡小兰带着儿子挤在这间小房子里,让胡父住在他们原先那间一百多平方米的大房子里。

搬到只有两室一厅的小房子之初,胡小兰自己先不习惯,觉得十分局促,老是想念之前的大房子。一天晚上,吴国华上床睡觉了,关了灯后,胡小兰趁着黑暗问吴国华:"一家人住这小房子好难受,你是真的心甘情愿换房子住吗?"

吴国华说:"嗯,房子再大,人不都是一晚上只能睡一张床吗?"

胡小兰说:"你和我说实话,我求你了,我哥牺牲是不是因为你?你放心,不管是不是,我都认为你是个好人。"

吴国华愣了会,他突然想,就把真相告诉这个女人算了,还能怎么样?他也罪不至死,但转而一想,虽然胡父可能已经知道了真相,但一旦从胡小兰口里说出来,由吴国华证实了,他会是什么反应?吴国华不敢想那后果,他沉默了一会,冷静地说:"既然你认为我是个好人,你就不要再质问我和审判我。"

就在那一夜,吴国华决定调到五池市去,远离这种长期被审判的生活,等儿子高考一结束,他就离开。

儿子成绩不错,今年高考,不出意外应该考上一所理想的学校。吴国华去年底已经找了省公司领导,要求调到七十公里外的五池市去,他在三义市是副经理,到五池市是想谋个正职,这想法也属正常,也不会让人猜测他有什么别的心思。省公司领导考虑他这么多年工作不错,五池那边这几年业绩不理想,也恰好需要一个过硬的人去抓一抓,便口头上基本答应了。现在,吴国华还没有想好,去五池市之前,是否与胡小兰离婚?如果离开了三义市,不再整天面对胡小兰,是否就能避开她有意无意的审视?但有一点吴国华想好了,那就是假如要离婚,他就净身出户,一分财物也不要。

其实,对于出生、生长在外省的吴国华来说,五池市于他而言同样是一个异乡,自己调到五池除了要离开胡小兰父女的审视,难道就没有别的想法?吴国华不敢回答这个问题,或者说不愿意回答,就像他有时候不愿意去想他和黄慧的关系。

吴国华和黄慧认识差不多快十年了,当年,她大学毕业不久,刚分到公司工作,暂时派在工会帮忙,恰好吴国华那时任公司工会主席,喜欢打乒乓球的他,用工会经费置办了一套乒乓器材,但不管他怎么吆喝,公司里天天坚持打球的却很少,倒是黄慧在学校练过,于是他们俩经常在一起打球。论球技,吴国华要比黄慧高一点,于是,活泼的黄慧便喊吴国华"师父"。也就是这么一点交集吧,过了两年,因为父母都在五池市,黄慧考到了五池市的公路局,此后,他们之间连个电话号码都没有留下。

差不多是岳母去世后不久,吴国华正满心烦恼,有一天出差到五池,晚上当地石油公司在政府接待酒店宴请他,酒席散了,他走出大厅,听到一个人喊他:"师父!"

他回头一看,虽然有几年没见,但一眼就认出来,是黄慧。黄慧说她也是参加单位的一个饭局,她现在是五池市公路局的办公室主任。

"呵,成了领导干部了!"吴国华调侃说。

黄慧的脸霎时红了,她在夜晚的灯光下,斜仰着脸,看着吴国华。吴国华怔了片刻,他忽然想起,第一次到胡应忠家时,为他开门的胡小兰同样睁着一双黑眼睛,满脸通红地看着他。"今夕何夕?"他脑中冒出这样一句从书中看来的话。

那晚他们都喝了点酒,便一起到酒店前的公园里散散步,消消酒劲。在吴国华的印象中,和打球风格一样,黄慧是那种直打快攻型的,快人快语,但这天晚上,黄慧却没有多少话,只是说说一些过去同事的零碎事儿。走了两圈,黄慧接了个电话,就和他告辞了,不过,这次他们互加了微信。

吴国华回到酒店后,洗了个澡便上床一边看电视,一边翻阅微信朋友圈,他首先就翻到了黄慧的朋友圈,结果却失望地发现,黄慧的朋友圈一片空白,微信头像也是一处风景,即便是那风景也是一片苦寒:北风呼啸中,一个人缩成一个黑点,在雪地里行走的背影。这出乎吴国华的意料,朋友圈现在不就是一个大晒场吗?晒娃、晒老公、晒美食、晒美颜、晒天南海北的旅游风景,满满的诗与远方充溢着九宫格,何况黄慧的颜值和同龄人相比并不低啊。他忍不住给她发了条微信:看不到晒照片嘛,对我屏蔽了?

黄慧回复:没有啊,师父,没有光怎么晒?

吴国华看着这句话,不太明白黄慧说的是什么意思,她是调侃吗?还是她的生活没有光亮?他只好含糊了点了个表情符,结束了聊天。

没想到,此后的日子里,黄慧倒主动隔三岔五给他发微信,他们的聊天像一锅粥,随着时间流逝也越来越黏稠,到后来,几天不聊倒像是缺了什么。他们的聊天也没什么主题,是一种天马行空的聊。吴国华觉得有点像他和老金、老侯、老范几个男人喝酒,一种没有目的性的喝酒。有一次,黄慧就对他说了一个人每天都会对应一种动物的故事,然后问他,你今天是什么动物?吴国华想了想说,我今天吃多了,我算是只贪吃的老鼠吧。黄慧在微信对话框里送了他一连串愉快的微笑。她接着说,她小时候从书上看到这个说法后,就每天都要问接送她的爸爸或妈妈,他们俩性格反差很大,但回答这个问题答案却出奇地一致,他们总是回答:我不是动物,宝贝,我是你爸爸,我是你妈妈。每次听到他们这么回答,她就会大哭起来。他们一度以为她有精神病呢。

一年后的一天傍晚,吴国华快要下班时,黄慧突然给他发了条信息:你晚上能来五池吗?吴国华没有犹豫,回了个:好。他立即开车上高速,一个多小时后,就到了五池市城区边的大桥。

黄慧站在桥头等着他。初冬,黄慧穿着一件长长的灰色风衣,她的背影如同她微信图像上的那个顶风冒雪而行的人。黄慧带着他爬桥边的山,山上有座庙,庙门已经关闭,他们在庙门前的放生池边坐了下来。吴国华觉得有点冷,他搓着手,黄慧看着他,突然把他的手握着,塞进了自己的风衣口袋里。吴国华没有想到,女人的风衣口袋可以那么大。他更没有想到,黄慧的秘密也那么大。

那天晚上黄慧告诉他,她从三义考回五池后,第二年就结了婚,但不到半年丈夫就去世了。黄慧认为,是她害死了丈夫。那天很晚了,她忽然想吃城南老李家的小汤圆,就对丈夫说了,新婚不久,丈夫正疼她,便立马起床骑电动车去城南,不料,一辆渣土车撞上了他,他当场就没了。黄慧说,她从不敢对人说,那晚是她让丈夫出去的,她只是说,丈夫从外面有事骑车回家才出事的。

黄慧在吴国华的怀里呜呜地哭着,吴国华抱紧了她。

从那以后,如果不是和老范他们喝酒,吴国华就开车到五池,在桥头带上黄慧,然后随便找一条乡村道路,一直往里开,开到空旷无人处,打开天窗,躺倒在座椅上,一起看着高天上的流云,听远处林子里鸟鸣与风声。他们拉手,贴面,亲吻,有几次,吴国华冲动着,想将黄慧压倒在身下,黄慧并不反抗,却只瞪大眼睛看着他。这种审视的目光总是让吴国华突然间泄气。他就抱着她,不再动弹。他们的关系也就一直处于那样一个相互紧抱着却不再进一步的状态。

而此刻,又一个清明之夜,灯光下,胡父和胡小兰都在逼视着他,不,吴国华看见遗像上的胡应忠,也在逼视他,他发现,这一家三个人像经过了集体训练,目光的角度、锐度都是一致的,像二十年前那个南方丛林里的子弹,嗖嗖嗖地向他扫射。

吴国华站立着,像是一个等待宣判的人,一个被绑赴刑场等待行刑的人。他闭上了眼睛。

没有谁说话,窸窸窣窣响起了收拾的声音,然后是房门吱呀一声,楼道里噔噔的下楼的声音。吴国华嘘了一口气,这个清明节终于过完了,对他来说,一年里真正的春天是从清明后的一天开始的。

4

过了一周后,周五晚上,吴国华刚下班,就听到手机微信群里的消息响个不停,他心想,肯定是老金、老侯他们在"仰天堂"微信群里约局了。

老金说,刘老打了好几个电话,邀请这周去仰天堂呢。

老侯艾特了吴国华和老范,问他们俩没回老家上坟,清明都干啥去了。

吴国华回了一个睡觉的表情。

老范说:"啥也没干,在家看电视。"

他们四个人的微信群名一开始并不叫"仰天堂群",而是叫"表哥群"。这也是有来历的。

前年冬天,吴国华和老金到下面的一个县里玩,吃过晚饭后往回赶,到了市里,两个人四处找夜宵摊,逛了一会儿,发现一个摊子,撑着红棚子,门口有个自来水龙头,不像别的街头排档,一桶水洗半天,而且因为地方偏,门口场地开阔,就在那里搞了一顿。做排档的是小夫妻俩,从五池过来的,人很憨厚,菜的味道也不错,后来,吴国华就经常带人去。吃的次数多了,吴国华就和做排档的夫妇开玩笑,让他们俩喊他"表哥"。吴国华有时提前给他们电话,预约夜宵,夫妻俩也不知道他的姓,但他一说是"表哥",他们就明白了,笑呵呵地说知道知道。老侯、老范他们见到老板娘,就会一本正经地对老板娘说:"你表哥来了,晚上菜搞好一点。"吴国华有时也和小老板开玩笑说:"别欺负你老婆,否则老子对你不客气。"老板小哥也很配合,总是连连点头说:"有表哥在,不敢,不敢。"

表哥排档给了他们不少乐趣,他们四个人组成的酒搭子也因此固定下来,为了便于约局,就弄了个微信群,取名"表哥群"。

吴国华第一次带老范到这个"表妹"那里,老范就连说:"好地方,好地方。"老范后来请别的朋友吃夜宵也常去那儿。有一次,吴国华出差到湖南,刚坐上高铁不久,就接到老范的电话。老范问他有没有上高铁。吴国华说上了,都开动了。老范说,叫司机停一下,下来喝酒。吴国华问他在哪。老范笑着说:"在你'表妹'这里。"吴国华能想象得出来老范给他打电话时的神情,他甚至有过冲动,到下一站后再坐车赶回去,和老范喝酒。

老范电话没挂断,他问吴国华:"有没有带酒上车啊?"

吴国华说:"把这大事给忘记了,没有。"

老范说:"餐车有,去买。"

吴国华听话地去了餐车,没有白酒,只有听装啤酒,他便买了三听。开酒的时候,他想到老范在"表妹"那里喝酒的样子,就拨通了他的手机:"买到啤酒啦!"

老范在那头高声说:"干!"

吴国华也高举着啤酒,对着车窗外说了声:"干!"

自从有了仰天堂,老范就修改了群名,并很认真地在宣纸上写了三个楷体字"仰天堂",拍了照作为群头像。

看着老范在群里的回答,吴国华心里一动,他就猜出老范不会对老金和老侯说他们俩清明节相伴进山的事的,而且,以后,即便只是他们俩人单独在一起,老范和他也不会再说起的,那仿佛是一个他们共同的一次性的秘密。他忽然想,他们在一起时,老范看着那么活泼开朗,其实,在家里,在单位未必就是,自己呢,自己不也是吗?要是胡小兰看见自己和老范他们喝酒的场景,听到说的那些俏皮话,她肯定不会相信,她一直就认为吴国华是个不会表达的人,三磨子也压不出一个屁的人。这么些年,他也从不向她父亲解释、申辩她父亲关于胡应忠之死的疑惑,这也就难怪父亲的疑问越来越大了,怨恨也越来越深了。

周六一早,吴国华就约了辆车,先载上老金、老侯,然后是老范。老范出小区门时,果然又是一手一支小老窖。

老金喊:"今天不喝小老窖,昨天有人送了我一坛石城硒米酒,我带来了,你就拿回去吧。"

老范走到车前说:"带都带了,不好带回去了。"

老侯说:"那是,老范这酒是偷偷从家里摸出来的,好不容易骗过夫人的眼睛,再送回去,岂不是自找苦吃吗?"

老范的夫人他们只见过一次,有一次喝酒,老范喝多了,夫人过来接他。那一次,他们才知道老范的夫人比他小不少,至少小十来岁,两人应该是二婚。但老范从来不说自己婚姻上的事,大家伙儿也就不再打听,但玩笑是可以开开的,老夫少妻,怕老婆是必然的嘛,大家就不时翻出来逗逗老范,老范也不反驳,就是笑笑而已。

车往仰天堂去,几个人照例一上车就互相开玩笑。吴国华发现,才过了一个星期,田野、山林里的景象就大不一样了,郊外的水田里已经蓄满了水,那是要栽早稻秧了,山林里绿色更浓了,蒸腾的岚气缠绕在山腰,跟清明那天比,才是真正的春和景明,他不由得深深吸了一口气又吐出一口气。昨天,省公司的一位副总打电话给他,告诉他,他请求到五池市任职的事已经过了公司总经理办公会了,最近就会正式找他谈话,并适时到三义市公司征求一把手的意见,意思是让他最近方方面面注意一点。吴国华除了表示感谢以外,还说了儿子参加高考的事,希望高考后再动。看着窗外的风景,吴国华心想,再过不到两个月时间,水田里的稻子怕是灌浆了,山里的果树也结果了,而自己恐怕也就要作别仰天堂了。

"今天爬爬山吧。"吴国华提议。

另三个人说好,爬爬山喝酒爽快些。

车到了刘老家门口,老金从后备厢里抱出了一坛酒。老范将两瓶酒拎在手上,忽然发愁,他们每次带酒来,有时带多了,刘老坚决不同意将酒放在他那儿,哪怕只剩一小半瓶,他也让他们带回去。老范转了转,见路边有一丛芭茅草,便将两瓶酒藏在了草丛里:"下次看看,这两瓶老酒会不会再生出两瓶小酒来。"

刘老听到声音已经迎出来了,四个人将带来的酒菜放到厨房后,就兴冲冲地要先去爬山。走到路口,老范又到草丛里把那酒拿出来一瓶:"说不定爬了一会儿,有人要喝了呢。"

老金说:"不是有人要喝,是你上山不带手榴弹已经不习惯了。"

爬山的路线是刘老帮助规划的,从他家门前的一条小路开始,沿着一条山溪溯流而上,溪山之间,有一棵大李子树,开花了,一堆白云似的,老远就看得见,而那树下就是中天堂的一个小水库,爬到那里就可以下山了。

前几天下了雨,山溪涨满了水,但水质仍清澈见底,小小的石斑鱼往来倏忽空若无依,不时漂过几瓣白花,想必就是那树李花被风吹落后流下来的吧。四个人你追我赶走得快,四十多分钟就一口气上到了水库处,大家不想再往上爬了,就坐到水库边的石坝上。水库是二十世纪五六十年代修建的,为的是给山里的田灌溉,如今都退耕还林了,水库的灌溉功能早已丧失了,水库也基本没人管理,一下雨,水就蓄得深,两边的山色倒映在水中,一库水像一大块碧玉。老金找了个石片打水漂,他自小在河边长大,玩这个有一手,打出的水漂能在水面上跳出七八个舞步来,并且能一直漂到水库中心。老侯和老范试了几下,都没达到老金的水平。老侯便抽烟,老范不服气,他四处瞅瞅,搬了一块大石头丢进水里,大石头激起了浪花,他又搬起了一块大石头,说:"要比就比这个。"老金说:"你这叫什么?你这叫搬起石头砸自己的脚!"说归说,几个人还是站起来,纷纷搬石头,水库里涌起一阵阵浪花,直到搬得气喘吁吁才歇手。

阳光稍烈,照得人身上出了些微汗,老范晃着那瓶酒说:"喝不喝?"

几个人说:"喝!反正山下还有酒!"

于是,也没有下酒菜,四个人却咬开瓶盖,折了树叶做成酒杯,你一杯我一杯,很快把一瓶酒当水喝下去了。

老范喝得脸有点微红,他突然脱了衣服,只剩一个大裤衩,扑通一声,跳到水库里去了。他的动作太快,大家反应过来时,他已经在水里像条大白鱼一样游了起来。老范虽水性好,都知道他经常在芙蓉湖公园的湖里游泳,但水库里的水毕竟深不可测,而且山水又寒凉,吴国华不禁担心起来,他大声喊:"老范,快点上来,别抽筋了!"

老范却脚踩着水,浮动在水面上,像个少年一样,伸手说:"老吴,现在你要是扔一瓶酒下来,让我喝一口,那才畅快!"

老金和老侯也都担心老范的安全,连声喊:"老范,危险!快上来!"

老范笑嘻嘻地说:"怕什么!这里埋人正好!"

他这么一说,吴国华猛地打了个冷战,他更紧张了,失声高喊:"老范,上来! 快上来! 刘老喊我们了!"

老范这才游上岸来。"好水,好水!"他一边跳着,控着耳朵里的水,一边叫着。穿好衣服后,他还特意将那个空酒瓶晃了晃,灌满了一瓶水,说是带回城里烧开泡茶。

酒虽只一瓶,量不多,但喝得太快,四个人这时就有点上头的感觉,趁着微醉,大家深一脚浅一脚往山脚下刘老家走。下山没有上山好走,走到一半,都有些疲劳,阳光更烈,晒得人昏昏欲睡,于是,就又在溪边各自找树根、石头、草地,四仰八叉地睡了一会。

吴国华靠着一棵树眯了一会,天一暖,蚊虫就开始滋生,细小的虫子像细雨落在脸上。闭上眼,那一年黄昏时分,在南方丛林里,一团团蚊蝇也在眼前缠绕,它们飞成一个漩涡,越来越大的漩涡,竟然一下子将自己吸了进去,吸进一个巨大的空洞里,就在洞壁上,睁大着胡应忠的眼睛、胡小兰的眼睛、胡父的眼睛,他们紧紧盯着自己……吴国华出了一身汗,醒过来,老金、老侯也站起来了,却发现独独不见了老范。

老范莫非先下山了? 他们三人便加快了步子,到了刘老家,刘老说并没有见到老范。

吴国华心里一拎,他说:"那我上山找找看,莫非这家伙被狐狸精拐去了?"

正叫嚷着,老范从山路上往下走来了,摇晃着步子,手里拎着一个酒瓶,大家问他去哪了,他笑着说:"装满水的酒瓶丢在大坝上了,刚才想起来,又回去取了。"

老范走路有点晃,老金说:"你酒还没醒?走路歪得像铁拐李。"

老范抬抬脚说:"不是酒多了,是下水库时大脚趾指甲盖碰掉了。"

老范说得轻飘飘的,其他几个人都嘶了口凉气,大脚指甲碰翻了那该多痛啊。上前一看,老范脱了鞋,左脚已经血糊糊的,再脱下袜子,一块大脚指甲掀起了大半边,看着都觉得痛。

吴国华问:"上岸时都没发现?"

老范一瘸一拐地说:"发现了。"

老候说:"发现了,你也不吱声?"

老范笑着说:"你们这帮家伙,我要告诉你们了,还不更要笑我搬起石头砸自己的脚?"

刘老啧啧地说:"这好痛哦,你真是能扛痛啊,搁一般人早叫妈妈叫上天了!我家有紫药水,我去找找,你别动。"

老范站起来:"没多大事,刘老,我上次答应你的,我把中堂给你带来了,现在就挂上。"

众人把老范带来的书法打开一看,是用绢裱好了的,中堂写的是《快雪晴时帖》,老范用的是二王的体,潇洒而有古意,两旁的对联呢,却是工整的楷书,写的是"仰天大笑出门去,旧年雨燕进堂来",暗镶了"仰天堂"三个字。老范自拟的对联,大家都说好,贴切,因为刘老家的堂屋里确有一窝燕子年年去而复返。

老范拖着不利索的一只脚,指挥大家爬上刘老家的香几,将中堂和对联挂上了,挂正了,老范瞅着说:"字不行,但纸是好纸,一九八五年的红星宣哪。"

刘老高兴地说:"今天哪,要喝我的酒,我高兴!"

老范说:"好!今天就喝刘老的!"

这天喝酒的时候,老范喝得有点多,喝到快散场时,他说:"再喝下一场酒怕是要两个月以后了。"

大家问原因,老范说他下周要到美国他女儿那里去,女儿在美国读的硕士和博士,又在那里结了婚,女儿在美国待了五年了,天天打电话要他去玩,他准备在有生之年去一次,待两个月,考察一下美帝国主义人民水深火热的生活。

老金说:"你和夫人一道?"

老范摇头说:"不一道,她要上班。"

吴国华说:"两个月后,那刚好,我儿子也高考过了,你回来时,我把家里压箱底的好酒拿出来喝。"

老侯鼓掌说:"老吴原来还藏着不少私货啊,我们等着。"

老金举着酒杯说:"好事,老范你这是仰天大笑出国去啊,我混得惨啊,快退休了,到现在除了新马泰,还没去过别的国家呢,喝酒喝酒。"

5

老范本来是安排好一周后到美国去的,但差不多一个月后才成行。老范所在的石化厂总经理被纪委叫去谈话了,规定中层处级以上在职干部一律不得外出,在家等候组织随时谈话。按道理,老范已经不在处长的位置上了,也就不在这个框框之内,但据说老范所在的处室是关键岗位,所以,他这个前处长也不得外出。

这个消息是老金打电话告诉吴国华的,作为市报编辑,老金的消息还是比一般人灵通,他说:"老范不会有事吧?"

吴国华说:"应该不会有事吧?"嘴上这么说,心里却在想,这事谁能吃得准呢?不禁暗暗替老范担心,但又不能打电话去问老范,于是他对老金改成了肯定语气:"老范不会有事的!别的不敢说,我相信他经济上不贪!"

老金也说:"嗯,是的,是的,一个天天请我们喝小老窖的人到哪贪去呢?"

那一段时间,吴国华因为儿子高考在即,也就不大出门,虽然儿子吃住都在学校,但他主动承担起送菜、送换洗衣服等事务,不管怎么样,也是表达他做父亲的心意吧。另外,吴国华还在考虑一个问题,到时他到五池市上班了,他怎么跟胡小兰开口说这件事呢?还有,这件事他也一直没有告诉黄慧,黄慧会怎么想?要不要告诉她呢?所以那一个多月里,他也没怎么和老范联系,偶尔打个电话,老范那里似乎说话也不方便,也就浮皮潦草说几句话就挂了。

因为老范这事,"仰天堂"微信群也就沉寂下来,老金和老侯也没有主动牵头组织酒局,刘老倒是打过几次电话来,说是逮到了一只小野猪,已经腌了,等着他们来喝酒呢,但不是这个有事就是那个有事,一直都没有聚成。

一个月后的一天,忽然"仰天堂"微信群里热闹起来,一看,原来老范已经在上海虹桥机场登机了,他发来了在机场的照片。老范一副美国西部牛仔的打扮,牛仔服,长靴,还戴着一顶宽檐卷边的牛仔帽,也不知是从哪里整的一套行头。这么看来,老范应该是没什么问题了,群里立即气氛活跃起来。

老金说:"老范,你应该再弄把手枪,别在裤腰带上,那样更像。"

老侯也嘲讽说:"没有枪你就带上你的那两颗手榴弹。"

吴国华也开了句玩笑:"老范你到美国要是搞不到两个洋妞,你就不要回来见我们了。"

老范心情似乎不错,他说:"保证超额完成任务,喝酒泡妞两不误,不给中国人丢脸。"

老范到了美国后,就断了音讯,既不发朋友圈,也不在群里冒泡,几个人都骂老范,看来万恶的资本主义社会彻底腐化了老范。骂过了后,老金透露了一个消息,说是石化厂的总经理奇迹般地安然无恙,从纪委那里回来上班了。吴国华心里想,原来这样,总经理没事,那老范就更没事了,怪不得他又顺利地出国了。

转眼高考过了,儿子考得很好,初步估分,上211或985应该问题不大,专业呢,儿子也有选择,他喜欢地质勘探,他说可以到处看地质奇观。这虽是个吃苦的行业,但吴国华认为只要儿子喜欢就尊重他的选择。半个月后,分数下来了,儿子的分数估得差不离,因为心里有数,志愿因此也很快填好了。

吴国华心里盘算着,等儿子的大学录取通知书来了后,他就对儿子和胡小兰说说他离家去五池市的事。但通知书来的那天,儿子却主动对他说了这事。

那天晚上,吴国华回家后,儿子将录取通知书给他看了,然后对他说:"老爸,妈妈晚上上夜班,今晚你请我吃大餐吧。"

吴国华就带他去了一家新开的西餐牛排馆,点了不少大菜,儿子也吃得很满足,吃完后,他们沿着芙蓉湖公园一条僻静无人的小道散步回家。公园里合欢树开花了,香气弥漫,湖里蛙声一片,不远处的广场上,广场舞乐声依稀传来。

儿子突然问吴国华:"爸,我问你一件事。"

吴国华愣了一下,说:"你问。"

儿子说:"是不是因为你,我舅才牺牲了?或者说是我舅舅替你牺牲了?"

吴国华停住脚步,他扭头看着儿子。黑暗中,儿子站成了一个黑影子,看不清他脸上的神情,只听到急促的呼吸声。吴国华咳了一声说:"你,什么时候就想要问这个问题的?"

儿子说:"我就问你,是不是?"儿子的语气明显带着少年的叛逆与愤懑。

吴国华突然掉头就走,他低下声说:"这个问题轮不到你来问,你,你妈妈,你外公,你们都没有权力来审判我!"

儿子在身后没再说话,吴国华再回头时,看见儿子抢着拳头,对着身边的一棵大合欢树不停捶打,能听到脆弱的合欢花扯断与树枝最后的牵连,一朵朵纷纷落到地上,漂到湖里。

这天晚上,吴国华夜深了还睡不着,他摸出手机,在"仰天堂"群里说了句话:"妈的,想念小老窖的味道了!"

没想到,老金、老侯竟然也没有睡,他们像接到食物召唤的鱼,一个个浮上水面。

老金说:"带小老窖的人呢?"

老侯说:"小老窖就是那臭豆腐,三天不吃还真想!"

更让吴国华没想到的是,沉寂的老范终于露面冒泡了,他又发了张机场的照片:"这么巧,正在登机,回去后搞小老窖!"

吴国华说:"没待满两个月嘛,在美帝国主义那待不住啦?"

老范说:"老美不好玩,上街买菜,连个支付宝都用不了,太落后啦,况且他们那个糟老头子最近老跟中国人民过不去,我还是早回家吧。"

老金说:"祖国欢迎你!"

两天后的傍晚,老范果然从上海坐高铁回到三义了。老范的妻子到高铁站接的老范,将老范直接带回家了。因此,那天晚上四个人没有聚成。后来的几天,他们每天都在群里约,但老范一直有事,大约是刚回来,接风的亲友也少不了。这样到了一周后的周末晚上,"仰天堂"群的四个人才最终坐到酒桌上。

因为是晚上,没法到仰天堂刘老家去,地点就定在"表妹"家的大排档。

吴国华果然带了好酒——两瓶陈了十几年的茅台。

老金说:"老吴,我敢肯定你是把这酒夹在裤裆里带出来的,就这酒,现在一瓶要好几千哪,你老婆要是知道了,估计你蛋都保不住了。"

吴国华笑笑说:"反正这个年纪了,蛋留着也没什么用了,掉就掉了吧。"

大家都笑着,争相要把杯子倒满,说这是好酒,少喝一滴都吃亏了。

吴国华一边倒酒,一边想着胡小兰和儿子这会儿到了哪里。前天晚上,儿子出去找同学玩了,胡小兰忽然对他说:"儿子去上学我就不送了,我明天带他出去旅游一趟,这些年,为了学习,我和儿子都没有出去玩过。"

吴国华说:"也好。"

胡小兰说:"你什么时候去五池?"

吴国华这才知道他要去五池的消息终究是没有瞒住,他说:"下个月吧,文件还没下来。"

胡小兰冷笑着说:"果然哪,果然,你都安排好了。"

吴国华突然大吼一声:"什么安排好了?你呢?你是带儿子去旅游吗?"吴国华从几个战友那里得知,胡小兰和他们联系了,最近要带儿子去他从前服役的部队,说是去祭奠葬在那里的胡应忠,顺便在附近看看热带丛林。吴国华知道胡小兰带着儿子去那个南方丛林的目的。

胡小兰走后,吴国华打开电脑,拟了一份离婚协议书。

6

"表妹"家大排档的好处是,闹到再深夜,也不会来收你的台子。四个"表哥"喝光了两瓶酒,又不想早早散了,便叫表妹拉了一盏亮些的灯来,顶在头顶,他们凑在一起打扑克牌,玩的是流行的掼蛋。掼蛋是两两一对,捉对厮杀,需要相互配合,他们打着牌,嘴上不闲着,不是臭对手就是臭对门,嚷嚷着,吴国华觉得自己说了太多的话,嗓子都有点哑了。到了快十二点,四个人的酒气都散得差不多了,聚会也就散了。

回去时,老金和老侯是一条路线回去的,他们俩打了个车走了,吴国华是打的来的,但老范是骑了个自行车来的,吴国华就说:"反正回去也睡不着,老范我们俩走一段吧。"

老范推着自行车和吴国华往回走,两人说着闲话。说起美国之行,老范说:"算是见了女儿一面,我现在就是挂了也放心了。"

吴国华说:"你这话说的,现在交通便捷,你女儿要回来也很方便。"

老范笑着摇摇头。

路过芙蓉湖公园边,老范推着车往公园的湖中心走,他说:"老吴,我陪你穿过湖走吧,我骑车子比你快。"

两人走在那条满是合欢花树的僻静道上,朦胧的星光透过树叶洒落在他们的脸上和身上,合欢花的香气也盖了一头一脸。走到分岔口,老范停下来,在树影下对吴国华说:"就此别过啦,老吴。"

吴国华觉得老范这话说得怪怪的,怪在哪里他又说不上来,他想说什么,却发现不知从何说起,就点点头说:"那你回去骑车慢点。"他说着,沿着经常走的那条道往家走。走了一段后,他觉得背后似有什么东西,就回头一看,看见老范还是站在原地,眼睛一直看着他,一手撑着自行车,一手冲他不停挥着,还喊了声"拜拜"。吴国华也挥了挥手,他心想,这个老范,在美国待了这么短时间就学会"拜拜"不离口了。

那晚回家后,吴国华觉得有点疲惫,但心里是放松的,他匆匆洗漱了一下,就上床了,也没给黄慧发微信,竟少有的睡得很沉,一觉睡到了大天亮。因为即将调离,吴国华也就不想再在单位多管闲事,他出去买了点早点,吃完后,还觉得全身乏力,索性向经理请了个假,又上床睡了,回笼觉好睡,这一睡就睡到了中午。

醒来后,拿来手机一看,却发现十几分钟前有十来个未接电话,都是老范打来的。老范还从来没有打过这么多电话给他呢,一定是有什么急事,吴国华立即回拨了过去。

仰天堂 / 275

接电话却是个女的,说了句话后,吴国华才明白,通话的是老范的妻子。

老范妻子问:"吴总,我家老范昨天晚上是不是和你在一起的?"

吴国华不知道老范妻子为什么要这么问,莫非老范昨晚上到别的地方去了?他一时拿不准该怎么回答,他含含糊糊地支吾着。

老范妻子语气凝重:"吴总,老范手机没带在身边,昨天下午出去后就一直没有回家,我担心他。"

听她这样一说,吴国华就实话实说了:"昨晚是在一起的,大概十二点不到吧,我们就散了,各自回家,老范是骑着自行车回去的。"

老范妻子说:"哦,我知道了。可是,他去了哪里了呢?单位那里、朋友那里都找遍了,就是不见他人。"

吴国华心里也奇怪,老范这是去了哪里?不禁也着急起来,但嘴上安慰老范妻子,虽然明知这个理由很勉强:"老范从美国才回来,估计还在倒时差,是不是怕夜深回去打扰你,他就另找地方睡觉去了?"

老范妻子挂了电话,吴国华却再也睡不着了,自己明明是和老范一起往回走的嘛,那么晚了,老范会走到哪里去呢?有一瞬间,他怀疑老范是不是一个人又偷偷溜到那个深山里的曾经的精神病医院去了。这也太荒唐了,他摇摇头,一贯靠谱的老范应该不会那么疯狂的。

吴国华心神不宁,整个下午都在房间里走来走去,走去走来,把电视机打开,不停地调台,却一个频道也看不下去,于是关了电视,关了一会儿,又去打开。他几次想打电话给老金和老侯,但又觉得这时候打似乎不太妥当。于是,他老想着,也许老范这家伙睡足了觉,此时,正骑着他那辆破自行车,哐当哐当地往家去呢。老范回到家后,肯定会第一个给自己打电话的,吴国华想。这样想着,他就不停地看手机,一直给手机充电,生怕漏接了来电。

但手机偏偏一声不吭,到了下午四点多钟的时候,却突然铃声大作,显示的是老金的号码。

老金劈头就说:"老吴,老范恐怕不好了。"

吴国华的心往下一沉:"怎么了?"

老金说:"老范走了。"

吴国华急问:"走了?怎么走了?"

老金说:"就在芙蓉湖公园,刚捞上来,老范这家伙怎么会淹死了?"

吴国华挂了电话就往外跑。

远远地看见湖边围着一圈人,老金、老侯和老范的妻子都赶到了,但他们都离躺在地上的老范一丈多远。

吴国华扒开人群,冲了上去,扑到了老范身上。

夏天,老范的身体微微膨胀,他只穿了个大裤衩,露出了白花花的肉身，面容却安详，看不到一点挣扎的样子。但身体上密密麻麻地爬满了蚂蚁，蚂蚁有两种：一种个头小的红蚂蚁，一种个头大的黑蚂蚁。它们源源不断地从四面八方汇聚过来，在老范的身体上爬来爬去，有的甚至爬进了老范的嘴巴里、耳朵里。

老金、老侯都不知所措，老范的妻子只是在那里哭。

吴国华大吼一声："老金，老侯，你们快联系殡仪馆来车啊！"又掉头吩咐老范老婆："快回去拿衣服啊，老范不能就这样子上路啊！"

老金说："殡仪馆车子已经在路上了！"

吴国华站起来，看见老范身边还停着那辆加重老式自行车，老范的上衣和裤子都整齐地叠放在自行车上，他上前从车上扯下老范的汗衫，叠成一团，揩拭起老范身上的蚂蚁来。吴国华一边擦一边说："老范，你这是做什么？老范，你这是做什么？"

不一会儿，殡仪馆的车子来了，后车厢太小，一团布裹起了老范的身体后，就没有多少位置了，吴国华对老金、老侯说："你们帮助老范单位管事的看看，商量商量怎么处理后事吧，我先送老范去吧。"

吴国华就坐在老范的旁边，老范身上的蚂蚁还没有清理干净，继续在他身上不紧不慢地爬行。吴国华将蚂蚁们赶走，有一些便从老范的身上转移到他的身上，并用他们刚刚噬咬过老范的嘴来啃噬着他的皮肤，有一种细微的触电般的痛感。吴国华奇怪自己怎么一点也不害怕，他体会着蚂蚁的啃咬，他身上的痛感是否和老范身上的痛感一样？车厢逼窄，每遇拐弯和道路不平，老范的身体便碰撞在吴国华的身上。吴国华看着老范，有些时候，他好像看到老范嘴角偷偷泛起了微笑，就像平时他们在一起时，他说了一句俏皮话，老范总是咧开嘴微笑。他揉了揉眼睛，老范似乎又瞬间凝结了面上的表情。"老范你用手抹一下脸啊，你抹一下，脸上就有笑意了，你抹啊。"老范没有反应。吴国华觉得老范是在开一个玩笑，他对老范说："你这个玩笑开大了，老范，你这么玩，你有没有想过怎么收拾后面的局面呢？"这回老范好像听见了，又偷偷地笑了一下。

吴国华扔掉手上老范的汗衫，他骂了一句："老范，你这家伙到底是为什么呀？"

7

帮忙处理完老范的后事，天气终于凉了下来，夏天就要过去了。但吴国华一直没有从不好的情绪里走出来。

一个小市里，一个处级干部突然淹死在公园的湖里，自然引起了一些议论。特别是石化厂的总经理之前被组织审查，后来又继续出来工作，前一阵突然传他又被省纪委请去了，在还没有结论的紧要当口，前处长老范的死更是敏感话题。所以老范的追悼会，石化厂一个厂级领导都没有出席，只让一个老干处的负责人露了个面。

自杀还是意外？本市一家网站论坛上就以这个为题，把老范的死炒作了一番。

好事人士看热闹的心态自然倾向于老范是自杀，这样比较有兴奋点，他们的理由是：深夜了，死者为什么不在家睡觉而是跑到湖里游泳？听说死者是个游泳高手，怎么会在并不十分宽阔的湖里溺死？石化厂领导层贪腐案正在调查之际，死者是不是知情人及参与者？是不是因为压力过大而自杀？还是企图以一人之死为集体贪腐埋单？这不由得让人心生联想！

当然，针对上面的疑问，官方给出的解释是：死者夜深游泳已是一个长期习惯，不过虽然水性很好，但一时大意，水凉导致抽筋，又没有人救助，不慎溺水死亡，完全是一个意外事故。

吴国华一开始很不能接受老范死亡的事实，那几天从外面回家，他不肯再走那条穿越芙蓉湖公园的小道，而是从大马路绕过。有天晚上，他在外面打车回家，司机要从湖边走，他让司机绕过去，司机不解，问他为什么要多跑路，吴国华一时不耐烦起来，他粗声大气地说："就按我说的走，管那么多干吗？"

然而一静下来，老范到底是自杀还是意外这个问题也困扰着吴国华。他反复回忆着，心底一直认为老范应该是自杀的。

老范的尸体是一个公园清洁工发现的。据他说，他经常看见老范去公园游泳，那天下午，他看见了老范的自行车和摆在自行车上的衣服，就是没有在湖里发现有人，他就朝湖上望，结果发现在湖心处，一片荷叶边，似乎躺着一个人，他连忙划了船去看,人已经膨肚子了,明显死去多时。他一时又不知道怎么找到死者家人,除了打电话给公园管理处的领导外,他搜索死者自行车上的衣服,结果在裤子口袋里发现了一张水费缴费单,缴费单折叠得整整齐齐的,上面印着缴费户主的电话,他就试着打了那个电话,果然通了,就是死者本人的手机,巧的是,死者那天手机就丢在家里。

正是清洁工的这番话让吴国华相信,老范下水就是要自我了断。老范连怎么让发现他尸体的人通知家里人都想好了,水费单一定是他故意留下来的。

这时,吴国华又想起之前的许多细节,他忽然认为,老范为这次自杀其实已经准备了好久,具体从什么时候开始他不知道,但或许最迟从清明节老范带他去那个医院废墟探险时就已经动了念头了吧。吴国华后来也在网上搜索了一下"废墟探险",他不知道老范带他去那个废弃的医院算不算,网上说那是现代人治疗焦虑的一个手段,这么说,老范有不为人知的焦虑?看老范那样子,好像对那废墟很熟悉了,他是不是经常去?他还有没有去过别的废墟?

吴国华还想起老范去美国之前,他们在仰天堂爬山的情景,老范那天在水库游泳时,他在水面上浮游着,大家喊他上来,他莫名其妙地说了一句话,他说:"怕什么!这里埋人正好!"现在看来,老范这句话不是随便说的。

老范对自己的死期也是精心选择的,从美国回来后好几天,老范和他们"仰天堂"群的另外三个人其实一直有机会聚餐的，但老范都推辞了。

老范的后事料理完后，为了表示感谢，老范的妻子特意请吴国华他们吃了个饭。等到晚餐结束，其他人都离席了，吴国华送老范妻子回家，在路上，他问老范的妻子，老范出事前几天都在忙什么？他妻子说，老范那几天在忙公证，他名下有两套房，他将其中一套房子赠予给在美国的女儿了，他到美国去，也是和女儿商量这件事。老范的妻子不无醋意地说，老范对他和前妻的女儿还是最上心的，女儿在美国读几年书，每年都要几十万。吴国华说，那老范那几天并没有在外应酬？老范妻子说，没有，那几天他一直在家里练书法。话都说到这里了，吴国华就又问了一句，老范去世了，女儿没回来是因为路途太远也就罢了，可他前妻为什么也没来呢？老范妻子沉默一会说，她是个精神病！我也没有通知她。吴国华不好再打听了，也觉得再问这些问题也已经毫无意义了。

现在，吴国华想到这些，特别是他们"仰天堂"四人群的最后一次聚会，喝酒，打牌，玩到那么晚，最后散场时，老范特意推着自行车与自己一道散步回去，包括分别时，他一直在树影中目送着自己，喊了两遍"拜拜"，那都是老范最后的暗示与告别啊。

相信老范是自杀后，吴国华就不排斥再去芙蓉湖公园了，甚至有几次还特意走到那条僻静的湖边小道上，合欢花谢了，树影疏朗了些，湖里映衬着几点星光。

坐在湖边的一块大石头上,吴国华仿佛看见老范在人世间最后一晚的情形:老范在看着他走后,就停好了自行车,他脸上的神情肯定是从容的,像他写书法时一样,一撇一捺一横一竖怎么走心里都谋划好了。他先是脱去上衣,一粒一粒解下扣子,套头圆领汗衫,然后是裤子,衣服一件件叠好,摆放好,他还特意摸了摸裤子口袋,确定那张水费单还在,然后是皮凉鞋、袜子,皮凉鞋整齐地摆在那里,袜子塞进鞋子里,皮凉鞋与袜子就放在水边,可以提示经过者——湖里有人。一切妥当后,他看了看夜空,又看了看四周,天上飞过几只夜鸟,四周没有一个行人,他慢慢地走下湖去,湖边的木牌上写着两行字:水深两米,禁止游泳。老范心想,对不起了,我只能选择这里啊。水深其实并没有两米,老范对吴国华说过,这好几年都没有清淤,湖里的水越来越浅了。老范只好向湖中心走去,湖中心的水深勉强淹没了他头顶,老范最后再看了一眼水面上的世界,呼吸了一口这世界上最后的空气,就憋着气往水底下沉去。可老范的两只脚不由自主地踩动着,他老沉不下去。老范于是摊开手,将双手狠狠地扎进湖中心的泥里,抓住泥里水生植物的根茎。这样很难受,但老范不怕难受,老范连脚指甲碰翻了都一声不吭,老范还有什么不能忍受的呢?于是,老范觉得自己成了一尾鱼,他睁大了眼睛,眼前的一切包裹在一个巨大的圆形的水泡中,他似乎游到了那个废墟医院里,一切静止了,老范安详而满足地闭上了眼睛。

这样想象着,湖中心传过来一种水鸟的鸣叫,那嗓音有点嘶哑,那叫声有点欲说还休,就像老范。再凝神去听时,却再也听不到了。吴国华觉得浑身凉凉的,脚下麻麻的,他站起来往家走。

8

又过了一个月,儿子上大学走了,正式的调动文件也下来了。吴国华一边收拾行李和个人物品,一边在想着和胡小兰做最后的摊牌,他已经把离婚协议书打印好了,只需要找个时间到民政局窗口把离婚手续办了,这样自己一个人去五池市也利索些,三义市以后恐怕是不能常来了。

这天,吴国华正在家里打包书籍、笔记本什么的,老金打电话来告诉他说,石化厂那个总经理贪腐案纪委调查结果公布了,贪了不少,拔出萝卜带出泥,据说连带牵扯了不少人,市里领导估计有几个睡不着觉了。吴国华问:"那老范呢?"老金说:"对老范倒是有好几种说法,一种说老范是以一死保住了贪污来的家产;一种却说老范是英雄,石化厂的总经理一案查了好久都没查出名堂来,主要是总经理上面有人,老范不断举报,最后是以自己的死来引起上面注意的,这才有了总经理的倒台。"

老金是个话篓子,絮絮叨叨一大堆,吴国华后来一点也没听进去,他机械地嗯嗯应着,挂了电话,觉得全身一点力气也没有。胡小兰上小夜班,要到十二点才能回家,吴国华一个人连晚饭也不想吃了,索性闭了眼睛睡觉。他以为自己睡不着,可是不一会儿就睡着了,他都能听见自己打出很响的呼噜。

到了半夜,吴国华忽然觉得很冷,从来没有过的一种冷意,冷到了骨髓里,将他从睡梦中冷醒。他浑身瑟瑟发抖,可这只是九月份啊,远没到寒冷的时候啊,那种寒凉是从脚板心升起,源源不断地向上输送,整个大脑皮层冰冻一样,客厅里好像凭空起了一阵看不见的冷风,寒彻身心。与此同时,吴国华突然心里涌起一股从未有过的害怕的感觉,他也不知道自己为什么害怕,又害怕什么,就是一种巨大的恐惧,比死亡将临还要可怕的恐惧。他忽然不敢再待在客厅里了,小小的客厅突然变得太大了,让他一点安全感也没有,他哆嗦着,撞开卧室的门,又迅速关上,打开了卧室所有的灯,顶灯、壁灯、台灯,还觉得不够,还是冷,他用被子紧紧裹着自己。

四壁的灯光,像深深的水泊,淹没了自己,吴国华觉得自己溺水了。他忽然想,原来自己一直生活在深水之中,只是没有察觉罢了。现在,他在抽筋,他在大口大口地灌水,即将溺毙而亡。

吴国华不敢闭眼睛,莫名的恐惧一直笼罩着他。他想,这是不是老范这家伙阴魂来袭啊?可老范来了,自己不应该害怕啊,老范爬满蚂蚁的尸体挨着自己时,自己都没有害怕啊。这时,吴国华的尿意上来了,从睡下到醒过来,他一直没有上卫生间,涨得膀胱极其难受,可他不敢出门上卫生间,他觉得再涨下去,他的膀胱就要涨破了,就要尿到裤子上去了,他实在忍不住了,他鼓起勇气,硬着头皮,猛地拉开房间的门,一头扎进卫生间,拿了个脸盆出来,又百米冲刺般跑回卧室,紧紧关上门,抵着门,解开裤带,对着脸盆解决了问题。

这时,大门哇呀一声开了,是胡小兰回家了。胡小兰迟疑了一下,推开了卧室的门,她看着吴国华和房间里那个脸盆中颜色可疑的液体。她一回来,吴国华就觉得那种巨大的恐惧,那种莫名的寒凉突然消失了,长了脚一样从大门里溜走了。

吴国华定了定神,蹲下身把脸盆端起来,送到卫生间,倒到马桶里,又用水龙头冲洗了一下。再回到房间时,他以为胡小兰会对他恶言相向,不料,胡小兰趴在床上,肩头耸动着,低声哭泣起来。

吴国华告诉自己,不管那么多了,快刀斩乱麻,他伸手向裤子口袋里摸去,那里,离婚协议书折叠得整整齐齐的。

胡小兰却猛地翻身,从挎包里掏出一张纸来,她指着那张纸说:我的体检结果出来了。

午夜的灯光下,胡小兰脸色惨白、面目僵硬,她似乎努力要挣扎出一丝笑意来,努力使脸上的肌肉柔和一点、轻松一点,但越努力越显得狰狞,她干脆不再努力,用一双手捂住了脸。

吴国华僵在了那里,他的手停留在口袋里那张纸上。

明月照人来

1. 汪永军

"怎么样?好吃吧?"汪永军指着新上来的鱼杂火锅眼巴巴地看着我说,"这家店里的招牌菜,食材好,烧得也好,同样一个锅子,比别家店贵几十块呢。"

这家伙是个啬皮鬼。读高中时,我们俩同桌,关系看起来好得黏成了一个,一道去食堂打饭,一起去上早自习,就是课间上厕所也一道,哪怕是另一个没有尿意。他母亲会烧饭做菜,经常给他捎来焖笋豆、炒米糖等各种好吃的,但那个时候他就不跟我一道了,总是一个人躲在学校角落里老鼠一样咯吱咯吱匆匆吃下,生怕吃慢了被我们发觉后抢走,因为匆忙,免不了噎得脖子老粗,眼睛往上翻。工作以后,他这习惯也没改多少,同学聚会,让他请客吃饭简直要了他的命。今天他不但请我喝酒,还上了招牌大菜,我不得不提高警惕。

"老汪,到底有什么事?别磨磨蹭蹭的像狗撒尿。"我吃了一块鱼子,确实,这家店鱼杂烧得真不错,不柴不腻,香味浓郁。

汪永军有点急,急得脸上通红,他是个娃娃脸,个子又小,因此显得嫩生,四十岁的人看起来还像个小伙子,但这一急,就急出了老相,抬头纹横亘,鱼尾纹四散,法令纹也尖凸成锐角了。他喝了一口酒说:"老余,老同学,我的好同桌啊,这次你务必帮我,你知道的,我们局马上要提一个副局长,我这次很有希望,所以这件事,我一定要办得漂亮。"

"到底什么事?"我也急了,说,"我一个区区市委党史办的小研究员,能办成什么事?"

汪永军说:"这事还非得你办不可。"他说着,从手提包里拿出一摞资料。

从汪永军絮絮叨叨的叙述中,我大体知道了是怎么一回事。

汪永军在本市河口区民政局工作了快二十年,工作没几年就提了科长,但就是在科长这个位置上原地踏步。不是他工作不努力,按他自己的说法是每次提拔都没赶上趟,一步错,步步错,因此晋级之路就耽误下来。汪永军以为自己快要歇菜了,突然机会来了,区里决定改扩建原烈士陵园,要将它打造成一个爱国主义教育基地,为此专门增加了领导职数,确定由一名副局长兼任烈士陵园管理处的主任,因人选一时不能确定,几经反复研究,局里并报区委同意后决定,暂由熟悉此项业务的科长汪永军负责前期工程,也就相当于这顶副局长的帽子一大半已经戴到了汪永军的头上,汪永军因此干得格外起劲,他想好好表现。但一个多月前,汪永军遇到了一件麻烦事。

那天汪永军上班后,有一个农民模样的人闯进了他的办公室,并郑重递上了一份报告,报告的题目是:《关于请求将吴长信遗骸移入区烈士陵园安葬的报告》。报告中说,红军吴长信是1934年在本区五里店战斗中牺牲的,当时因种种原因,临时由当地老百姓安葬于雷打岭村,新中国成立后一直未进入烈士陵园,现值烈士陵园改扩建之际,请求落实烈士待遇,将吴长信的遗骸移入烈士陵园安葬。

递报告的农民叫吴春生,汪永军接下报告后,一搜索,发现这个吴长信并不在当年的烈士名录中,这就不符合入园安葬基本条件,便给吴春生打了个电话,说明情况。他以为这个事就这么办结了,不料,吴春生很有缠劲,不屈不挠地,隔两三天就到民政局来,他一口咬定吴长信是烈士,必须进烈士陵园。他的理由是:吴长信这位当年的红军连长参加了1934年五里店战斗,这是有据可查的,他牺牲时身中三弹,这也是有证人的,那他不是烈士是什么?与他同时参加战斗牺牲的战友们都进入了烈士陵园,为什么吴长信不能进?!

吴春生不仅找汪永军,还找局里别的领导,写信给区委、市委领导,写信给省政府网站上公布的省长信箱,这事最后一层层落实责任批示下来,还得汪永军解决。

汪永军带了科室的两位同志为此专门去了一趟雷打岭村,现场看了吴长信的墓地,又走访了几个农户家庭,搜集了一些资料,不调查还罢了,一调查,他发现这件事情远比想象中的要复杂,解决起来非常棘手。

"这不,专业的事只能专业的人来干,我就想起老同学了,你是党史专家嘛。"汪永军又指指那锅鱼杂说,"吃,吃,乌鱼泡养胃。"

我顾不上吃鱼泡,拿过汪永军撰写的调查报告看。报告不长,行文是标准的公文格式,显得严肃认真,但也刻板无趣。不过,我看了后还是差点将一口酒喷出来,原来,还有这么一件事。当然,当我忍住笑,再去看时,意识到了这工作的难度,我又笑不出来了。

老汪问:"怎么样?帮我个忙,出个结论,好吗?"

"好,我去调查。"我瞅准了一个肥美硕大的乌鱼泡,吃相不雅地塞进了嘴里。

我爽快地答应了汪永军,不是要帮他圆局长梦,而是我觉得这件事很有意思,很值得去探究,这也是我这么多年研究大别山党史,接触到的第一桩关于红军干部与当地妇女发生的"生活作风"案例。你肯定觉得我这个人趣味有问题,有点鸡贼,那你就冤枉我了,我只是草草地翻了一下材料,便觉得其中疑点多多,深入研究进去,说不定能有新的发现呢。

2. 吴长信

我第二天一早一个人开车去往河口区五里店镇雷打岭村民

小组。那个地方好找,是大别山一带著名的老区,此前,为了搜集我们市的党史资料,我曾经多次到那里走访,可以说轻车熟路。

我没有走高速,选择走省道,我喜欢这个季节的山区,稻田里插上了新秧,山坡上的小竹笋疯狂抽苗,青草大面积铺展开,各种鸟的鸣叫悦耳动听,映山红像一束束火把,点燃了无边的绿色。

我慢悠悠地开着车,一边看景,一边琢磨着吴长信烈士的身份问题。汪永军的调查报告里说,吴长信当年带着部队驻扎在雷打岭这个小村庄,违反部队规定,在红军家属蔡荷花的家里与其共住一室,一夜未归连队,两个人的关系不清不白,导致村庄里的族人告状到团部,还没等到问罪处理,五里店战斗就打响了。作为突击连连长,吴长信带着本连的士兵拼死突围,最后牺牲在战场上,他死后,蔡荷花不顾族人反对,将他安葬在雷打岭村一处荒山上。在村民们看来,这坐实了他和蔡荷花的私情。也正因此事,后来,有关方面便没有承认吴长信的烈士身份,吴长信当时没有结婚,没有留下后人,老家又远在河南,因此他的墓地就一直孤单地落在了雷打岭村。

作为一名本地的党史研究者,五里店战斗我较为了解。那是1934年秋天,大别山区进行的一场最惨烈的战斗。1934年春天,蒋介石任命张学良为"鄂豫皖三省'剿匪'副总司令",并将其东北军半数以上的两个军九个师从华北调到鄂豫皖地区,这样敌人"围剿"鄂豫皖革命根据地的总兵力计有十六个师又四个独立旅,共八十多个团,敌方狂言要在三个月内将大别山区红军"完全扑灭,永绝后患。彻底肃清,以竟全功"。面对严峻形势,当时省委根据中央指示精神,确定红军主力应在避实就虚的原则下,设法消灭孤立、薄弱之敌,抽调几个善于打游击的连队,在主力外围行动,以迷惑、牵制敌人,从而让红军主力作战略转移。吴长信所在的连队作为"善于打游击的连队"之一留在了大别山一带。从目前有明确记载的资料看,吴长信所带的连队在不到一年时间内,大大小小打了二十多仗,不仅和地方民团干,还和敌人的正规军对垒,负少胜多,时年二十四岁的他,有了个"吴长胜"的外号。可惜五里店一战,敌我力量悬殊,加之准备不足,为了给转移的大部队扯开一个突围口,争取宝贵的转移时间,他们连队迎着敌人火力最猛的方向硬冲,全连最后只剩下六个战士活着跑了出来,吴长信胸、腿和腹部各中一枪,血尽而亡。

我知道这一段历史,但我并不知道吴长信的身后事。按照汪永军给我的提示,我很顺利地找到了雷打岭村,并在村后的一处山岗上找到了吴长信的墓地。

出乎我的预料,吴长信的墓地并非荒草萋萋,虽是朴素的土坟堆,只在墓前简单地立了一块低矮的石碑,但墓地四周的排水沟起得深而宽,这样雨水积雪便不会渗进坟地里,坟头上还培了厚实的新土,不见一根杂草,坟尖上插着一根青绿的竹枝,上面挂着五彩的纸幡,墓碑前摆放着一束花,鲜艳、灿烂,我知道那是塑料花,自从禁止村民携火进山后,当地人清明祭祀时不再在坟前燃炮烧香,而是以塑料花代替。从坟墓的维护程度可以推想,年年清明节还是有人上山来为这座坟里的人祭祀。

我俯下身,仔细研究墓碑上的字,中间一行大字"吴长信之墓",一旁另有一行小字,"嗣子　吴富友　立",这个发现让我既喜又惑。这么说,吴长信并不是没有留下孩子啊!

我拍了墓碑的局部照片后,便往雷打岭村庄寻找那个吴春生。

等我刚打问到吴春生的家门口时,他已经迎了出来。

五十多岁的吴春生显得很精干,他家的房子是二层小洋楼,院子里栽了几棵树桩盆景,前庭后院打扫得干干净净,我突然想到,那坟墓弄得那么干净,应该也出自他的手笔。

没什么寒暄,我开门见山:"吴富友是谁?"

"我父亲呀。"吴春生爽快。

我一脸惊讶:"这么说,吴长信是你的爷爷?"

"那倒不是。"吴春生摇头,"不是,我对你说,这个事说起来,有点复杂,可是很多人都以为我是编故事,你说我一个老农民,我编那些故事做什么?"

我说:"你说你说。"我随手打开了手机的录音功能。

吴春生说:"这要从我奶奶蔡荷花说起。"

3. 蔡荷花

那天是1934年的农历八月十四,为什么记得那么清楚?因为,后来所谓的"生活作风"问题就发生在第二天晚上——八月十五中秋节。这个日期蔡荷花后来说她永远忘记不了。

那天半下午的时候,一支红军连队驻扎到了雷打岭的祠堂里,部队准备在村里好好休整几天,因此,像往常一样,村子里的人有送去柴火的,有背去大米的,还有的听说队伍中有几位伤员,便将自己家塘里养着准备过年食用的草鱼也打捞起来,送到祠堂里熬汤。

蔡荷花实在没有什么东西可送,她家穷得水洗过一样。她丈夫吴南方五年前"扩红"时,参加红军走了,再也没有回来,也没有捎回来一星半点消息。吴南方一家在村子里几代单传,蔡荷花嫁过来后,给他家生了一儿一女两个孩子,算是扳了本。吴南方的父母在儿子参军后不久先后去世,因此,这家里的农活便落在了蔡荷花一个人身上,又要在山上忙,又要照顾家里两个孩子,累得一年到头喘不了气,生活却是一年管不了一年,家里穷得拿不出一根针了。

寡着两手,一贯要强的蔡荷花十分不好意思,但她还是鼓起勇气去祠堂,她想,没钱可以出力嘛,她可以缝衣浆裳,顺便打听一下,可有她丈夫吴南方的消息。生活的苦和累,蔡荷花不惧怕,村子里大多数人家都一样苦和累,山里人从小就苦惯了、累惯了,不觉得有什么。只是,吴南方一去无消息让她受不了。五年,一千多个日子,她老想着吴南方,想着和他在一起生活时的点点滴滴。吴南方是个好男人,对蔡荷花非常好,不像村里别的那些糙老爷,时时刻刻在女人面前耍大男人的威风,他从来都是轻言细语的,甚至在蔡荷花身体不舒服时,还给她端洗脚水,为她洗脚,这要是让村里别的男人知道了,还不得笑死呀。蔡荷花日思夜想着丈夫,有时候想着想着就笑了,有时候想着想着就哭了。

每次,一有红军的部队来到村里,蔡荷花就要想起丈夫,就会忍不住两眼落泪。那天,蔡荷花就是肿着眼睛去祠堂打听丈夫的消息,她一走进祠堂第一进的天井边,就看见一位红军闷着头拉锯,锯的是一棵碗口粗的松树,锯屑纷飞,空气中飘荡着好闻的松香味儿。那个人中等身材,脱了上衣,穿了个白色汗布衫,一拉一扯,胳膊上的肉腱子就上下蹿跳,秋天的阳光从天井上洒下来,给他整个人圈起了一道光。朦胧中,看着这个人劳作的样子,红肿了眼睛的蔡荷花一下子愣住了,她好像陷入了一个梦境。

这时,一个士兵手持着一个信封跑过来说:"吴连长,团部来了一封信。"

那个拉锯的人停下来,接过信。

吴连长?蔡荷花绕到侧面去打量了一眼那个吴连长,她突然上前惊喜地说:"他大,孩子他大,你回来了?你回来了怎么都不回家看一眼?"

后来,村里人分析蔡荷花这一举动,都认为她是太想念丈夫了,这个痴女人脑子出毛病了,这是其一。其二,那个吴连长,也就是吴长信,和吴南方本人确实也有点像,个子像、身材像、头发像、举动也像,包括那个拉锯的动作,那个有力的胳膊,甚至连笑容也像,他们都温和有礼,给人一种踏实可靠的感觉。可是他们的区别也是明显的,除了脸相不太像之外,最明显的是说话的声音不像,吴南方说的是大别山南乡话,而吴长信却带着更北边的侉子腔。

但蔡荷花就认定了这个姓吴的连长是她的吴南方,她那时候已经处于一种迷癫的状态了,她突然哭了起来,她说:"孩子他大,你也太狠心了,你一走就是五年,五年里一封信也不写来,一句话也不托人带来,你这都到了家门口,你却连家门都不进一下,你、你、你还是个人吗?"

蔡荷花哭得上气不接下气,她是真伤心了,她抱着祠堂里的一根木头柱子,哭着哭着,整个身子软软地往下哧溜,都快要躺倒在地上了。

吴长信急出了满头汗,他们连队一个女兵都没有,他搓着双手,又不便于去扶起蔡荷花,他只得一遍遍地解释说:"老乡,你认错人了吧?我、我、我还没结婚哪,我不是你这个村子里的人哪,我老家在河南那边哪。"

不管吴长信怎么解释,蔡荷花就是不听,她说:"吴南方,你骗我也不能这么骗哪,我难道连我孩子他大大都不认得了?你是连长了,你就不认我和孩子了?你难道要做陈世美吗?"

吴长信示意战士去村里找一个妇女来,将蔡荷花从地上扶了起来,又扶回了家。他以为这个事情就这样结束了。不料,吃晚饭时,蔡荷花又来到祠堂。

这回,蔡荷花还带来了两个孩子,八岁的儿子,六岁的女儿。"喊大大,"她左右手一手扯着一个孩子说,"快喊啊,这就是你们天天想着的大大呀。"

两个孩子睁着漆黑的眼睛看着吴长信,嘴唇嚅动着,喊不出来。

"快喊呀,你们不是天天哭喊着要大大吗?"蔡荷花大声呵斥着孩子,"你大大不认你们了,可你们要认哪!"

蔡荷花像疯了似的,整个身体颤抖着,上下牙齿碰撞着,发出了咯吱咯吱的咬冰碴的声音。两个孩子大约被蔡荷花这副模样吓住了,他们怯怯地喊了声"大大,大大",然后就哇地一下哭了。"妈妈,妈妈!"他们哭喊着躲在了蔡荷花的身后。

吴长信看见蔡荷花新换了衣服,头发也搽了头油,梳理得服服帖帖的,左边的头发还别了一朵小小的野菊花,随着孩子的哭声,她也两眼泪水汹涌,不过她还是硬挺着,直直地站在吴长信面前。

吴长信从没见过这阵势,硬生生急出了一脑门的绿豆汗,他

明月照人来 / 297

想,这不能让老乡一家在营地里哭哭啼啼啊,便喊住了两个通信兵说:"走,我们一起去老乡家看看。"

蔡荷花听说吴长信答应回家,立即收住了哭,欢天喜地地在前面带路,一边走还一边对两个孩子说:"我就说的吧,只要你们一喊,你们的大大就会回家的。"

好在蔡荷花家在村子西头,单门独户,这一路上并没有遇见多少老乡,否则吴长信不知道自己该有多么尴尬。

到了蔡荷花家一看,吴长信的心里陡地沉重起来。她家是土坯房茅草顶,茅草易腐烂,一般是一两年换一次。可蔡荷花家的屋顶大概很久都没有上新草了,有的地方只有稀稀拉拉的一层草,天光都可以从屋顶上漏下来,风吹雨淋,桁条朽烂,土壁上一窝麻雀进进出出,水渍在墙上画出各式各样的痕迹,屋里的泥地即便是大晴天也湿漉漉的,有的地方甚至长出了绿汪汪的青苔。

吴长信二话没说,架起梯子就上了房顶,他招呼两个通信兵说:"再来两个人,就近上山砍点硬茅草来。"

这时候,天已经黑尽了,可吴长信决定要连夜将蔡荷花家的房顶给苫好,因为部队随时可能开拔,他们一走,蔡荷花家这房顶可能就再也找不到人苫了。

蔡荷花那个高兴啊,看着屋顶上的吴长信,她奢侈地点了两盏油灯,将灯芯拨到最亮,她在屋子底下有点夸张地大声喊着,"孩子他大,这房顶还是你走的那年苫的,你和爷爷两个人苫了两天呢,也幸亏苫得厚实,要不然早就塌了。"

到了这个时候,吴长信顾不得再辩解,他心里头嘀咕着,这个傻女人哪,真是想老公想疯了哟。

战士们听到蔡荷花喊叫吴长信,一个个捂着嘴笑,吴长信瞪大了眼吼道,"麻利点,苫厚实点!"

蔡荷花不知道从哪里摸出了一些南瓜子,在灶房的铁锅里炒着。"你们等着啊,等会下来吃炒瓜子。"她在灶台上一边翻炒,一边高兴地朝房顶上的人影喊道。即便是在漆黑的夜里,吴长信也能看见蔡荷花的眼睛里闪着光。

农历八月十四的月光也很亮,这给吴长信他们苫房顶创造了好条件,到了晚上十一点多钟,他们已经将整个屋顶都重新铺盖了一层新茅草。

新茅草的清香气息十分好闻,蔡荷花使劲地嗅着,她又跑到外面院子里看房顶,月光落在屋顶上,就像落了一场大雪。

吴长信和战友们从屋顶上跳了下来,蔡荷花早就泡好了茶,又捧着一葫芦瓢南瓜子等在门口:"吃点,再喝点,你们辛苦啦!"

吴长信带头,每人抓了一把南瓜子,转身要返回祠堂营地,蔡荷花拉住吴长信说:"孩子他大,你、你在家洗个澡吧,我都烧好一锅开水了,干净衣服也给你找好了。"

吴长信看见灶房的铁锅里,水汽蒸腾弥漫,锅灶里火光熊熊,蔡荷花的脸上也红通通的如火烧云。他嗫嚅着说:"哦,哦,不了,不了,部队规定,未经允许不能在外面留宿。"他说着,飞也似的跑了。他不敢回头看蔡荷花,他觉得蔡荷花眼里的光与热足以将世界上最坚硬的东西熔化掉。

4. 吴富友

汪永军那份短短的报告里根本没有写上吴春生讲述的这些细节,他可能认为吴春生所说的这些都是没有依据的,不便采信,干脆一个字不提,但在我看来,这是无比珍贵的历史记忆。

吴春生说的其实是他们家庭的记忆,虽然小时候蔡荷花对他说过一些,但更多的内容是父亲吴富友告诉他的。父亲每年都会在清明以及冬至这两个日子带着他,去吴长信坟上祭扫,一到了那坟头,父亲就会向他说起1934年中秋节前后发生的那些事。

"那么你父亲对你说了些什么呢?"我对吴春生说,"你对我说说,说得越细越好。"

吴春生盯着院子里一棵映山红的老树桩看,一只斑鸠在树桩上跳来跳去,惹得花枝乱颤,像灯火摇曳。他喝了口茶,这时,那只斑鸠飞走了。

"我父亲对我说得最多的就是那个中秋节的晚上。"吴春生说。

晚上是从白天开始的。那天一大早,八岁的吴富友就被蔡荷花叫了起来,洗了脸,穿了家里能找到的最好的衣服,他们一家又往祠堂走去。

结果,祠堂里的通信兵告诉蔡荷花,吴连长一早就到三十公里外的古碑店团部汇报工作去了,什么时候回来还不知道呢。

蔡荷花对通信兵说:"请你告诉孩子他大,今晚是中秋节,一家人好不容易团圆了,让他晚上回家里吃饭。"

蔡荷花说这些话时神情笃定,脸上洋溢着无比幸福的神色。她牵着一对儿女走过村子,遇到一个人就告诉对方:"孩子大大终于回来了,昨晚上还连夜带兵苫了家里的房顶,苫得可厚实了,以后刮龙卷风下冰雹子都不怕!"

蔡荷花这样说的时候,吴富友其实心里很疑惑,他当然记不清自己父亲的模样,父亲离开家时自己才三岁,哪里记得呢?但是他观察到村里人的反应,他们的脸上浮现出又怜悯又有点促狭的神情,仿佛在听一个笑话,这一点,除了沉浸在喜悦中的母亲蔡荷花不知道,连他这个八岁的小孩子都看出来了。因此,蔡荷花逢人就说时,吴富友总是不断地拉着她说:"快回家吧,妈,我饿了,快回家吧。"

吴富友不敢当着母亲的面否认吴连长这个父亲,他如果直接说出来,母亲一是坚决不会承认,二是又要哭天抢地,说不定就要激出病来。还有,那时小小年纪的吴富友已经看出来了,那个连长父亲估计是不会来家里吃晚饭的,他应该是坚决不会承认他就是吴富友的大大、蔡荷花的丈夫吴南方的。

八月十五中秋节的夜晚如期降临在雷打岭这个大别山腹地的小村子里,那一整天,蔡荷花像一只准备下蛋的母鸡,咯嗒咯嗒地叫着,从院子里跑到灶台下,从灶台下跑到菜园里,从菜园里跑到墙头上,一张脸像红透了的鸡冠,她不时地打量着祠堂的方向。平时,蔡荷花的脾气不是很好,摔桌子砸板凳骂鸡怨狗是常有的事,可是那天,她特别温柔,眼角、嘴角都带着掩饰不住的笑意。她早上摸了一回吴富友的小脑袋,中午又摸了一次,到了傍晚又摸了一次,摸得吴富友的头皮痒痒的酥酥的,这可是以前从来没有过的。

天色越来越黑。看着母亲蔡荷花跑前跑后,吴富友的心里也越来越紧张,他被母亲支派在院子外的一个柴火堆上,作为观察哨,等到吴连长——母亲认为的他们的父亲——的身影出现了,就跳下来告诉她,她这边就将早已经准备好的饭菜和大月饼端上桌子。

秋天的夜晚,蚊蠓一团一团地聚集在吴富友的眼前,有点阻挡他的视线。吴富友趴在柴火垛上,时不时双手在眼前挥舞一把,驱赶那些捣乱的蚊蠓。吴富友在心里一遍遍地说,他不会来的,他肯定不会来的。

月亮升起来了,在大山的围合中,小小的雷打岭村像是飘浮在月光里,眼前的一切变得影影绰绰的。就在这时,吴富友听见一阵马蹄声传来,还没等他反应过来,两匹马就飞奔到了他家的门前。马打着响亮的喷嚏,扬起它们的蹄子,像在过河。马上各坐着一个人,一个就是那个吴连长,而另一个则是一个女兵,她留着齐耳短发,腰间还挂着一副竹快板哩。

吴富友愣了一下,准备跳下柴火堆向母亲报告时,却看见那个女兵在马上向吴连长做了一个手势,然后掉转马头走了。吴连长一直看着女兵骑马的身影转过山坳不见了,在门口徘徊了好一会儿,才下了马,用力咳嗽一声,像是下定了某种决心似的,他站在门前说:"我、我回来了!"

那天晚上,在吴连长,不,在父亲的提议下,他们一家将小饭桌端到了门前场院里,边赏月、边吃饭。那天的晚餐丰富极了,除了母亲蔡荷花烧的菜,除了咸鸭蛋和大月饼,父亲还带来了花生、酥糖,说那是团部的领导送的。

母亲要去邻居家借一点苞谷烧酒,可是父亲没有同意,他说,部队规定的,特殊时期,时时保持警惕,一滴酒都不能沾的。

那就喝茶吧,喝的是大别山里自产的老黄茶。吴富友发现,母亲和父亲在月光下面对面坐着,也不怎么说话,只是将茶碗里的茶喝得吱吱作响。月光太明亮了,他们俩细微的表情在月光下都能看得一清二楚。母亲的脸始终是明亮的,眼睛像蝴蝶一样黏在父亲身上。而父亲呢,他总是回避母亲火辣辣的目光,顶多是冲着母亲笑一笑,然后又闷着头喝茶。他手上还抱着六岁的妹妹,他抱的姿势有些笨拙,但他就是不愿意将妹妹放下来。妹妹很久都没有被大人抱过了,她很享受,她赖在父亲的怀里,

明月照人来 / 303

开始还有些拘谨,后来胆子越来越大,撒起娇来,用小手去摸父亲下巴上的胡须。父亲躲闪着去挠她的胳肢窝,妹妹笑得浑身抖花。母亲蔡荷花看着这一切,并没有阻拦妹妹的胡闹,反而也上前嬉笑着拍打妹妹的脚脖子。

蔡荷花拍着拍着,拍出了节奏感,随着那节奏,她轻声地哼出了歌来,唱的是大别山一带民歌《八段锦》,而歌词呢,却是串着唱的。她一会儿唱:"小小鲤鱼压红鳃,上江游到下呀嘛下江来。头摇尾巴摆呀哈,头摇尾巴摆呀哈,打一把小金钩钓呀嘛钓上来。小呀郎来呀啊,小呀郎来呀啊……"唱到这里,母亲蔡荷花有点害羞,她又换了词,用相同的调子唱,"八月桂花遍地开,鲜红的旗帜竖呀竖起来,张灯又结彩呀,光辉灿烂闪出新世界……"

吴富友看见,母亲蔡荷花唱歌,一旁的父亲跟着打拍子,胸脯起伏不平。后来,吴富友听母亲说过,她和他的父亲吴南方第一次认识,就是通过唱那首红歌《八月桂花遍地开》。那时,在乡村宣传革命,五里店模范小学的一位女教师在各村子里选了十六个小姑娘,以打花棍的形式,边唱边表演。蔡荷花就是那十六个女子之一,而且数她舞得最好唱得最好,她一个人领舞又领唱,那天表演到雷打岭村时,已经是夜晚了,村口戏台前围了一圈当地青年。年轻的蔡荷花有点人来疯,人越多她表演得越起劲,那花棍舞得满天流星一般。不料舞着舞着,花棍上用细绳系着的一颗铃铛松了,径直飞出去,打在一个人的头上。人群里一阵哄笑,说是小媳妇抛绣球了。等表演结束,蔡荷花看到一个小伙子笑眯眯地站在她跟前,将那颗铃铛递给她,小伙子的额头上鼓起了一个新鲜的大红包。那个小伙子就是吴南方,他们就这样谈起了恋爱,结了婚。那时,他们俩可是村子里第一对自由恋爱的,在他们两人的影响下,村子里才有了越来越多的年轻人大着胆子自由恋爱了。

那晚,母亲蔡荷花唱着《八段锦》,她一定又想到了她和父亲吴南方当年恋爱的场景,真的,在吴富友听来,她吐出的每一个字都像裹上了新鲜的蜂蜜。

那晚的茶喝到什么时候?吴富友说他记不清楚了,随着夜越来越深,月亮升得越来越高,月光越来越亮,妹妹在父亲的怀里笑着笑着就睡着了,他努力撑着的眼皮也越来越沉重,但他内心十分清楚,这是一个特殊的夜晚。月亮照得院子里像白天一样,亮晃晃的,他努力想看着父亲,也就是那个连长的模样,可是月光水一样在身边晃动,晃动得他站不稳脚跟,意识模糊。他隐约记得母亲将他牵到屋里的床上,为他盖上了薄被,他还听到屋后竹林里传来的清脆的鸟鸣,然后,他就什么都不知道了,一觉睡到大天亮。

醒来一睁开眼,吴富友就跳下床去看父亲,却发现只有母亲一个人站在院子里晾晒湿漉漉的衣服,父亲和他的那匹马早不见了。秋雾弥漫山岭,将他家的院子和院外的世界分隔开来,昨晚的父亲像是消失在一场大雾里,又像是一场梦,仿佛那个叫父亲的人从没有来过。

"大大呢?"吴富友还是向母亲问了句。

蔡荷花像是一夜之间换了一个人,她脸上原先那种疯癫的神情退去了,面对吴富友的询问,她怔了一下,轻声说:"吴连长啊,他早走了,你们睡后他就走了。"

吴春生说,我父亲吴富友后来一遍遍地回忆那个中秋之夜,回忆多了,他都觉得有几分不真实了,他甚至怀疑,那些记忆中的场景,有的是现实,有的是想象。因为,他每次讲述,总有一些内容前后表述不一。

比如,关于吴连长是什么时候离开的,他有时候觉得母亲说的是半夜就走了,有时候又觉得母亲说的是天亮就走了。

再比如,关于那个骑马的女兵,母亲有时说她是和吴连长一起进到他们家的,在他们家一起吃了月饼才走的,有时又说,那个女兵是半夜的时候来的,她其实是个通信兵,她是来送团部的加急文件的,从而叫走了吴连长。但不管记忆多么混乱,有一点是肯定的,那个女兵是存在的,因为,她还留了一件东西在家里呢,是留给我奶奶的。

"什么东西?太好了!那是最好的证据啊,拿给我看看吧!"我叫了起来。

吴春生摇摇头说:"是一面镜子。可惜,我奶奶去世时,我父亲将那面镜子做了她的陪葬品,一起埋在坟墓里了。"

吴春生找了根树枝,顺手在地上画了那个镜子的形状,是一把小圆镜,镜两边各有一个小小的挂耳,这在那个年代可是很稀罕的呀。镜子后面是一张小尺寸的四方形照片,照片上面是两个学生模样的人,一男一女,女的穿旗袍,齐耳短发,男的穿长衫,戴礼帽,英俊潇洒。照片上还有两行小行草——

赠陈育君:
年年长忆君
人间信有情

"陈育君?"我在地上写下这三个字,问吴春生,"是这三个字?"

吴春生点点头说:"嗯,嗯,是的。"

有意思了,半路上又杀出了个陈育君,照这么说,要想了解真相,就必须找到陈育君的一些相关材料。我在笔记本上记着一些关键词:1934年,皖西大别山,红二十五军,五团,陈育君……

"那这面镜子是陈育君在什么时候送给你奶奶蔡荷花的呢?"我问。

吴春生说:"应该就在那个中秋节的晚上,因为,第二天就发生了五里店战斗,驻扎在我们这里的五团其他人员全部随主力转移到了河南桐柏山区和伏牛山区,从那里再北上,后来,他们再也没有回来。"

不管怎么说,雷打岭村这一趟走访,收获还是挺多的,我觉得我越来越接近真相了。眼下我要做的,就是尽快查找相关资料,顺藤摸瓜,层层剥笋,我就不信,在信息检索如此方便快捷的年代,我还弄不清近九十年前发生的那一桩事了。

和吴春生互留了手机号码和微信,我挥手向他告别。他站在我车子旁边说:"你说,让吴长信进入烈士陵园这事能成吗?"

看着老吴恳切的目光,我说:"能成,能成!"

"这次要是不成,恐怕就永远搞不成了。"吴春生忧心忡忡地说。

"我一定尽力。"我对他说。

从后视镜里,我看见吴春生一直站在他家门口看着我离去的方向。

5. 钟凤山

出乎我意料,我在市党史办的资料馆里将我能找到的红二十五军五团的相关资料查了个遍,也没有查到一个叫陈育君的女兵信息。不过,也没有白查,有两个新的发现。

其一,是发现了吴长信这个人的前史。他原本是河南光山县一个地主家的少爷,读了信阳师范学校后,受到新思潮的影响,慢慢走上了革命道路,1927年参加了党组织,此后在组织安排下,赴上海东亚大学学习,以学习为掩护,从事工人运动。这个吴长信革命很彻底,工运失败后,他回到家乡发展党组织,创办农民夜校,没有经费,没有场地,他先将自己家的一间大宅子腾了出来,又卖了家里的粮食,最后,自己率领一帮子农民将自己家的粮仓砸了,将一仓粮食分了个干干净净。发展农民武装时,他又骗过父亲,将家族在武汉置办的几处产业变卖,换了一批汉阳造枪支,武装革命队伍。也因为这,他父亲气得大病一场,然后专门在报纸上刊登启事,宣布与这个不肖之子断绝父子关系,要知道,吴长信可是他的后代中唯一的男丁啊。

其二,是找到了红二十五军五团团长钟凤山的一些资料。这个钟凤山是湖北英山人,乡间屠夫出身,脾气火爆,打仗勇敢,外号就叫"杀猪的",他后来参加了红军长征,新中国成立后从部队转业,在湖北一个地区做过专员。20世纪80年代初,钟凤山离休后,我们市民政局和党史办的同志还专门去湖北武汉他的家中访问过他,主要是搜集和了解当年五里店战斗的相关情况。感谢那两位负责任的工作人员,他们对这次访问做了详细记录,对照这个记录,再结合吴富友生前的讲述,五里店战斗中有关吴长信的一些细节得以更加清晰地呈现,至少,他们的讲述大部分和现有材料相吻合,从而形成了一个互相印证的闭环。

五里店那场战斗并不是预先计划好的,对于红五团来说,是不得已而为之。当时,红军已经陆续地悄悄地进行大部队转移工作,但部队给养出现大困难,缺衣少食,更不要说紧俏的武器和药品了。恰在这时，我情报部门获悉敌十二师三十五旅七十二团两个营，押运载有一个师的给养的七十多对毛竹排，由史河逆水而上，运往皖西金家寨。这是一个大好机会，军部便立即让五团带几个尖刀连队，连夜行动，于凌晨时分赶到预定地点，抢先埋伏下来。等到中午时分，敌人的毛竹排开到，战斗打响，一直到夜晚结束，歼敌一个营，缴获大米一百五十多万斤，以及大批军服、猪肉、油盐、罐头、香烟等物资。这一仗打得相当漂亮，解部队的燃眉之急，也大大鼓舞了士气，但也大大惹恼了敌方，暴露了军事目标。敌人将鄂东北的两个旅全部调集到皖西北地区，封锁公路，阻止红军西归，同时又调动六个师的兵力从四面向皖西北根据地进犯，形成全力合围之势。

由于中共鄂豫皖省委继续采取内线单纯防御的作战方针，在敌人疯狂的攻击下，首尾难顾，致使红二十五军奔忙于东西两条战线，虽经艰苦奋战，给敌人以一定的杀伤，但未能制止住敌人的攻势，反而使自己陷入被动应付的不利境地。

正是在这个背景下，五团等几个尖刀连才撤了出来，准备在雷打岭一带休整一段时日，避敌锋芒，然后，瞅准机会再打翻身仗。不料，部队仅仅休整了两天，第三天，也即农历八月十六日的上午九点钟左右，钟凤山便接到密报，由于叛徒告密，敌人掌握我主力行踪，已经连夜西进，企图将我主力红军一网打尽，情况紧急，上级要求红五团带几个尖刀连立即在五里店实施阻击，拼死拖住敌人，为大部队转移赢得宝贵时间。

接到任务的那天早晨，钟凤山本来就十分生气。他刚刚吃完早饭，就被一个从雷打岭村过来的人堵在了门口，那个人姓吴，一脸麻子，他是村中吴姓族长专门派来向他告状的。

"你们的连长吴长信公然睡到我村农妇吴蔡氏家中，孤男寡女的，一起过了一夜。这个蔡荷花的丈夫也是红军哪，这也太不成体统了吧？"那个麻子将事情经过说了一遍，气呼呼地说，"你们看这事怎么处理？"

钟凤山听完后火冒三丈，在根据地，军民关系可是最重要的，部队一再要求做到对根据地民众秋毫无犯，这个吴长信又不是才入伍的新兵，更何况还是个老资格的党员呢。他摔掉了手上的香烟，一巴掌拍在八仙桌上，把桌上卧着的一把大茶壶都震得差点掉了下来。"这个吴长信真是犯浑哪！"他大声喊通信员，"马上把吴长信给我押过来，这事要是真的，我当场就毙了他！"

吴长信接到命令赶到团部时，人还没下马，就听到"杀猪的"钟凤山大着嗓门在骂娘。

等吴长信下了马，一脚才跨进团部作战指挥部，两个士兵就遵照钟凤山的指令，一左一右绑了他，缴了他的枪械，扭押到了钟凤山的跟前。

钟凤山看见吴长信一脸的倦意，眼圈四周黑不溜秋，好像是一晚上没睡觉似的，这不由人不生疑，他恨不得上前踹吴长信两脚，真是犯浑啊！他大骂道："你这个浑蛋！你是头牙猪吗？"

"牙猪"就是专门为母猪配种的公猪,骂别人是牙猪,在大别山一带可是最伤人的话。

吴长信头一犟,大声说:"团长,我问心无愧,我没有做任何对不起人的事情!"

钟凤山指着那个吴麻子说:"无风不起浪,人家告状都告上门来了,你还说没事?!"

吴长信说:"团长,我要是晚上不去吃那餐饭,你知道吗?那个女人会疯掉的。况且,我以我的党性和生命保证,我没有做一丁点错事!你要相信我!"

钟凤山又骂了一句粗话,说:"放屁!怎么相信你?你是不是在妇女屋里住了一晚上?你这是黄泥巴掉进裤裆里,不是屎也是屎啊!"

吴长信说:"你不信就去问蔡荷花,你问她,我都做了些什么。"

一旁的吴麻子哧的一声笑着说:"哎哟,我说你这位长官,去问蔡荷花,亏你还说得出口,这种事,怎么问?她又怎么答?她是个痴子,你也是痴子?"

钟凤山手一挥说:"先关禁闭,等调查清楚了,该剁就剁,该杀就杀!"他这句话有一半是说给吴麻子听的。

也就在这时,军部的密报来了,让钟凤山赶紧部署五里店阻击战。恶战在即,钟凤山顾不得那么多了,他又叫回了吴长信,归还了手枪,下达了命令,最后说了一句:"先打了这一仗,结束后我再找你算账!"

吴长信飞身上马,在马上回了一句:"团长,你真的应该相信我!"他说着,狠拍了一下马屁股,在一阵腾起的灰尘里消失了。

6. 吴麻子

见团长钟凤山说了狠话,吴麻子只好笼着手走回雷打岭。重又放出来的吴长信骑着马在他面前一闪而过,很快就隐入群山。吴麻子冲着吴长信的背影狠狠地啐了一口:"他妈的,送上门的肉你能不吃?哄鬼呢!"

一想到这里,吴麻子的身体又燥热起来。这种燥热每每在村子里见到蔡荷花时他都会发作。说起来,他和吴南方是隔房头的堂兄弟,他应该喊蔡荷花嫂子。蔡荷花嫁到雷打岭时,还是他去抬的礼箩接的亲,而闹洞房时,他的手也极为不老实,好几次碰到了蔡荷花鼓鼓的胸。因为脸上坑坑洼洼的麻子,他的娶媳妇之路一直艰难。一开始是他自己要求高,想娶一个和蔡荷花一样的女人,可是始终没有人看上他,等到年纪再大点,他慌了,降低了要求,托了媒人,身体有残疾的、二婚丧夫的都行,找来找去,也还是不成。主要原因,其实不仅在于他的满脸麻子,还在于他干的营生——他做的是收殓的活,也就是亡人下葬时,由他穿衣、修脸、装棺,如果是遗骨安葬,他负责捡骨、入墓等,三天两头跟死人打交道,大家觉得他浑身阴气森森,大多数女人就都不愿意和他过日子了。

吴麻子就这样一直单着。吴南方参加红军后几年都没有音信,他便有了新想法,他觉得蔡荷花应该就是老天爷安排给他的了。吴麻子在村子里散布谣言说,吴南方在部队当了逃兵,被军法处死了,再也不会回家了。他有事没事就在蔡荷花的门口转悠,她喂鸡,他跟在一边学鸡叫,她撵狗,他也跟着汪汪地喊,她到地里挖红薯,他也要帮着理红薯藤。但是蔡荷花除了不理会他,还经常拿起柴刀、锄头要打他。蔡荷花是个说到做到的泼辣女人,吴麻子不想被打,所以后来他就远远地看着她。蔡荷花很烦吴麻子,吴麻子就像是一只粘狐蝉,找准一切机会粘住人。

时间一长,吴麻子就有些恨蔡荷花了,他觉得自己的不幸生活全怪她,是她让自己没有及时娶上媳妇,又是她让自己魂不守舍,却亲近都不让亲近一下。那天蔡荷花在村祠堂花痴一样认丈夫的行为,更是让麻子恨上加恨,麻子不仅恨蔡荷花,还恨那个连长,如果他和蔡荷花好上了,自己就更挨不到蔡荷花的边边了。

那两天,麻子什么活也不干,甚至推掉了一桩邻村葬人的生意,他说自己打摆子拉肚子,一步也出不了门。事实上,他每天都出门,隐蔽在蔡荷花家东边的一个小山坡上,在那里,他能一览无余地看见蔡荷花家院子里发生的一切。

那天晚上,从吴长信迈进蔡荷花家院子里起,麻子的眼睛就没有眨过,月亮升起来的时候,他蹑手蹑脚伏在蔡荷花家的院墙外,除了看,还努力支棱起两个耳朵,想听听这一对男女到底在说些什么。

除了蔡荷花的歌声,他并没有听到别的什么。月上中天,蔡荷花的两个孩子睡着了,吴长信跟在蔡荷花的身后,也进到屋子里后,麻子感觉全身血液像山里发洪水一样奔腾,他很想冲进去,狠狠揍一顿那个连长,把他打得满地找牙落荒而逃,然后,再扯起蔡荷花的头发,剥光她的衣服,狠狠地羞辱她,让她跪地向自己求饶。当然,这一切只是出自吴麻子的想象,他知道自己完全不是那个年轻连长的对手,更何况,人家还随身带有枪呢。麻子痛苦地双手抠着院墙,把墙上麻石都抠下一大块来。

天色微明的时候,倚在墙边的麻子从一场睡梦中醒来,他赶紧看向院子。恰巧,他看见那个吴连长正跨上马,往祠堂方向奔去,而蔡荷花家的屋门也打开了,蔡荷花在灶台下烧猪食水,她脸上痴痴的神情也不见了,在烧锅的间隙,这个女人还拿起一面小镜子,照着镜子平静地梳理头发。

麻子想,昨天晚上,月圆之夜,那个连长一定是把不该做的事都做了,然后,一早就溜走了。麻子拔腿往族长家跑,他得把这件事向族长说清楚。他忽然有了主意,就冲着蔡荷花这个晚上公然勾引野男人回家,按过去的族规,是要装猪笼沉塘的。现在,虽说红军来了,规矩变了,但总不能对这样伤风败俗的人一点惩罚没有吧,最好的惩罚就是把她的家产没收,分给他这个堂兄弟,然后将她这个人也一并分给自己。

族长吸着旱烟筒,听完了麻子的申诉,半晌没作声。

麻子说:"太爷,这种明显伤风败俗的事你都不管管?"

族长吐了一口烟圈说:"麻子,这里面掺进来一个红军连长啊,我想管也管不了啊。"

族长了解红军的政策,他最后想了个借刀杀人的计策,让麻子去红五团团部告状。这一招几乎就要奏效了,如果不是五里店战斗突然打响,吴长信就是不死也要脱层皮。

吴麻子闷闷不乐地回到雷打岭,中午时分,即便是隔着十几里路,他也听见了密集的枪炮声铁锅炒豆子一样,从五里店那边传来。他没想到,战斗这么快就打响了,听那枪炮声,双方是拼死命杠上了。

枪炮声持续响了一夜,靠五里店方向的天空都被烧红了,八月十六的月亮成了一轮血月亮,到了黎明时分枪炮声才渐渐停息。

第二天,红军派出一个小分队去五里店打扫战场,因为人手不够,部队请了雷打岭村的几位农民到战场帮助部队救助伤员清理遗体,这些人当中就有吴麻子,毕竟他平时的职业是收殓。这支小分队走了有一段路了,蔡荷花一路小跑着跟了上来,她脸色苍白,喘着气对红军们说:"我也去!"

硝烟散尽了,可是惨烈的气息却怎么也驱赶不去。遍地尸体横陈,零碎的肢体挂在石头上、树丛里,土地被鲜血泡成了殷红色,像没有晒熟的蚕豆酱。四下一片静默,只有黑老鸹拖着黑色的身影,在焦枯的树枝上枯叫一两声。

吴麻子负责搬过牺牲的红军战士,搜索他们军装里的身份信息标牌,由另两位战士将这些烈士登记入册,再集中起来安葬。

突然,吴麻子发现一个人,他虽然硬僵僵地仰天躺着,但脸色平静,加上四肢齐全,所以他一眼认出来了,这个人就是那个一天前还打马飞奔的吴连长。麻子愣了一下,随后走向下一个尸体。他刚迈动脚步,就看见蔡荷花扑在吴连长身上,大哭了起来。吴麻子这才想到,这个蔡荷花原来是要亲眼看看吴连长是死是活啊。

吴长信所在的连,一共牺牲了六十七人,集中安葬的时候出了点意外,蔡荷花要求将吴长信交给她单独安葬,因为留下来的红军小分队急于转移,便同意了蔡荷花的请求。

什么？蔡荷花还真认这个男人做丈夫了？吴麻子当即去喊来族长。

族长一听是红军部队同意的,沉默了一会儿,便摇摇头走了。

蔡荷花盯着吴麻子说:"对不起,麻子,这事你不服气也不行,收殓师傅你还要做。"

墓地就选在蔡荷花家的柴火山上,远远地就看见雷打岭村的全貌,视线很好,朝向也很好,早晨的阳光一出来,首先照到这个坡地上。

直到石碑运上山，吴麻子才知道，蔡荷花这是要为那个吴连长滴血认亲招魂入墓。大别山这一带的风俗，如果一个男人生前没有结婚，没有留下自己的骨血，死后一般要找一个男孩过继到他名下，在下葬时，将那个男孩的手指头刺破，滴三滴血到墓地上，再磕三个头，就表示血亲相认了，亡者从此就有了后代，他的魂魄归于大地就此安息（据后来有关部门的统计，在皖西大别山一带，这种滴血入墓认没有子嗣而牺牲的红军战士为父亲的，有一万多人，可以想见当年红军的牺牲之巨）。

蔡荷花让儿子吴富友披麻戴孝，恭恭敬敬地跪倒在吴长信的墓碑前。第一锹土铲下时，蔡荷花已经泪流满面，她抽泣着，用细针扎破了吴富友的中指。她扎得深，血珠立即大滴大滴地滴落下来，然后，她一个人奋力地用锹铲着土，一锹又一锹。随着土层越来越厚，她还在嘴里一遍遍念叨着："回家来了，你儿子吴富友来葬你了！回家来了，你儿子吴富友来葬你了！"她念得如泣如诉，念得吴富友也忍不住号啕大哭起来。

吴富友趴在坟前，抚摸着崭新的石碑，虽然还不认得字，但他知道，那上面左边一行小小的字，就是他的名字，不管土里埋着的人是谁，那个人从此都和自己有了永远的联系。

吴麻子不理解蔡荷花这个疯狂的举动，照她举办的这个滴血认亲仪式看，她已经明白了，土里埋着的那个吴连长不是她的丈夫，既然不是她的丈夫，她和他却在一起过了一夜，换作别的女人躲都躲不及呢，她为什么还要单独安葬他？这仿佛就是将一桩自己的丑事永远地晾在村庄里,还生怕别人不知道呢。这个女人真是脑子坏了,吴麻子只能这样想。因此,蔡荷花铲土时,他就愤愤地离开了墓地。

吴麻子后来在雷打岭村做了一辈子光棍儿,每当他外出做营生,路过吴连长的坟墓,他心头都会涌上一股莫名的嫉妒与仇恨,还有深深的不解。

1953年,地区修建烈士陵园,原来和吴长信一起在五里店战斗中牺牲的六十多位战士的遗骨,集体移往地区烈士陵园重新安葬。蔡荷花听到消息,便让儿子吴富友去地区反映情况,要求也将吴长信的遗骨移到烈士陵园。据说上面来人调查情况时,吴麻子带头反对,他对工作人员说,当时钟团长已经下命令要将那个吴长信革除军职就地正法了,这是当着他的面说的,只不过因为打仗,才没有立即执行,对这样一个有辱红军形象玩弄妇女的败类,怎么能追认为烈士呢?新中国成立之初,百事待兴,接下来的1954年大别山又发生罕见水灾,救灾任务重,有关部门便将这事暂搁下来,没有继续调查走访,甚至连走访记录都没有留下一字半句,也就是说最后没有任何结论。

吴长信的墓地仍旧寂寞地待在雷打岭的山坡上,与昔日和他一同牺牲的战友们隔了八十多公里。

1985年,因为铁路建设需要,1953年修建的地区烈士陵园要整体搬迁,并进行新一轮改扩建。已经八十二岁的蔡荷花不知从哪里得到了消息,她又一次让吴富友带着申诉材料到地区反映。那一次地区民政局和党史办还十分重视,两家单位各抽调一名工作人员,对此进行调查。也就是因为这件事,那两位工作人员才去了湖北武汉实地采访了钟凤山。

工作人员问钟凤山,吴长信这个红军连长当年到底有没有犯男女生活作风错误。

钟凤山像是陷入了对往事的回忆,很久都没有说话,可他回过神来所说的一番话让两个工作人员哭笑不得。

钟凤山说:"我情愿吴长信那个浑蛋那天晚上和那个妇女真的睡在了一起。你想想,他那时还是个青头郎,还没尝过女人的味道哪,如果就那样走了,多冤哪!那他做鬼都是个哭鬼嘛。"

钟凤山这样说着,就呵呵呵地笑了。可这句话在两个工作人员听来,相当于什么也没说,等他们想再继续追问时,钟凤山顾左右而言他,显然,这个老团长是不会给予那个事件一个明确的答复了,他可能也确实无法给出一个简单的"是"或"否"的答案来。

由于钟凤山没有给出明确说法,吴麻子又死咬着那一夜的事不放,加上还有族长的证词,蔡荷花的这一次申诉又不了了之。

1986年夏天,吴麻子死在镇敬老院。

三个多月后,蔡荷花也死了。蔡荷花的丈夫吴南方一直没有下落,所以她被安葬在村西的一处公共墓地里。

随着他们离世,1934年中秋节,那一夜的真相,似乎也被深深地掩埋了。

7. 帅戈

　　线索都断了,我的整个调查陷入了僵局。但不知怎么的,我觉得吴春生恳切的眼神总在看着我,吴长信朴素的坟墓上五彩的纸幡也老在我眼前飘动,确实像吴春生说的,这可能真是吴长信最后一次被正名从而进入烈士陵园的机会了,我不想让这次调查在我手上中断。

　　可是,我又到哪里去寻找真相呢?

　　这件事最关键的一点就是,农历八月十五那一夜的后半夜,在蔡荷花家到底发生了什么?

　　这一段时间以来,我每天都在想象那一夜的情景:圆月高悬,山路上马蹄声嘚嘚,声音由远而近,到了蔡荷花家院门前,吴长信翻身下马,马打着响鼻,他也清了清嗓子,院里应该有一片大别山人家喜欢栽种的柿子树,柿果没有红,一颗颗半青半黄地挂在枝头上,像一盏盏小灯笼,而他大步走向院里,走向期待他归来的一家,那是多么美丽动人的一幅"明月照人来"的画面啊。

　　那一段日子,我除了不停地在图书馆搜索材料,还在网上搜索。因为上各种网站,我认识了一个叫金沙洲的人,这个人是做中药材生意的,但业余干的事很有意思,就是寻找革命烈士。他自己申请注册了一个网站，叫"寻英网"，网站的口号是"让烈士回家，请英雄安眠"。

通过网信部门一位熟人介绍，我和金沙洲很快联系上了，互相加了微信和QQ。金沙洲介绍，在过去战争年代，战后由于时间仓促，来不及仔细核实，对战争中牺牲的烈士们的相关记录非常潦草，因而相当一部分牺牲在战场上的烈士被就地掩埋在异乡，和家人永远失去了联系。而他这几年来，利用"寻英网"，动员社会各方面力量，已经帮助十九位烈士找到了在世的亲人，将他们的遗骨或送回老家，或交由地方烈士陵园安葬。

金沙洲对我说了一个他寻找烈士的故事。前年3月，他在当地烈士名录上看到了一个烈士，这个人叫牛正屏，是淮海战役时牺牲在他的家乡双堆集的，一直以来都没有联系上烈士的亲属。名录上牛正屏的家乡地址写的是"鱼台县"，恰好山东省就有个鱼台县，于是，他几次前往山东鱼台，却发现根本对不上这个烈士信息，但他没有放弃。去年夏天，金沙洲出差到江苏省盱眙县，晚上吃饭喝酒，桌上有位合作伙伴开玩笑说："我们盱眙还有个名字，叫'于台'，因为好多人不认得'盱眙'两个字。"说者无意，听者有心，"于台"，"鱼台"，金沙洲一下子想到那位叫牛正屏的烈士，便将他的相关材料拿出来，请求当地公安和民政帮忙寻找，这一找果然就找上了。原来，当年填写烈士名册时，估计是一个人读，一个人抄写，读的人想当然地将"盱眙"读成"于台"，写的人也想当然地写成了"鱼台"，这就隔了两个省份了，找错了省,怎么可能找对人?牛正屏烈士的儿子还健在,接到电话后,哭得稀里哗啦,因为村里人都传说他父亲打仗时当了逃兵,被部队就地正法了,如果是烈士,不可能没有证明的,这说法让他一家在村子里一直抬不起头来,现在可算知道父亲是个烈士了。去年底快过春节时,牛正屏的孙子还受父亲委托,亲自到金沙洲家表示感谢,并在他的陪同下,在烈士陵园凭吊了烈士。

金沙洲是个爽快人,他说起成功的案例,绘声绘色,说到得意处就哈哈大笑。于是,我立即想到了吴南方和陈育君这两个人,虽然这两个人不一定是烈士,但他们都是当年的革命者,不应该就此人间蒸发了呀。老金答应了,他说他的业余爱好就是看各种党史、军史资料,通过网络,他和许多地方的方志办、党史办的人都熟呢,大家伙儿都愿意帮他打听各种信息。"你别小看了民间的力量,"金沙洲对我说,"众人拾柴火焰高哇。"

又过了半个多月,老金那边一直没有消息,而这期间,汪永军几乎一天一个电话催问我:"吴长信那事到底进行得怎么样了?"

我只能说:"等等,再等等,相信我,我一定能找到真相的。"

汪永军嘟囔着说:"相信,相信,可是我们的头儿越来越不相信我了哇。"通完了电话,他似乎意犹未尽,特意在微信对话框里添加了一个大大的哭丧的表情发给我。

就在我快要失去信心之际,半个月后,金沙洲突然打电话给我,告诉我一个好消息,他说,通过网络求助,四川省眉山市彭山区一位叫帅戈的和他联系上了。那个人说,比对金沙洲提供的信息,陈育君这个人的情况和他祖母有点像。他祖母就是在胡适兴办的上海中国新公学上学的,随后就在上海参加了共产党领导的工人运动,大革命失败后,几经周折,她到皖西参加了红军。她是一名卫生兵,也兼职参加部队的文艺演出,生前她最喜欢哼唱的就是那首《八月桂花遍地开》,在大别山区她所在部队就是红二十五军,后来,参加红军长征途中,在四川川西,因为伤病,她掉队了,从此,她再也没有追上部队。病危中,她被当地一位老中医救了下来,她就跟随老中医学医术,后来又和老中医的儿子结了婚。再后来,新中国成立了,她和丈夫一起回到了老家——四川彭山,那个老中医的儿子,就是帅戈的祖父。这一切时间、地点和遭遇等似乎都和陈育君对得上,唯一比对不上的是,他祖母的名字不叫陈育君,而是叫陈望西。

"那也有可能改名嘛。"我对电话那头的金沙洲说,"快,给我帅哥哥的联系方式。"

"是帅戈,化干戈为玉帛的戈,不是哥哥妹妹的哥。"金沙洲笑着说。

关键时刻,这老兄还开玩笑。我可是等不及了,拿到电话后,立即和帅戈联系,说明了情况,我决定第二天就启程去彭山寻访帅戈。

帅戈在电话里说:"欢迎,欢迎,只是怕让你白跑一趟。"

我说:"没关系,权当是一次旅行。"说是这样说,其实我心里还是充满希望,当然也有点担心无功而返,那我可真就哭都找不到坟头了。

坐了七个多小时的高铁到了成都东,又倒车到眉山,下车时是夜晚八点多,帅戈已经在车站停车场等我了,他操着一口四川话说:"辛苦了嚯,上车走起哟。"

在车上,我才知道帅戈现在是一位小农场主,他承包了几百亩山场,种植柑橘和猕猴桃。

"你不知道我们这里的水果多好吃呀。"帅戈骄傲地说。

彭山现在是眉山市下辖的一个区,开车二十多分钟就到了。在宾馆办好登记手续后,帅戈非得请我去吃个夜宵。我在去宾馆的路上也看到,街道上灯火闪烁,大排档摆到了路面上,四川人还是会享受生活啊。不擅饮酒的我要了瓶啤酒,帅戈准备找代驾开车,他说有朋自远方来,他要喝二两白酒,他这么说让我感到很温暖。

彭山县城紧靠着岷江,我们吃消夜的摊子就摆在岷江堤坝下。西南特有的黄桷树沿坝站立,长长的气根垂立下来,像一根根长胡须,我老是疑心这是一街的老者在扎堆摆龙门阵。

听我讲述了这一趟寻人的来龙去脉,帅戈的一杯白酒也下了肚,他说:"我有预感,我的祖母就是你要找的陈育君,对,一定是她。"

我喝下一大口啤酒,在这温柔的晚风里,在满街的黄桷树下,在岷江不息的涛声中,喝下这一杯温润爽口的啤酒,还真是一种莫大的享受。

我心里一动,说:"凭什么认定呢?"

帅戈说:"我祖母生前最大的愿望就是到大别山走一遭,可那时候没有高铁,一个老人出门哪有那么容易呢?始终没有去成。1981年,祖母上街时被一个骑自行车的中学生撞倒了,她知道自己受了伤,但看着那个惊慌的中学生,她连名字都没问,就让那个小男孩走了,她自己拦车住进了医院,没几天人就走了。临走前,她意识有点模糊,她拉着我父亲的手,嘴里喃喃地说个不停,我父亲听不明白,但有几个字听得清楚,就是'大别山'。可见,她一生都难忘大别山。后来,我一看地图,那一带不是属于皖西吗?那么她改名叫'望西',是不是表明她一生都在惦念那个地方?"

我问:"祖母平时不对你们说她的革命往事吗?"

帅戈摇摇头说:"很少说,她认为自己没有追上红军大部队,后来没有继续参加长征,是她一辈子引以为耻的,所以,她拒绝民政部门的登记,也不允许我们说她是曾经的红军战士。"

"可是,这些也很难说明你祖母就一定是陈育君哪!"我说。

帅戈从身后的公文包里拿出一沓纸,他拍拍说:"在这里呢。整理祖母的遗物时我才发现,她老人家写了本回忆录,这里面就记载了她在大别山参加革命的经历。"

我跳了起来。"太好了!"我将剩下的半瓶啤酒一饮而尽。

感谢帅戈的信任,他直接将回忆录的原件交给了我,厚厚的一沓,钻孔穿绳装订,封面是结实的黄牛皮纸,上面是一行漂亮的毛笔隶书,"生涯有记　陈望西",内文是用 300 字一面的方格稿纸写的,繁体小楷,字字见锋,可以想见她写的时候一定非常认真,非常用力,经年的纸张已经变黄,散发出一种老纸特有的岁月沧桑的气息。

我坐不住了,我要赶快翻阅它。

8. 陈育君

"现在我终于知道那一晚发生了什么啦!"第二天早上,我揉着红肿的眼睛,将那本《生涯有记》交给帅戈时,我说,"找到了,我觉得我找到真相了。"

那个八月十五的早上,吴长信骑着马到古碑店团部找钟凤山汇报工作不过是个借口,他更着急要见的人是陈育君。在钟凤山那里坐了一会儿,吴长信起身要走,临走,他假装突然想起了一桩事:"哎哟,我还得找卫生员要两粒药。"

吴长信骑着马刚到了团部,陈育君就知道了,她知道,他隔不了一会儿就得来"拿药"。

"拿药"是他们俩的暗语。吴长信对她说过:"见你就是我的药啊,不见到你我就会病倒的,所以,我要定期来'拿药'。"吴长信在上海读书时,就喜欢读报纸副刊上那些新诗,他也没少给陈育君写那种火辣辣的情诗。后来,到了部队,条件不允许他写诗了,可是,一不留神,他的诗人本性就暴露无遗,对陈育君说些诗一般的话语。

不过,这天吴长信没有说出诗一样的话语,而是向陈育君求救,他说了农妇蔡荷花的事。

"如果我直接拒绝她,不再见她,我估计她会发疯的,我看得出来,那是个烈女子,也是个犟女子,她要是认准了的,九头牛也拉不回,她怕是真要做出傻事来。"在一处山坡前,吴长信一边喂马,一边对陈育君说。

陈育君一开始难免有些醋意,她说:"那吴连长,你就半推半就从了她呗。"

吴长信恼怒地将手上的一根狗尾巴草轻轻鞭打在陈育君身上,说:"我都愁死了,你还见死不救。说真的,我怕看那个女人的眼神,在她眼里,我就是她最后的救命稻草。"

陈育君说:"我听说过相思病,原来,这世界上真的有相思病,那个女人好可怜啊。"

吴长信说:"是啊,只不过她把对象搞错了,这麻烦更大了啊。"

陈育君忽然抱紧了身子说:"我听说大部队即将转移西进,你们尖刀连准备敌后牵制,我要是也五年都见不了你了,我、我、我可怎么办哪?我说不定也会发疯的。"她说着,两眼潮潮的,泪水在眼眶里打转转。

吴长信说:"不会的,一旦突围成功,我就会向组织上打报告,我们就结婚,我要追上大部队。再说了,真要是失散了,我也绝对不会五年都不给你一个消息的,我就是死也要托梦给你,仔仔细细地告诉你我的行踪。"

听到"死"这个字眼,陈育君一把捂住吴长信的嘴说:"你呀,胡说什么?"

这一番话让两个人沉默了下来,草丛中的两只椋鸟却惊飞起来,不安地在天空上叫着,这附近一定有它们的雏鸟,它们在担心孩子们的安全。

陈育君忽然说:"我有个主意。"

吴长信说:"什么?"

陈育君说:"你去见蔡荷花吧,陪她过一夜吧,你就圆她一个梦吧!你想想,她多可怜啊!可是,她又是多可敬啊!这么多年,她一直思念着她的红军丈夫,就冲这,你也不能让她失望。"

吴长信急了,说:"你这是什么馊主意?"

陈育君红了脸说:"我只是让你去陪她过一个中秋节啊,度过一个她生命中无比珍视的夜晚啊!至于那一夜怎么过,我相信你,你心里只会有我的,是不是?"

吴长信低头不语。

陈育君说:"我都相信你了,你自己能不能相信自己的定力?"

吴长信笑了说:"那好,你相信我就好。我肯定能经受考验。我也有个主意,我啊,陪她和孩子吃了中秋夜团圆饭,喝了茶,赏了月后,就开始帮她家劳动。我看见了,她家缺男劳力,好多活没有干仔细,马上过冬了,她家过冬的柴火还没有锯成段,劈成片,我可以给她干这些。"

"一夜都干活儿?"陈育君说,"那多累啊!"

吴长信说:"吃了饭,喝了茶,还不得到半夜了?那时,月亮正亮着呢,跟白天一样,正好锯树劈柴。对,这是个好主意。"

陈育君想了想,又从挎包里拿出一面小镜子,她说:"这个你拿着吧,背面还有我们的照片呢。"

吴长信接过镜子笑着说:"哦,我知道了,你这是让我时时照镜子呢,让我不要犯错误。你这个小气鬼,你放心,今晚,它会照着我的,让它做证。"

陈育君说:"嗯,镜子就是我派出去的眼睛。"

当吴长信要离开团部回到雷打岭村时,陈育君忽然有了一种不太好的预感,她的心里又慌又堵,她也要了一匹马,和吴长信一起骑马到雷打岭。

这一路上,陈育君不停地做着选择:同意,不同意?同意,不同意?同意吴长信单独在农妇家过夜,他可能就会……而不同意吴长信去见农妇,那个农妇可能就会……或者,她就和吴长信一起走到农妇家里,告诉农妇,这个吴长信是自己的未婚夫,他们俩早在上海就认识了,他虽然也姓吴,他不是你的那个吴南方。可是假如那个农妇受不了这突如其来的消息呢?她一下子疯掉了呢?想来想去,她脑子里乱成了一锅粥。

快到雷打岭村口了,天已经黑透了,中秋的月亮升上了天空,这正是人间团圆的好日子啊,村子里人家的屋顶上飘起一缕缕淡白的炊烟,窗口亮起了一豆豆灯火。根据地的老百姓这些年为了支援红军,三天两头被"围剿",生活窘迫极了,眼下这样安宁的田园景象十分难得,也十分让人感动。

"但愿人长久,千里共婵娟。"陈育君反复吟咏着这两句词,松开马缰绳,和吴长信并排慢慢骑马行进。她突然下了决心:"我送你到那个蔡荷花家门口,然后我就返回。"

"为什么?"吴长信问,"我以为你是要陪我一起进去向她说明的呢!"

"我要看着你进去。"陈育君说,"那样我就放心了,是我让你进去的,而不是你自己要求进去的。"

吴长信笑着说:"你这是什么逻辑?"

陈育君的眼泪突然就涌了出来,她哽咽着说:"我是女人哪,这就是女人的逻辑。"她说着,猛地一紧缰绳,打马上前。

吴长信只好也拍了一下马,赶上了陈育君,在前头带路。到了蔡荷花家院门口,吴长信正犹豫着呢,陈育君做了一个手势,她指着自己的心口,又指指天空上的圆月。"进去吧,我相信你!圆月做证!"(多年后,陈育君写《生涯有记》时这样解读自己那个手势的含义。)随后,她就掉转马头,飞快地离开了雷打岭村。

此后一生,她再也没有回到雷打岭,但她直到临终前的一刻还念念不忘那个大别山腹地的小小村庄。

《生涯有记》虽然比较厚，但关于那一夜的记载并不详细，甚至有点语焉不详，过去了那么多年，许是记忆出现了偏差，晚年的陈育君自己的讲述有的地方也略有对不上之处，但是关键的线索是明晰的，所以我才敢于做一些人物心理的演绎，上面的这些就是我根据她书稿中的一段原始文字加以想象而成的。为了在后续我的调查报告中尽量呈现客观的内容，我特意将涉及那个夜晚的部分做了摘录：

长信一早来，告我农妇蔡氏事，闻之心酸，问世间情为何物，直叫人相思如许？我相信长信，他的安慰或许是救人一命，临行让他转赠农妇一面小圆镜，背面有吾二人在沪时照片，抑或蔡氏见镜而迷梦醒矣。余一夜未眠，长信恐也整夜未睡。二日晨，村民来团部告状，长信被缚之际，忽接战斗任务，彼飞身上马后，对吾喊，相信我，相信我，那是清白的一夜，此役归来我们就结婚吧。

我对他喊，我相信。

不意，此一别，竟成永别矣。军中战友告诉我，长信苦战至最后一刻，完成了战斗任务，自己却身中三弹壮烈牺牲，长眠于大别山中。

"背面有吾二人在沪时照片，抑或蔡氏见镜而迷梦醒矣。"这一句最让我注意，照陈育君的这个说法，蔡荷花看到那面小镜子后的照片,就明白了眼前的吴连长不是她的丈夫吴南方,于是,她的梦就醒了。这个说法说得通,否则陈育君送给吴长信的小镜子怎么会在蔡荷花的手中呢?那么是不是可以进一步想象,那天半夜,蔡荷花知道真相后,吴长信便走出了房间,回到了连队?但从当事人的陈述及后来人的回忆看,吴长信并没有回到连队,因为回到了连队,他肯定就能找出证人,证明自己那一晚并没有在外过夜,并且,蔡荷花后来也对儿子说,吴长信半夜就离开了,那又怎么解释?

那一夜在这里留下了巨大的空白,我觉得较为合理的解释是,蔡荷花知道真相后,吴长信便走出了她的屋子,但吴长信担心蔡荷花情绪不是足够稳定,为防止意外,他便在她家的屋外守到了凌晨,但枯坐着也不是个事儿,他便想着为蔡荷花家干些活,于是他就开始帮助蔡荷花家锯树劈柴,想必蔡荷花也睡不着,他们二人就在月光下共同干活,一个锯树,一个运柴,直到清晨,吴长信觉得蔡荷花真正没事了,他才反身回到连队。

有点遗憾的是,陈育君在这本记录中,没有写到第二天上午,她与吴长信在团部再次见面的情形,特别是没有写到吴长信是怎么在蔡荷花家度过那个中秋之夜的,她也没有在文中写下自己过去的姓名,全文都以"我"来叙述,但通过粗略翻阅这本回忆录,她所讲述的都能和我之前调查的内容相吻合,使我越发坚定了信心。这一次,我一定能帮吴春生了却他一家的心愿,让吴长信顺利地进入烈士陵园,与战友们在地下再次集合。

明月照人来 / 333

第二天上午,再见到帅戈时,我请求他带我去看一看他祖母的墓地,也算是代表皖西革命老区人去祭奠一下老人吧。帅戈爽快地答应了。

陈育君的墓地在县城对岸的山上,县城边新修了一座岷江大桥,刚刚开通了几个月,因此只用了二十多分钟,我们就来到了山脚下。步行上山,山坡上种满了柑橘,每一个果子上都套上了白纸袋,倒像是满山白花盛开。

帅戈说:"你看,这就是爱媛橙,从日本引进的品种,在我们这里生长得可好了,皮薄、肉嫩、汁甜,再过几个月,我给你寄一箱过去,保准你在家是吃不到的。"

穿过柑橘林,到了山顶,一处稍平坦的地方,"陈望西"的墓地到了,墓地四周种了柑橘,还有几畦山芋,在这些植物和庄稼中间,她的墓地显得十分朴素。墓碑上刻的字,只是平常格式,没有任何一个字表明她曾经的红军战士身份。

望西,望西,站在墓地前,我辨认着方向,朝着西边的方向望去,我看见岷江奔流,更远的天际处,云淡天高,一群鸟影画出几笔淡墨。我仿佛同时看到了吴长信的墓地,他们的墓地真像啊,一样的低矮而朴素,但隐隐中,也显出一样的骄傲来。

真的,我看出了他们朴素中的骄傲来。

我恭恭敬敬地朝着墓碑深深地鞠了一躬。

9. 后记

汪永军有段时间没打我电话了,我正好可以专心致志地撰写调查报告,我本来准备的题目是中规中矩的《关于建议恢复吴长信烈士身份的报告》,因为恢复了他的烈士身份,自然会移葬到烈士陵园里去。

但是写着写着,我突然不想写一份简单的冷冰冰的调查报告了,我要写得感性一些,我在那个报告前加了个大标题,叫"我相信那个夜晚的纯洁",我将我的整个调查过程及相关资料一一陈述和罗列,提出了我的看法,我认为,我们要相信吴长信,诚如他的未婚妻陈育君相信他一样。

文章撰写完成后,我打电话给汪永军,我说:"完成任务了,我调查清楚了,吴长信应该被认定为烈士。"

汪永军的语气有些冷漠,说:"哦,那你往上报吧。"

我愣了一下,说:"咦,不是先报给你吗?"

汪永军说:"我不管这个破事了,上上个星期,局里调去了个新的副局长,由他全权负责烈士陵园改扩建那一摊子。"

我说:"原来这阵子你没找我,是因为你没戏了。"

汪永军说:"也还好啦,我调离民政局了,到区交通局任交通稽查大队大队长,副科级,一个安慰吧。"

我说:"恭喜你,不过,你把新局长的号码给我,这个吴长信的事，我得在我手上搞成。"

汪永军告诉了我号码，又问了一下具体细节，听我介绍完后，他沉吟了一下说："你这个怕还是有点难，没有核心证据啊。"

我说："缺少什么核心证据？"

汪永军说："很明显啊，那一晚，吴长信到底有没有进到蔡荷花的房间？有没有那个那个？没有这个证据，你说再多也是白搭。"

我急了，说："你这是什么狗屁道理？难道要蔡荷花在地底下爬起来，写个情况说明吗？"

汪永军听我语气很冲，便说："好了好了，不和你争论啦，你尽快报材料吧，一切要以上级批复为准哪。"

然而，不幸让汪永军言中。我那份报告递上去后，有关方面迟迟没有回复，我实在等不及，便找到民政局上门去询问。他们给出的答复竟然与汪永军说得如出一辙。更气人的是，一个小年轻还撇着嘴说，你这报告写得像小说，想象力也太丰富了，再者，谁知道那份所谓的回忆录是不是伪造的呢？我差一点在他们办公室里动拳头了，我想揪起他的衣领，指指他的胸口，问问他，有谁还想着造这个假？造这个假有什么意义吗？

当然，我忍住了怒气，毕竟我也是个四十多岁的大叔了，在办公室里那样大打出手确实不好看。

吴春生把所有的希望都寄托在我这里，隔三岔五打电话询问我调查情况,我不敢告诉他实情,只是将我了解到的关于吴长信、陈育君等新信息,零零碎碎地透露给他,然后安慰他:"很快就要解决了,你相信我。"

吴春生见我这样,只好回答一声:"我相信你。"

很快,中秋节到了,我突然接到了一个电话,是国内一家权威的党史杂志的编辑打过来的,他说我那篇写吴长信的稿子他们准备用,让我不要再另投别家。这个消息很让我高兴。上次遇到阻碍后,我只能剑走偏锋。我想,这家杂志如果将稿子刊出来,在某种意义上,就说明它是获得权威部门认可的,到时再一层层反映上去,那吴长信的烈士身份就一定会解决的。

接到电话后,我看看天色,正是下午三点钟的时光,秋阳尚有一丝炽热,我想起一则心灵鸡汤里说,中年人就像下午的三点钟,要干点事吧,也还有点时间,但真要干吧,好像时间又不多了。那一刻,我这个中年人却冲动起来,我立即下了楼,开上我那辆二手小车,离开省城,驶上前往雷打岭的省道。

开着车,我打开车载蓝牙给黄小慧打了个微信电话,她没接,我打了个寂寞,想了想,我给她留言说:"今天中秋节,晚上我去一个乡下,这里有故事,等你回来,我说给你听。"

几年前我与妻子离婚了,我和前妻可是从大学二年级就开始恋爱的,毕业后我们并没有分配在一个城市,后来冲破重重阻力,经过八年异地恋,我们才结的婚,可最终我们还是没有将这份爱情坚持到底。离婚让我筋疲力尽。我对所谓的爱情产生了严重怀疑。但是去年认识了黄小慧后,我似乎又重新相信起爱情来,正当我们热恋着,就要谈婚论嫁了,黄小慧却犹豫了,她说看着身边那么多互相欺骗的爱情与婚姻,她害怕了,也不敢相信我了。

我知道导火索是什么。主要是因为我一个远房的表妹,她做酒店营销,平时我们很少联系,不久前的一天突然打电话给我,让我去他们酒店,她送我三晚新推出的酒店免费体验券。那天晚上,我不意在他们酒店遇到了多年未见的一位中学老师,便一起吃饭,因为激动,酒喝多了,自然也就没有回家,刚好睡在了酒店,算是顺便体验了一晚。关于这一晚,虽然我反复做说明,但黄小慧始终不太相信,她对我也有些冷淡了。

给黄小慧留完言后,我深深地叹了口气。

和几个月前去往雷打岭村相比,这次我的心情更为复杂,不过,我内心的另外一种东西却更为坚定。我是先去雷打岭村的,我打量了一下这个小村,几十年的沧海桑田,村容村貌早就不复当初,上次来,吴春生就告诉我,他家现在住的地方和原先的老房子隔了一条河,原来的老房子在河的那边,1958年兴修水利,他们家就搬到了河这边。

我没在吴春生家门口停留,而是将车子驶过村庄,开到了离村庄两里多远的一个山岭下,而后,熄了火,锁了车,一个人慢慢爬上了山顶。

吴长信的墓地还是那样干净与朴素,塑料花一点儿也没败色。

  我扶着石碑,坐在了墓地旁边,身下,晒了一天的草地尚有余温。

  天黑了,村里人家陆续亮起了灯火。

  八月十五的月亮也像多年前一样升上来了。

  月光还是像多年前那样明亮,像一面镜子,照出大别山褶皱里的细节,连一草一木都纤毫毕露。

  我静静地看着山脚下的村庄、河流、田畴、庄稼、树林。

  这时,我看见两匹快马从古碑店方向疾驰而来,两个年轻的身影在马背上起伏沉浮,然后,又一同隐入雷打岭村的霭霭灯火里。

  马蹄嘚嘚,圆月高悬,明月照人来啊。

  嘚嘚的马蹄声里,我忽然泪流满面,我不是悲伤,真的,请相信我,就像我相信他们一样。

心喜欢生

1

不管天晴还是落雨，只要夕阳最后的光亮减弱，沙地渐凉，在地下蛰伏了或两年或三年或五年的知了猴们就会准时地迫不及待地钻出地面，挣脱蛹壳，爬到高高的树上去。

刘光明知道那准确的时间，他甚至比知了猴还准时。他抬头看看西天，包围着夕阳的云朵从火红变得嫣红，变得桃红，变得橘红，变得茄红，而稍远处的大块大块的灰云淡淡地横铺在天边，把最后的天光欲抹未抹之时，第一只知了猴就出来了。

他趴在桃树下，就在那一刻，那一刻：夕阳哐当沉落下去，但残余的光亮依旧留存在天地间。很短的一瞬，哗，仿佛大鱼破开水面，知了猴破土而出。

它的嘴巴和前双肢还是软软嫩嫩的，却不知从哪里来了力量，它咬破了蛹壳，全身涌动着一股看不见的暗劲和狠劲，一眨眼的工夫，就脱壳而出。刚出来时，它的身体是透明的，像一枚琥珀一样,它浑身上下布满了初生的黏液,睁开茫然的复眼。突然,也是一瞬间,就如有神启般认清了方向,它歪歪倒倒地、颤颤巍巍地,却又坚定有力地、锲而不舍地,拼命拱起身子,往树上攀爬,并立即伸出细长的尖喙,要吮吸树枝上饱满的汁液。这时,像变魔术一样,它透明的身体刹那间就穿上了青灰色的威风凛凛的铠甲,分分钟它就从婴儿变成了壮年。

第一只知了猴刚一露头,就像在地底下吹响了集体冲锋的号角,顿时,数百只上千只知了猴纷纷从地底下往地面上冲锋,以一样的姿势,一样的决绝,一样的努力,一样的神情。

天完全黑了,而地底下的冲锋未止,沙沙声还没有止息。每年的五月、六月和七月,河滩上的野桃树落了花,结了小小的指头大的果实,而后又慢慢由青变红时,就是知了猴"复活"的季节。自从没有了"看生"的营生,年年这个季节,也就成了刘光明的复活的季节,他看着知了猴们一只只获得新生,就像当年看那些小猪崽从母体里瓜熟蒂落,歪歪扭扭地凑到老母猪的肚皮下拱奶吃一样。

直到一点儿也看不见了,刘光明才拧亮头顶上的充电电筒,照着最后一批知了猴,凝视着它们的新生。

这是一场浩大的新生,惊心动魄的新生,奋不顾身的新生。这个时候,刘光明听不见任何别的声音,看不到任何别的事物,他完全沉浸在这样的一场新生里。这场新生,在河滩的桃林和柳林里砌起了一道墙,围起了一种别样的气息、声音、颜色,把他

心喜欢生 / 341

和世界隔绝开来。

过了很久,那道墙才渐渐撤去,刘光明才重新回到了世界中来,他缓缓地呼出了一口气,爬起来,拄起拐杖。这个时候他才想起巧,他向河滩边的卵石上望去,果然,一个黑影子坐在那里,面对着河水一动不动。

"巧!"他喊了一声。

巧没有答应。

他走到巧身边,摇着巧。她睡着了,睡得很沉,怀里抱着她的布娃娃,口水牵着细丝,在夜里清亮如山溪。

他只好蹲下去,捏住了巧的鼻子。好一会儿,她终于睁开了眼,但还处于半睡中。

"起来!巧!回家睡去!"他用力拉着她,却拉不起来,巧变得好沉。他拉着拉着,忽然,他觉得有点儿异样,有哪里不对,他在黑暗中站了一会儿,猛地拉开巧捧在胸前抱着布娃娃的双手,低头用电筒照着巧的肚子——穿着一件衬衫的巧,肚子明显地呈凸起的形状。

刘光明扔掉手中的拐杖,着急忙慌地拉起巧,他不知道自己哪儿来的力气,一下子将巧提溜了起来。巧站立不稳,左右摇晃着,而他失去了拐杖,更是站立不稳,他一只手搭在巧的肩膀上,另一只手迅速地拉起巧的衬衫,在一阵阵摇晃中,他看见,巧的白肚皮隆起了。

"老天哪!这是哪个狗日的作的孽啊!"刘光明瘫倒在卵石

上,他仰头看去,站立起来的巧和坐着时一样一动不动,但她的黑溜溜的眼睛睁大了,直直地看着他,就像十年前那个夜晚一样。

2

刘光明晃了晃头上的充电电筒,眼前的黑夜便被挖出了一个洞,从洞里他看见了一条河的影子,他知道瓦庄石桥到了。每次从沙庄、窑庄、井庄一路走出来,他都要在瓦庄石桥头的石狮子上坐一下,歇一气,然后,一鼓作气地再走上五里沿河的小路,回到鸭儿滩自己的家去。很多年了,就像一个仪式,这晚自然也不例外。

他放下拐杖,关了头顶灯,一条腿搭在了石狮子背上,一只手搂着石狮子的脖颈,这一套动作成了固定程序,他熟悉得不能再熟悉了,石狮子脖颈和背上雕刻的云纹部分都被他磨光滑了。在这里,再漆黑的夜里,他也不点灯。往常,他坐在石狮子的背上,搂着狮脖子,一边身子斜靠着,就能看见石桥下流淌的河水。天越黑,河水越白,而天上月亮越亮,河水反而越黑。河水的这种特性,刘光明几岁时就知道了,因为他从小就生活在河边。这种时候,他会闭上眼睛,静静地听着河水流动的声音,绵长无绝的水声像一幅电影宽银幕,它会渐渐在刘光明的脑海里放映出几个小时前他"看生"的画面:人家的猪圈里,母猪哼哼着,躺倒在草窝上,巨大的黑暗笼罩着猪圈。刘光明坐在他横过来的拐杖上,调好头灯,只将一小束光照在母猪身上,他也不让一旁的人说话,静静地等待着。终于,小猪一个个被母猪生了出来,它们挣扎着,歪歪倒倒地爬到母猪的肚皮上,寻找着奶头,然后贪婪地吮吸起来。这个过程,除非特殊情况,作为"看生"人的刘光明一般不会出声,也不会有一个多余的动作,任何人都能感受到他的喜悦。那种喜悦像是一场盛大的典礼,庄严、肃穆、圣洁,像教堂里的圣乐响起时,人们为之感恩,为之喜悦,眼里噙满了眼泪。刘光明长久地沉浸在这种喜悦里,直到走到这石桥上,他还要再一次在脑海里回放着,再享受一次。

但这天晚上,出了点儿意外,回放还没有开始就被打断,他刚爬上石狮子,从狮子旁边就冒出了一个大黑影子,像一头黑熊。

"光明,今天回来得早呢。"刘光东的声音闷闷的,在黑影子里硬邦邦地响,像是要把黑影子砸出几个坑来。

刘光明愣了一下,说是早,其实也有十一点多了,看来哥哥刘光东是特意一直在这儿等着他。他抓起拐杖,支起身子,从石狮子背上滑下来单腿着地,等着刘光东说话。

刘光东咳嗽了一下,这回声音有点儿清亮了,他说:"光明,你想不想抱养一个孩子?"

"不想。"刘光明说着,点了点拐杖,立即抬直一条腿要走。

刘光东说:"别急,你跟我来看看,看看再说。"

刘光明扭着头看了一下河水,今晚无月,河水清明,他问:"啊,都已经抱过来了?在哪儿?不会在你家吧?"

刘光东说:"不会不会,这点儿事我还不知道分寸?你跟我来。"

刘光东在前面带路,是顺着山走的,其实也是顺着河走的,路就开在河边的山上,这也是往刘光明鸭儿滩的家走去的路。没走几十步,在河边的大柳树下,刘光东停住了。

一个小小的黑影子站在路中间,一动不动。

刘光明拧亮头顶灯照过去。光的洞穴里立着一个女孩,看不出年龄,从身材看,有八九岁。她的头发显然好久没有洗,像一蓬乱稻草,支棱棱地岁向四面八方;脸上也灰蒙蒙的,像干涸很久的沙地;一身衣服也早破旧得看不出颜色,脚上跋着一双塑料硬拖鞋,脚后跟处已经被跋没了。她拢着一双手,抱着个灰扑扑的东西,一双黑溜溜的眼睛盯着灯光看,也不怕刺眼睛。

刘光东说:"你看,这么大了,好养,再养几年,就可以嫁人,选个老实女婿,你遭灾害病养老送终就有依靠了。"

刘光明摇摇头:"你从哪里弄来的?"

刘光东说:"我到镇上买化肥,有人告诉我,有这么个女孩子,她不会说话,是个哑巴,脑子也不大灵光,也不知道从哪里来的,估计是别的地方搞整治,趁晚上把这些孬子拉出来一路丢,我就趁人不注意带她回来了。"

刘光明继续摇头:"我不养。"

刘光东急了:"跟你说了,一个人都没有看见,我特意晚上骑自行车带她回来的。她傻是傻,可是你这样子总得有个后人吧?"

刘光明把拐杖往前一伸,把三个字往地上重重一丢:"我不养!"他说着,关了头灯,点着拐杖,单腿一点一点地往前走。拐杖点着地面,发出橐橐橐的声音,像一群魔子过山。

黑暗中,刘光东气呼呼地在他身后说:"好吧,是我咸吃萝卜淡操心,是我没事找事!"

刘光明只顾往前走,他飞快地点着拐杖,点一下拐杖,另一条腿就跟着往前大步跨进,他越点越快,像敲着激越的鼓点。有几次,拐杖敲在了凸起的石头上,他脚下一滑,差点摔倒。就这样,他还是不停,他觉得只要停下来,他整个人就会摇晃不定,然后扑通一声倒下去。

到了鸭儿滩,到他那三间土砖房里,他才斜放下拐杖,瘫倒在床上。

鸭儿滩现在只有他这一户人家了,以前有上十家,他的家、哥哥刘光东的家、父母家、大伯家、二叔家,还有几户杂姓人家。他记得自己结婚那一年,还有几家住在这里,后来,今年搬走一家,明年搬走一家,就搬空了。而他,如果不是后来出的那些事,他也是要搬走的,不说搬到镇上县上,至少也要搬到瓦庄,和哥哥刘光东一样,住到人口集中的人窠里去。

不过,现在,刘光明觉得住在这独一户的鸭儿滩是最好不过的了。这个偏僻的地方,这个一度让他拼了命要逃离的地方,现在却成了上天特意给他留下的,前世就定好了的,一个再也找不出第二处的地方了。这里没有人,他不想见到人,尤其是陌生人。

风刮了一夜。其实,后半夜的时候,刘光明并没有睡着,他脑子里老是闪着那个女孩两只眼睛里的黑光,他奇怪自己怎么能在黑夜里看见一个人眼里的黑光。风刮过后山的竹林、松林,然后像一把巨大的扫把,扫过他家的瓦屋顶,似乎听到咔嗒一声响,不知什么东西吹落下来了。他也没有起床去查看,反而将头埋在被窝的更深处,一动不动,一双腿却在颤抖着。他像一条被竹笼笼住的鱼,鱼头被卡住不动了,而鱼尾巴却在笼子外剧烈地摇摆着。他害怕听到这种风声。

直到风声止息,太阳出来,他才撑着拐杖,打开了木门。吱呀一声,阳光涌了进来,一个人影也涌了进来。

那个哑巴傻女孩子直愣愣地盯着他,怀里抱着一个灰扑扑的东西。这回他看清楚了,是一个布娃娃,脏兮兮的,一只有机玻璃做的眼珠子不见了,它成了独眼娃娃。

那个少了一只眼睛的布娃娃睁着一只好眼睛,也看着刘光明。

刘光明忽然有点儿想笑,他心里想,这下真是三个残疾人凑齐了,自己是瘸子,而女孩子是哑巴,这个布娃娃是瞎子。他问那个女孩:"你从哪里来的?"

女孩不说话,黑溜溜的眼睛越睁越大,好像眼睛能回答问题似的。

"你叫什么名字?"他又问。

女孩使劲地抱着布娃娃,布娃娃受到挤压,那只好眼睛也开始睁得很大,好像它也能帮助她回答问题似的。

刘光明叹了一口气,他想想,说:"噢,你是个哑巴,你这么傻,那你就叫巧吧。"

3

刘光明看着巧,用拐杖比量了一下她的身高,在拐杖上画了个记号。到了傍晚,他戳着拐杖准备去一趟大哥家,让他给巧带一套新衣服。他刚出门,原来一直坐着的巧立即站了起来,跟着他走。

"你回去!"刘光明挥手说。

巧停下来,不解地望着他,等刘光明迈开腿,她又跟了上来。刘光明只好由着她跟着自己。走在沿河的小路上,以往只有河水跟着自己,现在多了一个小人跟着,刘光明发现多年不变的生活突然变得不一样了。

自从拖着一条瘸腿从小煤窑回来后,他就每个月去一次大哥刘光东家,他的生活用品,米、面、油、盐、肥皂、牙膏,包括蔬菜种子、黄球鞋,都由大哥帮他从镇上代买来。他不想上街,除了

"看生",他不愿和村里任何人多说一句话。山里路窄,经常对面碰到人,他远远看到村里人就躲到一旁的大树后头,宁愿拖着瘸腿爬上山,也不愿和别人说几句话。其实,村里人早就看见他了,他们也不难为他,等着他爬上山躲藏好了,才慢吞吞地走过来,还很善良地故意不看向一旁的山上。村里人一路走了过去,边走边互相摇摇头低语说,可惜了,当年的一个中专生啊,吃国家饭的啊,成了现在这个样子。

一九八七年夏天的一个早晨,刘光明和父亲走在山路上,他们一人挑着一担稻子到乡粮站去交粮食,交完了粮食,凭学校录取通知书,去乡政府文书那里办个"农转非"手续,他的户口就由农业户口变成了非农业户口了。从鸭儿滩去乡政府的一路上,刘光明的父亲不时地停下来,和村里的人打招呼,大着嗓门儿说话,等待着人们来问他挑担粮食去乡里的缘由。

"哦,上的什么学校?"

"供销学校?将来出来跑供销?那好啊,天天跑完南京跑北京呀!"

"什么?到供销社上班?哎哟,那到时候给我们留点儿化肥票啊,收毛竹的时候别像张老歪那样老扣我们的秤啊!我们村里终于有人在供销社做事了,好事啊!"

刘光明当时根本不知道供销学校是做什么的,反正只要是个中专学校就行了。是班主任老师给他填的报考录取志愿,班主任说:"供销好,你看哪个乡镇里不都是供销社地盘最多势力

心喜欢生 / 349

最强？一个供销社占了半条街,农资土产百货日杂棉麻,要什么有什么。"

那些日子里,少年刘光明走到山路上,每一个遇到他的大人都会停下来,和他拉上几句话。他要是扛着一捆柴,立即就有人上来要替他扛一截路,边抢他肩膀上的柴担子边说:"你都是国家人了,你现在都是客人了,怎么能让你挑柴担子呢?"

因为刘光明考上了中专,而且是供销学校,原来久久不肯答应和大哥结婚的大嫂家立即同意了婚事,刘光明上学的第一个春节,他们就结婚了。

一九九一年暑假,刘光明毕业了,果真分到了供销社,在离家六十公里外的本县豹溪乡供销社。他在那里没有跑供销,没有搞收购,而是在门市部站柜台,站的是日杂柜台。柜台面子是用厚厚的松木做的,像个肉案子的案板,下面四转则镶上玻璃,里面摆上了搪瓷盆、瓷碗之类。柜台后面的地方摆得更多的是陶器,火盆、腌菜缸、吊罐、砂锅、大水缸。这些陶土做成的器物,泛着酱色的釉光,周身如同形成了包浆,它们被叠加着垒得高高的,像一排兵马俑。

这些东西卖得并不好,似乎年年都不见那些"兵马俑"个子矮下去,时间越长,它们的面孔越阴冷。坐在昏暗的柜台里,刘光明觉得自己也成了一个陪葬的陶器,也拥有了包浆,像是被烧制出来后,已经在这里堆放有几百年了。他隐隐有些不安,有些不好的预感,但他又不知道为什么不安,他只知道一个陶器的命运并不掌握在自己手里。

　　让刘光明看到一点儿光明的是,在土产柜台上班的胡美英有事没事喜欢到他柜台这边来,借凭证,换零钱;每个月门市部全体柜台盘点时,她也喜欢和他一个组;隔三岔五地,她还选个没人的时候,偷偷给他端去一搪瓷缸煨烂的薏米粥或者鲫鱼汤。胡美英长得还行,长发细腰白脸盘,就是不是正式工,不是吃商品粮的。也就是说,她的粮食是由她自己的那一份土地供应的,而不是像城里人那样是由粮站供应的,刘光明有点儿犹豫。

　　第二年的一天,刘光明的一个中专同班同学跟着县总社的主任到豹溪检查工作来了。这个同学的父亲是另一个镇上的书记,所以他一毕业便被直接分配到县总社去了,不用站柜台,每天上班就是打开水、泡茶、看报纸,偶尔会陪股长和主任到下面各个乡镇供销社检查工作。他在日杂柜台那一堆昏暗中找出了刘光明。刘光明冲着同学笑了笑,他想说什么,却忽然发现自己和陶器待在一起待久了,好像连一句话都不会说了,他嘴角扯动了好久,才喊出了同学的名字。那同学看看空荡荡的门市部,将身子伏在厚重的松木柜台上,低声对他说:"看样子,供销社不行了,化肥、种子、蚕茧、棉麻、土产,这些都要放开了,不再是供销社独家经营了,所以马上就要改制了,其他市县都在改,力度很大,你也早点儿想退路吧。"

　　刘光明看着同学的嘴和脸在一片昏暗里,显得分外白,在柜台上白出了一个另外的空间。他知道对方是看在同学的分儿

心喜欢生 / 351

上,特意给自己报信的,给自己点拨的,但他听不明白,或者他不愿意使自己明白,他们中专生可是国家干部啊,是行政二十四级的干部啊,怎么突然会改成没有工作的人呢？再说,早想退路,能想什么退路？他们当初报志愿,报师范的就毕业回家当小学老师,报粮校的就毕业回粮站上班,报农校的就毕业到农技站上班,国家不是早就安排好了吗？那么早国家就根据各个不同部门的需要,安排他们学习,以填充空出的岗位,一个萝卜一个坑儿,怎么突然就多了他们这些萝卜了呢？他期待着那个同学早点走开,在这里待久了,这个昏暗的空间里已经不欢迎任何另外的东西了,同学的一块白皙浮在这一片昏暗里,让整个自治的自主的这一片昏暗的空间非常不安。

说了一会儿别的同学毕业后的情况,同学很快走了,刘光明觉得安全了,那种熟悉的不变的昏暗又包围了他,他坐了好久,在一堆陶器间,他抚摸着那些坛坛罐罐。那天门市部关门打烊后,胡美英到他房间,送给他一双鞋垫,是她亲手绣的,绣的是两朵莲花,红花绿叶紧紧地靠在一起。

刘光明低头看着那两朵花,他对胡美英说:"我们结婚吧,好不？"

刘光明的父亲那时候已经卧病在床,随时可能撒手归天,为此,他希望他们马上就结婚,赶在他父亲闭上眼睛之前。这个理由说不充分也很充分,因为按当地的风俗,父母若是殁了,后人至少三年内不得结婚,三年能等得及吗？胡美英家等不及,尽管刘光明家没有给一分钱彩礼钱,她家还是一口答应了。于是,九月份,天气刚刚凉爽一些,晚稻在稻田里还没有抽穗,农事稍稍闲了,刘光明就雇了一辆小轿车、一辆小卡车迎娶了胡美英。

婚房就是豹溪供销社刘光明的单身宿舍,剪了两个红"囍"字各贴在门上、玻璃窗上,这就算有了婚姻和家庭了。

刘光明后来觉得,完成这一桩婚姻也许是他这一辈子做的最正确的一件事情,否则,他可能一辈子也结不了婚了;但也有可能是他这一辈子做的最错误的一件事情,否则,大概就不会有以后的那些波折了。谁知道呢?

刘光明九月份结的婚,到了十一月份,天气渐冷,他父亲就闭上眼睛走了。因为看到了刘光明结了婚,父亲走得还算满意,这一点,从小数学很好的刘光明计算得很准。到了第二年的三月份,豹溪供销社突然被要求改制,从主任到职工全都要一刀切买断工龄。刘光明算到了这一步,但没算到这一步会来得这么快。刘光明想,幸亏老父亲走得早,要是再迟几个月,老父亲还没死,听到这个消息,他到阴间都会不安心的,他是绝对想不通这件事的。

不光是老父亲,其实刘光明自己也想不通。他这个考上了中专的人,念了供销学校的人,成了国家干部的人,一夜之间,连站柜台的资格都没有了,那些经年闲置的陶器不管怎么样,终归还会有人使用它们的,而自己一个大活人却直接被抛弃了。怎么会这样呢?当年不是说好的吗?考上了中专,就是国家人了,

心喜欢生 / 353

一辈子吃公家饭做公家事。为了考这中专,刘光明做了多少几何题代数题物理题化学题啊,背了多少英语单词啊!上课听老师解题他眼睛都不敢眨一下,下课后,他连上厕所都一路小跑,抓紧时间回到座位上背书做题,哪一天他都是全校最早起床最迟睡觉的那一个啊!中考时,全校四百多个考生当中他考了第三名,县一中的老师再三动员他去上重点高中然后考重点大学,他都没有去啊,他就是想着早点上班拿工资啊!

在上头清产核资改制小组的人进驻豹溪供销社后,不少职工天天找那些人打听情况,提出各种条件。只有刘光明不愿意和他们碰面,他整天坐在那一堆陶器中间,一股仿佛在地底下沉淀了千年的阴凉气息围绕着他。他想,要是自己能直接变成陶俑就好了,有一个活着的人的形状,但又不需要吃喝,不需要结婚,不需要家庭,甚至不需要阳光,只需要以一种凝固着的安详的表情就可以过完一生。他坐在那里,面容沉静,不喜不惧,甚至不吃不喝,总是要等到下班时候,胡美英挺着五个月的身孕跑过来找他。

昏暗中,她拉着他的手说:"光明,下班了,回家去啊。"

刘光明的脸好久才抖动一下,他沉默了很长时间才反应过来,低声应一句:"哦,下班了,回家去。"

最后的改制方案出来,刘光明面临选择:要么拿上两万块钱,搬出宿舍,彻底走人;要么拿一万五千块,剩下五千块算作房租,可以继续住在单身宿舍里。

豹溪是个小乡,没几个流动人口,在街上做生意做不出来,马上孩子又要出生,一间房子就太挤了,刘光明想回鸭儿滩去,不管怎么样,那里还有三间砖瓦房。但回到鸭儿滩去做什么呢?兜兜转转一圈后,还是回去搬泥巴做农活儿?况且,自己原先名下的田地早就没有了,自己就是想做农活儿也做不成了啊。

数学很好的刘光明不知道这道算术题是怎么个算法。

快到选择的最后期限时,原来和他站同一个柜台的老赵找到他。老赵说:"我们合伙做茶叶生意吧,你看二三十块钱一斤的茶叶,贩到外面城市里,可以卖到一百多块钱,哪怕卖五六十块钱也有的赚。"

刘光明之前也听说过一些做茶叶生意发财的传闻。豹溪产茶,家家户户有茶园,日里采茶,晚上做茶,天亮时搭三轮车到县城茶叶市场卖。有些贩子在地上摊一块塑料布,拿了秤,一会儿工夫就能收购几百斤,用蛇皮袋装好,再运到几百上千里外的大城市里,有些单位发福利,一发就几百斤,一年做几笔这样的生意就够了。

老赵说:"我以前老家的一个表哥现在就做这个,这门生意简单,我们俩合伙收购,由表哥找关系,得到的钱三一三十一,稳妥妥的。"

老赵平时做事挺稳重,他这样一说,刘光明就下了决心,那间宿舍不要了,豹溪供销社这个伤心的地方,再也不来了。拿到买断工龄款的当天,刘光明就请了辆小卡车装了家具等物品,让大哥刘光东帮忙,带着胡美英跟车回到鸭儿滩,而他自己则一直待到晚上才出发,他借口说还有些账目要处理。其实,人去屋空,整个供销社像个古墓般寂静。他关上房门,看了看宿舍门上和窗玻璃上还没有完全褪色的红"囍"字,骑上自行车,往鸭儿滩去。

从豹溪到鸭儿滩的路,一会儿是沙石路,一会儿是柏油路,一会儿又是泥巴路,一时平平坦坦,一时坑坑洼洼。刘光明脚蹬着车,只听到车轮沙沙沙响,没有月亮,周围漆黑一团,他也不打手电筒,只是凭感觉顺着路骑,躬着身骑,喘着气骑,他觉得自己像一只地底下的蚯蚓,在黑暗的泥土里拱着身子,全身柔软无骨。

骑到下半夜时,他才到了鸭儿滩,听见河水哗哗地寂寞地流。

现在,他又走在鸭儿滩边,河水还和多年前一样,哗哗地流,不同的是,那时,他的一双脚还好好地长在他的身上,那时,巧还不知道在世界上的什么地方。

"你喜欢穿花衣裳吗?"刘光明问巧。

巧坚持一贯的沉默,她抱着布娃娃,只是坚定地跟着他走。

"做个哑巴不说话也好,"刘光明说,"刚好我也不喜欢说话。"

4

刘光明从豹溪下岗那天,是在夜里回到鸭儿滩的,而他离开鸭儿滩去省城做茶叶生意也是在夜里,他怀里揣着那两万块钱中的五千块钱,偷偷走到瓦庄石桥的桥头,老赵在那里等着他。

老赵弄了一辆幸福250摩托车,打火,发动,车灯亮了,轰隆隆,驶进夜的深处,刘光明两只脚夹住车后座,耳旁的风声呼啦啦响。

刘光明和老赵在县城露天茶市找了一个小角落,悄悄铺上一小块塑料布坐地收茶。老赵负责看茶叶、谈价钱,数学学得很好的刘光明负责称量、付钱和记账,两个早上就收齐了两百多斤干茶,分成四个蛇皮袋,一人挑着一担坐大巴车往省城去。大巴车上坐了许多贩茶人,茶叶都堆放在高高的车顶篷上,每到一站就有人下车,从后面的铁梯上爬到车厢顶卸货。每一次停站,老赵和刘光明都要从车窗里往外伸出头,看看别人有没有错下了他们的茶,那些茶可是他们的大半个身家性命哪。坐了七个多小时的车,在天黑时分他们到了省城。两人就在车站附近找了一家小旅馆住了下来,因为带着茶叶,他们不敢出去吃饭,就买了几个包子,就着开水算晚餐。

到了第二天,老赵一早就跑出去联系他老家的那个远房表哥。半上午的时候,老赵和那个表哥赶来了,老赵一脸笑意,他们挑着茶叶直接上了一辆出租车,直奔省城的一家大电厂。据老赵表哥说,他已经和厂里的工会主席说好了,全厂今年的茶叶就由他们供应,这第一批是好一些的茶,发给中层以上领导干部,下一批可以再弄些次等品,价格便宜些,发给工人们,当作防暑降温劳保用品。

　　一切顺利,到了大电厂后,老赵表哥报上了工会主席的名字,门卫便放他们进去了,不一会儿,就有人过来招呼他们。老赵和刘光明又挑着茶跟着来人进了一幢楼,然后是等待,过了半个小时,又来了一个人,带他们去了另一幢楼,一直到中午,这四担茶像四个顽皮的孩子才终于安静下来,待在一幢楼的一间屋子里。老赵表哥又跟着去结账,然后又张罗着请工会主席还有别的几个人吃饭。等吃完饭了,老赵的表哥从一个大信封里取出钱,和他们算了账,又扣除了中午请客吃饭的钱,余下的钱平均分了。

　　刚一拿到信封,刘光明掂了掂,手感很好,他粗略算了算,这一趟下来,他们每个人赚了两百块钱,而他在豹溪供销社每个月的工资才一百块钱不到哪。回去的大巴车上,刘光明虽然很累,却半天睡不着,老赵也睡不着,因为表哥在他们临走前告诉了一个好消息,让他俩半个月内再进一批茶叶来,这回要装一卡车茶叶,除了电厂,省城其他几个厂包括煤球厂、自来水厂、汽车厂等厂家的关节他都打通了,这一笔生意做下来,每个人赚十个两百都不止。

358 / 仰天堂——余同友中篇小说精选集

刘光明在省城车站附近的店里花了三十块钱给胡美英买了条纱巾,蚕丝的,握在手里柔软得像风。对于胡美英,刘光明时常觉得自己做得不够厚道,也可以说是骗了她,让她只做了几个月的供销社家属,然后,他这个行政二十四级干部就成了平民。不过,这趟茶叶生意让他多少又增添了点儿自信,看来,天无绝人之路,或者,那些来负责改制的人说的是对的,像那些刷在墙上、印在报纸上的"下岗再就业,爱拼就会赢""扔掉铁饭碗,道路会更宽"之类口号所说的一样。

刘光明回到鸭儿滩时,胡美英催促他,不如将买断工龄的钱到县城买套小房子,到那里做做小生意,鸭儿滩这地方太偏僻了,几户人家都隔三岔五地搬出去了,大哥刘光东家也在附近的瓦庄起地基了,到时候,就只剩下自己一家在这里,独户,住在鬼窠里一样,想想都怕啊。

刘光明递给她那条红纱巾说:"你说得对,我们马上搬到县城去,不过,得让我把这笔生意做完。"

刘光明把这次情况对胡美英一说,胡美英也两眼放光,她说:"哎呀,那我们到时可以买个大一点儿的房子,也有本钱进货做别的生意了。"

刘光明说:"那是当然。"

在鸭儿滩只待了一夜,第二夜,刘光明又在瓦庄石桥桥头和老赵接上头,赶到了县城。两千多斤茶叶,不是个小数目,他俩天麻麻亮就到了茶市,老赵与茶农砍价比上次更有经验,收购了五个早上,总算收齐了,雇了一辆东风解放卡车,直接上货拉到了省城。

省去了大巴车一路下客进站停顿的时间,到省城时才傍晚。这回表哥直接到高速入口去接他们,表哥坐在前面的出租车里带路,让卡车跟着他的车,一路开,开到了郊区的一个仓库。

和表哥同行的一个人,熟门熟路地打开了仓库门,直接把茶叶卸在仓库里,又吱呀关上大门,上了锁。这个时候,夕阳也吱呀一声掉落下西天。刘光明看看仓库,门口没有名牌,他问表哥,这是哪家单位啊?

表哥告诉他,这是电厂的物资储备仓库,因为这批茶叶数量较大,不能像上次一样直接送到厂里,明天专门有人来验货,验完货后再结账付钱。

离开仓库,卡车司机先走了,他们几个到市里的一家饭店吃饭,表哥说要好好地请一下同行的那个人,那个人是电厂工会主席的小舅子,这回的业务能做成他功不可没啊。到了饭店,表哥点了几个大菜,那时候省城刚时兴吃小龙虾,上了红通通的一大盆,又上了白酒,似乎仍不足以表达谢意,表哥又把老赵叫到一边,让他到酒店外买两条中华烟,送给那个人。

"这条线不能断,你想想,一年做这一单我们就够了,是不是?"表哥说。

那晚上,送走表哥和那个工会主席的小舅子,老赵和刘光明又找了一家小旅馆住下,他们晚上被表哥劝了不少酒,表哥一杯接一杯地让他俩敬那个小舅子的酒,他们喝得头重脚轻,跌跌撞撞地上了小旅馆逼仄的楼梯,进了房门,鞋都没脱,就分别扑到床上睡着了。

刘光明临睡,心里头忽然觉得有一丝不安,他感觉似乎有什么地方不对劲儿,但没等他再想,他脑子里就像散开了的烟花,再也聚拢不起来,他想问问老赵,老赵却打起了响亮的呼噜,他嘴巴咧了咧,也睡着了。

第二天早上,刘光明和老赵很早就醒了,他们出去吃了顿早餐,然后,按表哥昨天晚上约好的,在小旅馆里坐等他来,然后一起去电厂结账。等到了中午,表哥也没有来。刘光明突然慌张了起来,他看看老赵,老赵的额头上也冒出一粒粒绿豆汗。

不约而同地,刘光明和老赵起身跑步下楼,用公用电话不停地打表哥的电话。表哥以前打给老赵的都是一部固定电话,他说是他家的电话,但这一次打过去,一个老太太接的,却说是街道上的公用电话。除了这个号码,老赵不知道表哥的其他任何联系方式。

打了几十次电话后,刘光明对老赵说:"不能再打了,快,我们赶到仓库那里去。"

老赵一拍大腿:"对啊!"

他们立即在街头拦了辆出租车,飞速赶往头天卸货的那家仓库去。凭着记忆,他们好不容易找到了那家仓库。跳下出租车,他们看到仓库门紧锁着,一切都和昨天傍晚的一模一样,心里才稍微松了口气。他俩走到围墙边的保卫室,对保安说要看仓库里的货。

保卫嘴里衔着根香烟,香烟燃烧了很长一截儿,烟灰就是不断,他说:"那里昨天装着茶叶,你看什么看?"

刘光明说:"我们看看茶叶受没受潮。"

保安说:"不用看了,昨晚就运走了。"

老赵说:"运走了?运到哪里去了?"

保安说:"我怎么知道呢?我只负责看大门,仓库门也不归我开关。"

刘光明说:"你们这个仓库不是电厂的?"

保安吸了口烟,说:"电厂?什么电厂?我们这是村办轧钢厂的老仓库,现在租给别人了。"他说着,长长的一截儿烟灰轰然坠地。

5

大哥送来了刘光明委托他给巧买的花布衣裳。

刘光明烧了开水,又洗刷了木澡盆,在一旁摆上洗发膏、香皂、新毛巾,他先给巧洗头。给巧打湿头发后再打洗发膏,揉搓,一缕缕黑水洒落,又换水,又打洗发膏,再揉搓。洗了三遍后,水清了,刘光明用毛巾擦着巧的黑头发。湿润乌黑的头发贴在巧的头皮上,驯服得像一头刚出娘胎的小黑兽。刘光明猛地一怔,他不敢再看那乌黑的头发,扭过头去,将眼睛里的眼泪强行逼退。

一货车的茶叶就那样人间蒸发了,刘光明和老赵怎么也不敢相信这是真的,尽管报了警,警察让他们回家等消息,他们俩还是在省城蹲守了一个月,他们几乎把能想到的地方都找了个遍,还是没能翻出老赵那个表哥的一点儿踪迹。

老赵问老家的人,老家的人说,那家伙早就没有回去过了,早年听说在外面挣到了不少钱,架子挺大,出入都开着车,去年回老家时说是有个好项目让大家投资,十里八乡有不少人把钱投在他那里,说好今年分红的,结果不要说一分钱分红了,连本钱都要不回来了,现在也是怎么找也找不到人了。

老赵不断地向刘光明道歉,他后悔他们把买断工龄的钱全部投了进去,鸡蛋都放在了一个篮子里,这一下搞砸了,没办法收场了。老赵说着,都快要把头勾到大腿沟里了。

在省城蹲守时,为了省钱,他们俩天天吃炉饼喝生水,一个多月后,这样节省着,手上还是只剩下回去的车票钱了,他们只好先各自回去。这一个多月的时间,刘光明瘦得脱了形,人瘦毛长,双眼凹陷,夜里,走到瓦庄石桥头,他看着河水,几次想一头栽到水里去算了。

他没敢对胡美英说真实情况,只是说,暂时没结到账,很快他们就会有钱的。

这期间,老赵特意来看了他一次,偷偷给他塞了五百块钱。

老赵一直是个单身汉,比刘光明工作得早,身上还有一点儿积蓄,靠着这五百块钱,刘光明熬到了年底,熬过了年关。

正月到了,胡美英的肚子越来越大,离预产期只有十来天了,刘光明算计着是不是送她去乡卫生院,但手头上已经没什么钱了,早一天去就要早一天花钱,还是算好了时间提前两天再去吧。不料,就在离分娩快一周时,那天晚上,胡美英突然发烧,烧得整个人像火炭一样,刘光明被吓坏了,准备去外面村子找医生,但胡美英说她怕是肺炎,必须到乡上医院打针,否则这样烧下去恐怕对肚子里的孩子不利。

胡美英这样子,不能坐自行车在山路上颠簸,而且走几里山路,到瓦庄桥头再过桥去乡里,太费时间了,特别是瓦庄也没有车子,怎么到乡里去也是个问题。看着胡美英烧红了的脸,刘光明急中生智,他想起门前河边有个竹筏,是前不久一个烧炭人运炭丢下来的。他便抱了床被褥垫在筏上,让胡美英躺上去,他自己将门前的晒衣竿取下来做撑篙,撑着竹筏向对岸划去。到了对岸,就是县级公路,路边是县里设立的林业木竹检查站,那里有车,到时再拦辆车去医院,这样更稳当。

那晚,一开始天空上还有几点星光,看得见河水奔流,却不料起了河雾。河雾是突然起来的,一团团一缕缕在河面上翻滚,刚划到河中心,河雾越来越浓,刘光明一下子失去了方向,耳边是胡美英痛苦的呻吟声,竹筏下是河水诡异的哗哗声,他慌了神,汗水瞬间湿透了衣裳,手上似乎一点儿力气也用不上,他咬着牙,拼命地划动,也不管方向对不对。划着划着,竹筏碰上了河中心的一块石头,一下子侧翻了,胡美英惊叫了一声,随后落入水中。刘光明跳下筏,捞起胡美英,拼命划着水。

水花四溅中,胡美英从高烧中清醒了过来,她说:"刘光明,刘光明,我这是要死了吗?"

刘光明差不多要哭出声来了,河水冰冷,他上下牙齿打着架说:"你可不能死啊,千万不能死啊,我们的孩子在你肚子里呢。"

刘光明挣扎着,一只手乱抓乱挠,触到了一个硬邦邦的东西,他死死拉住,才发现是河边的杨树根,总算上岸了。

在乡医院里,胡美英大声喊叫着:"我要孩子,我要孩子,医生,求求你,保住我肚子里的孩子!"

医生冲着一旁的刘光明摇摇头,递过一张手术通知书,让他签字。刘光明哆哆嗦嗦地在上面签了自己的名字。

几个小时后,胡美英鼓起的肚子瘪了下去,孩子被引产下来。医生托着血糊糊的小肉团递给刘光明看,是个女孩,都已长成形了,皱巴巴的皮肤,让她看起来像个老人。她顶着一头乌黑的头发,头发真黑真浓密啊,像一头小兽。

这个生下来就老去的孩子。

这个生下来就死去了的孩子。

刘光明跪在胡美英的病床边,失声哭喊着,一双手深深抓床单。胡美英勉强看了他一眼,就闭上了眼睛,她昏睡了过去。

6

巧刚来到鸭儿滩的时候,刘光明已经做起了"看生"先生。

所谓"看生"就是替人家看护快要生产的猪马牛羊,特别是看猪。这一带的人家几乎家家养猪,小猪苗的需求量很大,一般十多户人家就有一家专门养母猪,生下小猪苗再卖给其他养猪户。母猪生小猪时,需要从头到尾进行看护,这个过程中暗含有许多不测,如母猪难产,母猪压死猪崽,母猪不让小猪吃奶,等等,于是就有了"看生"人。

刘光明是从外地拖着一条坏腿回到鸭儿滩后不久,才做起"看生"人的。刚回来时,他的一条坏腿还在化脓、发炎,每天要请村里合作医疗的医生上门换药,所以他暂时住在大哥刘光东家。

大哥家养了一头肉猪,还养了一头母猪,正是快要生产小猪的日子,一家人都很精心地照料它。之前一年,各个地方发猪瘟,母猪死了不少,导致第二年猪价猛涨,小猪苗也格外行销,一窝猪苗卖得好可以收入六七千块钱,所以,母猪变得金贵起来,大哥每天在半夜里还要起来一次,给母猪添饲料。每天夜里,刘光明都睡不着,他拄着拐杖,坐在猪圈前面,就看着大哥喂猪。

猪圈顶棚上吊着一只昏暗的灯泡,像一个小葫芦,母猪拖着大肚子,哼哼着,呱嗒呱嗒地吃着猪食,给沉寂的夜晚增添了一丝生动。刘光明顾不得身边的蚊蝇成团成团地包围着自己,看着母猪,听着山风从山林上吹过来,大地泛起潮气,他觉得心里安静了下来,之前一直叮着他不放的恐惧和不安,突然飞走了。他对大哥说,你白天在外做事,晚上又要喂猪,太辛苦了,反正我也没事,你把饲料拌好,晚上我来倒猪食吧。

母猪临产前,刘光明让大哥买了一只顶在头顶的顶灯,隔一刻钟就去照照猪圈。这是他从科学养猪的书上看来的,临产的猪,容易脾气暴躁,最好不要整夜亮着灯,要保证它的睡眠。刘光明守在猪圈前,听着母猪不时发出有节奏的呼噜声,注视着它隆起的肚子一起一伏,一窝新生命即将来到这个世界上,人世在这一刻难得地露出了它温柔的一面。

那天半夜,母猪哼哼的声音提高了,猪食也不吃了,刘光明知道它快要分娩了。他赶紧招呼大哥,让他在猪圈里再铺上一层新稻草。母猪在靠着墙的一边侧躺了下去,它的尾巴翘起,生门肿胀鼓凸,两排乳房像一粒粒红纽扣儿,它的呼吸急促起来,肚皮起伏着,像有一双无形的手正按压着它。刘光明去看母猪的眼睛,它的眼睛半闭半睁,它似乎也看着刘光明,眼神里满是温柔的感激和信任,又似乎看着虚空,像是把即将到来的一切疼痛或死亡完全交付给莫测的命运。

刘光明老僧入定般地端坐在猪圈里,头顶灯挖出一个小小的洞穴,笼罩着母猪身体的一部分,约过了两个小时,母猪低低地却仿佛用尽了全身气力嘶喊着,随即,一个小小的粉红色的小猪头从生门之口探了出来，它满脸的皱纹，像一出生就衰老了，它的头顶也顶着一撮黑黑的毛发，它划动着双脚，终于跌落出母体，带着一身产液，跌到了枯黄的干稻草上，它像一只小昆虫，眼睛尚未睁开，盲目地划动四肢，打着圈圈。刘光明轻轻地拢住小猪崽，将它捧到母猪的肚皮下，将它粉红的长嘴凑到其中一个乳头上，这是为了让它记得，这个乳头以后就是它的专属，避免众多小猪争奶头。小猪崽不停抖动的嘴唇一接触到母猪乳头就立即扑上去，安静而贪婪地吮吸着。这时，第二头小猪崽又露出了它的湿润的脸和头顶那撮乌黑的毛发。

　　刘光明的心里温柔至极，他像获得了神启般，无师自通地帮助小猪崽们顺利地出生，一头、两头、三头，这只母猪真能生，一口气生出了十三头小猪崽，它们齐齐地扎在母猪的肚皮下，吮吸着母猪的乳头，它们真是一秒钟就变一副样子，身上的湿润的薄膜消失了，毛发仿佛见风生长，小尾巴很快地摇动起来，瞬间就有了一头猪应有的样子。

　　这是多么让人喜悦的事情啊。

　　这世界上让人喜悦的事情不多，这大概就是其中一件吧。

　　刘光明感觉一种潮水样的东西激荡着他，包裹着他。他突然想到在供销学校上学时，城市的南边有一座山，山上有座小寺院，有一次他和同学爬到了山上，到寺院里玩，进了院门，经过前门厅的韦陀塑像，走到里间，小门匾额上写着四个黑色的字，隶书，他念道：心喜欢生。这时候，一旁的一个和尚笑着对他说：

"阿弥陀佛,你念错了,应该从右往左念,生欢喜心。"他当时很害羞,一个中专生连几个简单的字都念错了,他后来特意查了查《汉语大词典》,知道了那几个字的意思,和尚说得没错。可是,现在,他觉得他当年念得也没有错,"心喜欢生"不也说得通吗?而且,他是确确实实地从心里感受到了那种生的喜悦啊!

从那以后,沿着瓦庄往山里去,窑庄、沙庄、井庄,只要有人家的母猪要生产,他就会赶了过去,只为看着一头头小猪崽的新生,他渐渐地掌握了一些独门诀窍,比如解决母猪难产、为母猪催奶、能准确地预测到母猪什么时候生产、大概能产下几头小猪苗。他看了一本养猪手册,但更多的是他自己总结和琢磨出来的,他好像有这方面的天赋似的。乡兽医站的人本来就不耐烦深更半夜到山里去出诊,这下好了,就由刘光明代替了他们。刘光明总是随叫随到,也不讲价,别人给多少就多少,就是一分钱不给,他也二话不说。养猪户们在母猪快要生产时,就提前来请他去"看生",用自行车推着他,后面跟着巧。所以,那些年,只要在山路上看到刘光明和巧,人们就知道,又有哪家的母猪要生小猪了。

而每次看生完了后,不管多晚,刘光明都坚持不要别人送他,他和巧一前一后慢慢走着,别人不理解,只有他自己知道,他这一路上正享受着一场"生"之后的那种喜悦。

很奇怪,母猪生完小猪总是在深夜时分。刘光明喜欢在这样的深夜里行走。他拄着拐杖,巧紧紧跟在身后,有月光的晚

心喜欢生 / 369

上，他们就着月光，没有月光，他们就着头顶的灯光。无边的黑夜紧密地包裹着他们，风是和暖的、温热的，山上的树没有彼此的边界，全都连成了一片，地上的草木在吐着露珠，山谷里所有的水分都在聚集、凝结，流向小溪，流向河流，沿着山路走到河边，河水哗哗地响，偶尔会有一条鱼啪地跃出水面，仿佛世界都在这个夜晚新生，很多生命都在这个夜晚脱胎换骨，刘光明感到自己的脸凉润润的，自己的腿并没有残疾，他能像从前一样健步如飞，巧也并不是哑巴和傻瓜，她耳聪目明，他和她都成了婴儿，正在黑暗的子宫里被养育，他们都还没有被分娩出来呢。

7

巧来了四年，洗头洗脸洗澡，都是刘光明给她烧水，挤洗发膏，打香皂。刘光明喜欢端着一盆温水，从巧的头上倒下去，水顺着巧的头、脸、肩、背、屁股、大腿滑落下去，水珠留在巧的皮肤上，她的头发乌黑闪亮，贴着头皮，像一头初生的小兽。每当这时，巧就睁着她乌黑的眼睛，直盯盯地看着他，嘴角难得地扯出一缕细细的微笑。

洗好后，刘光明细心地为她穿好衣服，抱着她，到床上去。巧抱着她的布娃娃，听话地睡在床的一头，刘光明则睡在另一头。每晚，巧睡着了，总是要将一双脚搭到刘光明的身上，刘光明将她推下去，她总是不屈不挠地又搭上来，久了，就都习惯了。

可是那天晚上,刘光明在灯光下为巧洗澡时,突然发现,巧不知什么时候胸口那里鼓出了两个花苞,他端着一盆水,迟迟没有倒下去,他看着那灯光下白皙的身体,吓了一跳,不知不觉间,巧从那个当初的女娃娃即将成为女人了。他迅速地给巧穿上了衣服,然后,在另一个房间空床上为巧铺了被子,他指指床对她说:"以后你就睡这里了!"

等刘光明上床后,巧不声不响地又钻到他的床上来,躬着身,睡到另一头,很自然地又将一双脚搭到他的身上。

刘光明像被炭火烫了一下,他立即缩回了身子,从床上跳了下来,拉着巧,指着另一间房说:"去那里睡!"

巧不去,睁着双黑黑的眼睛无声地盯着他。

"去那里睡!"刘光明吼着。

巧惊恐地看着刘光明,但她就是不走到另一间房里去。

刘光明不看她,他从厨房里抽出一根细竹枝,啪地抽了巧一下,巧的腿肚子上立即凸起了一道红色的血痕。她疼得咧着嘴,不解地看着刘光明,却一只手死死扶着门框,就是不走出房间。

刘光明闭了眼,又冲着她抽了一竹枝,巧呀地叫了一声,刘光明不停顿,跟着又继续抽、抽、抽,巧哇哇地叫着,跳了起来,跑到了另一间房里,她躺在床上,紧紧地抱着布娃娃。

刘光明给巧关上了房门,然后回到自己房间的床上,也躺了下来。

他侧耳听着巧房间里的动静。巧开始呜呜地哭着,过不了一会儿,她就不哭了,呼吸顺畅了,只是不时地抽泣一下,大概是在做梦吧。

刘光明却一直没有睡着,身上再也没有巧的小脚压着,好像船舱里没有了压舱石,这个夜晚都是晃荡的。

晃荡。是的,让人恐惧的晃荡的那个夜晚又来了。

那年正月,没有保住孩子,胡美英从乡卫生院出院后,没有回到鸭儿滩,她直接去了她娘家,而刘光明也直接去了省城。

老赵跑来告诉他,终于打听到了,那个可恨的表哥又在省城活动,听说他前不久还偷偷去了一次老家附近的亲戚家,又开着一辆小车,还带了一个不三不四的烫着大波浪头发的小女人。老赵气愤地说,说不定那辆车子还有那个大波浪头发的女人花的都是他和刘光明的买断工龄钱。他们决定再一次去省城蹲守,抓住这个该死的家伙,茶叶和钱恐怕是要不到了,但哪怕是把他的一辆车子扣押起来也好啊。

根据别人提供的信息,刘光明和老赵在省城郊区的一个街道上蹲守了几天,也没有发现那个表哥,好不容易找到个别认识表哥的,不是说他去了新疆,就是说他去了海南,反正没有个准信儿。本来抱着挺大的希望的,可现在希望越来越渺茫。晚上,他们俩像两只土老鼠,钻进小旅馆里,蜷缩在床上,谁也不说话,粗重的呼吸充塞在小小的空间里。两个人都没有睡着。到了下半夜,老赵大概实在忍不住了,他轻声起来,划亮火柴,点了根香烟抽起来。火光把他的脸照得像块生锈的铁。

刘光明沙哑着嗓子说:"也给我来一根。"

老赵迟疑了一下,并没有开灯,而是将香烟点着了,隔床递过来。

刘光明狠狠地吸了一大口,烟头猛地红亮了一下。小小的黑暗的房间里两只红红的烟头闪烁,像一双嗜肉动物的血红的眼睛。烟雾弥漫,刘光明突然觉得眼前这情景就像那一次撑着竹筏带着胡美英过河一样,茫茫大雾中,河流似乎要瞬间将他们吞没。

老赵咳嗽起来,剧烈地咳嗽,仿佛要把整个肺咳出来,好半天他才停下来。他扔掉烟头,突然说:"去他妈的,光明,这样下去生不如死,不如赌一把。"

刘光明说:"赌?这里有赌场?本钱呢?"

老赵低了声说:"不是赌钱,是赌命!"老赵的牙齿咬得咯咯响,"人是一个,命是一条,这是我们最后的本钱了。"

刘光明觉得空气凝滞起来。黏稠起来,像固体,是可以用刀一片片地切下来的。

老赵说:"这样活得也太憋屈了,不如干一把!要死鸟朝天,不死万万年。人无横财不富,马无夜草不肥。人为财死,鸟为食亡。"老赵将小时候学过的《增广贤文》背了好几句,牙齿依然不断地发出咯咯声。

刘光明后来才知道,那牙齿间发出的咯咯声,一半是因为害怕,一半是因为兴奋。他忽然全身也有了反应,他也扔了烟头:

"妈的,有人对不起我们,我们也就可以对不起别人,干就干!"

老赵说:"对!省城这个地方骗了我们,我们就是要在省城搞回来!"老赵说着,拉亮了灯,从床底下往外拿东西,一根尼龙绳、一把斧头。灯光下,老赵的脸仿佛印在水面上,水波晃荡,将他的整个脸都扭曲变形了。

刘光明吃惊地说:"原来你早就想好了?"

老赵说:"哼!我准备好几天了,对谁下手,怎么下手,怎么逃跑,我都想好了!我上午对自己说,晚上八点之前如果再找不到那个挨千刀的,我就要赌一把,反正都这样了,没的退路了!"

后来,一想起那个夜晚,刘光明的眼前就会晃荡起来,身体底下的大地就成了一艘风浪中的小竹筏,左右前后摇摆,那水面泛着惨白的光,揉搓着老赵和他的狰狞的脸。

晃荡着,晃荡着,他就会头脑里天旋地转,肠胃里翻江倒海,始终有一股浊气在喉咙里打滚,使得他喘不过气来,立时大汗雨一样滚落下来,随后,他就会呕吐,把苦胆都要吐出来。

随着这晃荡,这一晚,刘光明又跑到屋外的一棵桃树下,吐着,有好多年都没有吐过了,自从做起了"看生"人后,他就很少吐了。

他弓着腰,不出声地吐着,吐得像一条阳光下暴晒过的鱼,身上的鳞片片片翻起,直到吐无可吐了,他才慢慢走回屋里去。他走到巧的房门口,轻轻推开房门,看着巧,巧呼吸平稳,那个布娃娃和她睡在一头,一只玻璃眼睛在夜里泛着一点儿暖光。他关好门,回到自己的房间里去,经过刚才那一番风浪,他似乎忘记了刚才回忆起的那一切,他像壁虎会挣断自己的尾巴一样,自动挣断了那一截突如其来的回忆。这样,他在黑夜的深处,终于艰难地睡着了。

8

巧像什么事也没发生一样,也许对她来说,确实就是什么也没有发生,哪怕肚子隆起来了如山高。她仍然抱着布娃娃,慢慢走到自己的床边,躺下,然后,很快就睡着了。

刘光明在脑子里不停地搜索着,从窑庄到井庄再到瓦庄,这一路上的村庄里,有哪些人有嫌疑,可是他一个个在脑子里过滤,像网鱼一样,网里面却没有网上来一条鱼,这一路上的村庄住的不是老人就是小孩,年轻力壮的早就不在了,剩下的那些老头儿,会是谁做下这丧天良的事呢?他想破脑袋也想不出来,到底是谁对巧作的孽。

只能是谁趁自己不在巧的身边害了巧。这两三年,刘光明和巧本来就已经很少出门了,因为找他们"看生"的少了,一年到头都没有两次,今年更是一次都没有,在"看生"这个活儿上,刘光明已经下岗好久了。

这一条山冲里的人,随着打工出去的越来越多,除了极少数人家,一般都不再养母猪了,特别是从前年开始,说是要整治村庄环境,政府又不让农户一家一户分散养猪了,而是招商引资,在窑庄老深山里建了一个大养猪场,据说一年可以出栏上万头肉猪。

刘光明面临着第二次下岗失业,他让大哥刘光东专门去了一次养猪场,问问管理人员,需不需要一个"看生"的。刘光东去问了一次,回来后告诉刘光明,那里配有专门的技术员,人家可都是农业大学畜牧兽医专业毕业的,大学生,科学养殖,哪里需要他这个半路出家的土兽医?

刚开始的日子,刘光明急得生了一嘴燎泡。他发现,不再"看生",自己就像掉了魂儿一样,那种沉浸在"生"的喜悦中的感觉没有了,他就会越来越多地不可遏制地回忆起那个晃荡的夜晚,频繁地天旋地转,呕吐不止。

没有了"看生",他的日子就没有了希望。夏初的一天,刘光明实在忍受不了,他决定去窑庄山里的那个养猪场碰碰运气。天开始有点热了,他拄着拐杖,背着茶壶,戴着一顶草帽,沿着山路往里走,只有一条山路,走到没有路了,就是那家养猪场。这条路过了窑庄的村堂之后,便开阔起来,据说这是政府为养猪场专门修建的,为了防止猪瘟传染,养猪场离村庄还有好一段距离,而且到猪场上班的人全要穿戴防护隔离服,经过杀菌室消毒才能去喂猪食、扫猪圈。

刘光明是带着巧一起去的,走那么远的路,耽误那么长的时间,他不放心巧一个人留在鸭儿滩。他们一路走得几乎没有停歇,刘光明摸摸腋窝下,那里火辣辣的,他知道准是拐杖磨破了皮肉,汗水一渍,格外地痛。转过一个山脚,他看见那个养猪场了,真是大,好像那整片山都被白围墙圈起来了,猪舍都是蓝色的钢顶结构,从山脚下往上望去,它就像一个白墙蓝顶的宫殿,巍峨高耸。

刘光明和巧一齐停住脚,往山上看着。

一阵山风吹过,刘光明耸耸鼻子,养猪场的气味被风带了过来。这些气味中,有猪饲料的气味,有半大的肉猪身上毛发的气味,猪粪和着猪尿的气味,而于这些复杂的气味中,他迅速地捕捉到了一股母猪即将分娩前的特殊气息,他知道,那宫殿里面,一场"生"即将开始,一场巨大的喜悦就要降临。

刘光明几乎是四肢着地,如果拐杖也算他的一肢的话。他喘着粗气,忽然加快速度,像百米奔跑的最后冲刺一样,往山上跑去。跑到半山脚,那种"生"的气息越来越浓,它给予刘光明的信息也越来越明确,刘光明认定,这头母猪晚上十点左右一定会分娩的。快到养猪场大门了,他看见大门楼两边,一左一右站着两个穿制服的保安,他们扎着武装带,戴着大檐帽,身板笔挺地相对立正着,眼睛里好像满是警惕。

刘光明突然顿住了,他看着两个全副武装的保安,立刻天旋地转,马上要呕吐起来。他捂着嘴,脸色惨白,掉头就往下走,拐杖跟不上他一只单腿的弹跳速度,在山路上划出一道飞扬起来的灰尘。

养猪场去不成后,刘光明天天枯坐在河滩的卵石上,他不知道怎么重新找到"看生"的喜悦,他甚至想过到北方草原上去,也许那里的牧民人家养牛养羊,还需要"看生"的人呢。

三年前的那个八月十九日,他和老赵约定的相见的日子,他见到老赵后,还说了这个想法,老赵坚定地否决了。老赵说:"现在草原上也大多是机械化、高科技养殖了,你那土法子根本行不通,而最最要紧的,你这一出去,不是自投罗网吗?嗯?"

老赵这样一说,刘光明彻底断了这个念头。好在他没过多久就找到了另一种"生"。他看见了知了猴们在河滩的柳树下、桃树下纷纷地往外生,往树上爬。一年,总有一季,这些知了猴大批量、大面积、大声势地"生",他每天晚上都观看这些"生",像一个贪婪的财主,不断地积攒财富,他不断地积攒关于"生"的记忆,这样一季"生"的喜悦,被他储存下来,然后在以后的日子里一点点释放,便能支撑他过完一年,等待下一个"生"季来临。

为了有更多的知了猴出生,刘光明每年都要在河滩上种许多柳树和桃树,这两样树种汁液丰盈,知了猴特别喜欢蛰伏在它们的树根底下,一旦出生,便爬上树去,吮吸着柳枝桃枝身上充足而甜蜜的树汁。

这样,两年一过,鸭儿滩便整个都掩在桃树、柳树中间,连站在河对面的公路上都看不出来,这边岸上会有一户人家。他和巧相当于隐蔽下来了,除了每隔一段时间去瓦庄,让大哥带回点生活用品,他可是和巧再也没有出去过呀,那巧又是什么时候被人害了呢?

巧的肚子越来越大了。

刘光明翻看着日历,又快到八月十九日了。

那一年的八月十九日,在省城和老赵分手后,老赵和他约定了,两个人要是都还活着,就三年见一次,在八月十九日那一天,在瓦庄石桥桥头的石狮子下接头。这些年,老赵守着约定,平时从不联系,只在这一天来瓦庄石桥桥头接头。

只有第一个三年,老赵没有见到刘光明,因为,那时,他正在煤窑里挖煤。

9

隔壁房间住的是那个浙江人,他一个人住,虽然他的房间里有两张床,但他就是要一个人住。当然,另一张床的床费他是要照付的。这说明什么?说明这人有钱啊,而且,这钱肯定就带在身上。

小旅店的小老板娘告诉他们,这个浙江人是做水产生意的,专门贩卖舟山群岛那边的大黄鱼,你看他每天进进出出的,不起眼的一个小老头儿,住这么破的小旅店。其实,省城这边好几个市场的大黄鱼都是由他供货的。

刮风了,刮得窗子哗啦啦响。小旅馆不仅很偏僻,设施也很破旧,所以住宿价格也便宜。风似乎吹得房屋都要散架了,一只猫在围墙上惊慌地叫了一声。

老赵伸出头看了看,月黑风高夜,他嘟囔了一句,拎起斧子就从这边房子的阳台上跳到了隔壁阳台,他用手一推,窗户就开了。刘光明拿起尼龙绳,赶紧开门,走到走廊上,关掉了走廊上昏暗的灯,并紧靠在隔壁的那间房门前。

小旅馆总共就两层,一楼是一间小门脸,一个收银台,一个小老板娘每天晚上值班,到第二天早上,一个老头儿过来换班。二楼是一间间小小的客房,这晚上只住着那个浙江佬和刘光明、老赵三人。隔着一层楼,呜呜风声中,楼上的动静估计小老板娘不会发现的。这真是天赐良机。

虽然在这个狂风呼啸的小旅馆里,刘光明觉得自己和老赵拥有绝对的暴力优势,可他还是心慌不已,心脏几乎要蹦出胸腔之外,他感到呼吸困难、口干舌燥,两条腿不受控制地抖动。他感觉时间过去了很久,但其实只是一瞬间,门被老赵从里面打开了。刘光明和老赵很快站在了浙江佬的床边。

按照老赵和他的设计,他们这时是要扑向浙江佬的床,蒙住他的脸,然后逼问他,搜出他身上的钞票,然后塞住他的嘴,用尼龙绳将他绑在床上,等第二天守旅馆的老头儿发现他时,刘光明和老赵早已逃走了,警察不会找到他们的,反正他们用的是假身份证。然而,那浙江佬没等他们俩靠近床边,扑倒他时,就先惊醒了,并迅速地按下了床头边的电灯开关。

灯光里,三个人都吓了一跳,像是同时接收到一个集体动作指令——全都惊讶地张开嘴,却又硬生生地将那喉咙里的一声"呀"压了回去。本来并不强烈的灯光,这时突然显得异常亮堂,像高瓦数的聚光灯,让这个小小的房间成了舞台,将一切细微的动作与神情都放大了。刘光明看见浙江佬似乎嘴角浮现出了一丝笑意,有点轻蔑的神情,他还看见了浙江佬脸上细细的皱纹,他可能并没有小老板娘说的那么老,他的皱纹不深,但细密,尤其是眼角四周,他的鼻毛大概好长时间没有修剪了,有浓浓的一撮爬出了鼻孔,像毛脚苍蝇。刘光明奇怪自己这时候怎么还有心思观察浙江佬的鼻毛和皱纹。

窗户打开了,风吹进来了,吹得灯泡晃荡了起来,这一切符合舞台布景的需要。难道这真是在演出一场戏?刘光明看看老赵。老赵的额头上突然渗出许多汗珠,一粒粒,灯光打在上面,分出了明暗。灯泡摇摆,但时间似乎停止了钟摆,三个人似乎停在一个时间上。

但浙江佬很快挣脱了时间的控制,他突然掀开被子跳下了床,嘴里喊着:"救命!救命!"浙江佬只穿了件上身的背心,下半身却什么也没有穿,这老头儿原来喜欢裸睡啊,他光着两瓣瘦屁股往门口走廊跑去。

刘光明和老赵被浙江佬的喊叫惊醒了。刘光明仿佛升到了空中,他能看见自己的动作。他看见自己连忙扑向浙江佬,浙江佬刚奔到门口就被他扑倒了,浙江佬的头撞到了门框上,站起来就又跑,又叫喊着,身后,老赵一斧头跟了上来,一股血腥味立即弥散开来,浙江佬摇晃了两下,倒在了地上。

老赵转身去搜老赵的皮包、衣服,并没有想象中的一沓沓钞票,他又打开床头柜,空的,去摸枕头下,空的,他和刘光明对了个眼光,两人傻了眼,目光在房间里扫描,椅背上搭了个塑料袋,拿起来,抖一抖,一个玻璃杯,一个烟盒,两张钞票:一张五块、一张十块。两个人对望着,他们竟然一点儿不知道害怕,他们互相还笑了笑。

而这时,楼下传来了小老板娘的喊声:"谁呀?什么事啊?"她说着,噔噔噔地跑了上来,"风太大了,你们把窗户关好啊!"

老赵的目光突然凌厉起来,充满了杀气,他瞪着刘光明,努了努嘴。刘光明看见自己也跟着杀气腾腾起来,他扯起房间床上的白色被条,猛地蒙在小老板娘的头上。她立即倒地,呼喊的声音被被条捂住了,老赵赶上来,斧头轻轻一磕,小老板娘就不出声了,她腿脚在不停地抖动蹬颤,身底下流出了一股血,被子被蹬脱了,她身上的衣服也被挣开了,她睁着一双不解的眼睛看着眼前的一切,一双手死死捂着自己的肚子。

刘光明看了她一眼,突然喊出声来:"她怀孕了!"

老赵拉了他一把:"快走!"

刘光明被拉扯着下了楼,老赵磕开了收银台里的抽屉锁,里面有几百块钱,他一把抓起来。

"快跑啊!"老赵喊着。

刘光明还愣在那里,他脑子里不断闪动着小老板娘凸起的腹部,原来一个孕妇躺下去时,她的肚子会显得特别大,特别明显。恐惧就在那一刻爆发了,他的全身不停地抖动,胸腔里翻江倒海,刘光明像一个溺水的人,沉陷在深深的水底,眼耳鼻口全被水灌满了,一点儿气也透不过来。他走不动了。

刘光明瘫坐在地上,他无比衰弱地对老赵说:"你走吧,我走不动了,我死了算了。"

老赵二话不说,上前背起他往门外走。风声凄厉,小旅馆吧台上的一本便捷挂历被吹得左右摇摆,页面翻飞,像一只鸟垂死挣扎,最后飞不动了,啪地摔到了地上,显示日期正是八月十九日。老赵发动了停在旅馆外面的一辆摩托车,对刘光明吼了一声:"你想死啊?快走啊!"

刘光明突然醒了过来,力气慢慢回到了他的身体里,他跳上了摩托车的后座。

老赵加大了油门,摩托车疯狂地蹿了出去,大风呼啸着,吹起了路上的废纸、破塑料袋、灰尘,吹起了他们身上的衣服。

刘光明发现风越来越大,越来越坚硬和锋利,风像一把快刀,削割着他和老赵的皮肉和血液,他们的血肉被风削下,和废纸、破塑料袋、灰尘一起,在空中飘散,他和老赵最后只剩下了骨架,两具惨白的骨架骑在一辆飞速奔跑的摩托车上。

10

　　直到钻到了黑暗的地底下，闻到煤层的气息，刘光明才暂时安定下来，那种天旋地转的感觉才有所减轻。

　　负责招工的问他是什么文化程度，认不认识字，他摇摇头，而排在他身后的一个初中生，因为识字，就被分配做了记账员。他随着一帮都不识字的，领了矿灯、胶靴、镐子，坐着下井吊车，到了作业面。一股阴凉的封存在地底下亿万年的气息扑面而来，他深深地吸了一口，周围一片昏暗，世界还原成一个封闭状态，他一直剧烈跳动的心脏平缓了，落到了胸腔里。

　　私营小煤窑的这种采掘工作很简单，就是不停地挖，按斤论钱，而且工钱是一日一结，据说之所以形成这种结算方法，是因为有一些人或许头天下井时还是个活人，第二天就成了地底下的死人了，而死人是领不到工资的。因此，采掘工们每天下井前，第一件事便是，对着煤井巷口的一个泥塑菩萨拜上三拜，保佑自己收工时还能全须全尾地走出来。

　　只有刘光明不拜，他像个哑巴一样，整天不说话，到了井下，拼命地向大地深处掘进、掘进。每天，他出的活儿最多，结的工钱也最多。一起下井的工友们信奉一句话，叫作"苦处挣钱乐处花"，每个月里，总有一两天，这些光棍儿汉不下井，带着钱，相约着专程去附近集镇上，先是在小酒馆里要几个菜，喝几杯酒，互相划拳,唱酸曲,说笑话,喝得浑身发热时,就到固定的地方去,那里有女人的身子等着他们。到半夜时分,在女人的身上折腾够了,酒也醒了,口袋里带去的钱也花完了,他们才拖着满足而又疲惫的步子回到集体宿舍里。只有刘光明从不参与这些活动,他一上到地面就拘着身体,眉头紧锁,病痛难支的样子,吃了饭就躺在床上闭眼睡觉,而且,从不脱衣服睡觉,他说,他从小就习惯了。久而久之,别的人再出去时就不再喊他这个病鬼和吝啬鬼了,就当他不存在一样。

这正是刘光明所需要的。他希望被人们遗忘。在井下的黑暗中,他所有的毛病都自动治愈了,一镐又一镐,巨大的黑暗,潮润的气息,稍许的憋闷,让他觉得自己被一个大地般的子宫所包裹,所保护,所保管,他还没有来到世界上,他还没有成形,没有人会认识他,没有人知道他是谁,他做过什么,在这里,就相当于他是不存在的。他需要这种不存在。

有时,他又觉得自己就是一个活动的陶俑,他想起在豹溪供销社日杂柜台卖陶器的日子,好像那是很遥远的事情了,但那厚重的松木柜台、昏暗的门市部、挂了黑釉的陶器,和眼前的井下在本质上是多么相像啊。他甚至怀疑,以前在豹溪供销社的日子,就是对自己今后生活的一个预演和预言。

他没敢想自己以后的生活,只要还能挖煤,那就一直挖下去吧,反正,这地底下的煤那么多,多得就像这世界上的黑暗一样,是总也挖不尽的。

这个县的小煤窑遍地都是,经常在同一座山上,就有十几个大大小小的老板,有时从这一家的煤矿能挖到另一家的煤矿。刘光明从不在一个煤窑做满半年,做了三五个月他就突然离开,反正,他也没什么行李。然后,转到下一个煤窑,干一样的工种,过一样的日子,拿的也差不多是一样的工钱。那些年,这样的小煤窑太多了,而到小煤窑打工的人也多,人员流动也十分正常,刘光明这样频繁跳槽也没有人注意,无非是嘟囔一句,那个病鬼不是病死了吧?

小煤窑出事是正常的,不出事才是不正常的,死人的事也是时有发生,最危险的当然是井下挖煤一线的,就是脑袋拴在裤腰带上,很多小伙子春节后活蹦乱跳地到煤窑上来,回去时往往只有一个骨灰盒。刘光明亲眼见过好几次事故,一次是瓦斯爆炸,一次是巷道透水,还有一次是冒顶,他看见一个人被半吨煤砸在身上,后来得知他的脊椎被砸断了,腰部以下全无知觉。也就是说,这个人以后只拥有了一个上半身。知道危险,刘光明却一点儿也不想到地面上来干别的活儿,他甚至很享受在地底下的日子,至于危险,他经常视而不见,连配备的安全帽,他也经常丢到一边,他竟然在几乎没有什么防护措施的情况下,三年多时间里,一直平平安安。有一次,他前脚离开一家小煤窑,第二天,那窑就出了事,一下子死了六个挖煤的。他听说这事后,仍然在井下不停地挖着,一个人偷偷地笑着,嘿嘿嘿,嘿嘿嘿。他不知道自己笑什么。

这样的好运气终究没有能一直维持下去。事故发生时，前面的工友们叫喊着，没命地往外跑，他还愣了一下，他犹豫着，自己要不要跑？他后来回想起来，猜想自己肯定是不愿意跑到地面上去的，不愿意见到外面的世界，外面的人，外面的生活，像一个不愿出生的孩子赖在母腹里不出来。但最后几秒钟，他还是拔腿跟着跑了起来，像是有人在他腿肚子上抽了一鞭子，他猛然醒了。

没等他跑到井巷口，煤层就大面积坍塌下来，他眼前一黑，立即坠入了更深的黑暗，那一刹，他听见自己叹息了一声，好像还微笑了一下，有一种轻松至极的感觉，身体随之缓缓地飘浮起来，飘到了地面之上。

11

看着巧的日益隆起的肚子，刘光明又一次天旋地转起来，那种恐惧又开始每天都袭击他，他努力在脑海的宽银幕上回放知了猴的"生"，希望能压制和缓解那种恐惧感，可无济于事。

他不再缩在鸭儿滩，而是每天天一亮就带着巧去瓦庄石桥的桥头，他们俩坐在桥两边的石狮子上，一左一右，像两头奇怪的狮身人面，守踞在桥头，一动不动，也不说话，只盯着来来往往的人。过桥的人很快发现了巧的肚子，一个个瞪大了眼睛。

"啊，傻子怀孕了？哪个的种？"他们问刘光明。

刘光明看着他们的眼神,试图从他们的眼神、动作、语言里找出破绽来,他从上到下看,从左到右看,看得问的人心里发毛,脚底下快快挪步,只留下一个背影给他,刘光明才咬着牙齿追着他们的背影说:"不晓得是哪个狗日的做下的!丧天良的啊!"

在桥头站了几天,刘光明也没有看出来哪个有作案嫌疑,大哥刘光东说:"要不,到派出所报警?"

刘光明哆嗦了一下,说:"报警?不,不,指望他们能查得清案子?"

刘光东说:"那怎么办?你让她生下来?你这样子又不能服侍她,小孩生下来后,得花多少钱哪,能养得起吗?"

刘光明默不作声,他把自己和巧又撤回到了鸭儿滩。

巧的个子不大,肚子却异常大,像倒扣了一口大锅,她的行动越来越艰难了,这个傻女子,还是每天抱着那只灰扑扑的布娃娃,一到天黑就鸭子一样颠着碎步回到房间,安静地躺到床上。

刘光明又呕吐了,晚上吃下去的面条全都吐了出来,看着巧乖巧地回到房间,按灭了电灯,他一个人在昏暗中站了好久。

天空中升起了小半轮昏黄的月亮,朦胧的夜色里,刘光明看着自己模糊的影子,计算着,离八月十九日还有半个月时间,到时候,老赵会像之前一样来和他见面吗?

后山上的哼子鹰,拖着长腔哼叫着,哼哼的声音低沉而阴冷。据说,哼子鹰一哼,要不了几天,村庄里就会有人往生升天。

哼,刘光明想,也不一定是升天,也许是下地狱呢?

他就着那一星月光,回到堂屋里,轻轻推开巧的房门,月光照进来,黑暗像坍塌的煤块纷纷掉在地上,有一小块月光刚好照在巧的脸上和肚子上。

巧的肚皮一起一伏,像一个和缓的山丘,她的双手搭在上面,像抚摸,像护卫,而那只布娃娃依偎在她身边,睁着那唯一的一只眼睛,像她的另一个孩子。那么肚子里的孩子呢,是男孩还是女孩?他或她的头顶上会不会生下来时,也贴着一撮乌黑的头发,像一头小兽?

巧的脸上一派安详,青春的脸颊上绒毛纤细可见,面部显得极为柔和,看上去一点儿也不像是个傻子,她像是换了一个人。

刘光明看着巧,心里突然想,巧该不会也是一个隐蔽着的人吧?她是有意装作哑巴和傻瓜的吧?他怔怔地看着巧,挂着拐杖,低着头,身影横在巧的床前,像教堂油画上画的忏悔的人。

哼子鹰又哼了一声,刘光明看见自己手上不知什么时候拿了块砖头,青砖在月光下泛着清冷的铁色,他吓得赶紧丢下砖头,几乎是跳到了门外。

他的心怦怦跳着,他被自己吓坏了,他已经支撑不住自己了,一屁股跌坐在门槛上。这时,一片乌云遮盖住了月亮,他霎时回到黑暗中。

在黑暗中,他的心脏跳得稍稍平稳了些,但他知道,黑暗并不能永远保护他,就像在那小煤窑里一样,他不可能在那里待一辈子。

心喜欢生 / 389

当年,他被压在煤堆下,直到十二个小时后,才被挖掘出来。后来,刘光明才知道,跑在他前面的三个工友反而被当场砸死了,他犹豫了那么一会儿,却捡回了一条命,代价只是失去了一条腿。

煤老板因为那几个死亡的人,被弄得焦头烂额,愁着天天怎么去和死者家属谈判,根本没有来问他一问。医院的护士在替他抱怨,他一言不发。更让护士惊讶的是,一个夜晚,这个在小煤窑里被砸断腿的人,突然不辞而别,他还没有彻底治疗好呢,他是从急诊室转过来,连姓名都还没有写清楚呢,怎么就自己跑走了呢?

刘光明抖动着断腿,他已经想不起来,自己当时是怎么拖着一条坏腿回到鸭儿滩的。他只记得从小煤窑回到鸭儿滩,这一路上的每一个夜晚,天上的月亮都是血红的。

巧要是生下孩子,谁来服侍她?抚养小孩的钱又从哪里来?他想起大哥刘光东的话,深深地叹了口气。

在门槛上坐久了,那一条断腿开始酸痛,他扶着门框站了起来,返回到屋子里,他自言自语道,那就等着八月十九日吧,反正快了。

"哼——哼——"哼子鹰又大声地哼了几声。

12

像前几次一样,刘光明一早就去瓦庄老章家的肉案上剁了三斤肉回来。他切好肉,柴火灶生起火,先将肥肉下锅煸炒出油,所有的油都不盛出来,因为老赵喜欢吃油足的,再放入瘦肉爆炒,加葱、姜、蒜、八角、茴香、桂皮等作料,加水,水开后,放入瓦罐里文火慢炖。这是刘光明做的鸭儿滩味道的红烧肉,是老赵每次来必有的一道菜。

肉炖上了,他又到河边拎起前几天下的竹笼,这几年河里鱼少了,但多少还有一点儿收获,一条翘嘴鲌、两条红参子鱼,三条油,还有几只虾,不多,不过做一份杂鱼锅也够了。他顺手就在河边剖了鱼,洗净了。

天色还早,他又将小竹笋用温水泡发了,到时做一个油焖小竹笋。再到小菜园里摘了辣椒、茄子、黄瓜,蔬菜该够了。他在心里盘算着,又从碗橱里摸出三个鸡蛋,再来一碗水蒸蛋吧。

刘光明这一天都心神不宁,到天彻底黑透时,他才开始动手做菜。因为腿不方便,他做菜不是站着的,而是坐着的,他特意请人做了一条高板凳,这样他端坐在锅前,挥舞着勺子,白茫茫的雾气中,看起来活像一个人对着宣纸挥毫泼墨。

约莫九点钟了,巧已经吃过了,上床睡着了,刘光明看看她,反锁上了房门,又锁上了大门,一个人拄着拐杖往瓦庄石桥走去。

这天晚上没有月亮,天上闪烁着几颗星星,倒映在河水里,山路依稀可见。刘光明走在河边的山路上,鸟叫,蛙鸣,河水哗哗地流淌,像多年前的早晨,他跟着父亲担着粮食去乡政府办农转非手续一样,这么多年了,河水的腔调似乎一点儿也没变,只是自己早不是那个心头暗含欢喜的被国家新录取的中专生了。

瓦庄是寂静的,瓦庄石桥也是寂静的。

刘光明看看四周,轻轻走到桥头石狮子边,伸手往石狮子的嘴巴里摸。据说这头石狮子是清代当地的吴大善人捐资,请徽州有名的石匠师傅雕刻的,狮子嘴巴里的石球能够转动自如,但就是拿不出来,说明石匠当时就是在石狮子嘴巴里现凿出了这么一个石球。刘光明顺着石球,摸到了石狮子的舌头下面,和以前一样,那里躺着一张纸条。

就着星光,刘光明打开对折着的纸条,看见上面写着一个字:"来"。

刘光明捏着纸条,一双手微微抖动着,他用力一挥手,展开的纸片飘落到桥下的河水上,很快就看不见了。他急急地往回走。他知道,这时候,老赵或许正在附近的某处看着他呢。

当年,他和老赵约定了,三年见一次,为防不测,每一次见面时,老赵先在石狮子嘴里塞上纸条,若是"来",则他一切正常,若是"去",则他暴露了,刘光明要做好准备。而刘光明这边,拿走纸条就说明自己平安无事,若是不拿,可能就不会来了,老赵也不要再见他了。

幸好,这么多年了,老赵每次都"来"了,刘光明也每次都拿走了纸条。

刘光明回到鸭儿滩,就立即把一张小方桌拖到门外,将先前准备好的菜端到了方桌上。这些菜,都用小炭炉子保温着,还咕嘟咕嘟地冒着泡。他又打开了一壶烧酒,倒满在两只大酒杯里。绿茶也泡好了,茶叶在杯子里沉沉浮浮。

这一切刚准备妥当,老赵就来了。

老赵看到这情形,略作犹豫,说:"就这么在外面?"

刘光明说:"没事,现在这里这么多树遮掩着,就是放台大戏别人也看不见。"

老赵笑笑说:"也是。"

老赵并不坐下,而是从口袋里掏出一个信封,递给刘光明,刘光明也不推辞,直接揣在了身上。这些年,每次来时,老赵总会递上一两千块钱,有一次给了五千,老赵说这一年挣得多。刘光明也不问老赵这些年都在做什么,但能约略猜得出来他过得怎么样。第一次八月十九日见面时,大概是老赵过得最惨的时候,那次他一坐下来,盯着一盘红烧肉,一连吃了五大块方才罢手,后来似乎是越过越好了,衣服明显讲究起来,头发也梳理得光溜溜的,像个成功人士,吃菜也小口小口的,原来喜欢吃的肥肉,吃了两块就不敢再吃了,说是会引起什么高血压高血脂。

刘光明问他:"你去医院做检查了?"

老赵说:"是找的朋友,不用挂号的,去了就做,做了个全面检查,发现身体里的零件坏了不少。"

老赵然后又从双肩包里取出香、黄表纸、冥币,在门前的桃树下点燃了,这也是每次的惯例。黄表纸跳跃着火光,把黑暗烧出一小块窟窿,然后化成了灰白的粉蝴蝶,飞散了。印刷冥币的纸比较粗糙,燃烧得比黄表纸慢,上面的头像是戴着冠冕的阎王,面值大得可怕,全是一千亿、一万亿的字样。它烧完后,飞不起来,成了灰黑的一块,紧贴着地面,像一块伤疤。

最后亮着的是香。

两个人也不说话,各自拈了三炷香,跪在地上,冲着那一堆灰烬,磕了三个头,将香插在泥土里,立住,香头燃着,青烟四散。做完这一切,他们方才爬起来,坐到桌边。

老赵喝了口酒,问:"那笔钱,你没有领?"

刘光明摇头说:"没领。"

老赵上一次来时告诉他,他得到信息,当年豹溪供销社所在的地块,因为被市里划为一个化工产业园区,被全部征收了,给了一笔钱,为了稳定,也为了对付那些后来无止无休上访的原供销社职工,最后按照县里的方案,有一大部分返给原豹溪供销社职工,人人有份,按照工龄等计算领取应有的份额,老赵有四五万块,刘光明三万多块。时间久远,有几个人联系不到了,当地就在报纸上出了公告,让这些职工尽快到有关部门去领取。老赵说完后,问刘光明:"你去领不?钱不少啊!这么多年了,应该没事了吧?"

刘光明摇头说:"我不领。"

老赵说:"好,那我也不领,你做得对,毕竟安全第一。"

六炷香的香火熄灭了。两人默默地吃菜!喝酒,以往刘光明总是喝得少,但这天晚上,他却喝得生猛,一大口,一大口,很快他就感觉自己的一张脸在呼呼燃烧。他侧耳听着,听到房间里巧轻微的打鼾声,她睡得正香。

老赵说:"光明,你怎么今天喝这么多?"

刘光明不说话,举着杯子对他示意了一下,又干了。

老赵也把杯子里的酒喝光了,他捂着杯子对刘光明说:"不加了,不加了,等会儿我还要走呢。"

这些年,每次老赵来,都是当天晚上来当天晚上走,车子是早就联系好的,等在瓦庄石桥的桥头。

刘光明说:"不急,老赵,以后怕是再没有机会在一起喝酒了。"

老赵说:"你说什么?为什么?"

刘光明说:"对不起,老赵,为了生,我必须死啊。"他说着,突然将酒杯狠狠地掷向河滩,玻璃杯摔在河滩的鹅卵石上,炸响了,粉碎了。

霎时,几束高强的灯光突然亮起,灯光晃动中,从黑暗处蹿出一团人影来,他们上来就压制住老赵和刘光明,迅速用手铐铐住了他们:"公安局,不许动!"

老赵讶然:"刘光明!是你干的?"

刘光明伸出双手塞进了手铐里,他低了头说:"老赵,对不起,下地狱了我陪你。这下好了,我们就不用再躲了。"

公安带来的高光电筒将鸭儿滩照得一片雪亮,十来个公安干警全副武装地押解着老赵和刘光明。其中一个公安对刘光明说:"按你的要求,我们把你哥刘光东也带来了,你有什么要说的,赶快说吧。"

刘光东从一片黑影中被推到了灯光下,他哆嗦着嘴唇说:"光明,光明,这到底是怎么了?"

刘光明从怀里掏出钱,先前老赵给他的信封,加上他自己早就准备好的,递给刘光东说:"大哥,这是我所有的积蓄了,你把这些钱收好,另外,你到豹溪镇政府去一趟,我在那里还有三万多块钱,你一起拿了,请你照顾好巧,她快要生了,让她好好地把孩子生下来,求你照顾好他们母子。"刘光明说着,咚地往下一跪。

两个公安赶紧把他提了起来,推了他一下说:"走啦!"

刘光东说:"可是,可是,那到底是谁的种啊?我们不能做冤枉事啊。"

刘光明愣了一下,他边挂着拐杖走着路边回过头大声说:"我的,我的,我的,你一定要他们母子平安哪!"

13

冬天的时候,法律援助律师去看望关在看守所里的刘光明,了解案件情况。受刘光东委托,他给刘光明看了一段手机录的视频。

视频很短,只几十秒钟,画面是一个初生的婴儿正从母体里伸出小小的头颅,她的头顶上顶着一撮乌黑的头发,头发真黑真浓密啊,像一头小兽。

律师说:"你哥问,给他取个什么名字?"

刘光明想了想说:"喜欢吧,心喜欢生,那就叫喜欢吧。"